HEN BLANT BACH

D1337358

Cardiff Libraries
www.cardiff.gov.uk/libraries

Llyfrgelloedd Caerdydd
www.caerdydd.gov.uk/llyfrgelloedd

ACC. No: 02859623

Gwen Parrott

HEN
BLANT
BACH

CARDIFF
CARDYDD

Cardiff Libraries
www.cardiff.gov.uk/libraries

Llyfrgelloedd Caerdydd
www.caerdydd.gov.uk/llyfrgelloedd

Gomer

Cyhoeddwyd yn 2011 gan
Wasg Gomer, Llandysul, Ceredigion SA44 4JL

ISBN 978 1 84851 322 8

Hawlfraint © Gwen Parrott 2011 ⓗ

Mae Gwen Parrott wedi datgan ei hawl dan
Ddeddf Hawlfreintiau, Dyluniadau a Phatentau 1988
i gael ei chydnabod fel awdur y llyfr hwn.

Cedwir pob hawl. Ni chaniateir atgynhyrchu unrhyw
ran o'r cyhoeddiad hwn, na'i gadw mewn cyfundrefn
adferadwy, na'i drosglwyddo mewn unrhyw ddull na
thrwy unrhyw gyfrwng, electronig, electrostatig, tâp
magnetig, mecanyddol, ffotogopïo, recordio, nac fel
arall, heb ganiatâd ymlaen llaw gan y cyhoeddwyr.

Dymuna'r cyhoeddwyr gydnabod cymorth
Cyngor Llyfrau Cymru.

Argraffwyd a rhwymwyd yng Nghymru gan
Wasg Gomer, Llandysul, Ceredigion

I
Jeff
am gredu ac am wrando

*Mae'r wawr yn torri. Daw bysedd yr haul yn ofalus drwy'r
bwlch cul yn y llenni, gan oleuo stribedi o'r ystafell. Mae'r tân
nwy yn dal i hisian ac mae cylchgrawn bratiog yn gorwedd ar
y bwrdd coffi budr. Ar y set deledu gwelir siwg llawn blodau
sidan. Dawnsia'r brychau llwch ar eu taith gan syrthio'n ysgafn
a distaw ar bob arwyneb, ar y pentan, y bwrdd coffi, y set
deledu, ar ar fraich y sofa tsiep, cyn gwywo a dod i orffwys ar y
mat o flaen y tân. Nid yw'r golau'n ddigon cryf eto i oleuo'r peth
sy'n gorwedd yno. Swil yw haul y bore.*

*Aiff car heibio y tu allan yn ara bach, a'i gysgod yn sgubo'r
golau ymaith am eiliad. I lawr ar y mat mae symudiad pitw,
swigen waed nad yw wedi ceulo'n llwyr yn byrstio ac yn
diflannu yn ôl i ganol yr hyn a fu ond oriau ynghynt yn groen
ac esgyrn, yn llygaid a thrwyn a cheg. Dim ond gweddillion aer
yn dod i'r wyneb o'r ysgyfaint yw'r swigen, wrth i'r corff gynhesu
yng ngwres y tân nwy.*

*Pinc golau oedd lliw ei gŵn gwisgo sidan byr, yn rhosod o
binc tywyllach drosto, cyn i hyn ddigwydd iddi. Mae peth o'i
gwallt yn dal yn olau, ond yn duo'n gyflym ac yn caledu. Mae
un o'i llygaid wedi cau. Sylla'r llall ar y llanast yn ddifynegiant.
Mae oriau ganddo i aros cyn daw neb i'w gau. Mae'n noeth
dan ei gŵn, ei hiwnifform gwaith, ac mae'r cwlwm yn y gwregys
wedi datod. Gorwedda'i llaw dde ar yr aelwyd, fodfeddi o'r tân.
Mae'r croen wedi dechrau pothellu eisoes. Pan fydd perchennog
y fflat yn cyrraedd i gasglu ei 'rent', ac yn datgloi'r drws â'i
allwedd ei hun, bydd ei llaw'n ddu ac yn dechrau mudlosgi.
Bydd e'n chwydu yn y fan a'r lle o'r sioc cyn dod at ei goed
a chwilio'r lle'n gyflym am y tabledi bach y bu'n eu cyflenwi
iddi cyhyd. Dwysáu wna'r aroglleuon a'r annibendod. Pe bai'n
ymwybodol o hyn oll, byddai cywilydd arni.*

PENNOD 1

Rhedai nerth ei draed, a'i facintosh blastig yn cyhwfan y tu ôl iddo fel hwyl lwyd. Bu'n demtasiwn mawr i Erful groesi'r heol dair lôn ar arwydd y dyn coch, ond ymataliodd a stopio'n stond mewn pryd. Gwthiodd y botwm deirgwaith a gweld y bws a fu'n hwyr yn cyrraedd ei arhosfan ef hanner awr ynghynt yn paratoi i droi'n bwyllog allan i'r stryd ryw ganllath i ffwrdd. Er iddo ddisgyn ddwy arhosfan yn ôl gan feddwl mewn panig y byddai rhedeg yn gyflymach, roedd yr un bws wedi'i rwystro. Trodd y dyn coch yn ddyn gwyrdd a dechreuodd Erful redeg unwaith eto, ar draws y parc, heibio i safle'r seindorf, ac allan unwaith eto i'r stryd yr ochr arall. Edrychodd ar ei oriawr wrth i gloc mawr tŵr yr eglwys daro. Roedd y cloc wastad yn fuan.

A'i wynt yn ei ddwrn, gorfu iddo aros eto i groesi i'r rhodfa. Roedd ffurf fetel stondin Caffi Clecs i'w gweld hanner ffordd i lawr. Llamodd ei galon wrth sylweddoli nad oedd y cadeiriau wedi'u gosod o amgylch y byrddau eto. Efallai nad oedd yn rhy hwyr wedi'r cyfan. Efallai'n wir nad oedd Deric Ddigywilydd wedi trafferthu i godi'r bore hwnnw, a'i fod wedi mynd o flaen gofid. Arafodd ei gam. Nid oedd Siôn, perchennog y stondin, i'w weld yn unman, er y gwyddai Erful ei fod yno'n rhywle, oherwydd roedd yr adeiladwaith tila wedi'i osod. Roedd Siôn yn gorfod ei dynnu ar led bob nos a'i ailadeiladu bob bore. Cedwid ef dros nos mewn cwtsh y tu cefn i Neuadd y Dref, ac roedd Erful wedi gwylio'r gwaith llafurus o'i dynnu allan droeon.

'Mae system gyda chi, Siôn,' dywedodd yn edmygus unwaith. 'Lle i bopeth a phopeth yn ei le.'

'Gwed ti. Dwi wedi bod yn meddwl rhoi cynnig ar y *Krypton Factor* ar y teli. Enillen i'n rhwydd.'

Roedd dyn y papur bro rhad ac am ddim eisoes wedi gadael y bwndel arferol a chymerodd Erful gopi, ei blygu'n daclus a'i roi yn ei sgrepan. Yna dechreuodd ar ei waith boreol o osod y cadeiriau, dwy i bob bwrdd tua'r cefn o dan yr ymbarél, a thair i'r byrddau blaen. Ni osodai yr un gadair â'i chefn at y stryd. Roedd gan bawb olygfa glir o fywyd y rhodfa. Roedd Deric Ddigywilydd yn arfer eu rhoi rywsut rywsut, yn gwthio allan yn lletchwith ac yn baglu gweithwyr y swyddfeydd.

'Bws yn hwyr, 'te, Erful?'

Ymddangosodd Siôn yn gwthio trol ac arni fwy o fyrddau a chadeiriau. Brysiodd Erful ato a dechrau dadlwytho.

'Bron i ddeuddeng munud. Mae e fod i ddod am ugain munud i wyth. Roedd pymtheg o bobol yn sefyll 'na'n aros erbyn y diwedd.'

'Dyw'r cwmni bws ddim yn hido taten rost, nadyn wir.'

Ymestynnodd Siôn a datgysylltu'r cownter a'r gysgodlen o'u bolltau, gan blygu un i lawr a'r llall i fyny. Ni flinai Erful ar wylio hyn. Yna, tra oedd ef yn trefnu gweddill y dodrefn, aeth Siôn i mewn i'r stondin trwy'r llen yn y cefn a dechrau troi'r crochan o gawl a wnâi o bacedi sych a dŵr berwedig bob bore. Weithiau prynai Erful un o'r teisenni a gadwai Siôn mewn basgedi ar y cownter, ond y bore hwnnw, a'i stumog yn dal i gorddi wedi'r rhuthr, nid oedd chwant dim arno.

'Wna i de i ti nawr yn y funed,' galwodd Siôn. 'Ond bydd yn rhaid i ti aros am siwgir. Hales i Deric i mofyn peth.'

Astudiodd wyneb Erful yn ofalus. Sylwodd arno'n crychu'i dalcen.

'Wedd y newid iawn yn digwydd bod 'da fi, twel. Allen i ddim 'i drystio fe fel arall. We'n i'm isie iddo fe roi'r cadeirie mas. Ti'n gwbod shwd un yw e. Ti'n cofio'r rhoces 'na'n cwmpo ac yn gofyn am gompo?'

Amneidiodd Erful yn araf, ond teimlai'r peth i'r byw. Ofer fu ei holl redeg, felly, os oedd Deric, â'i wallt coch a'i ddannedd gwyrdd, wedi cael y fraint o siopa ar ran Siôn. Cyrhaeddodd Hussain Llaeth yr eiliad honno, a thynnwyd sylw'r perchennog. Ni welodd yntau'r ffigwr tew yn rholio'n fuddugoliaethus at y stondin, ond gwyliodd Erful ef yn dynesu o gornel ei lygad.

Gwenodd Deric yn fras a rhoi'r bag siwgr yn blwmp ar y cownter.

''Co ti 'te, Siôn,' meddai'n uchel. 'Fues i ddim pum munud, naddo? 'Byseddodd y pecyn â'i ewinedd duon. Roedd marciau budr arno eisoes, a threiglai llif o grisialau gwyn o'r fan lle treiddiodd un ewin.

'Diolch yn dalpe,' meddai Siôn yn swta, gan lygadu'r llanast. 'Wedd ddim bag plastig gyda nhw?'

'Gynigon nhw ddim un o achos cynhesu byd-eang,' atebodd Deric, gan ddal i wenu. 'Alla i gael dou gan o bop am fynd? Ma' syched rhyfedda arna i.'

'Na alli.' Gwthiodd Siôn un can ar hyd y cownter i'w gyfeiriad. Rhwygodd Deric y tab o enau'r can a llyncu'n drachwantus. Prin y tolciwyd ei hwyliau da. Ymbalfalodd ym mhoced ei got gamel siabi a thynnu taflen liwgar ohono.

'Rhwbeth bach i ti ddarllen pan gei di funud sbâr,' meddai a'i rhoi ar y cownter. Arhosodd yn ddisgwylgar wrth i Siôn ei chodi a bwrw golwg sarrug drosti.

'Ti'n dal i fod yn boendod i'r Efengylwyr, 'te.'

Chwarddodd Deric.

'Dwi'n un o selogion y gegin gawl.' Pwysodd tuag ato, a gwelodd Erful fod Siôn wedi camu'n ôl yn frysiog. Roedd anadl ddrewllyd Deric yn ddiarhebol. 'Gwed 'tha i ody'r Arglwydd gyda thi, Siôn?'

Trodd Siôn ymaith a sychu un o bibellau'r peiriant coffi.

'Ody, fore a nos, a weithiau yn y prynhawn 'fyd. Nawr bagla'i, ma' cwsmeriaid yn aros.'

Wrth ddisgyn oddi ar y bws rai oriau'n ddiweddarach, ni fedrai Erful waredu'r ymdeimlad o fod wedi cael cam. Er bod Siôn wedi ochneidio a siglo'i ben wrth arllwys y siwgr i'r fowlen, er iddo fwmial 'Byth 'to' sawl gwaith wrth wylio Deric Ddigywilydd yn brasgamu i ffwrdd gan lowcio gweddill y pop, roedd y bore wedi'i sarnu. Gwnaeth Siôn ei orau i godi ei galon. Gofynnodd iddo sillafu 'Country Vegetable' wrth ysgrifennu enw cawl y dydd ar y bwrdd sialc, a chanmolodd ef deirgwaith am daclusrwydd y cadeiriau, ond ni thyciai hynny. Pam nad arhosodd Siôn iddo gyrraedd?

Fel arall byddai Siôn yn ei drin fel rhywun normal, a cheisiai yntau ddangos, trwy ei ffyddlondeb beunyddiol i'r stondin, ei fod yn gwerthfawrogi hynny. Y cwmni bws oedd ar fai. Pe na bai'n byw bedair milltir a hanner o ganol o dref, byddai'n cerdded. Byddai'n rhaid iddo fod wrth yr arhosfan chwarter awr yn gynharach yn y bore.

Cerddodd i lawr y stryd tuag at ei gartref. Aeth yr awr yn ôl ers wythnos, a chyn bo hir byddai'n dywyll am bedwar o'r gloch. Safai'r tŷ trillawr ar y gornel. Agorodd y gât wichlyd a mynd heibio i'r lawnt lle'r oedd cerrig yr Orsedd yn taflu eu cysgodion yn y gwyll. Camodd atynt a chwynnu o'u cwmpas. Hoffai eu gweld yn edrych yn daclus oherwydd dyma anrheg pen-blwydd ei fam iddo'n wyth oed. Cofiai agor llenni ei ystafell wely y bore hwnnw a'u gweld yn sefyll yno. Gofalodd amdanynt yn ddyfal ers hynny. Dyna'r adeg y bu'n ymddiddori mewn Archdderwyddon. Cynan (1950-54, 1963-66) oedd orau ganddo yn ei glos pen-glin. Dros y wal i'r dde, ar draws y ffordd, roedd tŷ Mistar Elmer yn pefrio golau fel coeden Nadolig. Nid oedd sôn amdano fe, er ei fod yn sefyll wrth y gât wrth i Erful adael y tŷ am hanner awr wedi saith. Gofynnodd iddo faint o'r gloch oedd hi. Atebodd Erful ef, a chloc anferth Mistar Elmer ar fur cefn y gegin yn weladwy drwy'r drws agored.

Dilynodd y llwybr at ddrws y cefn a chwilio am ei allweddi.

Fel rheol roeddent yn ei sgrepan. Tynnodd bopeth allan, ond nid oeddent i'w canfod yn unman. Aeth drwy ei bocedi, ond nid oeddent yno chwaith. Gwyddai nad oedd diben edrych am ffenestr agored. Ni fyddai fyth yn agor y ffenestri. Roedd ei ddiweddar fam wedi ei siarsio i beidio, wedi nifer o ladradau o dai'r stryd rai blynyddoedd ynghynt. Tynnodd anadl ddofn, rwystredig. Edrychodd drwy'r gwydr yn y drws a gweld yr allweddi'n gorwedd ar y mat. Yn ei frys roedd wedi bod yn esgeulus gan eu hanner gosod yn ei sgrepan agored.

Camodd yn ôl ac ystyried. A fyddai gan Mistar Elmer ryw syniad o sut y medrai fynd i'r tŷ? Nid oedd eisiau gofyn iddo. Er na chofiai adeg pan nad oedd yn gymydog, ni ellid dweud ei fod yn ffrind chwaith. Petai hyn wedi digwydd ond blwyddyn yn ôl, byddai wedi mynd yn syth at Doris a arferai fyw yn y tŷ dros y wal i'r chwith. Roedd hi'n cadw set o allweddi sbâr i'r lle. Ond bu Doris farw'n sydyn, a gwerthodd ei nai y tŷ i bâr ifanc, Lin a Chris. Roedden nhw'n iawn, er eu bod braidd fyth yno. Taflodd gipolwg dros y wal, ond yn ôl y disgwyl roedd y gragen galed yn wag. Ni fyddent adref tan chwech o'r gloch. Agorodd ddrws y garej wrth i'r defnynnau cyntaf o law ddisgyn. Tynnodd hen gadair gynfas o'r pentwr annibendod cyn taro'r swits a oleuai'r cyfan. Câi fod yn ddiddos wrth aros. Tynnodd gynnwys ei sgrepan a'i osod ar y llawr. Cyn dal y bws adref roedd wedi prynu ei swper, sef pastai cig oen a mintys yn boeth o'r ffwrn, donyt, ac am fod y label mor ddeniadol, potel fach o smŵddi mango. Synnwyd ef gan bris hon a bu'n sefyll yn syllu ar y bil tan i'r ferch mewn oferôl ddweud yn siarp, 'Ma'n nhw'n ddrud achos bod cymint o ffrwythe yndyn nhw – mae e'n un o'ch pump y dydd, ch'mod.'

Eisteddodd a meddwl. Roedd pum cyfran o ffrwythau a llysiau bob dydd yn ymddangos yn lot. Ac yntau'n bwyta creision ŷd i frecwast, brechdan i ginio (tiwna a chiwcymbyr ar fara gwyn) a rhyw bastai, neu weithiau gynnyrch y siopau byrbryd i swper, amheuai ei fod yn bell o'r nod. A oedd hanner dwsin o sleisys o giwcymbyr yn cyfrif fel un o'i bump y dydd? Rhaid bod gan wahanol lysiau a ffrwythau werth gwahanol. Dŵr, yn bennaf, oedd ciwcymbyr, tra bod banana, er enghraifft, yn beth llawer mwy sylweddol. Byddai'n rhaid iddo ddechrau prynu bananas. Roedd llysiau y tu hwnt i'w afael, oherwydd ni wyddai sut i'w coginio. Pryd oedd y tro diwethaf iddo fwyta llysieuyn? Y trydydd o Orffennaf, pan gafodd doner kebab llawn winiwns a chabaits gwyn amrwd. Aeth y rhan fwyaf o hwnnw i'r bin sbwriel, ond o leiaf bu'n fodd iddo ddatrys dirgelwch y pentyrrau bach o'r llysiau hynny a welodd ers blynyddoedd ar balmentydd y dref. Agorodd y papur newydd a gafael yn y pastai. Dechreuodd ddarllen. Aeth car heibio ond nid arhosodd. Siglodd y papur i waredu'r briwsion, a sylwi bod Mistar Elmer yn sefyll yn ffenestr ei ystafell wely'n syllu arno. Ac yntau ar fin codi llaw gyfeillgar i'w gydnabod, trodd ei gymydog ymaith, ei ysgwyddau wedi'u crymu. Faint oedd ei oedran erbyn hyn, tybed? A oedd e'n hŷn na mam Erful a fyddai wedi cyrraedd ei phedwar ugain eleni ar y pedwerydd ar ddeg o Ebrill?

Daliwyd ei lygad gan rif yn un o'r colofnau, a darllenodd. Dwy a deugain. Flwyddyn yn iau nag ef. Roedd y ddynes a ganfuwyd yn farw mewn fflat yn y dref ryw ddeuddydd ynghynt wedi cael ei henwi. Mags Roberts, dwy a deugain. Arferai weithio fel putain o'i chartref, er na wyddai ei chymdogion am ei galwedigaeth, medden nhw. Yn amlwg, nid oedd y newyddiadurwr a ysgrifennodd y stori'n credu hynny. O ddeall ymhle roedd y fflat, roedd Erful yn dueddol o gytuno. Nid oedd honno'n stryd i'w thramwyo'n hwyr y nos ar eich pen eich hun.

Yfodd ei smŵddi, a oedd yn dew ac yn felys. Cadwai'r ddonyt tan iddo gael mynediad i'r tŷ, a'i bwyta gyda disgled o de. Cododd i ystwytho'i goesau. Dywedai ei oriawr ei bod yn chwarter i chwech, ac eglurai hynny pam yr oedd yna fwy o geir i'w gweld. Byddai Lin a Chris 'nôl cyn hir. Sut dylai egluro ei bicil iddynt, tybed? A ddylai ddechrau trwy holi amdanynt – sut mae pethau, ac ati? Dyna gyngor ei fam bob amser.

'Os oes rhywun yn gofyn "Shwd 'ych chi heddi?" ateb di, "Da iawn diolch". Cofia nawr. Paid â dachre sôn am dy annwyd. 'Dyn nhw ddim isie gwbod.'

'Pam maen nhw'n gofyn, 'te?'

'Achos 'na beth mae pawb yn 'i ddweud. Gallet ti ofyn "A chithe?" Ma' hynny'n dda. Dangos diddordeb. A wedyn gwrando arnyn nhw.'

'Ond os nad 'yn nhw isie gwbod shwd odw i, pam mae'n rhaid i fi wrando?'

'Bod yn boléit yw hynny. Neud iddyn nhw feddwl taw bachgen neis wyt ti. Ac os gwrddi di â nhw 'to, tweld, treia gofio am beth siaradon nhw. Gwed bod bronceitus arnyn nhw'r tro cyntaf, alli di ddweud "Ody'r bronceitus wedi clirio?" A byddan nhw'n meddwl – 'na beth caredig i ofyn. Buodd e'n meddwl amdana i a 'mronceitus, whare teg iddo.'

Er na fu cofio am fronceitus unrhyw un erioed yn anodd iddo, ni theimlai bod geiriau ei fam yn goleuo'r sgwrs y byddai'n rhaid iddo'i chael gyda Lin a Chris. Y rheswm pennaf am hyn oedd na wyddai p'un oedd p'un. Medrent fod yn Lynette a Christopher, neu'n Lyn a Christine. Oherwydd hynny, nid oedd wedi medru eu cyfarch â hyder, dim ond codi llaw a gwenu. Clymodd ei stumog ei hun yn belen galed am yr eildro'r diwrnod hwnnw. Anadlodd yn ddwfn. Rhaid iddo beidio â chynhyrfu. Cerddodd i lawr y llwybr a syllu ar y cerrig yn y tywyllwch, er ei bod yn dal i bigo bwrw. Yna aeth yn ôl i'r garej ac eistedd. Cododd y papur ac ailddarllen yr erthygl am y ddynes a gafodd ei llofruddio. Yn ogystal â'r cymdogion penderfynol o anwybodus, bu'r newyddiadurwr yn siarad gyda'r heddwas yng ngofal yr achos. Y Prif Arolygydd John Roderick. Ni wyddai hwnnw lawer o ddim amdani, ond yn wahanol i bobl y stryd, roedd e'n dymuno gwybod. Twymodd

Erful ato. Adnabu'r ysfa honno i wybod ac i ddeall. Disgrifiodd y ddynes yn gryno a gofalus, a dweud bod yr olygfa yn y fflat yn erchyll. Pe bai gan unrhyw un wybodaeth fanylach ynghylch Mags Roberts neu, i ddefnyddio ei henw llawn, Aeres Margaret Roberts, dylent gysylltu â'r fan ymholiadau a sefydlwyd ben pellaf y stryd. Rhythodd Erful ar yr enw a'i weld yn glir yn ei gof ymhlith rhestr o enwau cyfarwydd eraill. Aeres Margaret Roberts, 2.12.68. Gwelodd yr enw hwnnw bob diwrnod ysgol am dair blynedd. Roedd yn anodd credu, nid yn unig iddi gael ei llofruddio, ond iddi ennill ei bywoliaeth fel putain. Pam, tybed? Hi, o bawb. Doedd 'na ddim drwg yn yr Aeres a gofiai ef.

Slamiwyd drws car yn sydyn. Roedd Ffordyn glas Lin a Chris wedi'i barcio ar draws ei rodfa ef, a gwelodd y wraig yn brasgamu tua drws blaen eu tŷ. Cododd yn syth.

'Helô!' galwodd, a chodi llaw.

Trodd hi ar y trothwy ac edrych yn syn arno. Yna gwenodd.

'O helô, Erful. Popeth yn iawn?'

Roedd Erful yn ymwybodol ei fod yn sgwffio'i esgidiau a gwnaeth ymdrech i gadw'n llonydd. Taranai ei galon yn ei glustiau.

'Dwi wedi cloi fy hunan mas o'r tŷ,' meddai. 'Oes gyda chi syniad sut gallen i…?'

'Bois bach. Sai'n gwbod, wir. 'Rhoswch eiliad.'

Gadawodd y drws yn gilagored a mynd yn ôl at y car, gan roi cnoc ar ffenestr y gyrrwr. Clywodd Erful lais gwrywaidd yn dweud. 'Beth nawr, 'to?' Suddodd ei galon ymhellach.

Bu sgwrs fer, ac yna agorwyd drws y car a dringodd y gŵr allan. Gwgodd ar Erful, ond cafodd bwt yn ei fraich gan ei wraig.

'Ie, olreit, olreit,' mwmialodd.

A'i ddwylo ym mhocedi ei drowsus, cerddodd yn hamddenol tuag ato.

'Shwd glo yw e?' gofynnodd, ond cyn i Erful fedru ateb,

edrychodd dros ei ysgwydd. 'Cer i newid dy blydi sgidiau, 'te!' meddai. Plethodd y wraig ei breichiau, ond aeth, serch hynny.

Arweiniodd Erful ei gymydog at y drws cefn a dangos yr allweddi'n gorwedd ar y llawr. Tynnodd y gŵr dortsh bitw o'i boced, er mawr ddiddordeb i Erful, a'i sgleinio ar y clo.

'Yale,' meddai. Edrychodd Erful ar ei wyneb llyfn. Doedd dim golwg ceisio datrys y penbleth ar ei wyneb, ond wyddech chi fyth.

'Sdim allwedd sbâr yn unman, oes e? Na ffenest ar agor?' gofynnodd, gan brofi gwytnwch y clo, ac edrych ar y cwarel gwydr. Sugnodd ei ddannedd pan siglodd Erful ei ben yn ddiflas.

''Runig beth alla i neud yw torri hwn,' meddai. 'Oes morthwyl neu rwbeth yn y garej 'da ti? Cer i weld nawr, glou. Mae cinio busnes 'da ni mewn hanner awr.'

Hoffai Erful fod wedi gofyn am gael mynd â'r dortsh gydag ef, ond gyda'r golau ynghynn yn y garej ni allai esgus bod ei hangen arno. Ni wyddai a oedd morthwyl yn y pentwr annibendod yn rhywle. Beth os nad oedd un? Ni chofiai i'w fam ddefnyddio morthwyl erioed. Safodd yn ddigalon gan edrych o'i amgylch, ac yna twriodd yn un o'r bocsys cardbord rhag ofn. Roedd sodlau uchel yn dynesu. Daeth y wraig yn ôl. Roedd hi'n gwenu ac yn chwifio rhywbeth yn ei llaw.

'Drychwch!' meddai'n fuddugoliaethus gan ddangos label lledr ac allwedd ynghlwm wrtho. 'Chi sy piau hon? Roedd hi yno pan gyrhaeddon ni ond dyw hi ddim yn ffito un clo yn ein tŷ ni.'

Amneidiodd Erful. Cofiai'r allwedd yn dda. Allwedd sbâr Doris oedd hi.

'Hei, surbwch!' galwodd y wraig. 'Drycha beth sy 'da fi fan hyn!'

Trodd ei gŵr a rhoi rhywbeth yn ôl yn ei boced yn gyflym. Edrychai fel cerdyn credyd.

17

"Na glyfar wyt ti, blodyn,' meddai â hanner gwên a ddangosai un dant llygad miniog, fel blaidd. 'Allwn ni fynd nawr?'

Anwybyddodd hi ef a throi'r allwedd. Agorodd y drws yn syth, a gwenodd hi eto ar Erful.

'Dim problem!' meddai. 'Nawr cadwch hon yn saff.'

'Diolch yn fawr,' meddai Erful, ond roedd y ddau eisoes yn brysio'n ôl at y car.

Gwyliodd hwy'n gyrru ymaith. Datryswyd dwy broblem iddo'r prynhawn hwnnw. Canfuwyd allwedd sbâr Doris, ac o hyn ymlaen ni fyddai'n rhaid pendroni ynghylch p'un oedd p'un. Blodyn a Surbwch fyddent iddo byth mwy.

PENNOD 2

ERFUL OEDD Y CYNTAF i gyrraedd Caffi Clecs y bore wedyn, er i'r postmon fynnu ei rwystro y tu allan i'r tŷ a rhoi llythyr iddo. Gwthiodd Erful yr amlen i'w boced heb edrych arni. Nid oedd dim yn mynd i'w atal rhag dal y bws cynharach. Roedd mantais arall i ddal y bws hwn, sef cael eistedd yn ei hoff sedd, yr ail ar y chwith. Serch hynny, brysiodd at y stondin. Gosododd y cadeiriau a dweud helô wrth Janet, a safai yn ei ffedog tu allan i Neuadd y Dref yn cael mwgyn, cyn mynd ati i lanhau'r lle. Yna eisteddodd i aros am ei gwpanaid o de, gan wylio'r gweithwyr cynnar yn mynd i'w swyddfeydd, a gwrando ar y lorri ailgylchu'n arllwys y poteli gwydr i'w grombil o'r sgipiau mawr ar y palmant.

"Co ti,' meddai Siôn. 'Dim sôn am y jawl Deric 'na bore 'ma.'

'Mae arian y plwy'n cyrraedd heddiw,' atebodd Erful, gan sipian yr hylif chwilboeth.

Amneidiodd Siôn.

'Welwn ni ddim mohono fe am sbel fach, 'te.'

Gobeithio hynny, wir. Tynnodd Erful yr amlen o'i boced a phensel o'i sgrepan. Ei ddatganiad chwarterol o'r banc ydoedd, ac arferai fynd drwyddo'n ofalus a rhoi tic yn erbyn pob codiad arian cywir. Nid oedd angen slipiau derbynneb arno i gofio dyddiad pob un. Nid oedd yn defnyddio cardiau credyd chwaith, er y credai bod debyd uniongyrchol yn beth hwylus, cyhyd â bod y banc a'r cwmnïau y talwyd iddynt yn cyfrifo'n gywir. Yr unig gerdyn a feddai oedd yr un a ganiatâi iddo dynnu arian o'r twll yn y wal. Nid oedd ei fam wedi credu mewn cardiau o gwbl. Arian parod iddi hi bob tro. Cadwodd Erful y tuniau tybaco gwag ac enwau biliau arnynt yn nrôr y gegin er cof amdani. Gwyddai i'r geiniog faint oedd ganddo, a maint pob bil. Cadwai gofnod manwl o'r rheiny, a rhoi bras amcan o'r hyn y byddai angen ei dalu'r tro nesaf, o ystyried y tymor. A'i bensel yn symud yn chwim i lawr y rhestr, fflachiai atgof eiliad drwy ei feddwl am bob un. Ugain punt wedi'i godi o'r twll yn y wal ar Fedi'r trydydd ar ddeg: Mercher glawiog gyda chiw o'i flaen ac un ohonynt yn bytheirio dan ei anadl ac yn gadael yn waglaw. Syllodd ar un rhif, bil a dalwyd i'r cwmni nwy ar ddechrau Hydref. Doedd hwnnw'n bendant ddim yn gywir.

'Beth sy'n bod?' gofynnodd Siôn.

Yfodd Erful fwy o'i de.

'Mae'r cwmni nwy wedi codi gormod arna i.'

'Ffor' ddiawl wyt ti'n gwbod?'

'Pan fyddan nhw'n gadael cerdyn bach i ddweud eu bod wedi galw a darllen y mesurydd, bydda i'n mynd mas a'i ddarllen e 'to, a gweithio allan faint sy arna i iddyn nhw. Wedyn bydda i'n ysgrifennu siec. Nid dyma'r swm ysgrifennes i.'

'Allen nhw fod wedi darllen y rhifau ar y siec yn anghywir? Faint sy arnyn nhw i ti?'

'Hanner can ceiniog.'

Awr yn ddiweddarach gwthiodd Erful ddrws mawr y banc ar agor. Gan ei bod yn ddydd Iau, gwyddai y byddai Buddug ar ddyletswydd. Tu ôl i'r cownter â'r sgrin wydr hyd y nenfwd, gwyliodd hi'n trafod pentwr o arian mân a chlywai'r darnau'n disgyn drwy'r peiriant hidlo. Arhosodd ei dro, gan obeithio y byddai'n defnyddio'r peiriant cyfrif arian papur a siffrydai fel rhywun yn shyfflo pecyn o gardiau. Weithiau byddai'n rhoi ei arian papur ef drwy'r peiriant hwnnw, oherwydd gwyddai ei fod yn dwli ar y broses, yna byddai'n chwincio ac yn dweud, 'Cystal bod yn siŵr, ontife, Erful?'

Symudodd y person o'i flaen o'r ffordd o'r diwedd a gwenodd

Buddug arno. Gwthiodd ei ddatganiad banc drwy'r bwlch yn y gwydr.

'Beth wyt ti wedi'i weld nawr, Erful?' gofynnodd Buddug gan syllu ar y tudalennau.

'Yr ail dudalen, bil nwy, hanner can ceiniog yn ormod,' mwmialodd, gan afael yn dynn yn ymyl y cownter.

Dyna'r peth neis ynghylch Buddug, doedd hi byth yn amau ei gyfrifiadau. Yn hytrach, cododd ar unwaith a mynd i'r cefn i chwilota. Yna dychwelodd gyda bwndel o sieciau. Chwiliodd am yr un cywir ac edrych arno.

'Eitha reit!' meddai. 'Darllenon nhw wyth deg tri yn lle tri deg tri. Twpsod. Ond sdim isie i ti boeni, gaf i air 'da nhw. OK?'

'Diolch.'

Derbyniodd Erful y datganiad ganddi. Teimlai fod arno ddyled iddi.

'Ody'r mab ifanca'n setlo yn y coleg?' gofynnodd yn gwrtais. 'Roeddech chi'n pryderu na fydde fe.'

Gwenodd Buddug eto ac edrych ar y ddynes nesaf ati, a wenodd yn ogystal.

'Mae e fel y boi,' meddai, 'ond fentra i na fydd e'n mynd trwy'i ddatganiadau banc! Tase pawb fel ti fydde dim hanner y trwbwl.'

Safodd Erful ar ris uchaf y banc gan roi'r datganiad i gadw yn ei sgrepan. Roedd yna brysurdeb y tu fas, ac ar bwys y stondin coffi roedd Siôn yn chwifio'i freichiau. Medrai glywed ei lais dwfn dros gleber y stryd yn ei dweud hi. O'i flaen parciwyd sgwtyr mawr melyn i'r anabl, ac arno eisteddai dynes drom, a'i gwallt pinc llachar yn bytiau pigog dros ei phen. Nid arni hi roedd Siôn yn brygowthan, ond ar griw o lanciau, hwdis, a'u trowsusau llac yn blygiadau consertina o gylch eu fferau. Gwelodd un ohonynt yn codi bys canol anweddus cyn troi at y lleill a chwerthin. Yna cerddasant i ffwrdd yn araf, gan daflu ambell reg dros eu hysgwyddau. Safodd Siôn yn fygythiol tan iddynt droi'r gornel. Anadlodd Erful ei ryddhad a chamu'n ofalus tuag at y stondin. Roedd y ddynes yn chwilio am arian yn ei phwrs, tra aildrefnai Siôn y teisenni ar y cownter.

'Welest ti beth wnaethon nhw?' cyfarthodd pan eisteddodd Erful yn ei gadair arferol. 'Y bastads bach 'na?'

'O'n nhw'n treial dwyn rhwbeth?'

'Wedd dou'n sefyll fan hyn yn cwato'r trydydd a oedd yn pilffran o'r basgedi cacenni, a'r pedwerydd â'i law ym mag Rysti ar yr un pryd! Yffach gols, dyw hi'm yn amser cino 'to!'

Roedd Erful yn falch na fu'n rhaid iddo fod yn dyst i hyn oll a setlodd i ddarllen y papur. Gwnaeth Siôn goffi i'r ddynes ac yna dod allan ag ef a'i osod ar un o'r byrddau, gan symud dwy gadair o'r ffordd. Gyrrodd hi'r peiriant i'r bwlch.

'Thenciw fowr,' meddai gan estyn llaw fodrwyog amdano.

Syllodd Erful ar y cerbyd. Ni welodd y fath sgwtyr i'r anabl o'r blaen, wedi'i addurno drosto â sticeri a chyda dwy faner yn sefyll yn syth fel antena ar y cefn. Gan nad oedd eisiau ymddangos yn rhy chwilfrydig, gorfododd ei hun i ganolbwyntio ar y papur. Chwiliodd am unrhyw sôn am Aeres, ond heblaw am bwt ar waelod un tudalen, doedd dim byd newydd.

'Oes horosgôps yn hwnna?'

Cododd ei ben a gweld mai ag ef yr oedd y ddynes yn siarad. Trodd at y tudalen cywir.

'Oes,' atebodd.

Tynnodd hi becyn o sigaréts o'i bag.

'Dere â Capricorn ac Aquarius i fi.'

Cododd Erful y papur a'i estyn iddi, ond chwifiodd y ddynes ei llaw.

'Nage, 'chan. Darllena nhw mas i fi.'

'Y ddau?'

'Ie. Dwi ar y *cysp*, tweld, so dwi'n cael dou horosgôp am bris un.'

'Ond p'un fyddwch chi'n ei gredu? Weithiau maen nhw'n rhoi cyngor hollol wahanol i'w gilydd.'

'Yr un sy'n siwto.'

Amneidiodd Erful yn araf, er na allai weld pam fyddai unrhyw un yn credu'r pethau hyn. Nid oedd yn rhesymegol y gallai'r un cyngor fod yn berthnasol i ddeuddegfed rhan y ddynoliaeth. Ond roedd y ddynes yn ymddangos yn gyfeillgar.

'Beth yw'r *cysp*, felly?' mentrodd.

'Canol y mis pryd mae un arwydd yn newid i'r llall. Mae'n dibynnu pwy flwyddyn gafoch chi'ch geni, achos mae'r *cysp* yn symud. Ond dwi arno fe – Ionawr yr ugeinfed, chwe deg wyth.'

Meddyliodd Erful am hyn a chrychu'i dalcen.

'Rhuddwen Mair Evans,' meddai'n dawel.

Yr eiliad honno daeth Siôn allan drwy'r llen yn cario brechdan sosej anferth a rhoddodd ef o'i blaen. Chwythodd hi golofn o fwg o'i cheg.

'Ti 'di bod yn clecan amdana i Siôn?' gofynnodd â llygaid culion.

'Fi, Rysti? Naddo, glei.'

'Wel, shwd mae hwn yn gwbod yn enw i 'te?'

Edrychodd Siôn arno a gwenu.

'Synnet ti beth mae Erful yn gwbod,' murmurodd.

Agorodd llygaid y ddynes yn fawr.

'Iysgyrn Dafydd ! Ti sy 'na, Donc? Nabyddest ti fi, do fe?'

Amneidiodd Erful yn ddistaw. Ei dyddiad geni a adnabu, wrth reswm. Fel arall ni fyddai fyth wedi cysylltu'r groten denau yn ei ddosbarth â'r fenyw fawr, lachar hon. Dylai fod wedi cau ei ben. Nid oedd hi wedi anghofio'r llysenw creulon, 'Donc', a roddwyd arno yn yr ysgol, ac nawr roedd Siôn wedi'i glywed.

'Pam "Donc"?' gofynnodd hwnnw. 'Dyfal "Donc" a dyrr y garreg, ife?'

Edrychodd Rysti'n betrus am eiliad.

'Nage,' meddai gan chwerthin, a theimlodd Erful ei galon yn cyflymu. 'Donci, tweld. Er-yn-ful.'

Ni chwarddodd Siôn. Siglodd ei ben.

'A beth yw dy enw iawn di, 'te?'

'Rhuddwen,' atebodd Erful drosti, a chael gwg yn dâl.

'Neis iawn,' meddai Siôn.

'Nadi ddim. Enw twp. 'Na pam dwi'n galw'n hunan yn Rysti. Pan 'ych chi'n rhuddo rhwbeth, mae e'n gadel marc fel rhwd.'

Gosododd Siôn ei law ar ysgwydd Erful.

'Ody fe? Rysti, wir. Bydde Cheeky'n enw gwell o lawer.'

Hwpodd Rysti ei thafod allan arnynt a chymryd cegaid o'i brechdan.

'Os nad wyt ti'n mynd i ddarllen yr horosgôp, dwi'n mynd,' meddai'n flin.

'Cer 'te,' atebodd Siôn. 'Ond cofia fod arnat ti deirpunt i fi.'

Peth amser wedyn, gwyliodd Erful y sgwtyr melyn yn treiglo ymaith. Roedd syched y ciw amser cinio wedi'i ddiwallu o'r diwedd, a gallai weld Siôn yn achub ar y cyfle i yfed rhywbeth ei hun. Cadwai botel fechan o hylif clir yn y cwpwrdd a chryfhau ei ddiod ag ef. Roedd yn bryd troi tuag adref. Gwthiodd Siôn ei ben drwy'r llen wrth iddo godi.

'Dwi ddim wedi'i gweld hi yma o'r blaen,' dywedodd Erful.

'Fydd hi ddim yn dod tan y prynhawn fel rheol. Rhy ddioglyd i godi'n gynnar. Ac mae'r sgwtyr 'na'n niwsans. Mae hi'n ei yrru fel stîm-rolyr. We ti'n ei nabod hi'n dda yn yr ysgol? '

'Roedden ni yn yr un dosbarth. Fel y ferch 'na gafodd ei lladd, Aeres Roberts. Roedd e ar y newyddion neithiwr. Glywes i ddim am un o'r ddwy ers i fi adael. Tan ddoe, hynny yw.'

'Bois bach! Beth yw'r siawns o hynny'n digwydd? Un mewn miliwn?'

Rhoddodd Erful y papur newydd yn ei sgrepan.

'Yn ystadegol, mae cyd-ddigwyddiadau'n eithaf cyffredin.

Mae'n fwy rhyfedd os nad 'ych chi'n cwrdd â phobol o'ch gorffennol o bryd i'w gilydd.'

''Na'r gwir amdani. Mae ambell un, cofia, fydden i'n falch dros ben i beidio â'u gweld nhw byth 'to. Fel fy nghyn-fam yng nghyfreth. Os weli di fi'n rhedeg a cwato unrhyw bryd, byddi di'n gwbod pwy sy 'na.'

Chwarddodd ac ymunodd Erful ag ef, gan ddilyn ei arweiniad. Ni allai gredu bod neb yn bodoli a barai i Siôn wneud y fath beth. Oni roddodd lond pen i'r hwdis?

'Y groten arall 'na oedd yn dy ddosbarth di – nid 'na beth galwon nhw ddi ar y teli.'

'Nage. Mags Roberts oedd yr enw roedd hi'n ei ddefnyddio. Roedd ei henw llawn yn y papur. A'i hoedran.'

'Ac fe gofiest ti ddi o hynny?'

'Do. Fi oedd yn cadw'r gofrestr bob dydd dros Miss Llewelyn, ac yn cyfrifo'r absenoldebau ar ddiwedd bob tymor.'

'Alla i gredu 'ny. Ti gystel â chompiwtyr, boi. Allet ti fod wedi mynd yn gyfrifydd, neu gadw llyfre i fusnesau, ti'n gwbod.'

'Mewn theori, gallen. Ond pwy fydde'n rhoi swydd i fi? Allen i ddim gweithio mewn swyddfa – fydden i ddim yn gwbod beth i'w ddweud wrth bobol.'

Edrychodd Siôn arno am eiliad fel pe bai yntau heb wybod beth i'w ddweud, cyn diflannu drwy'r llen.

Ar y bws adref meddyliodd Erful am eu sgwrs. Nid Siôn oedd y cyntaf i grybwyll y dylai fod yn gyfrifydd. Wedi'r cyfan, dyna fu galwedigaeth ei dad, cyn iddo farw'n sydyn o drawiad ar y galon pan nad oedd Erful ond pum mlwydd oed. Y straen o ymwneud â symiau anferth o arian oedd yn gyfrifol, yn ôl ei fam, er na allai Erful ddeall hynny. Roedd rhifau'n bethau syml, clir, yn wahanol i bopeth arall mewn bywyd. Ac nid oedd y straen wedi atal ei dad rhag gwneud buddsoddiadau hynod graff a'u caniataodd i fyw'n rhesymol o gysurus ers ei farwolaeth. Erful a fu'n trin y buddsoddiadau hyn ers dros ddeng mlynedd ar hugain. Arferai amlenni trwchus ddod i'r tŷ a chael eu gosod yn y cwpwrdd heb eu hagor. Ac yntau ar drothwy ei ben-blwydd yn dair ar ddeg, ac yn disgwyl cardiau ac anrhegion gan ei berthnasau, agorodd un ar ddamwain. Daeth ei fam o hyd iddo'n darllen y cynnwys yn awchus. Cofiai godi ei ben a'i gweld yn rhythu arno o ddrws y gegin.

'Mae angen i chi wneud rhywbeth ynghylch y rhain, neu fe gollwch chi'r cyfle i ailfuddsoddi. Mae'r raddfa log bedwar y cant yn well. Mae hynny'n golygu chwe chan punt yn fwy erbyn diwedd y flwyddyn.'

'Dwi ddim yn gwbod beth i'w wneud. Alla i ddim gwneud pen na chynffon o'r pethe.'

'Mae e'n hawdd. Ond mae isie i chi ysgrifennu atyn nhw.'

'Alli di ddim ei wneud e?'

'Galla. Ond bydd raid i chi arwyddo'r llythyr.'

'Pam?'

'Achos plentyn ydw i.'

A dyna fel y bu. Arferent eistedd o bryd i'w gilydd yn ystafell rheolwr y banc, ei fam yn arwyddo ac yn trafod yn nerfus, ac Erful yn sibrwd cyfarwyddiadau iddi dan ei anadl. Wedyn, fel pe bai baich anferth wedi'i godi o'i hysgwyddau, âi ei fam ag ef am hufen iâ.

'Tîm da – ti a fi gyda'n gilydd.'

Gallai ei gweld yn ei chot frown, a sgarff amryliw am ei gwddf, yn eistedd gyferbyn ag ef ac yn gwenu arno. Wrth i'r blynyddoedd dreiglo heibio cymerodd fwy a mwy o'r cyfrifoldeb ariannol, ac erbyn iddo gyrraedd ei ugeiniau cynnar trosglwyddwyd y tŷ i'w enw ef, er syndod iddo, er mwyn osgoi treth etifeddiaeth. Ei syniad hi oedd hynny.

'Mae'n rhaid i ti fyw, Erful. Fydda' i ddim yma am byth.'

Siglodd ei hun. Nid oedd, mewn gwirionedd, wedi credu na fyddai hi yno am byth. Sylweddolodd ei fod ar fin cyrraedd ei arhosfan a chododd ar ei draed. Roedd hi'n ganol prynhawn, a min hydrefol yn yr awyr. Ymlwybrodd i lawr y stryd. Roedd goleuadau yn nhŷ Mistar Elmer. Beth oedd maint ei filiau trydan, tybed? Wedi cyrraedd y tŷ, berwodd y tecyl. Drwy ffenestr y gegin gallai weld yr hen ŵr yn wilibowan yn ei ystafell fyw, fel pe bai wedi colli rhywbeth. Er bod y llenni net yn gorchuddio llawer o'r ystafell, roedd lliwiau'n newid ac yn fflachio yn y gornel. Eisiau newid y sianel yr oedd, fwy na thebyg. Trodd ymaith a mynd â'i de i'r llofft. Roedd meddwl am ei fam wedi rhoi syniad iddo. Ar y llawr uchaf roedd yr hen daflunydd a'r sgrin a blychau dirifedi o dryloywluniau. Ei dad oedd y ffotograffydd. Byddai edrych ar y gorffennol yn ffordd ddiddorol o dreulio'r prynhawn.

YR AIL

*Mae'n nosi a phawb wedi gadael, er nad yw hynny'n beth y
gellid dibynnu arno mewn lle mor gyhoeddus. Bu'n hydref
mwyn hyd yma, ac nid yw'r dail wedi dechrau cwympo eto. Mae
canghennau isel y llwyn yn dal yn drwch o wyrdd ac yn pendilio
bron hyd y glaswellt, gan greu twnnel mawr, clyd, sy'n lloches
rhag llygaid busneslyd. Sawdl uchel esgid werdd yw'r unig
awgrym gweladwy, dim ond os digwydd i rywun graffu'n ofalus.
Mae corff perchennog yr esgid ynghudd. Rheda chwilen fechan
ddu i lawr y boncyff. Gall wynto rhywbeth ac mae cyffro yn ei
chamau brysiog. Er nad yw ond fodfeddi i ffwrdd mae'n bellter
iddi hi ac mae'r clêr mawr glas wedi cyrraedd y wledd o'i blaen.
Esgynna ar ei hadenydd, sy'n ymddangos yn rhy fach o lawer
i'w chorff, a hofran dros y pentwr am eiliad hir. Yn y diwedd
mae'n dewis y gwallt. Mae'n cripad ymlaen drwy'r goedwig
a'r aroglau'n cryfhau bob eiliad. Ond mae'n anodd gan fod y
cudynnau'n ludiog. Mae'n troi 'nôl ac yn mynd i chwilio am fan
meddal, haws mynd ato.*

*Wrth ymyl yr afon mae criw o fechgyn yn cerdded yn
hamddenol, caniau cwrw yn eu dwylo, yn gweiddi a chwerthin
am ddim byd. Mae posibiladau'r noson yn ymagor o'u blaenau.
Gwthiant ei gilydd a rhedeg cam neu ddau, ac mae un ohonynt
yn neidio ar un o'r meinciau gan ganu cytgan uchel. Nid yw
hyn yn mennu dim ar y trychfilod, na'r pentwr chwaith. Maent
hwy yn eu byd bach eu hunain. Tawela lleisiau'r bechgyn a dim
ond y drafnidiaeth ar y ffordd fawr sy'n glywadwy nawr. Bydd
yn rhaid i bâr o gariadon ddod heibio gan chwilio am rywle
tawel cyn y terfir ar gynnwys y deildy. Y ferch fydd yn sylwi*

ar yr esgid, oherwydd mae ganddi rai tebyg ar ei thraed sy'n
pinsio fel y diawl, a'i sgrechian hi fydd y sŵn sy'n anfon yr holl
greaduriaid i guddio, fel plant wedi'u dal yn camfyhafio.

PENNOD 3

BORE DRANNOETH, cafodd Erful sioc. Roedd Marchnad y Ffermwyr ar waith, ac er bod stondinau eraill blith draphlith ar hyd y rhodfa, nid oedd stondin Caffi Clecs i'w weld yn unman. Safodd gan syllu fel plentyn amddifad. Ni ddywedodd Siôn air y prynhawn cynt. Teimlodd law ar ei fraich. Safai Bŵ Fach yn edrych i fyny arno. Cadwai hi stondin bwydydd gwlad Tai a chawl cyrri a rhyw basteiod a phethau felly.

'Ydi car Siôn wedi torri?' gofynnodd yn ei llais trwynol, uchel.

Cododd Erful ei ysgwyddau'n benisel. Gwenodd Bŵ Fach a dangos dannedd perffaith wyn.

'Dere i helpu fi heddiw.'

Dilynodd hi at ei char a barciwyd nid nepell i ffwrdd. Roedd ei oleuadau'n chwincio, ac wrth iddi agor y drws cefn gwelodd Erful flychau mawr plastig. Safai crochan trwm yr olwg yn un ohonynt. Deuai sawr sbeis ohono.

'Un ochr i fi, un i ti,' meddai Bŵ Fach.

Rhyngddynt llwyddasant i gario'r cyfan a'i osod ar fwrdd y stondin. Aeth Bŵ ati i drefnu'r arwyddion. Darllenodd Erful hwy'n ddistaw. 'Tom Kha' oedd enw'r cawl. Crychodd ei drwyn. Sbosib nad 'Cwrcath' a olygai hynny. Sylwodd Bŵ arno'n syllu.

'Cawl i ti am helpu,' meddai, gan arllwys cwpanaid polystyren mawr o'r hylif melyn, rhoi capan plastig arno a'i lapio mewn bag. Cymerodd Erful ef yn ansicr.

'Diolch yn fawr,' meddai, gan bendroni sut y medrai gael gwared arno.

Arbedwyd ef rhag amlhau geiriau gan ddyfodiad Siôn yn gwthio'i feic o'i flaen.

'Blydi car!' meddai. 'Odw i wedi colli lot o gwsmeriaid?'

'Naddo. Dim un,' atebodd Erful, a'i ddilyn i gefn Neuadd y Dref.

Roedd yn eithaf cyffrous, a dweud y gwir, i gael y fraint o fod yno a rhoi help llaw i godi'r stondin. Cafodd wthio'r drol llawn byrddau a chadeiriau o'r storfa, ac agor y gynfas fawr a roddai Siôn dros y to i gadw'r lle'n ddiddos. Gwyliodd ef yn ei glymu i'r bondo â chlipiau metel.

'Ddaw Rysti heddiw?' gofynnodd, unwaith fod popeth yn ei le.

Edrychodd Siôn dros ei ysgwydd arno.

'Ffansïo ddi, wyt ti?' Nid arhosodd am ateb. 'Watsia di honna. Mae'n wyllt uffernol.'

Meddyliodd Erful am hyn.

'Doedd hi ddim arfer bod yn yr ysgol. A ta beth, mae hi'n anabl nawr.'

Gwnaeth Siôn ryw sŵn rhochio yn ei wddf.

'Gwed wrtha i,' gofynnodd ar ôl eiliad. 'Shwt we ti yn yr un dosbarth â hi? We'n i'n credu bod sytifficêts a chwbwl 'da ti. Os nad o'n nhw'n rhoi rhai i chi am ishte ar eich tine a gwneud dim byd, chafodd Rysti ddim shwt beth erioed.'

Gwenodd Erful.

'Na. Ond o'n i'n cael gadael y dosbarth i neud Saesneg a Mathemateg ac ambell i bwnc arall. Roedd Anawsterau Dysgu 'da'r lleill i gyd a bydde pobol fel rheol yn cael eu rhoi 'na'n un ar ddeg ac aros 'na nes iddyn nhw adael yr ysgol. Dwi'm yn credu bod dosbarthiadau tebyg i gael nawr. Rhywle i roi pobol o'r golwg oedd e.'

'So pam we ti 'na achwedyn?'

'O'n i fwy diogel yn 2R – dyna oedd enw'r dosbarth. Mam benderfynodd taw dyna'r lle gorau i fi, ac roedd hi'n iawn. O'n nhw ddim yn gas wrtha i yn 2R. Roedd yr athrawes, Miss Llewelyn, yn garedig, ac yn gofalu amdanon ni.'

Wrth grwydro drwy'r dref yn ddiweddarach, a'r cwpan cawl yn dal yn gynnes yn y sgrepan ar ei gefn, chwiliodd Erful ei gof am y diwrnod tyngedfennol hwnnw pan aeth ei fam ag ef i siarad â'r prifathro. Cael ei siaced wedi'i rhwygo'n rhacs am yr eildro fu'r ysgogiad. Edrychodd y prifathro arnynt dros ei sbectol hanner lleuad.

'Mae'r pethe 'ma'n digwydd, Mrs Williams – mae bechgyn yn gallu bod yn arw. Chware dwli oedd y cyfan, allwch chi fentro.'

'Ond allan nhw ddim gweld ei fod e'n wahanol?'

'Y broblem yw, dyw e ddim, o bell fordd, yn rhywun sydd angen help â'i waith. Mae mwy na digon ym mhen Erful – sdim rheswm yn y byd dros ei roi yn yr uned arbennig. Sbosib nag 'ych chi eisiau iddo wireddu ei botensial academaidd?'

'Beth yw'r pwynt o hynny os caiff e 'i bwno bob wythnos?'

Anfonwyd ef o'r ystafell wedyn, ac ni chlywodd y gweddill. Ond daeth ei fam allan yn gwenu, a gwyddai mai hi fu drechaf. Daethpwyd i fath o gyfaddawd yn ei absenoldeb, fodd bynnag, oherwydd treuliai rannau o'r dydd yn y dosbarthiadau pwnc arholiad. Ac er y golygai hyn daith yn ôl i'r isfyd o'i safbwynt ef, o leiaf medrai ddianc allan o afael ei boenydwyr yn 2R. A drws y dosbarth wedi'i gau yn erbyn y byd, a Miss Llewelyn, nad oedd fyth yn gweiddi, wrth y llyw, roedd yno loches glud. Tan y diwrnod . . .

'Hei!'

Neidiodd Erful a diffodd ei atgofion. Roedd rhywun yn galw arno o ddrws siop. Ei adwaith cyntaf oedd anwybyddu'r alwad ond yna clywodd ei enw a dilynodd y llais. Eisteddai Rysti ar ei sgwtyr yn bwyta brechdan. Cododd law arno.

'OK?' meddai'n uchel.

'Odw, diolch. A thithe?'

'Cadw i shiglo. Unrhyw beth yn digwydd?'

Cododd Erful ei ysgwyddau, ac yna cofiodd am Aeres.

Gollyngodd ei sgrepan a'i agor. Y peth cyntaf a welodd oedd y cwpan cawl, a'i gynnwys wedi sarnu rhywfaint. Cydiodd yn y cwpan a defnyddio'i law dde i chwilota yng ngwaelod y sgrepan.

'Ta!' meddai Rysti, gan gymryd y cwpan oddi arno. Edrychodd Erful arni'n tynnu'r caead ac yn yfed.

'Mae gyda fi ddarn o'r papur newydd,' meddai. 'Welest ti'r newyddion am Aeres?'

'Pwy?'

'Aeres, yn ein dosbarth ni. Cafodd hi ei lladd.'

Siglodd Rysti ei phen.

'Ddim yn 'i nabod hi,' meddai.

'Ond roeddet ti'n eistedd tu ôl iddi yn 2R.' Cafodd hyd i'r darn a'i ddangos iddi. Prin yr edrychodd arno. 'Ti'n cofio. Roedd gwallt hir, melyn ganddi.'

Siglodd ei phen. Tybed a gafodd ddamwain, meddyliodd Erful, a achosodd ei hanabledd ac a barodd iddi golli ei chof?

'Nid Aeres oedd hi'n galw ei hunan nawr, ond Mags,' ymdrechodd.

Rhoddodd Rysti'r cwpan i lawr. Roedd ei llygaid yn gul unwaith eto.

'Gwbod am Mags 'fyd,' meddai. Cnodd ei gwefus. ''Na pwy oedd hi, ife?'

'Ie. Gyda ni yn 2R. Mae'r papur yn dweud ei bod hi'n butain, ac un o'i chwsmeriaid laddodd hi.'

'Alla i gredu 'ny. Ond sai'n ei chofio hi. Sai'n cofio fowr ddim am 2R.'

'Nag wyt ti? Ddim hyd yn oed Miss, a Wilma, a'r ddau frawd, Dorian a Rhydian?'

'Nawr bo ti'n sôn. Ond ddim lot.'

Siglodd ei phen eto, a llyncu gweddill y cawl. Yna taflodd y cwpan i gyfeiriad y bin sbwriel, ond disgynnodd ar y llawr.

'Ti'n cofio popeth, sbo,' meddai.

'Odw.' Cododd Erful y cwpan â'r bwriad o'i roi'n daclus yn

y bin. Clywodd sŵn motor y sgwtyr yn tanio, a throdd. Roedd
Rysti wedi mynd.

Gorfu iddo aros gryn amser am y bws ac roedd hi'n hwyrach
nag arfer arno'n cyrraedd adref. Nid oedd goleuadau yn nhŷ
Mistar Elmer y tro hwn. Safai dynes ifanc ar y llwybr yn siarad
ar ffôn symudol. Swniai'n ddig. Nawr ac yn y man, wrth ateb
pwy bynnag oedd ar y pen arall, taflai olwg betrus ar ffenestri'r
llofft. Brysiodd Erful i mewn i'w dŷ ei hun. Gwelodd hi drwy
ffenestr y gegin yn dal i siarad, yna caeodd hi'r ffôn yn glep,
brasgamu at y gât a dringo i mewn i gar. Roedd y ffens yn rhy
uchel iddo weld mwy, ond clywodd hi'n gyrru ymaith, yn refio'r
injan ac yn clatsian y gêrs.

Aeth i'r ystafell fyw. Ymestynnai noson hir arall o'i flaen.
Gallai fwyta ei swper, ond wedyn ni fyddai dim i'w wneud
ond darllen neu wylio'r teledu. Gallai roi cynnig arall ar osod
y taflunydd a didoli rhagor o'r blychau o dryloywluniau. Ni fu'r
noson cynt yn llwyddiant ysgubol yn hynny o beth. Golygfeydd
di-ben-draw o safleoedd archaeolegol ac eglwysi cadeiriol ar y
Cyfandir oedd yn y ddau flwch cyntaf, ac roedd cael y peiriant i
weithio wedi bod yn llafur caled. Ochneidiodd a chodi o'r soffa.
Syrthiodd pentwr o lyfrau a phapurau oddi ar y bwrdd coffi a
rhoddodd nhw yn ôl yn eu lle. Yn y garej roedd 'na flwch plastig
gwag ar gyfer papurau i'w hailgylchu. Nid oedd wedi ei fwydo
ers i'w fam farw. Yn wir nid oedd wedi cael gwared ar ddim
heblaw gweddillion bwyd ers dros ddwy flynedd nawr. Roedd
bwrdd yr ystafell fwyta'n frith o amlenni'r buddsoddiadau, ac
ar bob gris i'r llofftydd safai pentwr, yn nhrefn eu dyddiad, o'r
papurau am ddim. Ar y gwely yn hen ystafell ei fam roedd pob
darn o ohebiaeth a gyfeiriwyd ati. Er mai catalogau dillad a
garddio a llythyrau cardota oddi wrth elusennau oeddent bron
i gyd, bob tro y meddyliodd ei bod yn bryd eu taflu, gwelai ei
henw ar yr amlenni ac ni fedrai. Dringodd y grisiau'n araf, er

mwyn peidio ag aflonyddu ar y papurau newydd. Gallent fod yn ddefnyddiol, meddyliodd.

Ar y llawr uchaf, gwthiodd y drws i'r ystafell lle daethai o hyd i'r taflunydd. Roedd yma fwy o flychau, un ar ben y llall, yn dal mwy o bapurau. Bu'n rhaid iddo greu llwybr rhyngddynt i gyrraedd y soced trydan. Nid oedd lle i godi'r sgrin, felly sgleiniodd y golau o'r taflunydd yn uniongyrchol ar y wal wen letaf. Roedd y tryloywluniau o fewn casys plastig, a rhestr ar bapur yn disgrifio cynnwys pob un. Dylai eu darllen – arbedai hynny orfod ailymweld â mwy na mwy o eglwysi cadeiriol ac adfeilion. Ni fu ef erioed dramor, ond arferai ei rieni fynd bob blwyddyn cyn ei eni. Buont yn briod am ddeng mlynedd cyn ei ddyfodiad i'r byd. Chwiliodd am flwyddyn ei enedigaeth a chael gwefr o weld ei enw ei hun ar y rhestr berthnasol. Bwydodd y blwch i'r peiriant a gwasgu'r botwm. Dyna fe'n faban newydd ei eni yn yr ystafell yn yr ysbyty, a'i fam yn gwenu'n falch i lawr arno yn ei grud haearn. Roedd hanner dwsin felly, ac yna un mwy niwlog, damaid yn gam, o'i dad yn ei ddal yn ei freichiau. Ei fam gymerodd hwnnw, fwy na thebyg. Roedd ei dad â'i geg ar agor yn ei ddal yn lletchwith, fel pe bai'r llun wedi'i gymryd wrth iddo roi cyfarwyddiadau iddi. Taflodd gipolwg arno'i hun mewn hen ddrych a hongianai ar y mur ger y ffenestr a sylweddoli am y tro cyntaf mor debyg ydoedd i'w dad. Nid oedd wedi gweld hyn o'r blaen. Roedd ganddynt yr un wyneb hir, yr un sbectol ffrâm ddu a'r un cudyn gwallt syth tywyll yn syrthio dros y talcen. Aeth drwy'r lluniau gan syllu ar ei wyneb babanaidd a cheisio cofio. Hanner ffordd drwy'r trydydd blwch, daeth yr atgof cyntaf iddo. Roedd e'n cerdded erbyn hyn, ar ei draed yn simsan yn yr ardd yn chwarae â phêl fawr liwgar ac yn gwisgo dyngarîs gwyrdd. Haf, meddyliodd, taflu'r bêl i'r blodau, mynd ar ei hôl a chwympo i ganol y begonias. Gallai deimlo'i fam yn ei godi ac yn brwsio'r pridd oddi ar ei benliniau. Clywodd hi'n chwerthin 'Druan o 'megonias i!'

Gwenodd yn y tywyllwch ac edrych ar y rhestr. 17. 7. 67. Y dyddiad cyntaf a gofiai. Roedd e'n bymtheg mis oed.

Ei stumog yn cwyno a'i gyrrodd i lawr y grisiau. Pastai cig eidion a madarch oedd ganddo i'w fwyta, a theisen i'w ddilyn, ond gwnaeth de ffres oherwydd roedd y llall wedi oeri ers oriau. Roedd arno frys i fynd yn ôl a dilyn trywydd ei blentyndod ymhellach. Medrai fod wedi gwneud hyn flynyddoedd yn ôl, ond caewyd drysau'r llofftydd uchaf ar ôl i'w dad farw ac nid oedd wedi teimlo'r awydd i chwilota tan yn ddiweddar. Ni welodd ei fam fyth yn dringo'r ail set o risiau. Ar y dechrau, nid oedd hi eisiau mynd, ac erbyn y diwedd, ni chariai ei choesau hi yno.

Cystal iddo gael cip ar newyddion deg wrth fwyta'i swper. Collodd y penawdau ond roedd y newyddion lleol ar ddod. Efallai câi glywed rhagor am Aeres. Roedd rhyw fath o gyffro yn y stiwdio ac edrychai'r darlledwr yn ddifrifol. Pwysodd Erful ymlaen. Cliriodd y dyn ei wddf.

'Yn ystod yr awr ddiwethaf, datgelwyd bod ail gorff wedi'i ddarganfod yn nhref Maeseifion. Mae hyn yn dilyn dod o hyd i gorff Mags Roberts (fflachiodd llun o ddynes hollol anghyfarwydd ar y sgrin) lai nag wythnos yn ôl. Nid yw'r heddlu wedi cyhoeddi enw ar hyn o bryd, ond mae ein gohebydd Elin Meillion newydd gyrraedd y safle.'

Cyfeiriodd y darllenydd newyddion ei olygon i'r chwith a gwelwyd, ar sgrin fawr y stiwdio, wyneb merch gwallt tywyll mewn siaced ddu yn sefyll yn yr awyr agored. Syrthiodd Erful ar ei benliniau, fodfeddi o'r teledu a sganio'r cefndir. Ble'r oedd hi'n union? Roedd y camera'n canolbwyntio ar ei hwyneb. Clywodd ei hun yn mwmial yn rhwystredig. Gafaelai'r ferch yn dynn mewn meicroffôn. Yna dechreuodd siarad.

'Diolch, Dyfed. Mae'r fan lle canfuwyd y corff yng nghanol y dref ac mae'r heddlu eisoes wedi corlannu'r safle. Credir mai merch yw'r ymadawedig, ond nid yw hynny wedi'i gadarnhau. Mae hwn yn barc cyhoeddus, lle bydd nifer fawr o bobl yn *cerdded yn feunyddiol, a gorchwyl cyntaf yr heddlu, yn ôl y Prif Arolygydd John Roderick, fydd ceisio sefydlu pryd yn union y digwyddodd hyn.'*

Y tu cefn iddi gwelodd Erful safle'r seindorf yn y pellter. Roedd wedi cerdded heibio iddo ganwaith.

'Ydi'r heddlu'n cysylltu'r darganfyddiad hwn â'r llofruddiaeth arall?'

'Dyna'r cwestiwn, Dyfed. Ar hyn o bryd, maent yn gyndyn iawn i ddweud dim, ond llwyddais i gael gair gyda rhywrai a oedd yma cyn i'r babell ymchwilio gael ei chodi, a'u teimlad nhw oedd nad marwolaeth naturiol mo hon. Ond dylid pwysleisio nad barn swyddogol yw honno.'

'Diolch, Elin. Byddwn ni'n rhoi unrhyw fanylion pellach i chi fel y gallwn.'

Diflannodd y ferch ac eisteddodd Erful yn ôl. Barn swyddogol ai peidio, nid oedd unrhyw amheuaeth yn ei feddwl ef fod ail gorff yn golygu ail lofruddiaeth. A phwy oedd hi? Cyn iddo fedru newid ei feddwl, gafaelodd yn ei got o gefn y gadair, taro'i allweddi yn ei sgrepan a gadael y tŷ. Roedd bws yn dod o'r dref bob ugain munud tan ddeng munud i hanner nos. Os cadwai lygad ar ei oriawr byddai ganddo amser i ddychwelyd mewn da bryd. Efallai y byddai un o'r tystion answyddogol yn dal ar y safle. Byddai'n llunio cwestiynau perthnasol ar y bws.

Roedd hi fel ffair yn y parc, er gwaethaf ymdrechion yr heddlu i gadw pobl draw. Wrth iddo frysio heibio i safle'r seindorf, gallai weld bod torf wedi ymgynnull o flaen stribedi hirion o dâp glas a gwyn. Nid nepell i ffwrdd ar y chwith safai lorri darlledu allanol, yn chwyrnu'n dawel. Roedd y ddarlledwraig Elin Meillion yn yfed coffi wrth bwyso yn ei herbyn, a bwndel o nodiadau dan ei braich. Bu bron iddo ddweud helô wrthi. Rhoddai'r babell wen a godwyd dros y corff fwy o argraff fyth o sioe. Yr ochr arall i'r tâp safai heddwas ifanc iawn, yn holi hwn a'r llall. Safodd

Erful yng nghefn y dorf yn gwylio'r mynd a dod. Roedd cerbyd y SOCOs wedi'i barcio gerllaw, ac roedd o leiaf tri ohonynt i'w gweld yn cerdded o amgylch. Mewn siwtiau gwyn llachar o'u corun i'w sawdl, yn sgleinio fel crwyn pysgod yng ngolau'r lampau anferth, roedd fel edrych ar fodau arallfydol yn byw eu bywydau dirgel ar blaned arall. Ymunodd rhyw deulu ag ef, tad a mam, a phlentyn ynghwsg mewn cadair wthio. Hongianai potel o laeth o wefus y plentyn, ac er na chyrhaeddai'r llaeth ei grombil, daliai i sugno arni bob yn awr ac yn man.

'Unrhyw newyddion?' gofynnodd y tad.

Siglodd Erful ei ben. Sniffiodd y dyn, a oedd yn llabwst mawr a'i ben wedi ei eillio. Tynnodd y ferch far o siocled o'i phoced a chynnig darn i dad ei phlentyn.

'Af i i ofyn,' meddai'r dyn gan wthio drwy'r dorf.

'Wedith neb ddim byd wrthot ti!' galwodd y ferch ar ei ôl.

Clustfeiniodd Erful orau medrai ond ni allai gael pen llinyn unrhyw sgwrs. Gwyliodd y ferch yn cnoi ei siocled.

'Weloch chi fe ar y newyddion?' gofynnodd yn swil.

Cnodd am eiliad cyn ateb.

'Naddo. O'n ni yn y Sgowt a wedodd rhywun. Cystal dod i weld ar ein ffordd gartre, ontife?'

Tafarn leol oedd y Sgowt. Byddai'r parc yn llawnach fyth unwaith i'r tafarnau gau. Byddai'r heddwas ifanc wedi cael hen ddigon ar gwestiynau pobl yn fuan iawn.

'Wedon nhw pwy bia'r corff?' gofynnodd eto. Dyma un o'r cwestiynau a baratôdd ar y bws.

'Dim gair.' Trodd y ferch ymaith at y plentyn oedd wedi agor ei lygaid erbyn hyn, a gwthiodd ddarn o siocled i'w geg.

Roedd rhai pobl yn ei throi hi am adref eisoes. Symudodd Erful o'r ffordd i adael iddynt fynd heibio, a chamodd i'r bwlch. Sganiodd y dorf am wyneb cyfarwydd. Ar gyrion pellaf y dyrfa, dan y coed, safai ffigwr a welsai Erful lawer gwaith o'r blaen. Y Barf, fel galwai Siôn ef. Arferai ei weld yn cysgodi rhag y glaw yn nrysau siopau, a nifer o fagiau plastig wrth ei draed. Nid oedd erioed wedi siarad ag ef a doedd e ddim yn bwriadu gwneud chwaith. A'i wallt i lawr dros ei ysgwyddau a'i farf yn tyfu hyd ei frest, edrychai fel trempyn hen ffasiwn o ddyddiau plentyndod Erful. Yn ddisymwth, fel pe bai wedi gweld digon, trodd y Barf ymaith a thoddi i dywyllwch y coed.

'Drygs yw hyn i gyd,' meddai llais wrth ei ochr.

Edrychodd Erful ar y siaradwr. Cyfarchodd ef y dyn canol oed oedd yn gwisgo anorac heb yngan gair.

'Wedes i hynny pan ddaethon nhw o hyd i'r ferch gyntaf. Drygs. 'Na beth yw popeth nawr.'

Roedd Erful ar fin dweud na chredai fod hynny o reidrwydd yn wir, pan glywodd leisiau o'i flaen. Symudodd yn ôl yn reddfol ond roedd y dyn wrth ei ochr ar flaenau'i draed yn llawn chwilfrydedd, yn ceisio gweld beth oedd ar droed.

'Camwch 'nôl, os gwelwch yn dda!' gorchymynnodd yr heddwas. Yn anfodlon, symudodd pawb rhyw fymryn bach.

'Mae'r Bòs Mawr wedi cyrraedd,' cyhoeddodd yr anorac â'r wyneb coch gan gyffwrdd â'i dalcen a gwenu. Gwyliodd Erful nifer o ddynion tal, trwm, byrwallt mewn siacedi duon yn croesi'r tâp. Safodd yr heddwas ifanc yn sythach.

'Y Prif Arolygydd John Roderick,' mwmialodd Erful yn obeithiol. Edrychodd y dyn wynepgoch arno â diddordeb newydd.

'Fydden ni ddim isie cwrdd â fe ar noson dywyll,' meddai, ond roedd mwy o symud tu cefn iddynt. Gellid gweld Elin Meillion yn agosáu.

'Falle fyddwn ni i gyd ar y teli nawr,' meddai'r dyn, a thynnodd ffôn symudol o'i boced.

Agorwyd llwybr rhwng yr ysgwyddau i'r gohebydd, ac aeth si fel sisial dail ar led. Nid oedd Erful eisiau bod ar y teledu ond dymunai glywed pa wybodaeth newydd bynnag oedd ar gael. Aeth yn nes, ynghyd â gweddill y dyrfa, a'i gael ei hun ond fodfeddi i'r dde o'r dyn camera. A hwnnw'n canolbwyntio'n ddwys ar y gohebydd, cafodd gyfle i syllu'n edmygol arno'n ffidlan â'r botymau ac yn newid y ffocws. Dyna gamera gwerth ei gael. Ond costiai filoedd, fwy na thebyg. Llusgodd ei lygaid oddi wrtho. Roedd Elin Meillion yn gwyro'i phen, yn aros i'r dynion pwysig ddod allan o'r babell.

'Gwed rwbeth, i fi gael y lefelau sain,' meddai'r dyn camera'n sydyn.

Trodd y ferch ato.

'Elin Meillion, newyddion deg, a'i Jimmy Choos yn suddo i'r llaid, yn aros i'r heddlu ddweud yffach o ddim am yr eildro,' meddai â gwên dlos.

Chwarddodd ambell un. Tynnodd wep ddoniol.

'Glywoch chi ddim mo 'ny, cofiwch!'

'Ond chi sy'n iawn,' meddai llais o rywle. 'Mae gyda ni hawl i wbod beth sy wedi digwydd.'

Cytunodd y ferch yn ddwys.

'Alla i fentro bod hyn yn destun pryder mawr i'r gymuned,' meddai.

'Peidwch â sôn! Ry'n ni'n dechre ofni mynd mas erbyn nos. A beth am y plant?'

Ni allai Erful weld pam roedd y siaradwr yn pryderu amdano'i hun nac am ei blant. Menywod oedd y rhai a fu farw. Tase fe'n ofni ynghylch ei wraig, byddai synnwyr yn hynny. Ond roedd fflap y babell wedi'i thynnu i'r naill ochr ac ymddangosodd y dynion. Clywodd glic y camera'n tanio ac o flaen ei lygaid lansiodd Elin Meillion i araith fel pe bai rhywun wedi troi switsh yn ei chefn.

'Efallai cewn ni gyfle i ddysgu mwy gan y sawl sy'n arwain yr ymchwiliad,' meddai gan bwyso dros y tâp a stwffio'r meicroffôn dan drwyn y talaf a'r trymaf o'r dynion. Closiodd y lleill ato'n amddiffynnol. Edrychodd y Prif Arolygydd yn flinedig arni, ond ni ddywedodd ddim.

'Allwch chi gadarnhau taw merch yw'r corff?' gofynnodd Elin.

Â'r ystum lleiaf posib agorodd y Prif Arolygydd ei geg a distawodd y dorf ar amrantiad.

'Medraf,' meddai, a cherdded ymaith yn benderfynol.

Gwyliasant hwy'n mynd. Trodd Elin at y dyn camera.

'Gest ti hynny?' gofynnodd.

'Do,' meddai'r dyn camera. 'Ond so fe'n werth ei ddarlledu, weden i.'

Ochneidiodd y ferch.

'Dim yw blydi dim, fel arfer. Faint hirach sy'n rhaid i ni fod 'ma?'

'Mae croeso i chi i gyd adael pryd mynnwch chi,' meddai'r heddwas ifanc. Edrychodd ar y dorf. 'Cerwch gartre er mwyn popeth!' meddai o dan ei anadl.

Eisteddodd Erful ar ei wely ac edrych ar y cloc. Roedd bron yn hanner nos. Roedd wedi gorffen ei swper a dod yn syth i'r llofft. Bu'n meddwl yn ddwys yr holl ffordd adref ar y bws. Nid oedd ots nad oedd e ddim callach o fod yn y parc. Cyffrowyd ef drwyddo gan yr holl olygfa. Prin y sylwodd ar y goleuadau yn nhŷ Mistar Elmer. Cododd a mynd at y ffenestr, gan dynnu cornel o'r llenni yn ôl. Roedd yna oleuadau yn y tŷ gyferbyn a safai'r dyn ei hun yn y llofft flaen yn rhythu arno, er nad oedd yn ddim ond silwét. Gadawodd Erful y llenni i gwympo'n ôl i'w lle. Byddai'n well ganddo pe na bai Mistar Elmer yn treulio cymaint o amser yn ei wylio, ond nid oedd yn ddim byd newydd. Arferai wneud hynny'n aml pan oedd yn blentyn yn chwarae yn yr ardd. Pan edrychai i fyny, dyna lle byddai ei gymydog yn syllu i lawr arno. Safai yn ffenestr y llofft oherwydd roedd y ffens yn rhy uchel iddo fedru gweld dim o'r llawr isaf. Byddai ei fam, hefyd, bob amser yn sefyll yn ffenestr y gegin yn ei wylio'n chwarae. Daeth yn gyfarwydd â'r drefn hon ond gwelai hi'n rhyfedd nad oedd ei gymydog wedi rhoi'r gorau i'r arfer.

Ciciodd ei esgidiau dan y gwely a gwisgo'i byjamas. Teimlai'n lluddedig ond amheuai a fyddai'n cysgu am amser. Cofiodd osod y cloc larwm cyn diffodd y golau.

PENNOD 4

Yn ei hoff sedd ar y bws y bore wedyn, daliodd Erful ei
radio bach at ei glust. Arhosodd am y bwletinau newyddion
ar yr orsaf leol, ond roedd yn rhaid dioddef llawer iawn o frawl
a chwarae caneuon rhwng y penawdau, ac nid oedd y derbyniad
yn ddelfrydol o bell ffordd. Nid oedd yn gwrando ar y radio fel
rheol. Bu'n rhaid iddo chwilio am y set hon a rhoi batris ffres
ynddi. Rhywbeth a brynodd ar gyfer ei fam ydoedd, pan oedd
hi'n gorfod aros yn ei hystafell wely am ddyddiau ar y tro. Ni
welodd hi'n ei ddefnyddio erioed, ond fel popeth arall, roedd y
radio'n dal yno, yn nrôr ei bwrdd gwisgo. Safodd y bws a daeth
rhywun arall i mewn a thalu cyn eistedd, ond yn lle mynd ar ei
hynt, gwthiodd y gyrrwr ei ben drwy'r adwy.

'Hei, ti! Tro fe bant, wnei di?'

Roedd yr unig deithiwr arall wedi mynd i'r cefn. Ni allai
fod yn cyfeirio at neb ond Erful. Gan deimlo'i wyneb yn cochi,
trodd y bwlyn sŵn i lawr.

'Dim ond isie clywed y newyddion odw i . . .' mwmialodd.

'Sai'n hido. Gronda, gw' boi, dwi'n cael llond bola o'r sŵn o'r
blydi iPods a'r *mobiles* 'na drw'r dydd. Mae gyda fi ben fel bwced
yn barod. Ti'n ddigon hen i wbod yn well.'

Wedi disgyn nifer o arosfannau cyn yr un arferol oblegid y
cywilydd, cerddodd Erful weddill y ffordd i'r stondin. Gallai
synhwyro'r radio'n parablu'n dawel yn ei boced, a thynnai ef ar
ddiwedd pob cân yn y gobaith y deuai bwletin arall. Clywodd
gloc yr eglwys yn taro'r awr. Safodd wrth y groesfan, er bod y
dyn bach yn wyrdd, a gwrando.

'Neithiwr cadarnhaodd yr heddlu mai corff merch arall a ganfuwyd, ond hyd yma nid ydynt wedi cyhoeddi ei henw. Mewn datganiad i'r wasg y bore yma, dywedwyd na fyddai manylion pellach ar gael tan i'r archwiliad post-mortem gael ei gwblhau. Disgwylir y canlyniadau tua amser cinio. Anogir y cyhoedd i beidio â rhwystro'r swyddogion yn eu gwaith a dywedyd ei bod yn bosib y byddai'r parc yn cael ei gau i'r cyhoedd, pe teimlid bod hynny'n angenrheidiol.'

Diffoddodd Erful y radio'n ddiflas. Pedair awr arall a mwy cyn cael gwybod dim, a dibynnu ar awr ginio'r patholegydd. Byddai Erful bob amser yn bwyta'i ginio am hanner awr wedi deuddeg, ac ni hoffai orfod newid yr amser. Er bod y dyn bach yn goch, roedd y groesfan yn wag o geir, felly croesodd yn ofalus, yn ymwybodol ei fod wedi gwneud dau beth cyfeiliornus y bore hwnnw. Nid oedd yn argoeli'n dda. Cerddodd ar hyd y llwybr a ddilynai lan yr afon, gan geisio cadw ei lygaid ar y dŵr, a'r elyrch, a'r cychod rhwyfo fel nodwyddau gwau. Bu bron iddo lwyddo, ond disgleiriai'r babell wen yn haul y bore, ac ar ei waethaf, trodd ei gamre tuag ati. Sylwodd fod y cylch gwaharddedig wedi ei ymestyn. Safai'r heddwas ifanc yno, ond roedd rhywun wedi dod â diod boeth iddo. Nid oedd neb yn sefyllian a gwylio erbyn hyn, ac felly ni theimlai Erful y gallai wneud dim ond cerdded heibio. Efallai y gallai ddod yn ôl yn ddiweddarach.

Roedd yn falch gweld bod stondin Caffi Clecs wedi'i godi ond bod y byrddau a'r cadeiriau heb eu gosod. O bellter, roedd rhywun i'w weld yn cyrcydu tu mewn. Gobeithiai Erful nad oedd Siôn yn cael trafferth gyda chebl y cyflenwad trydan oherwydd golygai hynny y byddai mewn tymer ddrwg. Y peth gorau fyddai iddo fynd ynghyd â gosod y byrddau a'r cadeiriau heb aflonyddu arno. Clywodd besychiad anghyfarwydd. Edrychodd drwy'r gwydr, a'r cadeiriau metel yn ei ddwylo. Hoeliwyd ef i'r fan wrth weld Deric Ddigywilydd, fel llyffant mawr ar ei bedwar, yn dadlapio teisen ac yn ei gwthio'n gyflym i'w geg. Gallai Erful weld nad dyma'r deisen gyntaf iddo'i bwyta. Gorweddai pentwr o bapurau lapio gerllaw iddo. Gan ei fod ar ei wyliadwriaeth, gwelodd Deric ef a chododd yn hamddenol, gan sgubo briwsion o'i ên.

'Cofia'u rhoi nhw mas yn deidi!' meddai'n urddasol gan afael yn siwg laeth Siôn fel pe bai'n berchen y lle. Yna trodd ei gefn arno a'i chodi at ei wefus.

Gollyngodd Erful y cadeiriau'n garlibwns. Ni hidiai am y sŵn nac am ddim arall. Rhedodd o'r stondin yn ôl i gyfeiriad y parc. Ni wyddai ble i fynd na beth i'w wneud, ond rhaid oedd iddo ddianc. Ni allai fod yno pan ddychwelai Siôn. Ni allai ddioddef meddwl bod Deric Ddigywilydd wedi cael caniatâd i redeg y stondin hyd yn oed am eiliad. Beth os oedd Siôn wedi penderfynu rhoi'r gorau iddi a Deric fyddai yno bob bore o hyn ymlaen? Dyna ddiwedd ar bopeth. Ni fyddai ganddo unman i fynd. Pwysodd yn erbyn y mur wrth yr afon a theimlo'r cyfog yn codi yn ei wddf. Taranai ei galon fel drwm. Tu ôl iddo brysiai gweithwyr i'w swyddfeydd a chlywai leisiau plant a'u mamau ar eu ffordd i'r ysgol. Yn araf aeth y pwl heibio a safodd yn syth. Eisteddodd ar fainc a chael ei wynt ato.

Ac yntau'n ddiogel o ffordd pawb, gorfododd ei hun i anadlu'n ddwfn ac edrych o'i amgylch. Nid oedd neb fel petaent yn sefyll ac yn syllu arno, ac roedd yn ddiolchgar am hynny. Ni allai fod wedi siarad â neb. Ger y babell roedd shifft yr heddwas ifanc wedi dod i ben a safai heddferch sgwâr, ganol oed yno yn ei le. Craffai hi ar bawb a âi heibio, a sylwodd Erful nad oedd pobl yn meiddio loetran bellach. Pan drodd ei phen yn sydyn a chamu at ffin bella'r tâp, dilynodd Erful hi â'i lygaid. Daeth sŵn gweiddi dros yr awel a gwelodd ffigwr trwm adnabyddus mewn cot gamel yn rhedeg yn wyllt ar draws y parc. Rhewodd yn ei unfan. A oedd Deric wedi dod i chwilio amdano? Na, rhedeg i ffwrdd oedd e, a safai'r heddferch â'i breichiau wedi'u plethu yn ei wylio. Ar ei ôl, gan bwyso'n benderfynol dros far blaen y sgwtyr, daeth Rysti. Roedd hi'n chwythu bygythion. Nid oedd yn hawdd iddi dramwyo'r borfa yn ei cherbyd, ond gallech dyngu ei bod ar gefn beic modur pwerus. Fflapiai'r fflagiau yn y gwynt a neidiai olwynion ôl y sgwtyr dros y mannau anwastad. Cododd Erful, yn pryderu y byddai'n dymchwel, ond gan droi'r bar blaen yn ffyrnig llwyddodd Rysti i gadw i fynd. Roedd yr heddferch hefyd wedi ofni damwain ac wedi camu ymlaen, ond ni sylwodd Rysti arni. Trodd mewn cylch, gan adael olion tywyll yn y glaswellt, ac yna edrychodd i fyny a'i weld. Erbyn hyn roedd Deric wedi cyrraedd y coed ym mhen pellaf y parc a diflannodd o'u golwg i'r mieri yn union fel gwnaeth y Barf y noson cynt.

Cerddodd Erful tuag at y sgwtyr a llygaid yr heddferch yn ei ddilyn.

'Bore da,' meddai'n uchel, gan obeithio y byddai swnio'n normal yn fodd i dawelu amheuon y glas. Tynnodd Rysti wep.

'Nadi ddim,' meddai. 'Welest ti fe? Hwnco?' Herciodd ei bawd i gyfeiriad y coed.

'Yn dwyn teisenni Siôn,' mwmialodd. Mor falch ydoedd nad oedd wedi aros ger y stondin.

Chwythodd Rysti'r aer o'i bochau coch.

'Dim ond wedi mynd i'r tŷ bach oedd e! A hwnco'n cwato tu ôl i'r cownter yn bochio!'

'Digywilydd wrth enw, digywilydd wrth natur,' meddai Erful.

'Eitha reit. A wedyn...' Bu saib fechan, ac edrychodd arno fel pe bai'n pwyso a mesur. 'A wedyn, pan welodd e fi, wedodd e, "Roia i de a theisen i ti am sugnad." Glywest ti shwd beth erioed?'

Siglodd Erful ei ben.

'Sugnad o beth?' gofynnodd, ond dim ond rholio'i llygaid wnaeth Rysti.

Dros ei hysgwydd medrai Erful weld bod yr heddferch yn siarad ar ei throsglwyddydd, ond nid oedd yn edrych arnynt mwyach.

'Beth wnest ti?' gofynnodd.

'Ramo fe, pan ddaeth e mas.' Edrychodd draw at y coed. 'Mae Siôn yn tampan. Roedd e'n gweiddi "Ar ei ôl e, Rysti! Dala'r jawl drosta i! A' i rownd y ffordd arall i weld a allwn ni 'i gornelu fe".'

Roedd cerbyd yn araf ddynesu at y llecyn gwaharddedig. Syllodd Rysti'n ystyriol arno.

'Roedd y teli 'ma neithiwr, medden nhw.'

'Oedden. Weles i nhw. A lot fowr o bobol.'

'Well na Barry Island, sbo.'

'Mae pawb isie gwbod pwy oedd y ferch. Ond roedd yr heddlu'n pallu dweud.'

'Dwi'n gwbod pwy oedd hi. Candi Mei. Ddim o'r dre'n wreiddiol. O bant.'

'Shwd wyt ti'n gwbod 'ny?'

Tapiodd Rysti ochr ei thrwyn a chwifio braich i gyfeiriad y babell.

'Nabod hi o bell. Babi 'da'i. Neu falle babi ei merch hi yw e. Bydd y pŵr dab bach hwnnw mewn gofal nawr 'to. 'Na pam oedd hi'n neud y busnes tu fas, tweld. Fflat un stafell oedd gyda hi.' Taniodd yr injan ar y geiriau olaf. 'Wela i di 'to,' meddai, cyn gyrru ymaith.

Sleifiodd Erful yn ôl at y stondin. Gobeithiai na fyddai Siôn yn gweld bai arno am beidio â gosod y dodrefn, ond pan gyrhaeddodd roedd y cadeiriau'n dal ar y llawr gan fod Siôn yn brysur yn gwneud coffi. Gwenodd hwnnw arno drwy'r gwydr.

'Diolch byth!' galwodd, a dynes wrth y cownter yn edrych yn syn arno. 'Mae'r lle 'ma'n siang-di-fang heb Erful,' eglurodd.

Teimlai Erful nad oedd yn haeddu'r fath gymeradwyaeth. Er bod ei galon yn dal i guro fel gordd, gorfododd ei hun i ymddwyn fel pe na bai dim wedi digwydd. Yn ffodus, daeth nifer o gwsmeriaid i'r cownter, a chadwyd Siôn wrth y peiriant coffi tan i Erful orffen y gwaith gosod. Roedd Erful wedi eistedd a dechrau darllen y papur cyn i'w de arferol gael ei osod o'i flaen. A'i lygaid ar y pennawd bras am y corff, ni sylweddolai fod Siôn yntau yn syllu ar y geiriau.

'Ofnadw,' meddai, a chytunodd Erful. Roedd ar fin dweud rhywbeth arall ond tynnwyd ei sylw gan griw bach o ddynion oedd yn cerdded tuag atynt, ac un ohonynt yn chwilio yn ei boced am arian parod.

'Falle cewn ni wbod mwy nawr,' sibrydodd Siôn gan chwincio a dychwelyd at ei waith.

Gwyddai Erful yn syth pwy oeddent. Oni welodd hwy y noson cynt? Ond er siom iddo nid oedd y Prif Arolygydd yn eu plith.

'Coffi llaeth, Meic? Myffin? Beth gymeri di?'

Safai'r un a elwid Meic gam y tu ôl i'r lleill. Roedd yn cyfrif ei geiniogau. Amneidiodd yn sychlyd a thynnu hances i sychu ei drwyn. Gallai Erful sawru eu haffter-shêf a synnodd eu bod yn dal ar eu traed. Rhaid eu bod wedi cael noson ddi-gwsg.

'Pwy amser wedodd e?' cyfarthodd Meic yn sydyn.

'Hanner awr wedi,' meddai'r dyn a roddai'r archeb wrth y cownter. 'Paid â phoeni, mae amser 'da ti am fwgyn.'

''Mond un, cofia. Sdim iws i ni fod yn hwyr,' meddai'r trydydd â gwên.

Safasant fel wal ddu â'u cefnau at Erful yn sipian eu diodydd. Ar y pen ffliciai Meic y lludw o'i sigarét i'r bin sbwriel. Daeth Siôn allan a dechrau tacluso'n ddiangen.

'Nosweth hir i chi, bois,' meddai'n hamddenol.

Ochneidiodd un ohonynt.

'Ac mae un arall o'n blaenau ni, 'to,' meddai.

Sylwodd Erful ar Meic yn rhoi pwniad bach iddo â'i benelin.

'O leia dyw hi ddim yn bwrw glaw,' meddai Siôn.

'Peidiwch â gweud gormod,' meddai'r un mwy tafodrydd gan sganio'r awyr. 'Falle glywith rhywun chi.'

Chwarddodd Siôn yn dawel.

'Ond os daw hi i'r glaw, gewch chi fwy o lonydd.'

'Mae hynny'n wir.' Yn amlwg teimlai'r trydydd fod hwn yn bwnc diogel. 'Roedd hi fel syrcas 'na neithwr. Beth sy'n bod ar bobol?'

Syllodd Erful yn ddwys ar y papur a chadw'i ben i lawr. Nid oedd eisiau i un o'r tri sylwi arno. Ac yntau'n sefyll nesaf at y dyn camera gallent yn hawdd fod wedi ei weld a chofio'i wyneb. Ond nid oedd angen iddo bryderu, oherwydd roeddent yn taflu'u cwpanau i'r bin ac yn paratoi i adael. Arhosodd Siôn iddynt droi'r gornel.

'O'dd Triawd y Buarth ddim yn canu heddi,' murmurodd. 'Ond dyw plismyn ddim yn mynd dim llai o faint rownd ffor hyn, odyn nhw? Tri slabyn mowr os buodd 'na erio'd.'

'Hogiau'r Wyddfa a gra'n arnyn nhw,' meddai Erful, yn synnu at ei allu ei hun i feddwl am jôc. 'Ond mae'r achos yn un difrifol dros ben.'

Tynnodd Siôn geg gam arno.

'Dere mla'n, Sherlock, gwed wrtha i shwd wyt ti'n gwbod hynny. O'n nhw mor dynn â thin hwyaden, y tri ohonyn nhw.'

Plygodd Erful y papur newydd.

'Dyna un rheswm, i ddechrau. Maen nhw wedi cael gorchymyn o rywle i beidio â thrafod y peth o gwbwl. Yn ail, roedden nhw ar eu ffordd i gyfarfod pwysig, a heb isie bod yn hwyr. Yn drydydd, roedden nhw'n disgwyl gorfod gweithio drwy'r nos heno hefyd. Os taw marwolaeth naturiol yw'r ail butain hon, a fydde hynny'n wir? Dwi'n credu bod rywbeth mawr ar waith.'

Cododd a rhoi'r papur yn ei sgrepan.

'Ail butain?' Roedd Siôn yn crychu'i dalcen. 'Ody'r papur yn gweud taw hwren arall oedd hi, 'te?'

'Nadi. Ond dyna beth glywes i. Menyw o'r enw Candi Mei.'

Sychodd Siôn ei ddwylo yn ei ffedog.

'Nefoedd wen, mae'r enw'n canu cloch. Alla i ddim cofio o ble. Ond 'na fe, mae e'n un o beryglon y ffordd honno o fyw. Mae pob siort o nytyrs mas 'na.'

'Yn ystadegol mae puteinio'n beryglus dros ben,' cytunodd Erful. 'Serch hynny, mae dod o hyd i ddwy'n farw mewn wythnos yn yr un dref yn anarferol iawn.'

Trefnodd Siôn y teisenni'n feddylgar.

'Ti'n cofio'r achos 'na yn Ipswich?' gofynnodd.

'Ddalon nhw'r llofrudd yn y fan honno.'

'Do. Ond ti'n gwbod fel mae'r pethe hyn. Beth os ddalon nhw'r boi rong?'

Er iddo dreulio'r prynhawn yn cerdded o amgylch y dref, yn ôl ei arfer, ni welodd na bw na be o Rysti a'i sgwtyr, na Deric chwaith, diolch byth. Prynodd y *Financial Times*, fel y gwnâi unwaith yr wythnos er mwyn cadw llygad ar ei fuddsoddiadau, yn y gobaith y câi ddadansoddiad craffach o'r manylion nag yn y papur am ddim, a gwrando o bryd i'w gilydd ar y bwletinau lleol ar ei radio bach. Beiddiodd wneud hyn ar y bws adref hefyd, oherwydd roedd yn llawn pobl yn gwrando ar rywbeth neu'i gilydd, ac nid yr un gyrrwr ydoedd, ond un llai pigog. Brysiodd at y tŷ. Er syndod iddo safai Mistar Elmer ger y gât, yn pwyso'n hamddenol arno, fel pe bai'n aros amdano.

'Prynhawn da,' meddai Erful.

'Hymff!' atebodd Mistar Elmer. 'Pa ddiwrnod yw hi heddiw?'

'Dydd Gwener. Ac mae'n tynnu at bedwar y prynhawn.'

Gwthiodd y glicied, yn awyddus i roi rhwystr rhyngddo a'i gymydog. Siglodd Mistar Elmer ei hun fel ci. Roedd olion bwyd i'w gweld ar flaen ei siwmper ac o amgylch ei geg.

'Medde ti!' poerodd yn sydyn a cherdded ymaith i fyny'r stryd.

Ni allai Erful ddeall pam na fyddai ei gymydog yn ei gredu. Edrychodd o'i amgylch yn ddigalon. Er iddo dendio'r cerrig gorseddol, tyfodd y borfa'n uchel ar y lawnt, ac ychydig iawn o wahaniaeth a wnaethai tipyn o chwynnu. Teimlodd y glaswellt. Roedd yn ddigon sych i'w dorri, er nad oedd unrhyw awydd arno i wneud hynny. Aeth i'r tŷ a gosod cynnwys ei sgrepan ar fwrdd y gegin. Rhoddodd y ddau bapur newydd nesaf at ei gilydd a chymharodd hwy. O safbwynt gwybodaeth am yr achos penodol, roedd y papur lleol yn fwy manwl, ond soniai'r papur cenedlaethol, fel Siôn, am ddigwyddiadau eraill tebyg. Crybwyllwyd y Yorkshire Ripper a llofruddiaethau Ipswich, a dadansoddwyd cymhellion llofruddwyr puteiniaid. Llwyddwyd i lenwi modfeddi o ofod yn y modd hwn. Eisteddodd wrth y bwrdd i ddarllen gweddill y ddau bapur yn eu tro.

Pan edrychodd ar ei oriawr, sylweddolodd fod awr gyfan wedi mynd heibio. Llygadodd yr awyr drwy'r ffenestr, yn y gobaith fod golwg glaw arni, ond daliai haul yr hydref i ddisgleirio. Heb unrhyw frwdfrydedd o gwbl aeth allan i'r garej a llusgo'r peiriant lladd gwair i'r ardd. Nid oedd ganddo lawnt fawr, ond gan na thorrai hi'n rheolaidd a chan fod y planhigion a'r llwyni wedi tyfu'n anystywallt dros ei hymyl, roedd yn waith blinderus. Ar ben hyn, roedd ofn y peiriant arno. Ni chaniatawyd iddo dorri'r lawnt nes i'r gwaith fynd yn ormod i'w fam, a hyd yn oed pan nad oedd hi'n gallu cerdded o gwbl heb ei ffrâm, mynnai ei wylio wrth y dasg. Ystyriai hi fod y peiriant yn debycach i fwystfil. Pe dangosid yr esgeulustod lleiaf, fe'ch bwytai, neu yn hytrach fe sleisiai drwy'r cebl a'ch ffrio fel ŵy. Dyna farn ei fam, ac nid oedd ganddo unrhyw reswm i'w hamau. Gosododd y torrwr cylched yn ofalus a'i roi ar brawf. Roedd y blwch gwair yn wag, diolch i'r drefn. Unwaith yn unig, felly, y byddai'n rhaid iddo faeddu ei fysedd i'w wacáu.

Cariodd y cebl rhydd dros ei ysgwydd a gwthio'r peiriant i ganol y lawnt. Yna, croesodd a datgroesodd ei fysedd cyn tanio'r injan. Roedd yna bleser i'w gael o weld y stribedi lled daclus o laswellt byrrach yn ymddangos, ond roedd y sŵn yn ddychrynllyd, a daliai'r holl beth hyd braich oddi wrtho, a'i gwnâi'n anos i gadw rheolaeth arno. Edrychai'n ofnus i'r naill ochr a'r llall, rhag ofn fod y cebl wedi dianc rywfodd o'i afael nes gorwedd fel sarff yn llwybr y llafnau miniog. Aeth o un pen i'r llall, dro ar ôl tro, gan ganolbwyntio'n ffyrnig. Sgyrnygai ei ddannedd pan ddaliai'r llafnau ym mrigau isaf llwyni. Chwyrlïai'r peiriant y tyfiant i ebargofiant.

Tasgodd pan sylwodd ar symudiad uwchlaw'r ffens. Diffoddodd y peiriant yn syth. Roedd llaw fechan yn chwifio arno. Camodd i ben y maen llog ac edrych draw. Roedd dynes ifanc ddieithr â'i gwallt wedi'i dynnu'n ôl a llygaid mawr tywyll yn syllu i fyny arno.

'Sori,' meddai. 'Galwes i arnoch chi ond glywoch chi mohona i.'

Ceisiodd Erful wenu. Sylwodd fod ganddi fath o oferôl neilon dan ei siaced.

'Sŵn y peiriant,' mwmialodd. 'Torri porfa.'

'Y broblem yw...' Llyfodd ei gwefusau. 'Dwi i fod i alw ar Mistar Elmer, yn rhif deg, am hanner awr wedi pump, ond does 'na ddim sôn amdano. Odych chi wedi'i weld e o gwbwl?'

Siglo'i ben wnaeth Erful.

'Aeth e mas am bedwar o'r gloch,' meddai.

Goleuodd wyneb y ferch.

'Weloch chi fe'n mynd, do fe? I ba gyfeiriad?'

Pwyntiodd Erful tua'r dde. Ochneidiodd y ferch.

'Beth sy lan fanna? Dwi ddim yn gyfarwydd â'r ardal hon.'

'Yr arhosfan fysiau a'r siopau.'

Ochneidiodd y ferch eto ac edrych ar ei horiawr oedd ar ffurf broetsh ac yn dangos yr amser i Erful wyneb i waered.

'O wel,' meddai'r ferch. 'Sdim byd amdani 'te ond galw'r swyddfa.' Gwenodd arno. 'Diolch am eich help.'

Croesodd yr heol yn ôl i'w char. Gafaelodd mewn ffôn symudol a phwno rhifau. Dymunai Erful wybod beth oedd yn digwydd, ond sylweddolodd na allai barhau i sefyll yno yn rhythu arni, felly dringodd i lawr yn siomedig. Er bod darn o'r lawnt heb ei dorri, roedd y blwch yn llawn. Datgysylltodd y cebl a chario'r blwch at y domen. Wrth blygu drosodd a'i siglo i ryddhau'r bloc o wyrddni, gwelodd fod twll bychan yn y ffens; cainc yn y pren a bydrodd a syrthio allan. Pwysodd ymlaen ac edrych drwyddo. Fel y ferch arall a welodd y noswaith o'r blaen, parablai hon yn bryderus wrth syllu ar dŷ Mistar Elmer. Ni allai glywed ei geiriau, gwaetha'r modd, ond nid oedd argoel ei bod am yrru ymaith fel y llall. Edrychodd hi draw'n sydyn, a chiliodd Erful yn euog. Beth os medrai weld ei lygad drwy'r twll? Byddai'n credu ei fod yn od. Casglodd bopeth at ei gilydd a'i lusgo 'nôl i'r garej. Yna aeth i'r tŷ. Golchodd ei ddwylo a gwylio'r dŵr yn llifo'n wyrdd i lawr y plwg. Drwy'r ffenestr gallai weld bod y ferch yn dal yno, yn siarad ar ei ffôn ac yn pwyntio am ryw reswm rhyfedd at y stryd a arweiniai at yr arhosfan.

Y DRYDEDD

Mae sŵn sibrwd tu allan i'r drws – hen leisiau yn siffrwd fel dail, a chwestiwn ym mhob ebychiad. Yna mae drws yn cau'n glep ac ni chlywir hwy mwyach. Allan yn y cyntedd, fodfeddi o ble safai'r sibrydwyr, mae grym yr ergyd a disgyrchiant yn gwneud i'r ffôn ar y bwrdd bach anwastad ddisgyn yn bendramwnwgl a tharo'r derbynnydd oddi ar ei grud. Gorwedda yno'n canu grwndi.

Mae'r llenni ar gau, ac mae'r goleuadau ynghynn drwy'r fflat. Y bwrdd teleffon oedd y peth diwethaf i gwympo, fel pe bai daeargryn wedi mynd heibio a dyna'r ôl-gryniad olaf. Nid oes dodrefnyn ar ei draed, ac mae ambell beth wedi'i dorri'n llwyr, fel y silff ble cedwid yr anifeiliaid bach gwydr. Ond mae'r ystafell fyw yn wag, a dim sôn am y perchennog. I'w chanfod hi, rhaid dilyn y gwaed, er nad yw hynny'n hawdd. Mae e ym mhobman, yn byllau'n sychu ar y carped, yn staen mawr ar ffrâm y drws fel rhywun di-glem yn rhoi cynnig ar beintio, yn olion traed noeth yn llusgo dros lawr y cyntedd ac i mewn i'r ystafell ymolchi. Mae'n waeth yn y fan honno, efallai am fod y teils yn wyn ac yn dangos pob smotyn. Mae'r basn yn llawn hylif pinc tywyll. Roedd yn gochach i ddechrau, ond bod y clotiau wedi suddo i'r gwaelod wedyn. Mae angen washer newydd ar un o'r tapiau, ac mae'r drip drip drip o'r tap bellach yn gwneud i'r clotiau yn y dŵr nofio'n ddibwrpas fel creaduriaid tanfor.

Ar ochr y bath mae nifer o olion dwylo, rhai ohonynt wedi dwbio ond eraill yn glir. Gallwch weld pob llinell o gledr y llaw a chymalau'r bysedd. Yn naturiol, un fer yw'r llinell fywyd ac nid oes lawer o siâp ar y llinell gariad chwaith. Mae 'na waed yn y bath ei hun, ond dim cymaint. Daliwyd y rhan fwyaf ohono yn y tywel rhacsog sydd wedi'i glymu fel twrban am ben y corff sy'n dal i eistedd â'i gefn at y bath. Mae ganddi goesau hir, yn gwthio allan hyd y drws, bron, a dwylo mawr. Byddai gwaed wedi ceulo dan yr ewinedd pe na bai wedi eu cnoi'n ddim. Hyd yn oed fel hyn, mae rhywbeth herfeiddiol yn ei hosgo. Byddai wedi bod yn falch o hynny.

Daw'r sibrwd unwaith eto o'r landin, ac mae llais dyfnach, mwy diamynedd i'w glywed nawr. Rhydd rhywun gnoc ar y drws. Ceir mwy o sibrwd pan nad oes ateb ond nid yw'n para mor hir, a chyn pen dim daw synau swynol botymau ffôn symudol yn cael eu gwasgu.

PENNOD 5

Llenwodd Erful y tecyl a gwneud te. Roedd chwant bwyd arno a chariodd ei swper i'r ystafell fyw. Deuai newyddion chwech yn fuan. Efallai câi wybod mwy. Byddai'r archwiliad *post-mortem* wedi'i gwblhau ar Candi Mei a hwyrach y byddent yn gallu cadarnhau a lofruddiwyd hi ai peidio. Cnodd ei bastai selsig llugoer ac astudio patrwm tei Huw Edwards. Roedd yn amlwg fod angen nifer fawr o deis gwahanol ar ddarlledwyr. Ai nhw oedd piau nhw i gyd, neu a oedd storfa ganolog o deis y gallent ddewis o'u plith yn feunyddiol? Gallai gredu eu bod yn cadw teis duon yn y stiwdio ar gyfer trychinebau cenedlaethol, ond sut oedd y merched yn ymdopi? Tynnodd ei lygaid oddi ar y sgwariau bychain glas a llwyd a gwrando. Ni chrybwyllwyd y cyrff o gwbl.

Cododd a mynd at y ffenestr i dynnu'r llenni. Mwy na thebyg câi rhywbeth ei ddweud ar y newyddion lleol. Wrth iddo straffaglu â'r defnydd, a oedd yn dueddol o lynu wrth y pelmed, gwelodd fod mwy fyth o fynd a dod y tu allan i dŷ Mistar Elmer. Er na allai weld y stryd ei hun dros y ffens, gwyddai fod cerbyd swyddogol wedi'i barcio yno oherwydd roedd goleuadau glas yn araf droi ac yn taflu gwawr dros furiau'r tai gyferbyn. Roedd y ferch yn yr oferôl wrth y gât ac yn dwrdio. Yna, ymddangosodd copa pen dyn tal uwchlaw'r ffens. Symudai'n bwyllog fel pe bai rhywbeth yn ei rwystro. Cuddiodd Erful tu ôl i'r llen. Beth oedd yr heddlu'n ei wneud yma? Roedd y ferch yn cymell â'i braich, ac o'r diwedd croesodd yr heddwas y stryd a gwelodd Erful ei fod yn tywys Mistar Elmer wrth ei benelin. O'i gymharu â'i sioncrwydd y tro diwethaf y gwelodd Erful ef, roedd Mistar

Elmer yn cerdded fel malwen. Cyraeddasant y gât o'r diwedd, a agorwyd gan y ferch, a bu'n rhaid i'r heddwas helpu'r hen ŵr i fyny'r gris i'r llwybr. Ymbalfalai yn ei bocedi yn awr cyn dod o hyd i'w allwedd. Diflanasant ill tri i mewn i'r tŷ. Caewyd y drws ar eu holau. Cofiodd Erful am eiriau dirmygus Mistar Elmer yn gynharach. A oedd wedi cythruddo rhywun ac achosi ffrae? A ddaliwyd ef yn dwyn o un o'r siopau?

Sylweddolodd fod y prif newyddion ar fin dod i ben a brysiodd 'nôl i'r soffa. Gafaelodd yn ei gwpan te. Heno eto, edrychai'r darlledwr lleol yn ddifrifol. Rhoddodd y cwpan ar y bwrdd coffi fel na chollai'r un gair.

'Daethpwyd o hyd i drydydd corff yn nhref Maeseifion y prynhawn yma. Canfyddwyd corff dynes mewn fflat yn Stryd y Farchnad, nid nepell o ganol y dref a'r parc ble canfuwyd corff arall ddoe ddiwethaf. Yn wahanol i'r corff yn y parc, yn ôl yr heddlu nid oes amheuaeth fod y ddynes hon wedi dioddef ymosodiad ffyrnig ac mae ymchwiliad i'w llofruddiaeth eisoes ar waith. Mae ein gohebydd Elin Meillion, a fu'n dilyn trywydd y marwolaethau hyn, yn Stryd y Farchnad nawr. Beth yw'r newyddion diweddaraf, Elin?'

Daeth yr wyneb tlws cyfarwydd unwaith eto ar y sgrin fawr yn y stiwdio a chlosiodd Erful at y teledu.

'Fel y gallwch ddychmygu, Dyfed, mae hyn yn destun pryder mawr i'r holl gymuned. (Yr union eiriau a ddywedodd yn ei glyw ef y noson o'r blaen!) O'm hymholiadau, mae'n ymddangos fod cymdogion y ddynes ddiweddaraf hon heb ei gweld ers wythnos a mwy. Cymhellwyd hwy, oherwydd y darganfyddiad yn y parc ddoe, i ddatgan eu pryderon yn ei chylch i'r heddlu. Ni ddatgelwyd ei henw hyd yma, ond mae'n debyg iddi fyw yn y stryd ers amser a'i bod yn adnabyddus yn yr ardal. Er nad yw hyn wedi'i gadarnhau, mae lle i gredu bod yna gysylltiad â'r ddwy farwolaeth arall. Ar hyn o bryd mae'r swyddogion yn mynd drwy'r fflat â chrib fân gan chwilio am unrhyw gliw i'r

hyn ddigwyddodd. Er gwaethaf ffyrnigrwydd yr ymosodiad hwn,
mae'r heddlu'n pwysleisio nad yw'r cyhoedd yn gyffredinol mewn
perygl, er eu bod yn annog y rheiny sy'n gweithio yn y diwydiant
rhyw i fod yn hynod wyliadwrus.'

Nid arhosodd Erful i glywed gweddill y bwletin. Llowciodd
ei bastai, gwacáu ei gwpan te a'i baglu hi am y llawr uchaf. Erbyn
iddo ddringo'r ail set o risiau roedd ei anadl yn ei ddwrn a safodd
ar y landin i synfyfyrio. Caeodd ei lygaid a gweld rhes o enwau,
cyfeiriadau a dyddiadau geni ar gofrestr ei hen ddosbarth.
Na, nid oedd ei gof yn chwarae mig ag ef. Roedd un o'i gyd-
ddisgyblion yn arfer byw yn Stryd y Farchnad. Wilma Catrin
Mackinnon 7.11.67. Ar fin troi at ystafell y taflunydd, arhosodd.
Ni fyddai'r tryloywluniau o unrhyw gymorth. Daethant i ben
ymhell cyn iddo fynd i'r ysgol fawr. Ond gwyddai hefyd fod
llun o'r holl ddosbarth yn bodoli yn rhywle. Cofiai sefyll yn
y rhes gefn ar y pen, a chofiai fod arno ofn cwympo 'nôl oddi
ar y fainc. Wrth iddo chwilio am y taflunydd, ni ddaethai o
hyd i unrhyw ffotograffau. Rhyfedd hefyd. Gwyddai fod yna
ffotograffau teuluol yn rhywle, fel yr un yn dangos ei nain
mewn brat flodeuog yn yr ardd yn dal ei fam yn fabi, ac un o'i
rieni mewn dillad nofio ar draeth.

Trodd i'r ystafell ar y dde, estyn ei law am fwlyn y drws, ac
yna'i thynnu 'nôl. Sut medrai'r llun fod ar yr ail lawr? Ni fyddai
neb yn mynd yno. Dyna'r ddealltwriaeth rhyngddo a'i fam.
Roedd hyd yn oed meddwl am y peth yn ei hypsetio, ac roedd
ei gweld yn wylo ar unrhyw achlysur wedi peri i'w du mewn
dynhau fel dwrn a'i yrru i'r tŷ bach i chwydu. Gallai deimlo'i
galon yn cyflymu nawr wrth ystyried y peth. Eisteddodd ar y
gris uchaf. Roedd ei ben yn troi. Anadlodd yn ddwfn. Clywodd
ei hun yn mwmial 'Pwylla, meddylia, cofia', yr hen ymadrodd
cysurlon a ddysgodd er mwyn rheoli'r pyliau hyn. Yn ôl ei arfer,
aeth i sbrwlian yn ei gof am atebion. Pam na fu ofn chwilio am
y taflunydd arno dridiau yn ôl? Wrth gwrs. Gwyddai mai yn yr

ystafell ar y chwith y cedwid ef. Sut gwyddai hynny? Oherwydd arferent fynd yno'n deulu bach i edrych ar y tryloywluniau diweddaraf. Nid oedd wedi meddwl edrych yn unman arall amdano. A oedd pethau eraill na welodd ers amser, ond a oedd yn y tŷ pan oedd ei fam yn fyw? Roedd hyn yn anos o lawer. Beth am y cas lledr glas ble cadwai bapur ysgrifennu? Roedd hwnnw yn yr ail ddrôr o'r chwith o ddrws y gegin. Meddyliodd eto. Roedd popeth a ddefnyddiodd ei fam yn dal yn ei le. Rhaid iddo feddwl am rywbeth y byddai hi'n ei ddefnyddio'n achlysurol ac na allai gofio ei weld fel arall. Cododd ar ei draed. Ni wyddai pam y gwaharddwyd ef o'r ail lawr ond rhaid bod ei fam wedi mentro yno o leiaf unwaith y flwyddyn, oblegid ymddangosai'r un blychau addurniadau Nadolig bob Rhagfyr tan iddi fynd yn ffaeledig. Ni welodd nhw ers hynny, ac nid oedd unman arall y gallent fod.

Trodd fwlyn y drws a'i wthio. Agorodd ychydig fodfeddi'n unig. Ymbalfalodd am y swits. Goleuodd bwlb noeth yr annibendod rhyfedda. Roedd yr ystafell hon ganwaith yn waeth na'r llall, a thrugareddau a blychau cardbord hyd y to, heb unrhyw ymdrech i'w gosod yn drefnus, fel pe bai'r drws wedi cael ei agor droeon a phethau wedi'u taflu i mewn yn bendramwnwgl. Yn wir, roedd agor y drws ynddo'i hun wedi achosi math o eirlithriad a chrogai nifer o flychau uwch ei ben yn fygythiol. Yn ofalus, ymestynnodd a thynnu un ohonynt o'r pentwr gan ei osod ar y llawr y tu ôl iddo. Aeth drwyddo'n gyflym a'i roi i'r naill ochr. Cliriodd hanner dwsin o flychau tebyg heb ddim lwc, ar wahân i'r addurniadau Nadolig, a sylweddoli bod y landin cul yn llenwi'n gyflym. Cyn tynnu mwy o flychau ceisiodd feddwl ymhle arall y gallai ei fam fod wedi rhoi'r llun. Daethai ag ef i'r tŷ, a bu'r ddau ohonynt yn syllu'n edmygol arno. Roedd ei fam wedi bod yn falch o'r llun, ond nid oedd ganddo gof ohoni'n ei roi yn unman. Felly, rhaid ei bod wedi'i roi i gadw pan nad oedd yno. Os gosodwyd ef yn yr ystafell hon, bron i ddeng mlynedd ar hugain yn ôl, yn rhesymegol byddai'n rhaid clirio'r holl ystafell er mwyn dod o hyd iddo.

Gan adael y blychau ar y landin, aeth i lawr i'r llawr cyntaf ac i mewn i'w hen ystafell wely hi. Oni fyddai hi'n fwy tebygol o fod wedi ei gadw ble medrai gael gafael arno'n hawdd? Byddai Doris, er enghraifft, cymdoges yr allwedd sbâr, wedi cael pleser o'i weld. Wedi'i galonogi gan y syniad hwn, agorodd ddroriau ei bwrdd gwisgo ond nid oedd dim yno ond dillad isaf a sgarffiau a mân eitemau o golur. Aeth at y wardrob. Hongianai ei dillad yn llonydd, a bu bron iddo gau'r drysau'n syth, gan fod arogl ei phersawr *Island Gorse* a brynai iddi'n flynyddol ar ei phen-blwydd, yn corddi ei hiraeth. Teimlai ei fod yn tresmasu. Camodd yn ôl ac edrych i lawr ar ei hesgidiau'n rhes. Gallai weld ymyl bocs esgidiau yn y gornel chwith islaw godreon ei ffrogiau. Cododd ef ac agor y caead. Roedd ynddo luniau.

Yn yr ystafell fyw, gosododd y blwch ar y bwrdd coffi. Nid oedd yna fawr ddim lluniau diweddar o'r ddau ohonynt gan nad oedd ef na hi'n berchen ar gamera. Efallai y dylai brynu un o'r rhai digidol newydd. Dylai camera cymhleth ei dad fod yma'n rhywle. Rhyfedd nad oedd gyda'r taflunydd. Ochneidiodd wrth feddwl y gallai hwnnw hefyd fod yn nyfnderoedd yr ystafell drugareddau. Dyna gymhelliad arall i'w chlirio'n drylwyr. Roedd ei dad yn ofalus iawn o'r camera, ac yn ei gadw allan o'i afael yn grwt bach. Awgrymai hynny ei fod yn un da. Gwenodd o weld llun ohono'i hun a'i fam ar y traeth yn Ninbych-y-pysgod, a mwnci bach ar ei hysgwydd. Fe oedd i fod dal y mwnci, ond roedd gormod o ofn arno. Roedd y ffotograffydd wedi ceisio'i berswadio, ond yn ofer. Roedd llun ohonynt yn yr ardd, ger cerrig yr Orsedd – pwy dynnodd hwnnw? Ffrind i'w fam, dyn o'r enw Ieuan, a âi â hi am dro yn y car weithiau ar bnawn Sadwrn yr haf yr oedd Erful yn naw oed, tra arhosai ef gyda Doris, yn edrych drwy'r ffenestr byth a beunydd am arwydd ohoni'n dychwelyd. Roedd gan Ieuan wallt a mwstash du, ond ni chlywodd ei gyfenw erioed, ac oherwydd ei bod hi'n rhyddhad iddo pan ddaeth yr achlysuron hyn i ben, nid oedd wedi gofyn dim mwy amdano. Cipluniau stribed oedd rhai, a dynnwyd ym mwth lluniau Woolworth's. Bu'n gystadleuaeth rhyngddynt i weld pwy allai dynnu'r wyneb hyllaf. Ei fam a enillai fel rheol, yn enwedig pan dynnai ei dannedd dodi. Chwarddodd yn uchel wrth feddwl amdanynt, yn eu hoed a'u hamser erbyn hynny, yn gwneud y fath beth direidus. Daeth i haen waelod y lluniau. Suddodd ei galon. Roedd cymaint o'u bywydau heb ei gofnodi o gwbl.

Dyma'r llun y bu'n chwilio amdano, o'r diwedd. Roedd hwn yn dipyn mwy o faint na'r lleill, ac roedd ei gorneli wedi dechrau cyrlio. Roedd dwy res fer o ddisgyblion, un rhes yn sefyll ar fainc isel a'r gweddill yn eistedd ar gadeiriau, a Miss Llewelyn yn ei ffrog las bert yn y canol. Gwnaethai'r fainc i'r rhes gefn edrych yn dalach o lawer nag oeddent – pam na fedrent fod wedi sefyll ar y llawr? Dyna fe ei hunan, fel y cofiai, ar y pen, yn syllu'n syth o'i flaen, yn ei sbectol ffrâm ddu. Tynnwyd y plastar a wisgai dros ei lygad chwith diog yn arbennig ar gyfer yr achlysur. Efallai mai dyna'r rheswm roedd ofn cwympo arno. Nid oedd wedi arfer ffocysu â dau lygad ac os na chanolbwyntiai, nofiai popeth yn frawychus o'i flaen. Nesaf ato roedd y brodyr Dorian a Rhydian, y naill rhyw fodfedd yn dalach na'r llall, a'u gwallt cyrls golau crop yn fframio'u hwynebau fflat a'u trwynau smwt. Roedd eu teis bob amser yn gam ac er bod blwyddyn rhyngddynt, roeddent yr un ffunud â'i gilydd.

Nesaf atynt hwy safai Wilma yn swrth a'i phen i lawr. Roedd hithau hefyd wedi cael torri ei gwallt yn arbennig, ond roedd y *fringe* dros ei thalcen uchel yn rhy fyr o lawer. Edrychai fel mynach o'r Oesoedd Canol. Roedd ei hiwnifform, er hynny, yn ddigon taclus. Yn groten dal a lletchwith, fedrech chi ddim gweld ei choesau. Y rheiny, ym marn Erful, oedd y rhannau mwyaf hynod ohoni. Roeddent bob amser yn biws, ac yn noeth, ac yn fwy trawiadol fyth, roeddent fwy neu lai yr un lled o'r pigwrn hyd odre ei sgert fer. Gwisgai sgidiau duon â strapen a botwm, a sanau bach gwyn, fel pe bai'n ganol haf gydol y flwyddyn. Ond piws ai peidio, dyna'r coesau cryfaf a welodd Erful erioed. Gallent redeg a neidio fel antelop, a nefoedd, medrent gicio. Hoffai ffeit yn fwy na dim, a mwy nag unwaith gwelodd Erful y dyrfa o amgylch y sgarmesoedd rheolaidd ar y buarth yn gwasgaru a diflannu fel niwl y bore pan ymddangosai Wilma, yn gwenu â chyffro ynfyd.

Yn eistedd wrth ei thraed yr oedd Rhuddwen, neu yn hytrach, Rysti. Rhaid iddo beidio â meddwl amdani fel Rhuddwen nawr. Roedd ganddo deimlad pe galwai hi'n Rhuddwen, fe'i galwai ef yn Donc. Nid oedd syndod iddo beidio â'i hadnabod ger y stondin. Brown golau oedd lliw naturiol ei gwallt, nid pinc, ac nid oedd mwy o gnawd arni na chath grwydr. A nesaf ati hi eisteddai Aeres. Nid oedd y llun yn gwneud cyfiawnder â'i gwallt euraid ond roedd ganddi wyneb fel dol fach a llygaid glas fel yr heli. Roedd hi bob amser yn dwt. Rhwbiodd ei fawd dros ei hwyneb yn feddylgar. Cofiai fod yn falch o gael eistedd yn ei hymyl hi, am ei bod hi'n dawel ac yn ddiolchgar am unrhyw gymorth. Nid oedd dim yn heriol na bygythiol yn ei chylch, yn wahanol i Wilma, a oedd yn beryg bywyd. Eto, yn rhyfedd ddigon, nid ymosododd Wilma arno ef erioed. Efallai fod hynny am fod ganddo gês pensel llawn o bens ffelt, ac roedd wedi rhoi benthyg y pens iddi er mwyn iddi gael tynnu llun tŷ un tro. Gormod o ofn gwrthod oedd arno, ond gallai weld y llun a dynnodd o flaen ei lygaid. Roedd y ffenestri yn y corneli. Awgrymodd ef lenni lliwgar, a'i plesiodd yn fawr, a drws coch. Gwenodd arno ar ôl iddi orffen.

'Ta,' meddai gan roi'r pens yn drwsgl, ond yn ofalus, yn ôl yn ei gês.

'Ti'n gweld, dim ond tamed bach o garedigrwydd sy isie.'

Dyna fu adwaith ei fam y noson honno. Roedd hi hefyd wedi gwenu arno, fel y gwenai Miss Llewelyn i lens y camera. Cododd y llun ac edrych yn fanwl arni. Roedd hi'n eistedd rhyw fymryn yn ormod i'r chwith, a gallai weld pam. Roedd hi'n gafael ym mraich y bachgen nesaf ati â'i llaw dde. Hubert Malinowski 24.6.69, cofiodd. Er ei fod yn fachgen mawr, cafodd ei roi i eistedd nesaf at yr athrawes, yn hytrach nag yn y rhes gefn. Roedd hynny'n gall a chymaint o offer mecanyddol yn yr ystafell. Nid oedd llygaid Hubert ar y camera pan dynnwyd y llun: roedd yn edrych bant i'r dde. Efallai fod y dyn wedi gosod ei fag ar ddesg ben arall yr ystafell a bod Hubert wedi gweld rhywbeth metel yn sgleinio yno. Prin y siaradai fyth; nid oedd yn ymosodol, ond ni ellid ei adael allan o'r adeilad heb oruchwyliaeth yn ystod yr awr ginio. Roedd ganddo obsesiwn arbennig ag egsôsts ceir ac fe fyddai'n rhyddhau eu byllt ac yn eu dwyn pe câi'r cyfle. Oherwydd hyn cedwid llygad barcud ar geir yr athrawon yn y maes parcio. Ond pan ddaeth rhyw ddyn o'r Cyngor mewn fan i archwilio rhywbeth unwaith, a pharcio'i gar allan o olwg y goruchwylwyr, cafwyd cryn hwyl o'i weld yn gyrru ymaith a'r beipen yn llusgo ac yn sbarcio ar y ddaear. Roedd sôn bod Hubert yn ysmygu pib gartref yn ddeuddeg oed, ond fedrech chi ddim credu popeth. Ble'r oedd e nawr, tybed?

Un ffigwr oedd ar ôl a sylweddolodd Erful ei fod wedi osgoi edrych arno. Cnodd ei wefus wrth syllu ar Rici Wyn Jones 14.11.70 yn y llun. Eisteddai'n ddigon tawel, a'i ddwylo ar ei benliniau, fel y gorchmynnwyd ef, ond roedd ei holl osgo'n datgan bod ganddo gynrhon yn ei din. Deg eiliad wedi i'r llun gael ei dynnu, roedd e wedi llamu at y ffotograffydd a gafael yn y treipod, a dim ond trwy wyrth y llwyddodd y dyn i arbed ei offer drudfawr. Gwaeddai Rici'n groch mai ei dro ef oedd hi nawr. Gallai Erful weld y dychryn ar wyneb y dyn. Rhuthrodd Mr Jenkins y Dirprwy Brifathro atynt, a chyda llais tawel Miss Llewelyn yn gytgan yn y cefndir, cymerwyd y camera oddi wrtho. Nid oedd Erful wedi symud o'r fan, na'r brodyr digyffro, ond roedd Wilma wedi neidio i fyny ac i lawr yn sgrechen chwerthin, a syrthiodd pawb oddi ar y fainc.

Ar y pryd, nid oedd wedi medru deall pam y tynnwyd llun arbennig o 2R, yn lle eu cynnwys yn y llun anferth, bron i fetr o hyd, o'r holl ysgol. Teimlai eu bod wedi cael eu gadael allan yn annheg, ond roedd y rheswm yn glir erbyn hyn. Sut medrent reoli Hubert, Wilma a Rici Wyn ymhlith wyth cant o blant eraill? Ond fe'u gwnaeth yn fwy fyth o destun gwawd, cofiai hynny. Plant y cyrion oedden nhw. Byth yng nghanol pethau. A sylweddolodd y lleill? Go brin, oherwydd arhosent hwy gyda Miss Llewelyn drwy'r dydd, ac yntau'n gorfod treulio oriau bwygilydd yng nghwmni'r plant 'normal'.

Eisteddodd am amser yn edrych ar y llun cyn codi i gynnau'r tân nwy, ond roedd ei feddwl ymhell. Cythryblwyd ef gan nifer o bethau. Roedd gweld wynebau ei gyd-ddisgyblion wedi atgyfnerthu'r ymdeimlad hwnnw o deyrngarwch ac o berthyn a fu'n gymaint rhan o fod yn eu plith. Er y gallent fod yn eithriadol o anystywallt, roeddent yn chwyrn o ffyddlon i'w gilydd yn wyneb bygythiad o'r tu allan. Bu presenoldeb y brodyr mawr yn fodd i'w achub rhag ymosodiadau ar y buarth sawl gwaith, a phan deimlai'r byd yn faich ar ei ysgwyddau gallai fynd i eistedd yn dawel gydag Aeres yn yr ystafell gotiau. Cofiodd am Wilma'n rhoi clipsen a hanner i ryw briffect ffroenuchel o'r chweched dosbarth am ei fod wedi amau ateb cywir Erful i ryw swm mathemategol. Ni ddeallent ei dalentau o gwbl, ond yn wahanol i bawb arall yn yr ysgol, roeddent wedi ymfalchïo ynddynt, a gwneud iddo deimlo'n arbennig. Teimlai'n gyfrifol amdanynt oherwydd hynny. A nawr roedd Aeres wedi'i lladd, a phosibilrwydd fod Wilma hefyd wedi cwrdd â thynged enbyd.

Plymiodd ei galon wrth feddwl nad oeddent yno mwyach. Er nad oedd wedi eu gweld ers blynyddoedd, buont yno yn ei isymwybod, yn griw bach, yn gefn iddo. Roedd yn ddyletswydd arno i wneud rhywbeth, ond beth? Beth oedd ei gryfderau ef? Darllen a dadansoddi, gwrando a chofio. O leiaf gallai gadw cofnod o'r hyn oedd yn digwydd a'i astudio. Efallai fod gan yr heddlu adnoddau lu, ond nid oeddent yn anffaeledig. Ni ellid dweud eu bod yn adnabod Aeres na Wilma fel fe. Roedd angen pinfwrdd arno, penderfynodd. Aeth allan i'r garej, ac ymhlith y pentwr annibendod daeth o hyd i ddarn mawr hirsgwar o bren tenau. Torrodd y darnau perthnasol o'r papurau newydd a'u gosod yn ofalus yn y gornel uchaf ar y chwith. Rhoddodd y llun o'r dosbarth yn y canol. Dyna gychwyn. Cribai'r papurau newydd a gwrando ar y teledu a'r radio am fwy o ddeunydd i ychwanegu at y casgliad. Gorfodai ei hun i siarad â phobl a gofyn cwestiynau.

Gafaelodd yn y blwch lluniau a rhoi'r caead arno. Dringodd y grisiau'n lluddedig ac agor drws ystafell wely ei fam. Wedi gwthio'r blwch i'w gornel, eisteddodd ar ei gwely, fel y gwnaethai filoedd o weithiau o'r blaen. Treuliasai brynhawniau cyfan yno'n pwyso'i gefn yn erbyn yr astell droed yn ystod ei blynyddoedd olaf. Weithiau byddai'n darllen y papur newydd iddi, weithiau byddent yn siarad. Llwyddodd hi i roi cyfeiriad a phwrpas i'w fywyd hyd y diwedd. Wrth iddi fynd yn gynyddol ffaeledig, aeth y rhestr o bethau roedd yn rhaid iddo'u gwneud yn hwy: y golch, y siopa, cymaint o goginio ag y gallai, cadw'r tŷ a'r ardd yn weddol lân a thaclus, oll dan ei chyfarwyddyd manwl. Wrth reswm, cofiai bopeth a ddywedodd, a gallai fod wedi parhau i fyw'r bywyd bach prysur hwnnw, ond roedd yr unigrwydd wedi ei yrru o'r tŷ ar ôl iddi farw. Dyna sut y cyfarfu â Siôn a dechrau gosod dodrefn y stondin. Ysbeidiol oedd ei lanhau a'i arddio nawr. Byddai hynny wedi ei siomi, ond nid oedd ganddo'r hwyl mwyach i ymdopi â nhw. Beth fyddai ei barn hi am y marwolaethau? Yn bendant ni fyddai wedi ei annog i fynd ar eu trywydd. Byddai ymhél ag unrhyw beth o'r fath wedi bod yn wrthun iddi.

Ddwy flynedd yn ôl byddai hynny wedi bod yn ddigon o reswm iddo ymatal, ond am y tro cyntaf yn ei fywyd y noson honno, cafodd le i amau ei fam. Er bod y blwch lluniau wedi'i gadw yn ei hystafell wely, gwyddai ei bod yn ymweld â'r ail lawr. Roedd e wedi ei chredu pan ddatganodd nad aethai yno ar ei chrogi. Am ryw reswm na allai ddeall roedd hi wedi dweud celwydd wrtho, nid unwaith, ond dro ar ôl tro. Ni wyddai beth fedrai ei wneud ynghylch hyn. Roedd yn ddirgelwch llwyr ac nid oedd neb a allai ei helpu i'w ddatrys. Roedd yn unig blentyn fel ei ddau riant, ac roedd yr ychydig deulu a fu ganddynt wedi hen farw. Petai Doris yn dal yn fyw, efallai y medrai hi fod wedi rhoi cliw iddo. Yr unig gymydog hirhoedlog arall oedd Mistar Elmer, a chyn belled ag y gwyddai Erful nid oedd erioed wedi bod yn y tŷ.

Syllodd ar ei adlewyrchiad yn nrych ei bwrdd gwisgo. Gwelodd wyneb tenau ei dad a'i wallt anniben yn syllu 'nôl arno a chalonogwyd ef gan hynny. Llwyddodd yntau i gadw swydd gyfrifol a gwneud gwaith pwysig. Does bosib na fedrai Erful wneud rhywbeth defnyddiol â'i fywyd. Cododd yn benderfynol a mynd i lawr y grisiau. Cariodd y pinfwrdd i'r ystafell fwyta, cyn ei osod ar gadair mewn man amlwg. Pentyrrodd yr amlenni oedd ar gornel y bwrdd o'r ffordd a chlirio gofod gweithio. Cymerodd bàd glân o bapur a beiro ac eistedd. Roedd ganddo ystafell ymchwiliadau nawr, a'r peth cyntaf oedd yn rhaid iddo'i lunio oedd cynllun gweithredu.

PENNOD 6

FEL RHEOL NI FYDDAI Erful yn mynd i'r dref ar ddydd Sul, oherwydd nid oedd y stondin ar agor, ond unwaith y mis cynhelid marchnad fwyd a dillad arbennig, a ddenai ymwelwyr o bell ac agos. Arferai Erful edrych ymlaen yn eiddgar at hon, am fod y Sul yn hir a diflas fel arall, ond y diwrnod hwnnw roedd e ar frys. Serch hynny, gosododd y cadeiriau a'r byrddau. Derbyniodd ei de o law Siôn ond nid eisteddodd. Edrychodd Siôn yn chwilfrydig arno.

'Beth yw'r hast?' gofynnodd.

Sipiodd Erful yr hylif cyn ateb.

'Dwi ar fy ffordd i'r llyfrgell ac mae'r lle'n cau am un ar ddydd Sul. Dwi isie edrych ar y Gofrestr Etholwyr.'

'I beth? Odyn nhw 'di neud mistêc arni?'

Nid atebodd Erful yn syth oblegid gwelodd fod y Digywilydd wedi ymddangos ar ben arall y stryd a'i fod yn cerdded heibio i'r stondin bellaf. Roedd ei law chwith yn hofran dros bentwr o becynnau caws, er na allai'r perchennog weld hynny gan ei fod â'i ben yn un o'i gesys pacio. Gwelodd Siôn gyfeiriad ei olygon a siglo'i ben yn ddiamynedd.

'Seimon!' galwodd yn sydyn a chododd y perchennog ei ben a gweld y Digywilydd. Camodd y darpar leidr ymlaen yn frysiog, heb gymryd arno sylwi dim. Mynegodd y perchennog ei werthfawrogiad a chodi ei fawd ar Siôn.

'Dwi isie gweld ai'r ferch gafodd ei lladd yn Stryd y Farchnad oedd yr un o'n i'n arfer ei nabod,' meddai Erful.

Cnodd Siôn ei wefus a meddwl.

'Yr un fuon nhw'n sôn amdani ar y newyddion neithiwr? Paid â dweud wrtha i dy fod ti yn yr ysgol gyda honno hefyd?'

'Mae 'na bosibilrwydd. Ond wrth gwrs, mae pobol yn symud tŷ. Dyna pam dwi'n mynd i'r llyfrgell. Er mwyn bod yn siŵr.'

Cododd Siôn y bwrdd du a'i roi i orwedd ar un o'r byrddau. Sychodd ef â chlwtyn llaith.

'Sawl 'ec' sy yn *broccoli*?' gofynnodd.

'Dwy, ac un 'el'.'

'Diolch. Ond beth os wyt ti'n iawn? Beth fydde hynny'n ei olygu?'

'Dwi ddim yn gwbod. Ond galle fe fod yn bwysig.'

Gorffennodd Siôn ysgrifennu a sythu gan rwbio'i gefn.

'Neu ddim. Gwranda, wyt ti wedi meddwl am hyn? Ody ddi'n syniad da i ti fynd i dwrio?'

Ni allai Erful weld pam lai. Syllodd Siôn arno am eiliad.

'Peth yw, twel – sino ti isie tynnu sylw'r heddlu, wyt ti? Allen nhw ddachre dy ame di, ti'n sylweddoli hynny?'

Doedd Erful ddim wedi disgwyl hyn.

'Ond fydden i ddim yn neud ymholiadau tasen i'n gyfrifol am ladd y merched. Cwato fydden i.'

'Ie, ie, dwi'n gwbod. Ond mae'r boi sy'n neud hyn yn nytyr, a sdim dal beth wneith rhywun fel'na. A mwya i gyd o ferched geith eu lladd, mwya i gyd bydd y Glas isie rhoi'r gefynnau ar rywun, sdim ots pwy. Ti'n deall?'

Deallai'n iawn, ond roedd yn sioc, serch hynny. Nid oedd wedi croesi ei feddwl y byddai dilyn trywydd yr achos yn orchwyl peryglus. Gallai weld y byddai ef, dyn dibriod, di-waith, yn byw ar ei ben ei hun, heb fawr neb yn gydnabod iddo, yn rhywun delfrydol i'w ddrwgdybio. Rhaid bod Siôn wedi sylwi ar ei wyneb digalon.

'Alla i ddeall pam dy fod ti isie gwbod. Un fel'na wyt ti. Ond paid â dweud wrth bobol beth wyt ti'n neud. Sdim isie tynnu nyth cacwn am dy ben, oes e?'

*   *   *

Wrth drothwy'r llyfrgell, bu bron iddo wangalonni. Pe bai ganddo lyfr i'w gyfnewid, byddai'n haws. Pa reswm oedd ganddo dros ofyn i gael gweld y Gofrestr Etholwyr? Chwilio am gysylltiadau teuluol, penderfynodd, er bod Williams yn enw mor gyffredin, gallai fod yn chwilio am byth. Camodd i'r awyrgylch tawel. Merch ifanc oedd y tu ôl i'r cownter, yn prysur stampio pentwr o lyfrau i gwsmer. Gwenodd arno. Cymerodd anadl ddofn.

'Odych chi'n cadw'r Gofrestr Etholwyr yma?' gofynnodd.

'Odyn, draw fan'na, ger y cyfrifiaduron,' atebodd. 'Fe gewch chi'r Gofrestr ar y silff bellaf ar y dde.'

Cerddodd Erful yn araf hyd yr ystafell. Er nad oedd wedi gorfod cyfiawnhau ei ymchwil, ni theimlai'n hyderus. Beth os rhedai ar ei ôl? Cyflymodd ei gerddediad a sganio'r silff. Gafaelodd yn y gyfrol ac edrych am rywle i eistedd. Yr unig seddi gwag oedd rhai wrth gyfrifiaduron. Suddodd yn euog i'w gadair. Gallai fod wedi bod yn waeth o lawer. Medrai'r Gofrestr fod wedi bod yn ffeil ar gyfrifiadur. Nid oedd ei fam wedi credu mewn cyfrifiaduron. Yn ei barn hi doedden nhw'n medi dim heblaw drygioni. Un enaid arall oedd yn eistedd wrth beiriant, bachgen yn ei arddegau yn clicio'r ddyfais yn ei law dde a'i wallt yn syrthio dros ei lygaid. Bu Erful yn ofalus i adael bwlch rhyngddynt. Estynnodd ei bàd ysgrifennu a'i feiro a'u gosod ar y ddesg. Ni fyddai eu hangen arno, ond cystal gwneud fel pawb arall.

Syllodd ar y bachgen o gornel ei lygad. Rywfodd, drwy rwbio'r ddyfais ar fat a'i chlicio'n ddi-baid, roedd e'n llwyddo i alw pob math o bethau i'r sgrin. Ni fu Erful erioed mor agos â hyn at gyfrifiadur o'r blaen. Roedd y demtasiwn yn ormod. Estynnodd ei law dde a gwneud yr un peth yn llechwraidd, ac er syndod iddo gwelodd flwch hirsgwar yn ymddangos. Dywedai hwnnw 'Cyfrinair'. Nid oedd gan Erful unrhyw syniad beth oedd angen iddo wneud nawr ond gwyddai fod cysylltiad rhwng y ddyfais a'r sgrin a syllodd ar law'r bachgen. Nid rhwbio oedd e ond sgubo. Symudai'r ddyfais i'r chwith a symudai saeth bach gwyn ar y sgrin i'r chwith. Pan safodd y saeth ar rywbeth y dymunai'r bachgen ei weld, cliciai fotwm â'i fys cyntaf. Rhoddodd Erful gynnig arni. Ar ôl sawl ymgais, pryd neidiodd y saeth yn wyllt o flaen ei lygaid, heb fynd yn agos at y blwch y dymunai ei gyrraedd, llwyddodd yn y diwedd i aros arno. Cliciodd. Newidiodd y sgrin yn llwyr a daeth y geiriau 'Cyfrinair Annilys' i'r golwg. Tynnodd Erful ei law yn ôl yn gyflym. Gobeithio nad oedd wedi torri dim byd.

'Jawl, mae'r rhain yn ôples!'

Edrychodd Erful ar y bachgen mewn braw. Ceisiodd feddwl am rywbeth call i'w ddweud.

'Mae'r un s'da fi gartre ganwaith gwell, ond bod e 'di torri,' meddai'r bachgen. 'Dwi'n gorfod aros am ache i hwn ymateb. Bydden i ddim yn trafferthu o gwbwl ond bod gwaith cartre 'da fi i neud erbyn fory.'

Cliriodd Erful ei wddf.

'Am beth 'ych chi'n edrych?' gofynnodd.

'Enghreifftiau o *quadratic equations*. Drychwch, dwi'n teipo fel y jawl a chael lot o rwtsh.' Teipiodd 'Kwodratic' a chlicio. 'Chwel – crap!'

Syllodd Erful ar y gair.

'Trïwch e gydag "a" yn lle "o", a "q" yn lle "k"' meddai'n ansicr.

Eisteddodd y bachgen i fyny ac edrych. Newidiodd y ddwy lythyren a chlicio. Daeth rhes hir o awgrymiadau i'r golwg a chwarddodd y bachgen.

'Bingo!' meddai, a chlicio ar y cyntaf ohonynt. 'Grêt! Diolch yn fawr.' Amheuai Erful a fu'n gymaint o gymorth i'r bachgen ag y bu ef iddo yntau. Yn ddiarwybod iddo rhoddodd y crwt wers gyfrifiadurol iddo. Ond nid dyna'r rheswm dros ddod i'r fan hon. Gorfododd ei hun i agor y ddogfen o'i flaen a dechreuodd chwilio. Er gwaethaf chwilota ar bob tudalen a chroesgyfeirio nid ymddangosodd enw Wilma. A olygai hynny nad oedd hi'n byw yn Stryd y Farchnad nawr? Edrychodd o'i amgylch yn ddiflas. Roedd y bachgen yn casglu ei bethau ynghyd. Yn amlwg daethai o hyd i'r hyn y chwiliai amdano.

'Dim lwc, mêt?' gofynnodd. Hoffodd Erful y gair 'mêt' yn fawr.

'Na.' Pan oedd ar fin ymddiried yn y crwt cyfeillgar, cofiodd eiriau rhybuddiol Siôn. 'Edrych am gyfeiriad hen ffrind odw i. Ond dwi'n credu 'i fod e wedi symud.'

'Neu falle'i fod e ddim yn pleidleisio,' meddai'r llanc. 'Dyw lot o bobol ddim yn neud. Gormod o ffwdan llanw ffurflenni. Hwyl nawr!'

Gwyliodd Erful ef yn gadael gan fflicio'i wallt yn ôl a thynnu'i jîns i fyny. Bu dod i'r llyfrgell yn ddim mwy nag ymarfer hela sgwarnog. Beth wnaeth iddo feddwl y byddai Wilma, o bawb, yn pleidleisio? Prin y medrai ddarllen. Cododd a rhoi'r Gofrestr yn ôl ar y silff. Ymhle arall y medrai edrych? Rhedodd ei fysedd ar hyd y cyfrolau. Roedd yno nifer o lyfrau ffôn, yn rhychwantu'r dref a threfi eraill cyfagos. Gallai enw Wilma fod yn un ohonynt. Tynnodd y cyntaf a sefyll yno'n chwilio am y dudalen gywir.

Tu ôl i'r silffoedd metel uchel, roedd rhywun yn symud. Roedd y ferch o'r cownter blaen yn ailosod llyfrau a ddychwelwyd gan fenthycwyr. Pan ganodd ffôn symudol yn sydyn, tasgodd Erful yn euog.

'Ble'r wyt ti?' clywodd y ferch yn dweud gan sibrwd yn daer. 'Dwi yma ar fy mhen fy hunan. Lwcus bod Miss Singleton ar ei hegwyl neu fydden i'n ei cha'l hi am ateb fy ffôn. Siapa'i er mwyn popeth!' Bu saib fer a newidiodd ei llais. 'Ti'n jocan! Trwy'r nos? Yffach gols! Gronda, arhosa mas y bac. Pan ddaw Miss Singleton 'nôl ddwa' i i gwrdd â ti. Fe benderfynwn ni ar stori. Paid â bod mor dwp – alli di byth â dweud wrthi dy fod ti wedi treulio'r nos yn cael dy holi gan yr heddlu. Mae gyda ti un rhybudd yn dy erbyn eisoes am fod yn hwyr ac mae hi fel y gŵr drwg heddi.' Gwrandawodd ar yr ateb a diffodd y ffôn wrth i ddrws slamio rywle yng nghefn yr adeilad.

Pan ymddangosodd Miss Singleton drwy'r drws a arweiniai at y tai bach, roedd y ferch yn gwthio'r drol yn ddiniwed at silffoedd y plant. Dynes ganol oed, wyneb galed oedd y prif lyfrgellydd a syllai ar bawb fel pe baent am ddwyn y llyfrau. Brasgamodd ar draws y llyfrgell, heb arddel neb, a mynd i sefyll y tu ôl i'r ddesg flaen. Yna galwodd y ferch arni. Meddyliodd Erful yn gyflym. Gwyddai fod yna allanfa dân y tu hwnt i'r tai bach. A allai fentro yno? Gallai pwy bynnag oedd y pen arall i'r ffôn fod wedi cyrraedd erbyn hyn. Ni wyddai Erful a fyddai unman i guddio yno. Er ei fod yn dyheu i wybod mwy am y sawl a holwyd gan yr heddlu, taranai ei galon yn ei glustiau wrth feddwl am gael ei ganfod. Beth pe bai'n mynd i dai bach y dynion a cheisio clustfeinio o'r fan honno? Gosododd y llyfr ffôn yn ôl yn ei le'n dawel. Cododd ei sgrepan o'r llawr a gweld bod ei ddwylo'n crynu. Roedd y ferch yn dal i symud yn hamddenol o un silff i'r llall a'i chefn ato.

Symudodd yn araf at y drws i'r tai bach a'i agor. Roedd y coridor yn wag. Clywodd y drws yn llithro ar gau y tu ôl iddo a chyflymodd ei gamau. Roedd tai bach y dynion ar waelod y coridor, nesaf at yr allanfa dân a'r llociau wedi eu gosod yn erbyn y wal gefn. Brysiodd i mewn i'r lloc agosaf. Roedd yno ffenestr fach a adawyd yn gilagored er mwyn ceisio clirio'r drewdod. Ni theimlai Erful yn ddiogel yno. Clodd y drws a sefyll yn nerfus wrth ymyl y ffenestr. Er na allai weld fawr ddim, gallai wynto mwg sigarét, a diolchodd i'r drefn nad oedd wedi mentro trwy'r allanfa dân.

O bellter clywodd sŵn traed ac yna tecyl yn cael ei roi i ferwi. Agorodd drws i'r chwith iddo a daliodd ei anadl.

'Ble fuest ti mor hir?' meddai llais ifanc gwrywaidd, fodfeddi o'i glust.

Cliciwyd taniwr yn ddiamynedd a dwysaodd y gwynt sigarennau.

'Fi ddyle ofyn hynny i ti! Sbosib na wedest ti wrthyn nhw dy fod ti ar ddyletswydd y bore 'ma.'

'Do, wrth gwrs! Ond o'n nhw ddim isie gwbod. Buodd y blydi heddlu'n siarad â ni i gyd am oesoedd!'

'Pam? Beth wyt ti wedi'i wneud?'

'Dim byd!'

'Dim ond gofyn o'n i. Am beth o'n nhw'n holi, 'te?'

'Y fenyw gafodd ei lladd yn ein fflatie ni. Welest ti ddim y teli neithiwr?'

'Naddo. O'n i mas ac yn feddw gaib. Mae'r Darren 'na off 'i ben, ond ma' fe'n gwd laff.'

Wfft i Darren, meddyliodd Erful. Paid â newid y pwnc.

'Falle y dylen i fod wedi gadel i'r peth fod. Ond pobol ar yr un llawr â fi, y llawr gwaelod yn deg, ddachreuodd hi. Nhw wedodd nad oedd neb wedi'i gweld hi ers wthnos. Beth o'n i i wbod. Dwi braidd byth 'na, ta beth.'

'Dorroch chi miwn, 'te?'

'Yffach naddo! Ond fe alwon ni'r heddlu. O'dd dim ateb pan gnocon ni'r drws...' gostegodd ei lais, 'ac fe dda'th yr heddlu yn diwedd. Ro'dd drewdod, t'mod. Ma' rhyw bedwar drws rhwng 'n fflat i a'i fflat hi, diolch byth, neu bydden i wedi pango ers tro.'

'O! Ych y fi fowr!'

Chwarddodd y dyn yn sych a dihiwmor.

'Y drewdod oedd y peth lleia i boeni amdano. Pan dorrodd yr heddlu miwn i ro'dd lle ofnadw 'na. Fel siop bwtsiwr.'

Ebychodd y ferch, ac yna gofynnodd, 'Est ti miwn wedyn?'

'Dim diolch! Na, gethon ni'n hela o 'na'n go glou. Ges i ordyrs i hebrwng y ddwy hen gymdoges oddi ar y landin. Chwiorydd 'yn nhw. Ro'n nhw wedi bod bant ar wylie gyda'u nith yn Llanfair-ym-Muallt hyd ddo'. A sdim lot o sens o smel ar ôl 'da nhw, glei. Buodd yn rhaid i fi wrando arnon nhw'n mynd

mla'n a mla'n am y fenyw gas 'i lladd. Ma'n nhw'n hen, t'mod, ac
wedi byw 'na ers oes pys, ers cyn i'r tŷ fynd lawr yn y byd.'

'Allet ti ddim ei fforddio fel arall.'

'Na allen, siawns. Dwi ddim yn sylwi ar lawer o neb arall.
Ond ma'r chwiorydd yn gwbod popeth am bawb.'

'Sioc ofnadw iddyn nhw, sbo?'

'O'dd, ond ddim cymaint ag y byddet ti'n feddwl. "'Na beth
sy'n dod o fyw bywyd anfoesol," medde un ohonyn nhw. Cic i fi
o'dd hynny, sbo.'

Clywodd Erful y ferch yn chwerthin yn sbengllyd.

'Oeddet ti'n nabod yr un gafodd ei lladd?'

Bu saib, fel pe bai'r dyn yn ystyried sut y dylai ateb.

'Ddim ei nabod hi'n hollol. Weles i ddi lawr ar bwys y bins ac
ar y sta'r sawl gwaith. Sai'n cofio i fi ddweud helô na dim. Ro'dd
hi'n ddigon ryff yr olwg a heb fod yn ifanc o bell ffordd. Os o'dd
hi ar y gêm, ro'dd stymoge fel ceffyle 'da'i chwsmeried hi.'

'Allwch chi wastad gau'ch llyged,' meddai'r ferch yn amwys.
'Wedodd yr heddlu unrhyw beth?'

'Gofyn oedden nhw, dim gweud. Holi 'mherfedd i neithwr.
A bore 'ma 'to. Gofyn ble o'n i wythnos yn ôl. Fel'se rhywun yn
gallu cofio.'

'A welest ti neb yn mynd i'w fflat hi erio'd?'

'Neb. Le ma' amser 'da fi i gadw tabs ar bawb? Ond tasen
nhw wedi bod gatre, siawns na fydde'r chwiorydd wedi sylwi ar
rwbeth. Mae eu drws ffrynt nhw'n wynebu ei hun hi.'

'Falle ddalan nhw fe nawr, os oedd e'n gwsmer rheolaidd a'r
cymdogion yn chwilfrydig.'

'Bydde gofyn iddyn nhw fod ar wyliadwreth beder awr ar
hugen. Sneb mor chwilfrydig â hynny.'

'Ti siŵr o fod yn nerfus nawr,' meddai'r ferch. 'Allen i byth â
chysgu'r nos 'na.'

'Pwy ddewis sy gyda fi? Ond bydda i'n cloi'r drysau a'r
ffenestri i gyd, yn bendant.'

'Sdim isie i ti boeni – os nad wyt ti'n byw bywyd dirgel fel *rent boy*!'

'Gyda'r wep hon gelen ni ddim ceiniog! Weda i rwbeth wrthot ti, sa'ch 'ny – pwy bynnag yw e, mae e fel cawr.'

Bu saib arall tra ystyriodd y ferch hyn.

'Shwd ti'n gwbod?'

Gostegodd ei lais ymhellach a bu'n rhaid i Erful glosio at y ffenestr.

'Achos ro'dd hi'n uffernol o gryf. Weles i ddi'n cario peiriant golchi lawr sta'r sbel 'nôl a'i adel e tu fas ar gyfer y Cyngor. Mae pwyse'r cythrel mewn peiriant golchi. Allen i ddim codi un. Buodd y ffeit rhyfedda yn y fflat. Gwa'd dros y walydd a thros y carped ar bwys y drws, a'r dodrefn yn yfflon rhacs.'

'Wedest ti wrth yr heddlu ei bod hi'n gryf?'

'Naddo fi! A ta beth, ofynnon nhw ddim. Reit, beth yw'r stori ar gyfer Miss Singleton? Bydd isie iddi fod yn un dda.'

Bu'r lleisiau'n pellhau gydol y rhan hon o'r sgwrs, ac yna clywodd Erful y drws tân yn agor a chau. Arhosodd i'r sŵn traed bylu'n llwyr a chyfrif i gant cyn mentro allan. Ni fu'r ymweliad yn ofer, wedi'r cyfan. Wilma oedd y ferch a laddwyd. Gallai Erful synhwyro hynny.

Ar y palmant y tu allan i'r adeilad, ei reddf oedd mynd yn ôl at y stondin a dweud yr hanes wrth Siôn. Byddai'n profi iddo ei fod o ddifrif, ac yn gallu canfod pethau pwysig. Wrth iddo sefyll yno, aeth car yr heddlu heibio a'i oleuadau'n fflachio. Arhosodd ar y gornel cyn troi i'r dde a dilynodd Erful ef.

ERBYN IDDO GYRRAEDD y troad roedd y car wedi diflannu. Brysiodd Erful yn ei flaen, yn weddol sicr mai i gyfeiriad Stryd y Farchnad yr aeth. Ar fore Sul braf fel hwn, a'r siopau newydd agor, roedd cryn dipyn o drafnidiaeth. Yr ochr arall i'r heol lydan, roedd yna deuluoedd cyfan eisoes yn brasgamu trwy ddrysau siopau, yn barod i wario. Ymhlith yr holl symud, safai ffigwr yn stond a'i gefn at fur, a bagiau plastig wrth ei draed. Cododd y Barf yn gynnar y bore hwnnw, felly. Camai pobl i'r naill ochr pan welent ef a gafael yn nwylo'u plant. Hwyrach ei fod yn cysgu'r nos yn un o'r hosteli, ac yn gorfod gadael ar ôl brecwast.

Wrth i Erful gyrraedd yr arwydd am Stryd y Farchnad, roedd y lle'n prysuro. Doedd yna ddim argoel o fore Sul diog yn unman. Arhosodd Erful ar y gornel. Roedd fan y SOCOs i'w gweld, ac o leiaf ddau gar heddlu. Âi nifer o heddweision o ddrws i ddrws, lle safai'r perchnogion, rhai ohonynt yn dal yn eu pyjamas, yn ateb cwestiynau. Roedd yr heddferch a welodd yn gwarchod safle'r ail lofruddiaeth yn sefyll ar drothwy tŷ o fewn canllath iddo. Trodd Erful ar ei sawdl. Ni wnâi'r tro o gwbl iddi ei weld a sylweddoli iddo fod yn eistedd yn y parc y diwrnod cynt. Eto, oni ddylai rhywun ddweud wrth yr heddlu am gryfder affwysol Wilma? Onid oedd yn gliw defnyddiol? Ond pan edrychodd dros ei ysgwydd, mewn cyfyng gyngor, roedd dynes oedrannus wedi gwahodd yr heddferch dros y rhiniog. Gwelodd hi'n tynnu ei het a chaewyd y drws ar ei hôl.

Yn wyliadwrus, cerddodd Erful i lawr y stryd. Edrychodd ar ffenestri'r tŷ mawr lle bu Wilma farw. Hen le pedwar llawr o oes Fictoria ydoedd, a fu'n fflatiau ers blynyddoedd, o'i olwg ddiraen. Ar ba lawr oedd fflat Wilma? Nid oedd modd dweud, oherwydd caewyd y llenni i gyd. Hawdd gweld pam, oherwydd er gwaethaf presenoldeb yr heddlu, roedd cnewyllyn bach o bobl, twristiaid marwolaeth, wedi ymgynnull ar y palmant nid nepell i ffwrdd. Cadwodd Erful ar yr ochr arall, rhag i neb feddwl mai busnesan ydoedd, a chymerodd arno ei fod ar frys. Pan ddynesodd at y criw o wylwyr, gwelodd fod gan nifer ohonynt wydrau yn eu dwylo. A oedd pobl yn cael picnic yma? Na, roedd yma dafarn, wedi'i gosod yn ôl o'r heol, a chwrt o'i blaen na ellid mo'i weld gan fod yr adeilad nesaf ato yn ei guddio. Roedd y cwrt ei hun dan ei sang, ac wedi bod felly ers tro, a barnu wrth yr holl wydrau gwag ar y byrddau pren. Ac yntau ar fin mynd heibio, gwelodd fflach melyn yng nghysgod y wal isel. Hyd yn oed â'i chefn ato, roedd corff sgwâr Rysti'n ddigamsyniol.

Croesodd Erful y ffordd. Eisteddai ar ei phen ei hun yn yfed hanner o gwrw.

'Helô, Rysti,' meddai.

Cafodd wên lydan groesawgar.

'Dere i gael drinc bach!' meddai, gan chwifio'i gwydr tuag ato.

Gwthiodd Erful ei ffordd at y bar ac archebu sudd oren iddo'i hun a hanner arall iddi hi. Erbyn iddo ddychwelyd, yn cario'r diodydd yn ofalus trwy'r llu o yfwyr, roedd hi'n siarad â dyn dieithr, ond pan welodd hi Erful, trodd i ffwrdd a rhoi ei holl sylw iddo ef.

'Wyt ti'n dod 'ma'n amal?' gofynnodd gan chwerthin. Nid arhosodd iddo ateb, fodd bynnag, ond hercio'i bawd i gyfeiriad y stryd. 'Un arall,' meddai.

'Ie, Wilma,' atebodd Erful. Cododd Rysti ei haeliau arno dros ymyl ei gwydr.

'Gofiest ti ei chyfeiriad hi, do fe? Cwestiwn twp.'

'Galle hi fod wedi symud tŷ,' meddai Erful yn rhesymol. 'O'n i ddim yn siŵr. Bues i yn y llyfrgell yn chwilio.'

Cydsyniodd Rysti, fel pe bai mynd i'r llyfrgell yn fodd i ddatrys unrhyw ddirgelwch.

'Dwy wedi mynd nawr,' meddai. 'Beth sy gyda fe yn ein herbyn ni, gwed?'

'Ti'n iawn. Mae'n rhyfedd fod dwy o'n dosbarth ni wedi'u targedu,' mwmialodd.

Yn wir, po fwyaf y meddyliai am hyn, po fwyaf o synnwyr a wnâi. Wedi'r cyfan, nid oedd marwolaeth Candi Mei yn y parc yn debyg o gwbl i lofruddiaethau Aeres a Wilma yn eu cartrefi. Cododd ei ben a gweld bod Rysti'n edrych arno'n chwilfrydig.

'Wyt ti'n gwbod unrhyw beth am weddill 2R?' gofynnodd Erful yn wylaidd. Roedd hi mewn hwyliau da'r tro hwn, yn wahanol i'r ddau dro diwethaf. Efallai y byddai'n barod i gyfaddef ei bod yn cofio rhywbeth wedi'r cyfan.

Siglodd ei phen a gwneud ceg gam.

'Ddim lot. Mae'n dref jogel o faint. Yn rhyfedd ddigon dwi wedi gweld y ddau frawd ar nos Sadwrn yn ddiweddar, ond ddim yn amal.'

Roedd hyn yn galonogol.

'Odyn nhw'n dal i fyw ar y fferm?'

Cododd ei hysgwyddau.

'Es i ddim yn ddigon agos atyn nhw i wynto'r dom da.'

Gwasgodd Erful ei ddwylo rhwng ei benliniau. Roedd e'n ceisio galw amserlenni'r bysiau i gof.

'Sdim bws yn mynd i'r cyfeiriad hwnnw,' meddai ar ôl ysbaid.

'Falle'u bod nhw'n cael lifft.'

Petrusodd Erful am eiliad, ond palodd ymlaen.

'Dwi'n treial meddwl am ffordd o gyrraedd 'na.'

'I beth?'

'Falle'u bod nhw'n gwbod rywbeth.'

Chwarddodd Rysti i'w gwydr.

'Os odyn nhw, 'na'r tro cyntaf yn eu bywydau.' Sniffiodd. 'Gallen ni fynd ar hwn, os wyt ti moyn,' meddai gan bwyntio at y sgwtyr. 'Faint mor bell yw e? Os nad yw e'n fwy na deng milltir mae gobeth.'

Ar ôl i'r ail gar ganu ei gorn arnynt, dringodd Erful i lawr o'r silff fach ar y cefn a cherdded. Bu'n dra ymwybodol o'r olwg chwerthinllyd a oedd arnynt yn mynd drwy'r dref, ac yn ofni, ar ben hynny, y byddai car llawn heddweision yn eu gweld. Roedd yn siŵr nad oedd sgwtyr i'r anabl i fod i gario teithwyr. Nid oedd hynny i'w weld yn poeni'r mymryn lleiaf ar Rysti, fodd bynnag, a chododd fys canol ar y canwyr cyrn a'u rhegi'n uchel. Wedi iddo ddringo i lawr oddi ar y sgwtyr, doedd hi ddim yn hawdd cadw at gyflymder y cerbyd chwaith, ac roedd yn falch gweld y tro am bentref Llaneifion yn dod yn agosach. Milltir arall a dylai'r fferm fod ar y chwith.

'Sut wyt ti'n gwbod ble mae e?' gofynnodd Rysti. 'Wyt ti wedi bod 'ma o'r blaen?'

'Odw. A thithe hefyd.'

'Ddim byth!'

'Do. Pan aethon nhw â ni ar y trip i'r Mwmbwls yn y mini-bws. Ar y ffordd gartre gadawon nhw'r brodyr ar ben yr hewl i'r fferm. Nhw oedd yr unig rai oedd yn byw mas yn y wlad.'

Bu tawelwch am ennyd wrth i Rysti ystyried hyn.

'Dringa lan 'to; weliff neb ni fan hyn,' oedd ei hunig sylw.

Bu bron iddynt fynd heibio i fynedfa'r fferm. Tyfai'r llwyni'n drwchus o'r cloddiau mas i'r feidr, a rhedai stribed uchel o borfa i lawr y canol. Bu'n rhaid i Erful gerdded unwaith eto, gan nad oedd y sgwtyr yn ddigon llydan i fedru cadw un olwyn yn y rhychau bob ochr i'r borfa. Brefai defaid yn y caeau, ac aethant heibio i ambell gât fetel wedi'i chlymu yn ei lle â chorden. O'r diwedd, cyraeddasant y buarth, ond clywyd hwy'n dod ymhell cyn hynny gan gŵn defaid y fferm a ddaeth yn haid swnllyd i'w cyfarch. Cadwodd Erful yn agos at y sgwtyr, ond plygodd Rysti a mwytho'r un agosaf.

'Paid â dangos bod ofon arnat ti,' hisiodd yn ddiamynedd, tra llyfodd y ci ei llaw.

'Ffaelu helpu,' meddai Erful, yn llygadu un arbennig o filain yr olwg, a sgyrnygodd ei ddannedd arno.

Clywsant fwced yn cael ei osod ar lawr a gweld ffigwr yn ymddangos o adeilad ar y dde. Un o'r brodyr ydoedd yn bendant, ond p'un?

'Helô 'na!' meddai Rysti, gan godi llaw hyderus. Camodd y brawd atynt a syllodd Erful arno. Nid oedd wedi newid fawr ddim; yr un talcen uchel dros bâr o lygaid golau, gwag. Roedd ei wallt cyrliog wedi teneuo cryn dipyn ar ei gorun, a'i ysgwyddau'n lletach, ond heblaw am hynny aeth y blynyddoedd heibio heb adael eu marc.

'Fi'n nabod chi,' meddai'n araf, ond ar Erful yr oedd yn edrych.

'Ti'n nabod fi, 'fyd!' meddai Rysti. 'O'n ni'n dou yn yr ysgol gyda ti. Erful a Rhuddwen – er taw Rysti yw'n enw i nawr.'

'Erful,' meddai'r dyn. 'Fi'n cofio ti. Jawl, odw!'

Roedd hyn yn amlwg yn ddigwyddiad. Yna edrychodd dros ei ysgwydd a galw, 'Rhyd! Dere i weld pwy sy 'ma! Erful a Rhuddwen o'r ysgol!'

Yna gwenodd ac amneidio eto. Dorian ydoedd, felly. Gobeithiodd Erful fod Rhydian wedi newid rhyw fymryn. Daeth dau ddyn allan o'r adeilad a brysio atynt. Roedd Rhydian wedi tewhau'n fwy na'i frawd, drwy drugaredd, ond y trydydd dyn oedd y syndod. Eu tad ydoedd, yn ddiamau, ac wedi colli llawer mwy o'i wallt. Serch hynny, roedd y tebygrwydd yn syfrdanol.

'Bois bach,' meddai Rysti. 'O'n i ddim yn gwbod bod brawd arall 'da chi!'

Chwarddodd y brodyr, ond syllodd y tad yn galed arni.

'Beth ddaeth â chi ffor' hyn? Odych chi ar goll?' gofynnodd gan grychu'i dalcen.

'Nadyn, sownd,' atebodd Rysti'n syth. 'O'n i wedi mynd mas am dro bach a chofiodd Erful taw fan hyn o'ch chi'n byw. A feddylion ni y bydden ni galw i ofyn shw mae. Ni heb weld ein gilydd ers blynyddoedd.'

Sychodd y tad ei law ar ei goes a'i hestyn iddynt. Roedd fel pawen arth.

'Dewch miwn am ddishgled,' meddai. 'Bydd y Musus yn falch iawn o'ch gweld chi.'

Trwy lwc, ni fu'n rhaid i Rysti ddisgyn o'i sgwtyr. Roedd drws yr hen dŷ fferm yn un llydan a llwyddodd i yrru'r peiriant i mewn i'r gegin yn ddidrafferth. Safai dynes wrth y stof yn diwyd droi dysgl llawn grefi. Dilynodd y cŵn o bellter.

'Ffrindie i'r bois o'r ysgol, Edna,' eglurodd y tad, a gwenodd y ddynes.

'Wel, 'na neis.'

Edrychodd yn falch ar ei meibion a oedd yn sefyll yn pwno breichiau'i gilydd gan chwerthin. Cofiai Erful eu gweld yn gwneud hyn yn y dosbarth pe digwyddai rhywbeth cyffrous. Llanwyd y gegin ag arogleuon blasus, a chyn i Erful fedru dweud gair, roedd Rysti rywfodd wedi ymddiheuro am alw ar amser anghyfleus ac wedi derbyn gwahoddiad ar eu rhan i fwyta cinio Sul yng nghwmni'r teulu. Anfonwyd Dorian allan i mofyn cebl i wefru'r sgwtyr a threfnwyd y bwrdd mawr fel y gallai hi eistedd wrtho'n gyfleus. Ni fyddai dim o hyn wedi digwydd pe bai Erful wedi mynd yno ar ei ben ei hun. Ni fyddai wedi mentro heibio'r cŵn i'r buarth. Edrychodd i lawr ar y plât mawr o gig oen a llysiau a roddwyd o'i flaen.

'Diolch yn fawr iawn,' meddai, gydag ymdrech. 'Dwi ddim wedi cael cino Sul fel hyn ers i Mam farw.'

Siglodd Edna ei phen yn deimladwy.

'Buodd eich mam farw, do fe? Pryd oedd hynny?'

'Dros ddwy flynedd yn ôl nawr.'

'A so chi'n gallu cwcan ddim mwy na'r bois, fentra i.' Trodd at ei gŵr. 'Arthur, beth am agor potel o'r gwin gwsberins?'

Gwenodd ei gŵr a diflannu i'r llaethdy.

'Odych chi'n gwneud eich gwin eich hunan, 'te?' gofynnodd Rysti, a'i cheg yn llawn.

'A chwrw 'fyd!' atebodd Rhydian yn eiddgar.

'Mae'n well 'da'r bois y cwrw,' meddai Edna wrth Erful.

'Helpu Dad i neud e,' porthodd Dorian gan wneud stumiau troi hylif mewn padell.

'Cŵl!' meddai Rysti.

Collodd Erful gyfrif ar faint o win a chwrw a yfwyd. Bu'n rhaid iddo gymryd peth o'r ddau er y byddai lemonêd wedi bod llawer mwy at ei ddant. Ond rhaid cyfaddef, roedd hwyliau da pawb yn heintus, ac anogwyd hyd yn oed y brodyr i sôn am eu dyddiau ysgol. Roedd yn rhyfedd hefyd fel y daeth cof Rysti am ddigwyddiadau yn ôl wrth i'r gwin lifo.

Bu chwerthin mawr am achlysur y ffoto o'r dosbarth, yn enwedig am y pedwar yn y rhes gefn yn syrthio oddi ar y fainc.

'Y Rici Wyn 'na, o'dd e ddim yn gall!' Trodd Rhydian ei fawd ger ei dalcen. 'Na Hubert. Welest ti fe'n smoco pib erio'd?'

Siglodd Erful ei ben.

'Welodd Dad e, on'd dofe?'

Cnodd y tad cyn ateb.

'O'dd y teulu'n rhedeg math o weithdy. Soldro a phethe, ch'mod. O'dd isie cwiro darn o'r tractor arna i ac es i draw 'na. Ei wncwl e o'dd piau'r lle. Llond tŷ o bobol, ac yn eu canol nhw 'na le o'dd Hubert â'i draed ar ben y ford yn smoco fel hen ŵr. Beth ddaeth ohono fe?'

'Dim syniad,' atebodd Erful. 'Falle'u bod nhw i gyd yn dal yno.'

'Nadyn.' Yfodd Arthur o'i wydr a sychu'i geg. 'Maen nhw wedi symud bant i rywle. Dyw'r gweithdy ddim 'na nawr. Dorrodd rhywbeth ar y Ffordyn bach 'na oedd gyda ni bwti ddeng mlynedd yn ôl ond o'n nhw wedi mynd erbyn hynny.'

Edrychodd Erful ar Rysti, ond roedd hi'n canolbwyntio ar ei tharten afalau. Ai dyma'r foment i grybwyll Aeres a Wilma? Oni fyddai hynny'n torri ar yr awyrgylch? Sut medrai lunio brawddeg a fyddai'n symud y sgwrs i'r cyfeiriad cywir? Wrth iddo feddwl am hyn dywedodd Arthur rywbeth a barodd i Edna ochneidio. Am eiliad roedd Erful wedi colli pen llinyn y sgwrs.

'Ie, 'na'r gwir. Ni sy'n lwcus yn byw mas fan hyn. Mae'n ofnadw yn y dre ar hyn o bryd. Sawl merch sy nawr? Tair?'

Amneidiodd Rysti a chwifio'i llwy. Croesodd Erful ei fysedd dan y bwrdd.

'Mae ofon ar bawb,' meddai Rysti. 'So chi'n gwbod beth ddigwyddiff nesa.' Meddyliodd am eiliad. 'Roedd un ohonyn nhw yn ein dosbarth ni, ch'mod. Aeres.' Syllodd ar y brodyr. 'Chi'n cofio Aeres? Gwallt gole. Un fach dawel oedd hi.'

Gallech weld eu meddyliau'n troi. Edrychent ar ei gilydd yn betrus, ond eu tad a siaradodd.

'Nid dyna'r enw wedon nhw ar y newyddion, ife?'

'Nage.' Teimlai Erful yn ddigon diogel i ychwanegu ei bwt erbyn hyn. 'Roedd hi'n defnyddio enw arall. Mags. Aeres Margaret Roberts oedd hi, chweld.'

'Jiw, jiw. 'Na drist.' Cododd Edna a gosod y tecyl i ferwi. Gallai Erful ei gweld yn siglo'i phen yn dawel fach.

'O'dd hi'n ...?'

Cyfeiriodd Arthur y cwestiwn amwys at Erful, â herc bach o'i ben ac ael ddyrchafedig, ond Rysti a ddeallodd ac a atebodd.

'Yn gweithio ar y stryd. O'dd.'

Dyna'r ateb cywir, yn amlwg, ond sut medrai ddilyn teithi ei feddwl mor gyflym? Ac nid oedd hi wedi crybwyll Wilma o gwbl – ai oherwydd nad oedd yr heddlu wedi datgelu ei henw hyd yma, ac yr edrychai'n amheus pe gwyddent rywbeth nad oedd yn hysbys i'r cyhoedd? Roedd y brodyr wedi rhoi'r gorau i edrych ar ei gilydd am ysbrydoliaeth. Yn hytrach roedd golwg boenus ar eu hwynebau. Rhoddodd Edna ei llaw ar ysgwydd yr un agosaf.

'Peidiwch chi bois â phoeni nawr,' meddai. 'Fe gewn nhw afael arno, whap. Mae'r heddlu i gyd mas yn chwilio, allwch chi fentro, nos a dydd.'

Cytunodd Erful â hi heb gymorth geiriau. Gwelodd Rhydian yn codi ei olygon ac yn edrych o amgylch y bwrdd.

'Mae isie clatsien dda ar bwy bynnag laddodd Aeres,' meddai'n bendant.

Ar ôl cinio aeth Rysti allan i'r sièd gefn gyda'r brodyr i gael gweld sut oedden nhw'n macsu cwrw a gwneud gwin cartre, tra bu Erful yn helpu Edna i glirio'r bwrdd. Nid oedd chwant arno weld y cŵn eto na blasu'r diodydd. Gosododd y platiau un ar ben y llall a'r desglau pwdin a'u cario at y sinc. Aeth yn ôl i mofyn y gwydrau, yn ymwybodol ohoni'n ei wylio. Gobeithiodd ei fod yn gwneud popeth fel y dylai.

'Chi yw'r bachgen clefer, ontife?' gofynnodd yn sydyn. Pan wridodd, aeth yn ei blaen.

'Roedd y bois yn arfer sôn amdanoch chi. 'Dyn nhw'm yn deall lot, ond maen nhw'n gwbod y gwahaniaeth rhyngddyn nhw a phobol erill. Chi oedd yn cadw'r gofrestr a chyfrif yr arian cinio a phopeth. Dwi'n cofio gweld hynny'n od ar y pryd. A buoch chi'n eu helpu nhw i neud syms, dwi'n gwbod.'

'O'n nhw'n fy helpu i hefyd.'

Rhochiodd yn ei thrwyn.

'Bod yn garedig 'ych chi nawr.'

'Na, mae'n wir. O'n i'n arfer cael fy mwlio'n ofnadw ar y buarth, ond ddim hanner cymaint ar ôl i fi fynd i 2R. Roedden ni'n edrych ar ôl ein gilydd. Ac roedd Miss Llewelyn mor neis. Dwi ddim wedi ei gweld hi chwaith ers i fi adael.'

Arllwysodd Edna ddŵr poeth i'r sinc.

'Roedd hi'n weddol ifanc i gymryd gofal dosbarth fel'na. Buodd hi 'na am flynyddoedd ar ôl i'r bois adael. Ond fe briododd hi yn y diwedd. Weles i'r notis yn y papur. Rhyw ddyn busnes gweddol gefnog weden i.'

Roedd hyn yn ddiddorol. Ni chlywsai Erful am ffawd ei gynathrawes.

'Pryd oedd hyn?'

Chwythodd Edna'r aer o'i bochau.

'Mae blynydde nawr. Ond dwi'n cofio bod y cyfeiriad yn swnio'n grand. Chi'n gwbod fel mae'r notisiau priodas yn y papur yn siarad, "Bydd Mr a Mrs Llewelyn-Rhwbeth yn gwneud eu cartref yn yr Hen Ficerdy ar ôl mis mêl yn teithio Ewrop." Os nad oedden nhw'n dweud celwydd noeth, mae arian yn fan'na. Weles i ddim ficerdy bach erio'd.'

Pwysodd Erful ei ben yn erbyn metel oer yr arhosfan fysiau, yn ysu i'r bws gyrraedd. Hunllef llwyr fu'r daith adref. Dymchwelodd y sgwtyr ddwywaith. Yr eildro y digwyddodd, bu Rysti'n sâl dros bob man a gorfu iddo'i chodi hi a'r sgwtyr, a chadw'i law ar y llyw yr holl ffordd i'r dref rhag iddynt fynd i'r ffos. Roedd ei freichiau'n gwynegu a'i ben yn hollti. Duw a wyddai faint yfodd hi. Galwyni, yn ôl faint chwydodd hi. Hoffai fod wedi trafod yr ymweliad gyda hi, gofyn ei barn am y brodyr, ac am eu rhieni, ond roedd hi'n hanner cysgu tan iddynt gyrraedd cyrion y dref. Dadebrodd ddigon i yrru ymaith pan ddaethant at yr arhosfan fysiau, gan wrthod ei gynnig i fynd â hi i'w chartref. Meddyliodd y dylai ei dilyn, er mwyn gwneud yn siŵr ei bod yn iawn, ond synhwyrai na fyddai hynny'n ei phlesio. Chwaraeodd fideo ei gof o'r dydd. Hwyrach am fod Rysti ac Aeres hithau wedi newid yn llwyr, yr oedd wedi disgwyl i'r brodyr fod yn wahanol hefyd. Ond roeddent fel petaent wedi'u rhewi yn yr unfan. A beth fyddai'n digwydd i Dorian a Rhydian ar ôl dyddiau eu rhieni? Pa ffawd annheg a drefnodd fod pobl glên, synhwyrol fel Arthur ac Edna'n cael dau fab na allai fyw'n annibynnol? Cyrhaeddodd y bws a dringodd arno'n flinedig.

Aeth i orwedd ar y soffa a dihuno yn y tywyllwch. Roedd yn tynnu am ddeg o'r gloch y nos. Gwasgodd fotwm y teledu i gael gweld newyddion deg. Roedd y marwolaethau yn destun sylw cenedlaethol bellach. Yna dyma Elin Meillion yn sefyll ar Stryd y Farchnad unwaith eto, yn dweud wrth y byd mai Wilma Mackinnon oedd y drydedd butain i gael ei lladd. Gwyliodd Erful y sgrin yn brudd. Gwyddai hyn oll ers deuddeg awr. Rhaid bod yr heddlu wedi gwybod ei henw ers tro hefyd. A oedd trigolion y fferm yn gwylio'r un bwletin ac yn synnu eu bod yn adnabod hon yn ogystal? Y tro hwn, roedd ymgynghorydd seicolegol wedi dod i'r stiwdio i gynnig ei farn ynghylch cymhellion y llofrudd. Gwingai'n anghysurus yn ei sedd a siarad am batrymau lladd a chylchdro troseddu, ond malu awyr ydoedd. Roedd yna batrwm, wrth reswm, ond tybed a wyddai unrhyw un, heblaw amdano fe a Rysti feddw, beth ydoedd?

Ras i gyrraedd y stondin oedd hi unwaith eto bore drannoeth. Ni chofiai Erful deimlo mor flinedig ers blynyddoedd, ond y milltiroedd maith o wthio'r sgwtyr oedd yn gyfrifol am hynny. Pan sylwodd ar Deric Ddigywilydd yn pwyso'n hamddenol yn erbyn y mur gyferbyn, hanner gobeithiai ei fod eisoes wedi gosod y byrddau a'r cadeiriau, ond na, roeddent yno'n bentyrrau'n aros amdano. Gallai weld Siôn yn claddu brechdan, yn syllu â llygad oer ar y Digywilydd. Ni faddeuwyd iddo am ei gamwedd diwethaf, felly. Gwenai Deric yn dawel fel pe bai'n gwybod rhyw gyfrinach fawr. Anwybyddodd Erful ef a gosod popeth yn ddestlus.

Daeth Siôn allan o'r tu ôl i'r llen â the Erful a'i roi o'i flaen. Trodd ei gefn yn fwriadol ar y gwyliwr wrth y mur.

'Oeddet ti'n iawn?' gofynnodd. 'Ynghylch y cyfeiriad, dwi'n feddwl?'

'Oeddwn. Doedd 'na fawr o ddiben edrych ar y Gofrestr Etholwyr. Ond digwyddes i glywed pobol yn siarad a chadarnhawyd fy amheuon ar y newyddion neithiwr.'

'Mae mwy nag un ffordd o flingo cath,' atebodd Siôn. Gwnaeth ystum at y papur bro. 'Maen nhw'n dweud rhwbeth amdani yn hwnna,' meddai. 'Bod anawsterau dysgu ganddi a phethe. Falle fyddan nhw isie siarad â'r rhai oedd yn yr ysgol gyda hi. Gallet ti fod ar y teli, boi.'

Ai dyna uchelgais pawb y dyddiau hyn, pendronodd Erful? Sut medrai ymddangos ar y bocs i ddweud eich bod yn cofio'r truan a laddwyd fod yn rhywbeth i anelu ato? Trodd ei feddwl at y newyddion yn y papur bro wrth i fwy o gwsmeriaid gyrraedd. Bu rhywun wrthi'n brysur yn casglu pob briwsionyn o wybodaeth am Wilma. Buont yn siarad â'r cymdogion, yn amlwg, ac efallai am ei bod wedi byw yn yr unfan ers ei phlentyndod, neu oherwydd mai hi oedd y drydedd i'w chanfod ac nid y gyntaf, roedd ganddynt fwy o lawer i'w ddweud amdani. Defnyddiwyd y gair 'serchog' deirgwaith a dywedodd un ei bod hi 'wastad yn gwenu'. Wel, roedd hynny'n wir, ond rhybudd o drybini ar fin dod oedd gwên Wilma yn hytrach nag arwydd o natur siriol. Efallai ei bod hi wedi callio tipyn. Nid oedd sôn yn y papur fod ganddi deulu. Enw ei mam oedd ar y gofrestr yn yr ysgol fel perthynas agosaf, a chofiai Erful ei gweld hi unwaith ar noson rieni, tra oedd ei fam ac yntau'n aros eu tro i siarad â'r athro mathemateg. Roedd hi'n wyllt yr olwg, fel Wilma, a chwarddai'n uchel ar bopeth a ddywedai Miss Llewelyn. A fyddai'n werth edrych yn y llyfr ffôn i weld a oedd unrhyw un arall yn dwyn yr enw Mackinnon? Byddai'n bendant yn werth chwilio am gyfeiriad Miss Llewelyn. Tybed a fyddai Rysti'n fodlon dod gydag ef i'w gweld hi?

Arhosodd i'r cwsmer olaf yn y ciw ymadael cyn codi i roi ei gwpan yn y bin.

'Oes gyda chi unrhyw syniad ble mae Rysti'n byw?' gofynnodd Erful i Siôn.

Edrychodd hwnnw i fyny o'r brechdanau a dorrai a syllu arno. Chwifiodd ei gyllell fawr tua'r dde.

'Fflat gyda hi uwchben y siopau yn Heol Emrys, dwi'n credu. Ond fydd hi ddim ar ddihun nes amser cino, siawns.'

'Uwchben y siopau?'

Amneidiodd Siôn ond nid ymhelaethodd.

'Ond sut gall hi fyw yno?' gofynnodd Erful. 'Mae hi'n anabl. Oes 'na lifft? '

'Ddim trw wbod i fi. Bydd yn rhaid i ti ofyn iddi shwd mae'n dod i ben â dringo'r sta'r.'

Siglodd Erful ei ben.

'Allen i ddim. Bydden i'n teimlo'n lletchwith. Dwi'n cofio'i chwaer fach, chweld. Buodd hi farw o ryw efrydd-dod. Falle fod yr un peth ar Rysti.'

Pletiodd Siôn ei wefusau a pharhau i sleisio caws.

'Watsia dy hunan, boi,' meddai. 'Wela i di fory.'

Ymlwybrodd Erful drwy'r dref gan feddwl yn ddwys am bethau. Cryfhaodd ei reddf mai'r peth nesaf i'w wneud oedd ceisio canfod cyfeiriad Miss Llewelyn. Hi fyddai'n cofio pawb. Sut gallai beidio, ar ôl eu dysgu cyhyd? Yna byddai'n mynd i chwilio am gartref Rysti a gofyn iddi ddod gydag ef i ymweld â'u cyn-athrawes. Efallai y byddai'r croeso brwd a'r holl ddiod a gawsant yn y ffermdy yn ddigon o anogaeth, ond gwyddai y byddai popeth yn dibynnu ar ba hwyl oedd arni. Ceisiodd ddychmygu sut gallent eu cyflwyno'u hunain i Miss Llewelyn, neu beth bynnag oedd ei henw nawr. Efallai y byddai'n ei adnabod e'n syth fel y gwnaeth Dorian. Byddai hynny'n neis ac yn arbed lot o chwithdod. Safodd y tu allan i ffenestr y siop gamerâu a syllu ar y Cynigion Arbennig. Roedd prynu camera wedi bod ar ei feddwl ers iddo weld y cyfarpar mawreddog a ddefnyddiwyd gan gyd-weithiwr Elin Meillion. Roedd rhai twt i'w cael, am bris gweddol resymol. Ni ddeallai'r holl wybodaeth dechnegol ar y cardiau bach o flaen pob un, a phenderfynodd fod angen iddo wneud rhywfaint o waith ymchwil gyntaf. Prynai gylchgrawn. Haws o lawer na gorfod trafod y peth gyda rhyw grwt hollwybodus. Camodd yn ôl o'r ffenestr gan feddwl galw yn y siop papur newydd ar draws y ffordd. Daliwyd ei lygad gan adlewyrchiad rhywbeth yn symud y tu ôl iddo, rhywbeth mawr mewn cot gamel. Arhosodd yn ei unfan, a gwylio Deric Ddigywilydd yn sefyllian yn amheus fel arfer. Am mai dyna oedd ei ffordd arferol o ymddwyn, roedd yn anodd dweud ar ba berwyl yr oedd. Cerddodd Erful ymlaen, ac aros unwaith eto o flaen siop dillad dynion. Symudodd Deric ar ei ôl fel cysgod.

Teimlodd Erful ei galon yn cyflymu a gorfododd ei hun i bwyllo a meddwl. Y peth olaf a ddymunai oedd hwnnw wrth ei gwt. Rhaid iddo ddianc i rywle o afael Deric.

Roedd dynes â babi mewn cadair wthio yn ceisio dod allan o ddrws siop yn union y tu ôl i Deric. Rhoddodd hwb go galed i'r drws â'r gadair a neidiodd y Digywilydd fel pe bai rhywun wedi ymosod arno. Brysiodd Erful ar ei hynt, gan obeithio y rhoddai hynny ddigon o amser iddo ddiflannu. Erbyn iddo gyrraedd y llyfrgell roedd bron iawn yn rhedeg, a thaflodd olwg bryderus dros ei ysgwydd. Ni allai weld ei stelciwr a gwthiodd y drws ag ochenaid o ryddhad. Roedd y ferch a welodd y Sul blaenorol yn ei wynebu wrth iddo groesi'r trothwy.

'Helô,' meddai. 'Anghofies i ofyn i chi'r diwrnod o'r blaen a gawsoch chi unrhyw lwc gyda'r Gofrestr Etholwyr.'

Siglodd Erful ei ben a llyncu.

'Naddo, mae arna i ofn. Ond o'n i meddwl rhoi cynnig ar y llyfr ffôn.'

Gwenodd y ferch.

'Galwch, os oes angen help arnoch chi.'

Aeth Erful at y silffoedd nesaf at y cyfrifiaduron a gosod ei law ar y llyfr ffôn agosaf, gan gadw llygad ar y fynedfa. Dylai cyfeiriad llawn Miss Llewelyn fod ynddo. Tynnodd ef allan a fflicio trwy'r tudalennau. Roedd wedi cyrraedd 'Ll' pan sylweddolodd, os medrai ef weld y fynedfa, yna gallai pwy bynnag a ddeuai drwyddi ei weld yntau. Nid oedd neb wrth y cyfrifiaduron felly eisteddodd ar y sedd agosaf at y silffoedd, gan obeithio y byddai'r peiriant yn ei guddio. Pan agorwyd y drws ar ruthr crynodd, ond dim ond criw o famau oedd yno, rhai â chadeiriau gwthio, ac eraill yn tynnu plant mân gerfydd eu dwylo. Yr eiliad y gwelodd y rheiny ble'r oeddent, rhedasant yn un rhes wyllt at adran y plant a dechrau twrio'n swnllyd yn y blychau llyfrau. Symudodd Erful ei fys i lawr y rhestr enwau, gan deimlo'n fwy diogel. Roedd mwy o enwau dwbl nag a feddyliodd, ond bu gwybodaeth Edna am yr Hen Ficerdy yn fodd iddo fedru dod o hyd i'r un cywir yn gyflym. Ar fin ei draddodi i'w gof, meddyliodd y dylai ei ysgrifennu. Byddai'n rhywbeth i'w roi ar ei binfwrdd. Plygodd ac ymbalfalu yn ei sgrepan.

Ac yntau â'i ben dan y bwrdd, y traed a welodd gyntaf, rhai mewn trênars blêr yn y gofod rhwng y silff waelod a'r llawr. Cododd ei olygon yn araf, gan obeithio y medrai ddianc cyn i Deric ei weld ond roedd wyneb coch hwnnw'n rhythu'n ddig arno trwy fwlch yn y llyfrau.

'Psst!' Herciodd Deric ei ben. 'Dere 'ma! Dwi moyn gair 'da ti.'

Nid oedd gan Erful unrhyw fwriad i ymuno ag ef y tu ôl i'r silffoedd uchel, felly arhosodd yn ei unfan a siglo'i ben. Cliciodd y beiro ac ysgrifennu'r cyfeiriad yn daclus ar ei bàd papur.

'Hei, ti!'

Anwybyddodd Erful ef a bwrw golwg dros weddill y llyfrgell. Gan nad oedd y plant bach yn ddigon hen eto i ddarllen yr arwydd ar y mur a ofynnai am dawelwch, nid oedd llais Deric wedi gwneud unrhyw argraff uwchlaw sŵn eu cleber.

'Glywes i ti'n gofyn i Siôn ble'r oedd hi'n byw. I beth wyt ti moyn gwbod hynny?'

Syllodd Erful ar ei bàd papur heb ateb.

'Ti ar ei hôl hi, on'd wyt ti? Gwed y gwir. Ateb fi'r diawl snichlyd neu roia i wanaf i ti!'

Rhoddodd Erful ei bethau i gadw yn ei sgrepan. Pe medrai ond cyrraedd canol y llyfrgell, sbosib y byddai Deric yn meiddio ei fwrw yn y fan honno, o flaen pawb. Cododd ar ei draed ac estyn ei fraich i lawr i godi'i fag. Saethodd llaw fudr Deric drwy dwll arall yn y llyfrau a chrafangu am ei lewys. Siglodd y silffoedd metel yn frawychus am eiliad a chamodd Erful yn ôl yn frysiog. Gallai glywed llyfrau'n cwympo oddi ar y rhai uchaf, a gwichiodd Deric fel mochyn. Rhaid bod un wedi disgyn ar ei ben. Ciliodd Erful o'i ffordd, gan faglu dros y cadeiriau ond gan ei arbed ei hun mewn pryd. Roedd y plant yn gwylio hyn oll â chegau agored a rhai o'r mamau wedi camu mlaen yn amddiffynnol. A'i sgrepan yn taro'i goes bob cam o'r ffordd, heglodd Erful tua'r drws. Daliai'r ferch i sefyll yn trin llyfrau wrth y ddesg. Chwinciodd ar Erful yn ddireidus.

'Mae'n ddrwg 'da fi,' murmurodd ef, ond dim ond gwenu wnaeth hi a gwneud ystum iddo edrych y tu ôl iddo.

Trodd ei ben yn ofnus, a gweld Deric yn cael ei yrru ar ras allan o'i guddfan y tu ôl i'r silffoedd gan Miss Singleton. Siglodd y ddynes a oedd yn dychwelyd ei llyfrau ei phen a chodi aeliau arwyddocaol ar y ferch.

'Fe 'to,' meddai. 'O'n i'n credu'i fod e'n *banned* ar ôl y tro diwethaf.'

'Mae e,' cytunodd y ferch gan grychu'i thalcen. 'Weles i ddim o fe'n dod miwn, chwaith. Rhaid bod rhywun wedi gadael y drws cefen ar agor.' Edrychodd ar sgrepan Erful. 'Lwyddodd e ddim i gael ei fysedd ar eich stwff chi, do fe? Dyna'i dric arferol e.'

Ceisiodd Erful wenu. Gallai glywed Miss Singleton yn bygwth galw'r heddlu. Nid oedd am fod yno pe cyrhaeddent hwy. Cododd ei fag dros ei ysgwydd.

'Popeth yn iawn,' meddai. 'Diolch yn fawr i chi am ofyn.'

Wedi dianc o'r llyfrgell, treuliodd Erful gryn amser yn un o'r siopau mawr yn crwydro o un llawr i'r llall ar y grisiau symudol. Eisteddodd am sbel ar y soffas yn yr adran ddodrefn, gan symud o un i'r llall fel pe bai'n meddwl am brynu. Ni chymerodd neb y sylw lleiaf ohono. Rhoddodd hyn gyfle iddo ddod ato'i hun. Ni allai fod wedi rhagweld y byddai Deric Ddigywilydd o bawb yn cenfigennu ato am dreulio amser gyda Rysti. Ond yn amlwg, dyna sut roedd pobl yn meddwl. Roedd hyd yn oed Siôn wedi gofyn a oedd yn ei ffansïo, ond credodd ar y pryd mai un o'i jôcs oedd hynny. Nid oedd mor siŵr nawr. Hwyrach ei fod yn ymddwyn fel roedd dynion yn arfer gwneud pan fyddent yn ffansïo merch a bod Rysti ei hun wedi gwrthod ei gynnig i'w hebrwng i'w chartref y noson cynt oherwydd hynny. Awgrymai hynny nad oedd hi'n ei ffansïo ef, a oedd yn gysur, oherwydd meddyliai amdani fel un o ffrindiau ei blentyndod, ac roedd ei ffansïo'n ymddangos yn anweddus ac anaddas, rywfodd. Serch hynny, roedd ailsefydlu'r cysylltiad yn bwysig iddo, oherwydd heblaw am Siôn, nid oedd ganddo neb y gallai eu galw'n ffrind. Edrychodd ar ei oriawr. Aethai awr dda heibio. Pe bai'n mynd ar hyd y strydoedd cefn, gyda thipyn o lwc gallai gyrraedd Heol Emrys heb i Deric ei ddal. Plesiwyd ef gan y syniad. Fel rheol byddai un o'i byliau panig yn ei ddarostwng yn llwyr mewn unrhyw sefyllfa fygythiol neu anarferol, ond dyma fe'n cynllunio'r cam nesaf yn ei ymchwiliad. Gwenodd.

Roedd cyrraedd Heol Emrys heb fynd ar hyd y prif strydoedd yn anodd. Gorfu iddo groesi maes parcio a gwthio heibio i finiau sbwriel anferth mewn ale gefn cyn gweld Heol Emrys o'i flaen. Safodd yng ngenau'r ale a cheisio dyfalu rhif y fflat. Byddai'n rhaid i Rysti barcio'r sgwtyr yn rhywle – efallai y rhoddai hynny gliw iddo. Pipodd yn llechwraidd i'r dde ac yna i'r chwith. Tynnodd ei ben yn ôl ar unwaith. Ganllath i ffwrdd, ar ganol yr heol, gan anwybyddu'r cerbydau a dreiglai heibio, safai Deric, yn syllu i fyny ar ffenestr lofft uwchben siop feics. Gallai ei glywed yn gweiddi rhywbeth, ond roedd gyrwyr rhwystredig yn canu'u cyrn arno a boddwyd y geiriau. Edrychodd eto a gweld Deric yn codi'i fraich i warchod ei ben wrth i rywbeth gael ei daflu ato drwy'r ffenestr. Camodd yn ôl a chael ei ddal ar ddrych ochr motor-beic a simsanodd cyn i'r gyrrwr, ag ystum ddig, lwyddo i adennill rheolaeth ar ei gerbyd. Dilynwyd hyn gan fwy o weiddi a thaflu a gallai Erful, o'i guddfan, weld pobl ar ochr arall yr heol yn pwyntio bysedd a chwerthin. Erbyn i Deric roi'r ffidil yn y to, gorweddai cryn nifer o bethau ar y palmant. Daeth perchennog y siop feics allan i weld beth oedd yn digwydd, a'i ddwrdio'n llafar. Siglodd Deric ei ddwrn arno cyn rhuthro i ffwrdd. Arhosodd Erful tan i bopeth dawelu ac na ellid gweld y got gamel yn y pellter mwyach. Mentrodd allan i'r palmant a chlywed ffenestr yn cael ei chau'n glep, ond er iddo chwilio, nid oedd drws i fflat Rysti o'r stryd hon. Cerddodd heibio i'r siop gan osgoi'r geriach ar y palmant – crib, cylchgrawn a thedi bêr gwyrdd – ac ar hyd blaenau'r siopau, yn chwilio am fynedfa.

I'r chwith, rhyw dri drws i lawr o'r siop feics, agorai llwybr â ffens un ochr iddo a'r adeilad nesaf yr ochr arall. Arweiniai'r llwybr, yn rhannol o dan do, at ffordd gefn, y gellid ei gweld ryw hanner canllath i ffwrdd. Safodd a phendroni. Gallai fynd i chwilio am y fflat ond byddai'n well ganddo beidio â chnocio ar ei drws oherwydd nid oedd i fod i wybod ble roedd hi'n byw. Ticiodd y munudau heibio, ac Erful yn esgus cymryd diddordeb yng nghynnwys ffenestr siop nwyddau metel. Taflai gipolwg i lawr yr ale bob yn awr ac yn y man, ond nid oedd sôn am neb yn ymddangos drwy'r drws yn y ffens bren uchel. Wedi blino ar y sbaneri a'r morthwylion, croesodd y stryd. Gallai weld yr ale gystal o'r fan honno, ac roedd yno siop papurau newydd yn ogystal.

Brysiodd i mewn a thaflu golwg dros y rhesi o gylchgronau. Roedd yna un am gamerâu. Talodd amdano'n gyflym a mynd i sefyll unwaith eto i wylio'r ale. Tybiai yr edrychai'n llai amheus yn fflicio trwy'r tudalennau, ond ni allai ganolbwyntio oherwydd ofnai ymgolli'n llwyr yn yr erthyglau a'r darluniau deniadol. Heblaw ei fod ar wyliadwraeth byddai wedi methu â gweld y glicied yn y drws yn y ffens yn codi, a'r drws yn agor yn araf. Yr eiliad nesaf, gwthiwyd y sgwtyr melyn drwy'r adwy i'r ale a neb yn eistedd arno. Meddyliodd i gychwyn fod Rysti wedi cael help llaw gan gymydog, ond yna gwelodd ei phen yn ymddangos, a'r pigau pinc yn sgleinio yn yr haul. Roedd hi'n edrych yn ofalus o'i hamgylch. Efallai ei bod yn pryderu fod y Digywilydd yn cuddio yng nghefn y tai yn rhywle. Roedd Erful ar fin croesi ati pan gofiodd nad oedd ganddo reswm da i fod yno. Gwell iddo adael iddi ddod allan i'r palmant a gyrru rhyw hanner canllath cyn mynd ar ei hôl. Camodd yn ôl, felly, ac aros.

Ac yntau'n disgwyl ei gweld yn straffaglu'n boenus i gyrraedd y sgwtyr â ffyn baglau neu ryw gymorth tebyg, fe'i synnwyd pan welodd hi'n rhoi hergwd i gefn y cerbyd, yn camu drwy'r adwy, yn cau'r drws y tu ôl iddi ac yn neidio'n sionc i'r sedd. Pe na bai hynny'n ddigon, pan wrthododd y drws gau'r tro cyntaf gan ailagor led y pen, llamodd oddi ar y sgwtyr a throtian i'w gau'n sownd. Roedd hi wedi troi allan o'r ale ac yn gyrru'n chwim ar hyd y stryd yn ôl i gyfeiriad y dref cyn iddo ddod ato'i hun. Ni wyddai beth i'w wneud nawr. Ei adwaith cyntaf oedd esgus nad oedd e wedi'i gweld a mynd adref i feddwl am y peth. Ond golygai hynny na fyddai'n gallu mynd i weld Miss Llewelyn heddiw, oni bai ei fod yn mynd ar ei ben ei hunan. P'un dewis oedd y lleiaf brawychus? Ochneidiodd.

Cerddodd yn araf i'r un cyfeiriad â hi, gan geisio llunio brawddegau addas. O'i brofiad yn ymweld â Dorian a Rhydian, gwyddai fod presenoldeb Rysti yn hynod werthfawr, os nad yn hanfodol, o safbwynt siarad â phobl mewn modd hyderus a naturiol. Ond a oedd ganddo'r ddawn i ffugio na wyddai ei bod yn medru cerdded? Oni fyddai'n well iddo ymgilio nawr er mwyn ymarfer beth i'w ddweud? A mwy na hynny, byddai'n rhaid iddo esgus na welodd y ffrae rhyngddi a Deric, oherwydd byddai hynny'n dangos iddo fod ar y stryd ers hydoedd. Byddai'n sicr o adael y gath o'r cwd ynghylch y naill beth neu'r llall, a byddai Rysti'n edrych yn gam arno, ac efallai'n gwrthod ei helpu. Erbyn hyn roedd hi'n pellhau. Cyflymodd ei gamrau er na ddaethai i benderfyniad. Gwyliai i ble'r âi, a'i dilyn o hirbell. Gobeithiai y byddai'n mynd i Gaffi Clecs – byddai gymaint yn haws dechrau sgwrs yng nghwmni Siôn. Roedd set o oleuadau cyn y groesffordd, a chyn iddo gael ei feddyliau at ei gilydd yn iawn, sylwodd fod Rysti wedi aros ar ymyl y palmant ac roedd rhywun wedi gwthio'r botwm ar gyfer y groesfan drosti. Gwelodd hi'n gwenu ac yn diolch iddynt, gan bwyntio at ei sgwtyr â rhyw ystum bach ymddiheurol am ei lletchwithdod.

Sut medrai hi wneud hynny? Sut medrai fyw gan smalio ei bod yn anabl drwy'r amser? Doedd neb yn dewis bod yn anabl, sbosib? Sylweddolodd yn sydyn fod Siôn wedi ceisio'i rybuddio. Dyna beth oedd ystyr yr holl sugno dannedd a'r sylwadau amwys. Roedd wedi dweud wrth Erful na chredai fod lifft i'w fflat ar y llawr cyntaf. Dylai fod wedi sylweddoli beth oedd e'n ei ddweud mewn gwirionedd. Ond dyna'i broblem fawr, fel yr amlygwyd wrth y bwrdd cinio gyda'r brodyr a'u rhieni. Ni chlywai'r ystyron cudd yng ngeiriau pobl ac ni allai eu hamgyffred. Trodd y goleuadau'n goch ac arafodd y ceir. Roedd bws mawr rhyngddo fe a Rysti a throdd Erful yn gyflym i'r chwith, gan obeithio na welai hi ef yn sleifio ymaith wrth iddi groesi.

Credodd iddo lwyddo, oherwydd roedd torf o siopwyr yn brysio tuag ato ac ymdoddodd i'w plith yn ddiolchgar. Roedd y bws wedi troi i lawr y stryd honno hefyd a sylweddolodd fod llawer o'r dorf yn anelu ato'n bipslyd o benderfynol. Rhaid bod y bws yn hwyr yn dod. Tu ôl iddo clywodd rywun yn rhochian yn sydyn mewn poen, a sŵn bag trwm yn cwympo i'r llawr a gwydr yn torri. Ni fedrai ei atal ei hun rhag troi i edrych. Daliai pobl i wthio heibio iddo, ond nawr roedd ganddynt rwystr arall i'w osgoi, sef Rysti a'i sgwtyr a dyn tew yn rhwbio'i goes ac yn syllu ar y llanast a wnaethpwyd o'i siopa. Roedd dwy fenyw ganol oed yn cynnig cymorth iddo neu, yn hytrach, roedd un ohonynt yn ceisio casglu'r tuniau a roliodd o'r bag siopa, a'r llall yn rhannu ei hamser rhwng rhoi cymorth i'r dyn a cheisio cysuro Rysti, a oedd yn wben. Oedd hi'n llefain go iawn? Cofiodd Erful eiriau Siôn am ei dull o yrru'r cerbyd. Oni welodd hi'n cwrso ar ôl Deric yn y parc yn ddienaid? Ond siglai ei hysgwyddau a rhedai dagrau mawr i lawr ei bochau. Roedd y ddynes a blygai drosti wedi'i hargyhoeddi'n llwyr, ac yn edrych hytrach yn ddiamynedd ar y dyn tew a ddaliai i wneud synau 'W!' ac 'O!' o dan ei anadl.

Cododd Rysti ei golygon am eiliad a chyfarfod â llygaid Erful. Fel dyn mewn breuddwyd camodd yntau ymlaen.

'Mae'n ddrwg iawn gen i am hyn,' clywodd ei hun yn dweud wrth y dyn tew. 'Gobeithio nad ydych wedi cael gormod o ddolur.'

Edrychai hwnnw'n ddiolchgar fod rhywun o leiaf yn cydnabod iddo gael anaf.

Siglodd ei ben.

'Na, na, dim problem o gwbwl.'

'Af i â hi gartre nawr,' meddai Erful, gan ychwanegu'n ysbrydoledig, 'bydd yn rhaid i ni drefnu iddi gael sesiwn arall o hyfforddiant.'

Gwenodd y dyn tew yn wanllyd ond roedd y ddynes yn dal i ffysian dros Rysti fel pe bai'n gyndyn i weld y ddrama'n dod i ben. Roedd hi'n amlwg bod Rysti hefyd yn barod i fynd.

'Mae'n olreit,' meddai. 'Mae'n ffrind i wedi cyrraedd. Bydda i'n iawn nawr.'

'Odych chi'n siŵr?' gofynnodd y ddynes mewn llais llawn cydymdeimlad, ond erbyn i'r geiriau gael eu hynganu roedd Rysti wedi tanio'r injan ac yn gadael. Rhedodd dros flwch o greision ŷd o eiddo'r dyn tew wrth iddi wneud.

Ni ddywedodd Erful ddim. Ac un llaw ar y bar blaen, cerddodd gyda'r cerbyd tan eu bod allan o'r golwg. Synhwyrodd ei bod hi'n edrych arno o gornel ei llygad a throdd ei ben.

'Lwcus i ti ddigwydd bod 'na,' meddai hi. 'Pum munud arall a bydden nhw wedi galw ambiwlans. Mae arna i ffafr i ti am hynny, on'd oes e'?' Gwenodd yn braf.

'Oes,' atebodd Erful.

'**S**O BETH YN UNION wyt ti moyn i fi ddweud?'
Roeddent ar eu ffordd i'r Hen Ficerdy. Ni fu'n rhaid i
Erful feddwl ddwywaith cyn gofyn am y ffafr, er iddo amau ai
dyna'r ffafr roedd hi wedi ei disgwyl.

Rhaid bod y digwyddiad gyda'r dyn tew wedi effeithio
arni, meddyliodd, oherwydd roedd hi'n gwenu mwy o lawer ac
wedi parablu'n ddi-baid am ryw arian roedd y Gwasanaethau
Cymdeithasol wedi ei addo iddi.

'Y pethau arferol,' atebodd. 'Ti'n gwbod, holi amdani, ac
wedyn falle, gofyn a yw hi wedi bod mewn cysylltiad â'r lleill yn
y dosbarth.'

'Beth os nad yw hi'n ein cofio ni? Mae hi wedi dysgu
cannoedd o blant. Sdim pawb fel ti.'

Meddyliodd Erful am hyn.

'Bydd hi wedi clywed am y llofruddiaethau, siŵr o fod,'
meddai. 'A hyd yn oed os nad yw hi wedi sylweddoli mai Aeres
oedd Mags Roberts, bydd yr enw Wilma wedi canu cloch. Sawl
Wilma arall sydd i gael?'

'Roedd un yn hen ddigon,' meddai Rysti. 'Faint pellach sy'n
rhaid i ni fynd?'

Nid oedd Erful yn sicr. Roedd dwy stryd yn y dre yn dwyn yr
un enw, heblaw am atalnod, ond roedd un ohonynt yn rhan o'r
stad fawr ar y cyrion ac felly dewisodd y llall. Wrth iddynt droi'r
gornel, teimlodd ryddhad. Edrychai hon yn llewyrchus ac yn
hen. Safai nifer o dai mawr yn cuddio tu ôl i berthi y naill ochr
a'r llall o'r ffordd, a gallai weld twr eglwys yn codi uwchlaw'r
coed ger y pen pellaf.

'Drycha am yr Hen Ficerdy,' meddai. 'Fydd e ddim yn bell o'r eglwys.'

Treiglasant yn araf ar hyd y palmant gan edrych drwy'r mynedfeydd ar lawntydd taclus a gwelyau blodau. Roedd ôl arian yma.

''Co fe,' meddai Rysti gan bwyntio i ochr arall yr heol.

Safodd Erful a gweld yr enw wedi'i ysgrifennu mewn sgript cyrliog, cymhleth ar arwydd haearn. Roedd Rysti'n gallu darllen, felly. Dyna rywbeth arall a gelodd.

'Buest ti'm yn hir cyn gweld hwnna,' meddai, ond edrychodd Rysti'n betrus arno.

'Beth? Naddo fi. Mae Miss Llewelyn yn sefyll ar stepen y drws.'

Ac yn wir, yr oedd hi. Gellid ei gweld yn glir oherwydd bod tri gris llydan yn arwain at ddrws blaen y tŷ a philer bob ochr yn dal to bychan. Rhoddai ryw olwg ffug-Roegaidd i'r lle. Er nad oedd Erful wedi disgwyl iddi fod yn gwisgo'r un ffrog las bert ag yn y llun, gallai hi fod wedi cerdded heibio heb iddo'i hadnabod. Safai mewn cot fer ddi-liw a throwsus tebyg, a'i bag yn ei llaw. Roedd ei gwallt tywyll, a arferai ei wisgo'n rhydd dros ei hysgwyddau, wedi'i dynnu 'nôl o'i hwyneb â band plaen. Nofiai ei llygaid y tu ôl i sbectol a gwibient yma ac acw fel petaent yn chwilio am rywbeth neu rywun.

'Nefoedd, on'd yw hi wedi heneiddio?' meddai Rysti.

Ni allai Erful ddadlau â hynny ond byddai'n well ganddo pe bai Rysti wedi sibrwd y geiriau. Gadawodd iddi fynd drwy'r bwlch yn y berth o'i flaen, gan obeithio y meddyliai am y peth cywir i'w ddweud.

'Helô, Miss!' meddai Rysti, gan godi'i llaw a gwenu fel gât.

Dechrau da, meddyliodd Erful. Dim ond y rheiny a fu'n ddisgyblion iddi fyddai'n dal i alw 'Miss' arni. Ond nid enynnodd y wên ymateb tebyg. Yn hytrach, gafaelodd Miss Llewelyn yn dynnach yn ei bag llaw, a dyfnhaodd y llinellau dwfn a redai o'i thrwyn i'w gên. Gwelodd Rysti hyn hefyd, a gwnaeth ystum i'w alw ef ymlaen o ble'r oedd yn llechu y tu ôl i'w cherbyd.

'So chi'n ein cofio ni, siawns. Rhuddwen ac Erful. Shwd 'ych chi? Mae blynyddoedd ers i ni'ch gweld chi.'

Cytunodd Erful yn frwd gan geisio ymddangos yn gyfeillgar. Gwelodd wyneb ei gyn-athrawes yn newid rhyw fymryn. Roedd fel pai bai wedi ei adnabod ef, os nad Rysti.

'Wel, jiw jiw!' murmurodd, gan amneidio. 'Chi sy 'na.' Serch hynny, ni symudodd o'r gris uchaf. 'Mas am dro bach, ife?'

Daliai Rysti i wenu.

'Ie. Byddwn ni'n mynd am filltiroedd – mae Erful yn benderfynol o gerdded hyd pob stryd yn y dre. Ma' map 'da fe gartre, chwel. Un o'i brosiectau fe.'

Syniad diddorol, er yn gelwydd noeth, meddyliodd Erful, gan gofio mewn pryd i amenio'n dawel. Gwenodd Miss Llewelyn o'r diwedd. Roedd Rysti wedi dweud yr union beth fyddai'n eu galw i'w chof. Daeth i lawr i waelod y grisiau ac am y tro cyntaf gwelodd Erful arlliw o'r athrawes a adnabu. Gwyrodd ei phen i un ochr, yn y dull a gofiai mor dda.

'Fydden i fyth wedi d'adnabod di, Rhuddwen, â'r gwallt pert 'na.'

Dim sôn am y sgwtyr i'r anabl, na'r pwysau.

'Ma golwg dda arnoch chithe hefyd,' meddai Rysti, ac eiliodd Erful eto.

'Gardd hyfryd,' mentrodd. Roedd hynny, o leiaf, yn wir.

'Diolch, Erful. Dwi'n gwneud fy ngorau.' Edrychodd ar ei horiawr. 'Aros am fy ngŵr ydw i. Rydyn ni ar ein ffordd i'r ganolfan arddio.'

Dyna'r rheswm ei bod yn sefyll yno'n gwylio. Ni fyddai gobaith iddynt gael eu gwahodd i'r tŷ, felly. Gwingodd Erful wrth geisio meddwl sut i ofyn y cwestiynau y dymunai eu gofyn. Ond roedd Rysti eisoes yn troi ei sgwtyr ar y llwybr.

'Gadwn ni ddim o chi, 'te. Neis i'ch gweld chi.'

Suddodd calon Erful. Ond yna trodd Rysti yn ei sedd.

'Bues i bron ag anghofio,' meddai. 'Dyna pwy welon ni pw' ddwrnod oedd Dorian a Rhydian. Ethon ni ar goll mas yn y wlad a mynd i ofyn i'r tŷ ffarm.'

Cododd aeliau Miss Llewelyn.

'Dyna gyd-ddigwyddiad!' meddai. 'A sut maen nhw?'

'Grêt,' meddai Rysti. 'So nhw wedi newid dim. Buon ni'n siarad â nhw am sbel. Gethon ni gino 'da nhw yn y diwedd, on'd dofe, Erful?'

'Do. Neis iawn,' meddai Erful. 'Roedd eu mam yn holi amdanoch chi.'

'A buoch chi'n hel atgofion o'r hen ddyddiau, sbo. A beth am y lleill? Beth am weddill y dosbarth? Fyddwch chi'n eu gweld nhw o gwbwl?'

Siglodd Rysti ei phen a gwneud jib.

'Nadyn. Beth amdanoch chi?'

Edrychodd Miss Llewelyn braidd yn lletchwith. Taflodd olwg dros ei hysgwydd at y fynedfa lydan a redai ben arall yr ardd flaen.

'Nac ydw. Ond fe welais i'r newyddion ofnadwy am Wilma, druan.'

Amneidiodd Rysti'n ddwys.

'Aeres hefyd,' meddai'n dawel. 'Hi oedd y gyntaf.'

Agorodd Miss Llewelyn ei llygaid yn fawr.

'Aeres?' sibrydodd yn syn. 'Glywes i ddim mo hynny.'

'Roedd hi wedi newid ei henw,' meddai Rysti. 'Erful sylweddolodd mai dyna pwy oedd hi, ontife, Erful?'

Amneidiodd Erful eto, a syllu i fyw llygaid ei athrawes, yn ei hewyllysio i gofio rhywbeth, i ddweud rhywbeth a fyddai o gymorth iddynt. Yn y pellter roedd car pwerus wedi troi i mewn i'r stryd ac yn nesáu. Ymatebodd Miss Llewelyn fel petai rhywun wedi gwthio pin i'w braich. Ymbalfalodd yn ei bag llaw am ei phwrs. Tynnodd ddyrnaid o arian ohono a'u hestyn iddynt.

'Mae'n rhaid i fi fynd nawr, ond cerwch chi'ch dau i gael dishgled gyda hwn. Dwi'n siŵr fod syched arnoch chi.'

Byddai Erful wedi gwrthod y darnau punt, ond cymerodd Rysti nhw'n ddiolchgar.

''Na garedig,' meddai. 'Ontife, Erful? Ta-ta nawr!' a chan godi ei llaw eto gyrrodd allan i'r palmant a throi i'r dde.

Trodd Erful cyn brysio ar ei ôl a chodi ei law yntau, ond roedd Miss Llewelyn wedi dringo'r grisiau unwaith eto ac yn sefyll yno, yn syllu ar y fynedfa lydan, yn hollol ddifynegiant, fel pe na baent wedi bod yno o gwbl.

'Paid â mynd mor glou,' sibrydodd, oherwydd roedd Rysti'n gyrru'r cerbyd fel car Fformiwla Un.

'Hisht, 'chan!' oedd yr unig ateb a gafodd.

Tu ôl iddo medrai Erful glywed y car mawr yn arafu cyn troi. Ysai i syllu arno ond powliai Rysti ymlaen fe petai rhywun ar ei hôl. Yna'n sydyn trodd i mewn i fwlch yn y clawdd a bu'n rhaid i Erful gymryd cam yn ôl i'w dilyn.

'Nawr galli di edrych,' hisiodd Rysti. 'Sdim iws iddi'n gweld ni'n cymryd gormod o ddiddordeb. Mae hi wedi mynd yn rhy grand i ddim byd. Bydd hi'n meddwl mai dod i ddwgyd wnaethon ni.'

Sbeciodd Erful allan drwy'r dail, ond roedd y car wedi diflannu o'r golwg. Byddai'n dod allan eto, i fynd i'r ganolfan arddio. Wedi'i chladdu yn y gwyrddni, roedd Rysti'n ffidlan gyda botymau ei ffôn symudol. Cadwodd Erful ei lygaid wedi'u hoelio ar y fynedfa, er na wyddai am beth roedd e'n chwilio, a dweud y gwir.

'Grondwch,' clywodd Rysti'n dweud. 'Wedoch chi y byddech chi'n rhoi gwbod i fi sbel cyn hyn. Roies i'n rhif i chi'n arbennig.' Bu saib wrth iddi wrando ar lais y pen arall, a chlywodd Erful ddrws car yn cau'n glep. 'Nage,' meddai Rysti. 'Mae'r rhif anghywir gyda chi. O'n i'n gwbod mai fel hyn fydde hi.' Mwmialodd res o rifau ar ras wyllt. 'Chweld nawr? Tri pedwar pedwar, dim un pedwar pedwar.'

Caeodd y ffôn a rhoi procad i Erful yn ei ochr i dynnu ei sylw.

'Blydi sosial,' meddai. 'Unrhyw beth yn digwydd? Shwd un yw ei gŵr hi, 'te?'

Roedd cefn y car yn araf ymddangos. Am un eiliad erchyll meddyliodd Erful ei fod am droi i'w hwynebu, ond yna gwelodd y gyrrwr yn edrych dros ei war a sylweddolodd eu bod am fynd y ffordd arall. Car mawr lliw arian ydoedd. Ni wyddai Erful o ba fath ond roedd plât rhif personol arno. Roedd y dyn wrth yr olwyn yn cega, yn edrych ar Miss Llewelyn yn sedd y teithiwr ac yn siglo'i fys arni.

'Bwli yw e,' meddai mewn llais bach. 'Mae gŵr Miss Llewelyn yn gas iddi.'

Taniodd Rysti'r injan unwaith eto a bacio allan, gan osgoi troed Erful o drwch blewyn. Rhythodd yn chwilfrydig ar ôl y car, ond roedd eisoes wedi cyrraedd pen y stryd.

'Beth welest ti?' gofynnodd yn eiddgar. 'Welest ti fe'n 'i bwrw hi?'

'Na. Roedd e'n rhoi termad iddi.'

'A beth oedd hi'n neud?'

'Dim byd. Ishte'n dawel a'i gymryd e.'

Cliciodd Rysti ei thafod yn erbyn ei dannedd blaen.

'*Typical!*' meddai, gan yrru ymlaen. 'Ond 'na fe, un dwp oedd hi, wastod. Bydde hi wedi bod yn gallach i briodi Mr Jenkins, ond bod blew'n tyfu mas o'i gluste fe.'

Safodd Erful yn ei unfan yn ceisio prosesu'r wybodaeth hon. Teimlai fod yn rhaid iddo brotestio.

'Sut gall Miss Llewelyn fod yn dwp?' gofynnodd. 'Mae'n rhaid ei bod hi wedi llwyddo yn ei harholiadau i fod yn athrawes.'

Parhaodd Rysti i yrru, ond gallai weld ei bod yn ystyried. Daeth i benderfyniad a diffoddodd yr injan.

'Pwy wyt ti'n meddwl oedd yn neud y syms ar y gofrestr cyn i ti ddod i'r dosbarth? Cofia, ro'n i 'na am sbel hir cyn i ti gyrraedd.'

Meddyliodd Erful yn galed.

'Nid Miss Llewelyn?' mentrodd.

'Nage. A pham? Achos all hi ddim adio gwerth taten rhost. Mr Jenkins oedd arfer ei neud e, gan bwyso drosti ac anadlu'n drwm.'

Pletiodd ei gwefusau o weld yr olwg ar ei wyneb.

'A dyma ti wedi bod yn ddiolchgar ar hyd y blynyddoedd am ei bod hi wedi gadel i ti gadw'r gofrestr. Nid bod yn garedig oedd hi, ond achub ei chroen ei hunan. A pheth arall, glywes i ddi'n dadle gyda'r prifathro. I ddachre doedd hi ddim dy isie di o gwbwl. Wedodd hi, "Ond beth alla i ddysgu iddo?" Roedd hi'n ofni byddet ti'n gweld mor dwp oedd hi.'

Edrychodd Erful ar ei draed.

'Doedd dim angen iddi ofni,' mwmialodd.

'Wel, nago'dd. Gwelodd hi hynny'n ddigon clou. Lladd dwy frân ag un garreg oedd dy gael di 'na. Rhywun i neud y syms a chael gwared ar Mr Jenkins yr un pryd.' Sniffiodd yn swnllyd. 'Sa i erio'd wedi deall pam roion nhw ti yn 2R. Wyt ti'n gwbod pam?'

'Mam fynnodd. O'n i'n cael 'y mhwno bron bob dydd.' Cododd ei olygon a syllu'n syth ati. 'Sai'n hidio nad oedd gyda Miss Llewelyn ddim i'w ddysgu i fi. O'n i'n ddiogel yn 2R ac yn hapus.'

Chwythodd aer o'i bochau'n ddirmygus.

'Saff? Gyda ffycin Rici Wyn a Wilma? Iesu, mae'n rhaid bod pethe'n wael arnat ti os oeddet ti'n teimlo'n saff yn 2R.'

'Fwrodd ddim Wilma fi erioed.'

'Beth wnest ti? Esgus dy fod ti wedi marw?'

'Roedd hi'n gofalu amdana i ar y buarth. A Dorian a Rhydian.'

Taniodd Rysti'r motor.

'Roedden nhw'n dda yn rhywbeth, 'te. Sdim byd arall yn 'u penne nhw.'

Roedd y dirmyg yn ei llais yn ddigamsiynol.

'Wnest ti ddim mwynhau 2R, 'te,' meddai Erful, yn weddol sicr ei fod wedi deall cymaint â hynny.

'Yffach gols naddo! Roion nhw'r enw iawn arno – 2R – *Too Retarded.*'

'Nid dyna beth mae'n e'n olygu – *Two Remedial* yw'r ystyr. Mae gobaith i chi wella os ydych chi'n *Remedial.*'

'Geire,' meddai Rysti. 'Geire i gwato'r gwir. Welest ti rywun yn gwella 'na erio'd?'

'Do. Fi.'

'Twsh! Shwd allet ti wella? Roeddet ti gan milltir o flaen pawb yn yr ysgol yn dy waith i ddachre.'

'A chan milltir ar eu holau nhw ym mhopeth arall,' atebodd Erful. 'Tasen i heb gael mynd i 2R, bydden i wedi torri 'nghalon yn llwyr. Ti'm yn gwbod mor gas o'n nhw tu fas yn galler bod. O'n i ofon bob dydd, drw'r dydd. A'r unig beth oedd yn fy nghadw i fynd pan o'n i'n gorfod gadael 2R er mwyn mynd i'r dosbarthiadau arholiad oedd gwbod y bydden i'n cael dod 'nôl.'

Gwenodd Rysti arno'n ddoeth, fel pe bai hithau wedi deall rhywbeth.

'O'n i'n arfer edrych arnat ti a meddwl mor lwcus oeddet ti. Bydden i wedi rhoi'n llaw dde i gael bod gyda phobol normal.'

Ni feiddiodd Erful ofyn y cwestiwn nesaf. Os mai bod yn normal oedd ei dymuniad, pam roedd hi'n ffugio bod yn anabl? Ond nid oedd am ei chythruddo, oherwydd roedd y camau nesaf yn ei gynllun yn gofyn ei chydweithrediad, fel heddiw. Fodd bynnag, roedd ganddo ymchwil i'w wneud cyn hynny.

'Rwyt ti'n mynd sha thre nawr, sbo,' meddai Rysti, wedi darllen ei feddyliau. ''Nôl i whilo am ble mae pawb arall fuodd yn 2R.'

Cydsyniodd Erful.

'Diolch i ti am dy help 'da Miss Llewelyn,' meddai.

'Croeso. Er, ddysgon ni ddiawl o ddim.'

Ffarweliodd â hi ar gornel y stryd a'i gwylio'n gyrru ar garlam yn ôl tua'r dre. Roedd e wrth yr arhosfan fysiau cyn iddo sylweddoli ei bod hi wedi cadw'r dyrnaid o arian a roddodd Miss Llewelyn iddynt, ond nid oedd yn malio dim am hynny. Roedd mwy o'i angen arni hi, ac amheuai a allai wneud llawer o ddrygioni â phedair punt a phymtheg ceiniog.

G AN NAD OEDD wedi prynu ei swper yn y dref, bu'n rhaid iddo fynd gam ymhellach ar y bws at y siopau lleol a cherdded 'nôl. Roedd popeth yn dawel, a dim sôn am olau yn nhŷ Mistar Elmer. Dangosai'r cloc yn y gegin ei bod yn hanner awr wedi tri. Roedd ganddo ddigon o amser.

Wrth symud pentyrrau o ohebiaeth i un ochr o'r soffa er mwyn cael lle i eistedd, teimlai'n annifyr. Edrychodd o'i amgylch yn ddiflas. Roedd wedi esgeuluso'i gartref yn ddifrifol. Ni wyddai ai gweld moethusrwydd stryd Miss Llewelyn a barodd iddo sylweddoli, ond roedd y blerwch wedi mynd dros ben llestri'n llwyr. Llestri, meddyliodd yn sydyn. Aeth yn ôl i'r gegin. Roedd pethau'n waeth yn y fan honno. Roedd wedi mynd i arfer gadael ei blatiau a'i gwpanau brwnt ar y bwrdd nes bod dim ar ôl yn y cwpwrdd. Safai'r blwch creision ŷd cyfredol yno, a dau neu dri o rai gwag na thaflodd mohonynt, a'r botel sôs coch. Roedd y sinc yn llawn. Edrychodd i lawr a gweld y briwsion a'r smotiau seimllyd dros deils y llawr. Pam na welodd hyn o'r blaen?

Gwisgodd fenig plastig am ei ddwylo a mynd ati. Berwodd decyled o ddŵr, canfu lieiniau sychu llestri na welsant olau dydd ers blynyddoedd, y bwced llawn gwe pry cop a'r mop, a golchodd a sgwriodd nerth ei freichiau. Roedd yn arllwys y dŵr budr o'r bwced i lawr y sinc pan sylwodd fod minibws wedi aros o flaen tŷ Mistar Elmer. Nodai'r ysgrifen ar ei ochr enw'r Busy Bees Day Centre. Helpwyd Mistar Elmer i lawr y grisiau gan y gyrrwr yn llewys ei grys, ond nid oedd ei gymydog fymryn mwy diolchgar am y cymorth a gwaeddodd rywbeth anfoesgar o'r lwybr at y tŷ wrth i'r bws yrru ymaith. Ni wyddai Erful fod Mistar Elmer yn mynychu'r ganolfan ddydd, ac os dyna fel roedd yn ymddwyn doedd fawr o argoel y byddai'n parhau i wneud hynny am lawer hwy. Cofiodd fod y nyrs ardal wedi crybwyll wrth fam Erful y posibilrwydd o fynychu canolfan o'r fath, ond gwrthododd hi fynd.

'Lot o hen fenywod yn whare Bingo a busnesan. Dwi'n cael lot mwy o sbort 'da ti fan hyn.'

Oedd hi? Roedd yn anodd gweld sut. Efallai ei bod hi'n ofni na fyddai'n cael dod adref. Bu ganddi ofnau lu yn ei blynyddoedd olaf. Aeth yn anodd iddi ei adael o'i golwg, ac oni bai fod Doris wedi dod i eistedd gyda hi tra byddai ef yn picio ar ras wyllt i'r siopau, byddent wedi llwgu. Daeth i'r tŷ unwaith, ar ôl gorfod sefyll mewn ciw hir yn y Swyddfa Bost, a'i chanfod ar lawr yr ystafell wely a Doris yn ceisio'i chodi. Gallai weld y straen ar wyneb honno, ond pan ruthrodd i ysgwyddo'r baich, edrychodd ei fam yn gyhuddol arno a hisian, ''Da phwy buest ti'n siarad?'

Fel yr esboniodd Doris wrtho, pan oedd pobl yn sâl dywedent bethau rhyfedd weithiau. Diheintiodd y gegin â chlwtyn a chwistrellwr a chrychu'i drwyn ar yr aroglau. Gallent, efallai, fod wedi talu rhywun i ddod i'r tŷ i'w gynorthwyo, ond ni fyddai ei fam fyth wedi cytuno ag unrhyw awgrym o'r fath. Safodd ac edrych ar ei waith. Dyna welliant. Ni adawai i annibendod cyffelyb grynhoi eto. Aeth yn ôl i'r ystafell fyw gan gario sach blastig i glirio rhywfaint o'r papurach. Yna aeth â'r sach i ystafell wely ei fam, a heb edrych arnynt, gwthiodd yr holl lythyrau a adawodd ar ei gwely i mewn iddi. Roedd yn drwm erbyn hyn, a bu'n rhaid iddo'i chario i lawr y grisiau'n ofalus. Gwyddai nad gwaith un prynhawn oedd clirio a chymoni'r tŷ. Byddai'n gallach iddo gadw'r holl sbwriel yn y garej er mwyn iddo fedru rhoi'r sachau yn y bin mawr ar olwynion fesul tipyn.

Roedd wedi cyflawni'r gorchwyl hwnnw ac yn syllu, braidd yn ddigalon, ar y pentwr annibendod a fu yno ers cyn cof, pan glywodd gar Blodyn a Surbwch yn gyrru i'w mynedfa. Yn ei gyflwr hyderus presennol, tybiodd y medrai fentro'u cyfarch. Brasgamodd o'r garej gan lunio'i frawddeg agoriadol, ond nid oeddent wedi dringo o'r car. Roedd surbwch yn sedd y gyrrwr a hithau yn ei ymyl, ond roedd ei llaw hi yn ymbalfalu yn malog ei drowsus a'i law yntau yn mwtho ei bron wen. Syllodd Erful dros y mur bylchog yn gegagored, ac yna camu 'nôl yn frysiog, gan obeithio'n daer na welsant ef.

Aeth i guddio tu ôl i'r pentwr annibendod a cheisio peidio â meddwl amdanynt, ond y tro diwethaf y bu iddo weld rhywbeth fel yna, mewn ffilm ar Sianel 4, roedd ei fam wedi gafael yn sydyn yn y rheolwr o bell a'i ddiffodd.

"Dyn ni ddim moyn gweld hen bethe ych y fi fel'na, odyn ni?'

Gwyddai yn ei ben mai dyna beth oedd pobl yn ei wneud, ond roedd gweld ei gymdogion wrthi yn ddigon i godi blew ei war. Pam na fedrent aros nes eu bod yn y tŷ? A chan nad oedd brys arnynt i adael y car, byddai'n rhaid iddo aros yn ei unfan. Edrychodd allan dros y pentwr a gweld bod Mistar Elmer yn ei safle arferol yn ffenestr y llofft flaen, ac am unwaith, nid ar dŷ Erful roedd e'n rhythu. Ochneidiodd. Byddai'n rhaid iddo ymddangos yn brysur. Gallai wacáu nifer o'r blychau cardbord mawr a'u gwastatáu. Ond gwnâi hynny sŵn a thynnu sylw. Eisteddodd ar y llawr yn ddigalon ac edrych ar ei oriawr. Byddai newyddion chwech wedi hen ddechrau a byddai'n rhaid iddo aros tan ddeg o'r gloch nawr er mwyn clywed am y datblygiadau diweddaraf yn yr ymchwiliad i'r llofruddiaethau. Unwaith eto roedd ei swildod a'i ofn wedi ei rwystro rhag gwneud rhywbeth pwysig.

Cododd ar ei draed yn benderfynol. Os rhedai o'r garej heb gau'r drws, byddai wedi diflannu cyn iddynt sylweddoli ei fod yno o gwbl. Gwelai Mistar Elmer ef, ond gan y gwelai ei gymydog bopeth a wnâi yn yr ardd ta beth, beth oedd ots? Rhuthrodd am yr adwy. Nid edrychodd i'r chwith ond ei baglu hi nerth ei draed am gefn y tŷ. Pe bai wedi troi ei ben am eiliad, byddai wedi gweld Surbwch yn syllu'n fud arno dros do'r car wrth i Blodyn ddringo allan yr ochr arall, yn tacluso'i sgert.

'Od ar jawl,' murmurodd y gŵr dan ei anadl, cyn dal llygad ei wraig. Roedd hi wedi cochi ac yn gwyro'i phen yn arwyddocaol i gyfeiriad y gwyliwr yn y llofft flaen gyferbyn. Cododd Surbwch ei ysgwyddau llydan yn hunanfodlon a'i ddilyn i'r tŷ.

Llwyddodd Erful i weld y newyddion lleol, ond nid oedd unrhyw beth newydd. Roedd yr un peth yn wir am y papur lleol, a phlygodd Erful ef cyn ei gario i'r cyntedd i'w roi ar un o'r pentyrrau ar y grisiau. Ymestynnent bron at y brig. Dylai eu taflu nhw hefyd, ond dim eto. Gwyddai fod darn o wybodaeth allweddol ynddynt a byddai'n rhaid iddo ddod o hyd iddo. Cofiai weld yr enw tyngedfennol hwnnw o gornel ei lygad, ar ymyl dde tudalen ryw ddiwrnod ym mis Ebrill, chwe mis ar ôl i'w fam farw, ond nid oedd wedi darllen y darn. Roedd ei nerfau'n dal yn fregus iawn ar y pryd, ac arferai osgoi edrych ar bethau fyddai'n effeithio arno. Roedd gweld yr enw wedi bod yn ddigon. Bu'n rhyddhad gallu rhoi rhifyn drannoeth drosto i'w guddio. Hyd yn oed nawr, ddeunaw mis yn ddiweddarach, wrth iddo edrych ar ddyddiadau'r pentyrrau a dringo'r grisiau, teimlodd yr hen arswyd yn gafael ynddo. Aeth ysgryd drwyddo.

Gorfododd ei hun i ganolbwyntio. Ni chymerodd ond eiliad iddo ganfod y papur cywir. Aeth drwy'r tudalennau'n frysiog. Fel arfer, nid oedd ei gof wedi'i dwyllo. Darn bach ydoedd, yn rhoi ffeithiau moel achos llys. Cymerodd anadl ddofn a'i ddarllen.

Three year sentence for 'juvenile' crime
Rici Wyn Jones, 41, of Albert Street, Maeseifion, was sentenced to three years in prison for a series of burglaries, which

culminated in his attacking a householder who found him sitting
eating ice-cream at his kitchen table at 4am. Defence lawyer Julia
Smythe said her client suffered from learning difficulties and had
panicked when the owner of the property, Mr Clifford Edwards,
73, suddenly appeared in the doorway.

Justice Rogers stated that despite the seemingly juvenile
nature of the crime, Jones had reacted with unwarranted violence
against a frail and vulnerable man in his own home, and that in
sentencing him, he was seeking to protect the wider community
from someone who could not control his criminal impulses.

Gallai unrhyw un fod wedi rhagweld hyn ddeng mlynedd ar
hugain yn ôl, meddyliodd Erful. Adwaith Rici Wyn i unrhyw
ddisgyblaeth bob amser oedd ymosod. Roedd arno flys anferth
am eiddo pobl eraill, hyd yn oed pan na fyddai o unrhyw werth
iddo. Fe gymerai fwyd o'ch plât, ac yna'i adael. Oblegid hynny,
dysgodd Erful ei bod yn gallach eistedd rhwng y brodyr mawr
yn y neuadd ginio. Byddai Rici wedi dwyn ei bens blaen ffelt,
oni bai bod Wilma'n cadw llygad barcud arnynt. Gwelodd ef yn
llygad ei feddwl yn cythru am gamera'r ffotograffydd. Ond nid
dyna'i gamwedd gwaethaf. Clywodd Erful ei galon yn cyflymu.
Plygodd y papur a mynd yn ôl i'r ystafell fyw. Ni fynnai feddwl
am y peth. Nid oedd yn rhaid iddo, wedi'r cwbl, oherwydd nid
oedd angen iddo fynd i chwilio am Rici Wyn nawr. Byddai
hwnnw'n ddiogel yn y carchar am ddeunaw mis arall. Ni fedrai
fod ag unrhyw ran yn y llofruddiaethau. Gallai ddileu ei enw.
Teimlodd bwysau anferth yn codi oddi ar ei ysgwyddau.

Tybed a wyddai Rysti fod Rici Wyn yn y carchar? Cofiodd
y rhes o rifau a roddodd Rysti i'r swyddog lles cymdeithasol.
A'i fysedd ar y ffôn, oedodd. A fyddai'n digio wrtho? Cododd y
derbynnydd a deialu, cyn rhoi cyfle i'r hen ofnau ei ddarbwyllo
i beidio. Ond canu a chanu wnaeth y ffôn a neb yn ateb.
Rhoddodd y derbynnydd i lawr yn siomedig a mynd i'r gegin i
mofyn ei swper.

Rhoddodd gynnig arall ar alw Rysti deirgwaith y noson honno, ond heb unrhyw lwc. Y tro olaf, daethai llais anghyfarwydd ar y lein a gofyn iddo adael neges, ond erbyn iddo feddwl a mwmial rhywbeth, torrwyd y cysylltiad. Gwnaeth rywfaint o waith ar ei fuddsoddiadau ariannol, ond crwydrai ei lygaid at y ffôn yn ddi-baid. Aeth i wylio newyddion deg, ond dim ond ailadrodd newyddion chwech wnaeth hwnnw. Penderfynodd fynd i'w wely. Wrth lanhau ei ddannedd yn yr ystafell ymolchi, clywodd sŵn. Gollyngodd y brws i'r sinc a rhuthro i lawr y grisiau. Roedd y ffôn yn dal i ganu a chipiodd ef ar garlam.

'Helô, Rysti?' meddai cyn ystyried.

Clywai barti mawr swnllyd yn y cefndir.

'Blydi 'el!' meddai llais. 'Ti sy 'na, Erful? Yffach, beth wyt ti moyn nawr? Sawl gwaith wyt ti wedi'n ffono i?'

'Deirgwaith,' atebodd. 'Pam nad oeddet ti'n ateb?'

'Fishi.' Bu saib bychan a phylodd y canu a'r gweiddi ryw fymryn. ''Na welliant. So, beth yw'r broblem?'

'Sdim problem. Ond mae gen i newyddion. Ma' Rici Wyn yn y carchar. Cafodd e dair blynedd ddeunaw mis yn ôl am fwrglera ac ymosod ar rywun. Newyddion da, on'd yw e?'

'Nadi,' meddai Rysti ymhen hir a hwyr. 'So fe'n newyddion da o gwbwl.'

Ni allai Erful gelu ei rwystredigaeth.

'Ond pam? Os yw e yn y carchar, all e ddim fod wedi chwarae unrhyw ran yn hyn. Ma' gyda fe ddeunaw mis arall i fynd.'

Clywodd hi'n gwneud rhyw sŵn bach yn ei gwddf.

'Mae dy syms di'n rong, boi. O wel, mae tro cyntaf i bopeth, sbo.'

Edrychodd Erful yn syn ar y ffôn ond roedd Rysti'n parhau i siarad.

'So ti'n deall y system, wyt ti? Hanner yr amser maen nhw'n neud, os bihafian nhw. Bydd e mas ar drwydded nawr.'

Rhoddodd Erful ei law ar ei galon, a'i theimlo'n curo fel gordd.

'Alle fe fod wedi camfyhafio a chael ei gadw yno,' mentrodd yn dawel.

'Galle, sownd. Ond sai'n credu 'ny. Dwi wedi'i weld e'n ddiweddar, tweld.'

Llyncodd Erful boer.

'Pryd?' sibrydodd.

Meddyliodd Rysti. Agorodd a chaeodd y drws ym mha dafarn bynnag oedd hi, gan wneud i'r cleber a'r gerddoriaeth chwyddo a gostegu fel rhywun yn troi swits.

'Wthnos 'ma. Sefa nawr. Nos Lun. Ie, 'na pryd o'dd hi achos dyna'r nosweth *karaoke* yn y Llew Du. O'n i wrth y meic yn canu 'I Will Survive' ac ro'dd e gyda'i fêts yn y cefen. Feddylies 'y mod i'n ei nabod e. Cofia, fydd e ddim mas ar drwydded yn hir os ddewn nhw i wbod bod e'n plagan y crotesi. '

'Ble, yn y dafarn?'

'Nage, twpsyn! Y crotesi ar yr hewl.'

'Welest ti hynny?'

'Do, ar fy ffordd gartre. Ar gornel Stryd y Farchnad. Ddim yn bell o'r dafarn 'na ble gwrddon ni pw' ddwrnod. Dyna ble dwi nawr. Ma' cwrt parcio'r syrjeri tu ôl, ble allan nhw gael llonydd. Sneb 'na yn y nos.'

Cnodd Erful ymyl ewin ei fawd ac edrych ar ei oriawr.

'Aros ble'r wyt ti,' meddai. 'Bydda i gyda ti mewn chwarter awr.'

Bu'n rhaid iddo redeg, gan wisgo'i got wrth fynd a'i chafflo yn ei sgrepan. Dychrynodd yrrwr y bws a oedd ar fin gadael yr arhosfan trwy gnocio ar wydr y drws, ond doedd dim golwg beryglus arno, a gadawodd ef i mewn. Roedd criw o bobl ifainc uchel eu cloch yn y cefn, yn cael hwyl ar eu ffordd i ryw glwb yn y dref, ond prin y clywodd Erful nhw. Eisoes, difarai fod mor fyrbwyll, ond darbwyllodd ei hun ei fod yn gwneud y peth cywir. Byddai'n cwrdd â Rysti, gweld a oedd Rici Wyn ar hyd y lle ac yna'n cael tacsi adref. Swniai'n syml, ond ni allai esgus nad oedd ofn arno. Beth os nad arhosai Rysti iddo gyrraedd? Beth os oedd yr heddlu'n dal i gadw llygad ar fflat Wilma? Beth os mai ffantasi oedd y cyfan? Syllodd yn fud drwy'r ffenestr, gan ymdrechu i lunio cynllun a fyddai'n datrys pob un o'r posibiliadau a lamodd i'w feddwl, ond roedd gormod ohonynt, ac roedd yn ddiolchgar pan welodd oleuadau canol y dref yn dynesu.

Disgynnodd y criw ifanc wrth yr un arhosfan ag ef a gadawodd iddynt fynd heibio. Roedd criwiau tebyg ar bob tu, yn llifo fel afon ar draws y strydoedd, yn sefyllian yn swnllyd y tu allan i'r tafarnau ac yn baglu ar sodlau uchel a sgrechen. Canodd cloch tŵr yr eglwys hanner nos a brysiodd Erful yn ei flaen, yn pryderu am na wyddai pryd fyddai'r dafarn ar Stryd y Farchnad yn cau. Os oedden nhw'n cau am hanner awr wedi un ar ddeg, byddai ar ben arno. Roedd cymaint o bethau na wyddai. Cyflymodd ei gamau a suddodd ei galon ymhellach pan gyrhaeddodd y dafarn. Roedd rhywun yn clirio gwydrau gweigion oddi ar y byrddau blaen, a thrwy'r ffenestr gallai weld un neu ddau yn sefyll ac yn yfed gwaddod olaf eu cwrw cyn gwisgo'u cotiau. Roedd e'n rhy hwyr. Trodd ymaith ac edrych i fyny ac i lawr y stryd rhag ofn y gwelai sgwtyr melyn yn treiglo ymaith. Nonsens oedd y cyfan, meddyliodd. Rhyw stori a luniodd Rysti er mwyn ymddangos yn hollwybodus. Gwthiodd ei ddwylo i'w bocedi a pharhau i gerdded. Âi i'r gornel ble dywedodd hi roedd y merched yn arfer sefyll ac wedyn yn ôl i ganol y dref i gyrchu tacsi. O leiaf wedyn byddai ganddo ddarlun o sut le oedd yno yn oriau mân y bore. Efallai y câi amcan o sut oedd y llofrudd yn dewis ei ysglyfaeth. Cadwodd at gysgodion y siopau a aethai'n fwyfwy di-nod. Hanner disgwyliai y byddai fan yr heddlu wedi'i pharcio yn rhywle, yn cadw llygad ar bethau, ond nid oedd dim i'w weld. Hwyrach na fyddent yn gwneud peth mor amlwg – car cyffredin fyddai orau. Ond roedd pob car a welodd ar ochr yr heol naill ai'n wag, neu'n llawn bechgyn a merched ifanc, a cherddoriaeth aflafar yn diasbedain ohonynt.

Gwelodd yr arwydd am y feddygfa cyn iddo weld y ferch. Pwysai yn erbyn un o byst metel y fynedfa, yn denau fel sgerbwd. Roedd ei sgert yn fyr fel gwregys ac roedd tyllau yn ei sanau duon. Arhosodd yn ei unfan. Nid oedd undyn arall i'w weld. Roedd hi'n smygu sigarét ac yn symud ei phwysau o un goes robin goch i'r llall. Roedd hwn yn ymddangos yn lle agored iawn i buteinio ynddo, meddyliodd. Pe bai hi wedi sefyll yn nrws siop neu wrth fynedfa ale, gwnâi hynny fwy o synnwyr. O'r stryd ar y dde roedd car rhacslyd yn dynesu. Gwibiodd y goleuadau blaen dros fur y siop ble cuddiai Erful cyn troi i'r dde eto nes ei fod gyferbyn â'r ferch. Taflodd hithau ei sigarét i'r gwter a chamu ymlaen. Gallai Erful ei gweld yn pwyso dros sil y ffenestr ac yn trafod. Yna dringodd i'r car a gyrrwyd hi ymaith ryw ganllath, cyn troi i'r chwith. Rhaid mai dyna'r ffordd a arweiniai at faes parcio'r feddygfa, a eglurai pam roedd hi'n sefyll dan yr arwydd yn y lle cyntaf. Doedd stori Rysti ddim yn gelwydd i gyd, felly.

Edrychodd ar ei oriawr. Chwarter wedi hanner nos. Cerddodd ar draws yr heol o ble y daeth y car a sefyll ennyd ar y gornel. Roedd mwy o ferched ar y stryd yma, pob un yn sefyll naill ai'n pwyso yn erbyn mur neu'n uniongyrchol o dan olau stryd. Roedd un neu ddwy'n siarad â dynion mewn ceir. Aeth dau gar arall heibio iddo a throi i'r chwith fel y cyntaf. Ond sylwodd nad oedd pob merch yn llwyddo i gael cwsmer. Gwelodd un ferch yn camu 'nôl ac yn codi ei bys canol yn herfeiddiol gan blethu ei breichiau. Gyrrodd y car hwnnw ymaith yn gyflym ac yn ddig. Pam nad aeth hi gyda'r gyrrwr, tybed? A oedd e wedi gwrthod talu'r pris y gofynnwyd amdano? Neu a oedd rhywbeth yn ei osgo a'i eiriau a'i gwnaeth yn amheus? Rhaid bod y merched yn nerfus wedi i dair o'u cyd-weithwyr gael eu lladd. Rhyfedd nad oedd yn ddigon i'w cadw oddi ar y stryd, o leiaf tan i'r achos gael ei ddatrys. Roedd dyn wedi ymuno â'r ferch a gollodd y cwsmer, er na welodd Erful o ble ddaeth. Edrychent fel pe baent yn adnabod ei gilydd. Camasant yn ôl i gysgod drws siop a'r unig beth y gallai Erful weld oedd esgid sawdl y ferch, a dau smotyn coch o'u sigarennau. Beth oedd pwrpas hynny? Pan ddaeth hi allan i olau'r postyn lamp wedi munud neu ddwy, roedd hi ar ei phen ei hun. Llechodd y dyn yn y cysgodion a sylwodd Erful ar ferch arall yn ymuno ag ef am funud neu ddwy.

Y tu ôl iddo, roedd car yn dod i lawr y rhiw o'r feddygfa a chiliodd Erful i gysgod mur yr adeilad nesaf a wthiai allan droedfedd yn fwy. Gwasgodd ei gefn iddo. Gollyngwyd y ferch â'r sanau tyllog wrth y gyffordd â'r ffordd fawr, ac roedd Erful yn disgwyl ei gweld yn cerdded at yr arwydd i aros, ond yn lle hynny, rhedodd ar draws y ffordd, ac i lawr i'r stryd ble safai'r merched eraill. Gyrrodd y car i ffwrdd ac erbyn i Erful gyrraedd y gornel eto, roedd y ferch a'i gwallt coch tywyll yn diflannu trwy ddrws yr unig siop ar y stryd a oedd yn dal ar agor. Daeth allan ymhen dim gan ddadlapio pecyn o sigarennau, a chamodd yn gyflym i'r fan lle llechai'r dyn yn y cysgodion. Arhosodd yno'n hwy na'r ddwy ferch flaenorol. I beth, tybed? A oedd yr holl ferched hyn yn ei dalu am ei wyliadwraeth? Daeth allan i'r golau o'r diwedd gan wthio rhywbeth i'w bag llaw ac yna brysiodd yn ôl i'w man arferol, gan gyfarch y merched eraill. Ymdoddodd Erful i ddiogelwch ei guddfan.

Sylweddolodd fod ganddo broblem. A'r butain â sanau tyllog yn sefyllian unwaith yn rhagor dan yr arwydd, ni allai Erful sbecian ar y digwyddiadau yn y stryd heb iddi ei weld, ac os cerddai i lawr y stryd heibio i'r merched, byddent yn sicr o sylwi arno a'i gofio. Nid oedd dewis ond peidio â symud nes i'r ferch dan yr arwydd gael cwsmer arall. O'r olwg arni, gallai hynny olygu oriau o aros. Cripiodd y munudau heibio fel rhes o grwbanod. Bob tro y daeth car i lawr y stryd tuag ati heb neb yn sedd y teithiwr, safai'r ferch yn sythach, ond nid arhosodd neb. Wedi i hanner dwsin wneud hyn, taniodd sigarét a chwilio am rywbeth yn ei bag llaw. Gafaelodd mewn ffôn symudol lliwgar a chael sgwrs fer, ddiamynedd gyda rhywun, er na allai Erful ddeall cynnwys y sgwrs. A'i lygaid wedi'u hoelio arni, ni welodd y dyn gwallt golau'n dod o gyfeiriad Stryd y Farchnad ar unwaith. Edrychai hwnnw'n hafaidd mewn trowsus ysgafn a chrys lliwgar er gwaethaf gwynt main yr hydref. Llechai yntau hefyd yn y cysgodion, ond chwibanai'n ysgafn dan ei anadl. Swniai'n hapusach o lawer nag y teimlai Erful. Arhosodd ryw ddwylath o'r ferch fel pe na bai wedi sylwi arni. Trodd hi'n araf a syllu arno. Ni welodd Erful unrhyw air nac arwydd yn cael ei gyfnewid, ond yn sydyn, trodd y ferch ar ei sawdl a cherdded i ffwrdd. Oedd hi wedi rhoi'r gorau iddi am heno? Na, roedd hi'n troi i'r chwith i fyny'r rhiw. Safodd y dyn am eiliad arall, ac yna cerdded ar ei hôl. Goleuwyd ef gan lampau'r stryd cyn iddo yntau droi am y maes parcio.

Sbonciodd Erful fel cwningen o gysgod y mur a phrysuro 'nôl i Stryd y Farchnad. Gwelodd ddigon, a llongyfarchodd ei hun am lwyddo i beidio â chael ei ganfod a'i herio. Roedd torf ben pella'r stryd, yn gweiddi ac yn gwthio'i gilydd wrth groesi. Gobeithiai na sylwent arno ac arafodd. Gwyddai, serch hynny, nad oedd y perygl drosodd o bell ffordd. Rhaid iddo gael tacsi nawr o ganol y dref. O gornel ei lygad gwelodd symudiad a safodd. Roedd sgwtyr melyn yn troi'r gornel tuag ato.

'Welest ti fe?'

Hisiodd Rysti'r geiriau fel pe bai'r stryd yn llawn pobl yn gwrando'n astud arni.

'Pwy?'

'Rici Wyn, 'chan. Pwy wyt ti'n feddwl?'

Edrychodd Erful o'i amgylch yn ddryslyd. Ni wyddai pwy welodd. Roedd chwys ar wyneb Rysti.

'Ffor' hyn ddaeth e,' meddai'n bendant er bod ei lleferydd yn dew. 'A dwi'n gwbod i ble roedd e'n mynd.' Chwifiodd ei braich tuag at yr arwydd. 'O'dd e ar ei hôl hi'r nosweth o'r blaen. Ond mae e wedi cael ei dalu heddiw. Brynodd e sawl rownd i'w fêts heno. Dries i siarad ag e ond nabyddodd e ddim mohona i. Alle fe fod wedi prynu drinc i fi.'

Swniai'n anfodlon ond roedd meddwl Erful ar y dyn yn y dillad anaddas.

'Dyn gwallt golau wedi'i wisgo fel rhywun ar ei wyliau?' gofynnodd. 'Rici oedd hwnnw? Doedd e ddim yn arfer bod mor olau â hynny.'

Sniffiodd Rysti.

'Hei-leits,' meddai, er na wyddai Erful beth a olygai. 'Dwi wedi bod yn ei ddilyn e. Fe a'i fêts. Ond gadawodd e nhw ginne.'

Daliai i yrru'r sgwtyr, gan nesáu at y troad i stryd y puteiniaid. Nid oedd Erful am iddynt ddod wyneb yn wyneb â Rici Wyn.

'Allwn ni ddim gadael iddo'n gweld ni,' meddai, ond roedd Rysti eisoes yn croesi'r heol.

Dilynodd hi'n bryderus. Roeddent o fewn hanner canllath i'r arwydd mawr pan drodd Rysti'r sgwtyr yn ddisymwth i fynedfa math o gwrt. Roedd iddo hen ddrysau, wedi'u gwneud o styllod. Gwthiodd un drws i'r naill ochr a galw Erful i mewn ar ei hôl.

'Ca hwnna!' gorchmynnodd, ac ufuddhaodd Erful. Pan drodd ati, gan feddwl protestio nad oedd modd gweld dim o'r fan hon, roedd hi eisoes yn ddim ond cysgod melynaidd yn y tywyllwch. Brysiodd ar ei hôl. Yn amlwg, adwaenai'r ardal yn dda. Roedd yn ymwybodol o ffurfiau aneglur, peiriannol yn sefyll ar hyd y lle. Troediodd yn ofalus a gweld Rysti'n dewis llwybr cul rhwng dau adeilad. Roedd gât fetel uchel yn rhwystr ar ei draws ond diffoddodd Rysti'r motor a throi ei phen. Pwyntiodd ei bys drwy'r barrau. Plygodd Erful ymlaen a syllu drwyddynt. Roedd yna lwybr troed tu hwnt iddynt a redai ar oleddf o'r ffordd fawr. I'r chwith diflannai i fyny i'r tywyllwch ond i'r dde roedd ganddynt olygfa heb ei hail o'r fan ble safodd y butain gyhyd. Gallai Erful weld ei guddfan yntau ar draws y ffordd a synnodd nad oedd neb wedi sylwi arno'n llechu yno.

'Faint o amser sydd ers i ti eu gweld nhw'n mynd am y syrjeri?' sibrydodd Rysti.

'Tua deng munud, falle.'

Chwarddodd hi yn y tywyllwch.

'Fyddan nhw ddim yn hir nawr.'

Gwingodd Erful. Roedd pethau wedi symud yn rhy gyflym o lawer ers iddo weld Rici Wyn. Os oeddent am warchod diogelwch y butain, oni ddylent fod ym maes parcio'r feddygfa? Ac eto, nid oedd eisiau bod yno, chwaith. Pwnodd Rysti ef yn ei fraich. Roedd dyn yn cerdded tua'r dref, a phan aeth o dan un o oleuadau'r stryd gwelodd Erful fod ei wallt yn gudynnau golau yma ac acw. Dyna beth oedd 'hei-leits' felly. Roedd e'n gwthio rhywbeth i'w boced ôl wrth fynd ac yn chwibanu. Tu ôl i'r gât fetel, edrychasant ar ei gilydd tan i sŵn ei draed wywo.

'Golwg dda arno, on'd oes e'?' meddai Rysti'n sych. Roedd yn amlwg fod ei methiant i gymell Rici i brynu diod iddi'n dal i'w phigo.

Trodd Erful ei olygon at yr arwydd. Safai yno'n gyhuddgar, heb neb ar ei gyfyl.

'Beth?' gofynnodd Rysti a phwyso dros y bar blaen, ''Sdim byd 'na, 'chan. Allwn ni fynd.'

Taniodd y motor a dechrau bacio o'r llwybr. Pan welodd hi nad oedd yn ei dilyn arhosodd a chodi ael arno. Ni symudodd Erful.

'Ble mae'r ferch?' gofynnodd.

Rowliodd Rysti ei llygaid, ond ni faciodd ymhellach. Yn

hytrach gorffwysodd ei breichiau ar y bar blaen a dylyfu gên. Cymerodd Erful hyn fel caniatâd iddo barhau i syllu ar yr arwydd. Nid oedd wedi gwneud cynllun a gwmpasai mynd i chwilio am gorff newydd ei ladd. Corddodd ei stumog wrth feddwl am y peth. Gwell i rywun arall ei chanfod. Rhywun dewr. Clywodd sŵn rhywbeth a chododd ei olygon. Roedd hi yno, yn clicio'i thaniwr sigarét, a'r ffôn wrth ei chlust yn sgleinio fel enfys dan olau'r stryd, fel pe bai heb symud o'r fan. Trodd Erful, a gwenu ar ei gydymaith.

Teimlai'n well o lawer yn mynd yn ôl drwy'r cwrt, ond roedd Rysti wedi blino. Gadawodd iddi fynd drwy'r drws bratiog o'i flaen.

'Dwi'n mynd gartre nawr,' meddai hi. 'Dwi bwti marw isie cysgu. Wela i di.' Gyrrodd y sgwtyr mewn hanner cylch er mwyn wynebu'r ffordd gywir. 'Cwsmer arall 'da Cochen,' meddai gan hercio'i bawd dros ei hysgwydd, cyn gyrru ymaith.

Safodd Erful a gweld bod cerbyd mawr wedi aros ger yr arwydd. Roedd y ferch yn pwyso un llaw ar y drych ochr ac yn syllu i mewn drwy'r ffenestr, gan dapio llwch ei sigarét ar y pafin â'i llaw rydd. Gwelodd hi'n gwenu ac yn taflu ei phen yn ôl. Roedd hi'n fyw, dyna'r peth pwysig. Wrth iddo ddechrau cerdded i gyfeiriad y dref, clywodd ddrws y car yn cau'n glep y tu ôl iddo ac injan yn refio. Trodd ei ben unwaith eto, ond roedd y car mawr eisoes yn troi. Hanner y rhifau yn unig y medrai eu gweld, ond roedd hynny'n fwy na digon. Syllodd yn gegrwth ar ôl y car am eiliad hir, ond pan drodd i dynnu sylw Rysti at y peth, roedd hi wedi mynd.

Y BEDWAREDD

Mae cloc tŵr yr eglwys fel rheol yn gwneud digon o sŵn i godi'r meirw, ond nid y tro hwn wrth iddo daro chwech o'r gloch y bore. Gallai'r mecanwaith fyrstio o'i gasyn a rholio i lawr y rhodfa heb unrhyw effaith. Mae'r lorri ludw i'w chlywed yn y stryd nesaf. Pe bai'r bwndel yng nghilfach drws cefn Neuadd y Dref wedi cael ei osod ar balmant yr ale gul, yn unol â Gorchymyn 347, Cyngor y Dref, byddai wedi cael ei godi a'i daflu i gefn y tryc ddeng munud yn gynharach, fel popeth arall. O'i weld, a sylweddoli y byddai'n rhaid iddynt ei gario ar hyd yr ale i ble'r arhosai'r lorri amdanynt, dyma'r dynion bin yn edrych ar ei gilydd yn gynllwyngar, cyn chwifio llaw fanegog ar y gyrrwr a'i gyrrodd ymlaen i'r pwynt casglu nesaf. Nid eu cyfrifoldeb nhw oedd sbwriel nas gosodwyd yn ei le priodol.

Fedrech chi ddim eu beio am feddwl bod rhywun wedi taflu carped, neu rywbeth hir tebyg, yn llechwraidd. Yn eu profiad nhw, nid oedd pall ar hyfdra pobl. Dim ond wythnos yn ôl roeddent wedi dod o hyd i fatras gwely dwbl ar ganol yr heol. Hoffent fod wedi medru anwybyddu honno hefyd, ond roedd yn rhaid ei symud er mwyn i'r lorri fynd heibio. Mae'r gwynt main yn waeth y bore 'ma, a fflapia rhannau rhydd y ddwy sach blastig ddu. Anniben fu'r gwaith o'u clymu at ei gilydd. Yn wir, gwnaethpwyd fawr ddim ymdrech ac maent yn bygwth dod yn rhydd gyda phob cwthwm. Roedd y sawl a'u taflodd ar frys gwyllt i adael y lle, wedi'r cwbl.

Mae'r ale, un o ddwsinau ym Maeseifion sy'n dreth ar amynedd dynion y biniau, yn ffurfio twnnel gwynt sy'n chwythu cynnwys pob sach benagored ar draws y cerrig rhwng

123

y muriau llwyd. Mae gwylanod egr yn cael eu denu yno. Mae un yn hofran uwchben y toeau nawr, ei brest yn rhyfeddol o lân a'i thraed mawr melyn ar led, yn chwilio am frecwast. Croen satsuma sy'n dal ei llygad, neu efallai sleisen o domato gwrthodedig o frechdan, ond dysgodd i achub ar bob cyfle, ac mae golwg addawol ar yr hyn a orwedda mor llonydd dan ei orchudd plastig du.

Hedfana i lawr at y wledd. Tamaid i aros pryd yw'r tomato, a chan blygu ei hadenydd, cerdda'n hamddenol tuag at y bwndel. Rhwyga'r plastig yn hawdd â'i phig grymus, ond caiff ei siomi. Dim ond brethyn sydd yno. Neidia i fyny'r bwndel, yn ei sadio'i hun wrth fynd a rhoi cynnig arall arni. Datguddia gudyn o rywbeth cochlyd a'i dynnu, ond ni ddaw'n rhydd. Yn waeth byth, mae sŵn traed trwm yn dynesu. Â chrawc rwystredig mae'r wylan yn codi i'r awyr ac yn mynd i glwydo ar ymyl y to agosaf. Daw cyfle eto, siŵr o fod.

Edrychodd Erful ar ei oriawr am y canfed tro a symud ei ben ôl oddi ar y garreg oedd yn bygwth ei fferru i'r fan. Roedd wedi treulio oriau dan gysgod llwyn ar ymyl y parc. Torrodd y wawr ond ychydig o gysur fu'r haul gwan. Ni chofiai deimlo mor oer yn ei fywyd, ac roedd gwadnau ei draed yn dal i losgi. Pe na bai ofn arno eu colli yn y tywyllwch, byddai wedi tynnu ei sgidiau. Beth wnaeth iddo fynd i'r dref heb wneud yn siŵr fod ganddo arian i gael tacsi adref? Ei gyfrifiadau manwl, gofalus oedd ar fai. Dyma'r bore y byddai'n codi arian, fel rheol. Felly, neithiwr, nid oedd decpunt cyfan yn ei waled. Dim ond ar ddydd Iau, sef heddiw, y byddai'n cario'r cerdyn a fyddai wedi ei alluogi i godi arian o'r twll yn y wal.

Bu'n sefyll am amser am dacsi mewn ciw ugain llath. Ond pan ofynnodd i'r gyrrwr tacsi faint fyddai pris y siwrnai, sylweddolodd nad oedd ganddo hanner digon. Cerddodd am amser o amgylch y dref, ond diflasodd ar hynny a chanfu'r lloches hon. Meddyliodd y byddai'n gallu cysgu hefyd, ond er ei fod bron â marw eisiau gwneud, roedd gormod o ofn arno y byddai rhywun yn dod ar ei draws ac yn ei niweidio. Prin y beiddiodd orwedd tan bedwar y bore, ac er iddo bendwmpian yn ddiarwybod iddo, dihunwyd ef gan seirenau ceir yr heddlu'n rasio ar hyd y lôn fawr. Nid oedd yn synnu eu clywed. Gwelsai lawer o bethau annymunol dros ben cyn dod o hyd i'r cysgod dan y llwyni.

Roedd yn bryd iddo symud. Byddai Siôn eisoes wedi mofyn y stondin ac yn dechrau ei godi. Anelai at ddechrau'r gwaith yn fuan wedi chwech y bore, er mwyn ymbaratoi ar gyfer ei gwsmeriaid cyntaf. Edrychodd yn ei waled a gweld bod ganddo ddigon o arian am deisen a thocyn bws. Cododd gan deimlo'n benysgafn â blinder. Brwsiodd y dail a'r gweiriach oddi ar ei ddillad a dechrau ymlwybro'n araf tuag at y rhodfa. Y peth cyntaf a welodd oedd car yr heddlu wedi'i barcio ar draws pen y stryd a dau PCSO nad edrychent yn hŷn na phymtheg oed yn sefyll yno yn eu gwisgoedd du a glas. Pwy oedd yno'n cynnal sgwrs ac yn trotian o un i'r llall ond y Digywilydd. Roeddent yn gwenu arno'n ddigon hynaws. Aeth Erful i aros ar gornel y stryd gyfagos a gwylio. Crynodd. Roedd y darlun o'r butain dan yr arwydd yn mynnu ei wthio'i hun i lygad ei feddwl, er bod Neuadd y Dref gryn bellter o Stryd y Farchnad.

Roedd fan wen gyfarwydd yn aros i droi i mewn i'r rhodfa a neidiodd un o'r glaslanciau i'r car a'i facio er mwyn gwneud lle iddi. Chwifiodd y Digywilydd ei freichiau fel melin wynt fel pe bai ganddo fe ryw ran i'w chwarae, ond anwybyddwyd ef. Pwysodd Erful yn erbyn y wal. Fan y SOCOs oedd honno. Roedd rhywbeth difrifol wedi digwydd. Gyrrwyd y fan ryw ugain llath, i safle stondin arferol Siôn, a dringodd y swyddogion ohoni. Roedd un o'r glaslanciau yn hercio'i fawd dros ei ysgwydd i lawr yr ale a arweiniai at gefn Neuadd y Dref. Nid oedd modd mynd â'r cerbyd ddim pellach. Prin y byddai Siôn yn medru gwthio cydrannau'r stondin drwodd heb eu crafu yn erbyn y muriau uchel bob ochr. Teimlodd Erful law oer yn cydio yn ei frest. Cnodd ei wefus. Ni wyddai beth i'w wneud. A'r Digywilydd yn dal i siarad â'r un glaslanc ger y car, ni allai fynd i ofyn. Roedd y SOCOs eisoes wedi casglu eu hoffer ac yn cerdded i lawr yr ale'n drymlwythog. Gwyddai fod y ffyrdd bach cul y tu ôl i Neuadd y Dref fel perfedd mochyn. Rhaid fyddai iddo ddod o hyd i heddwas arall ar ei ben ei hun wrth un o'r mynedfeydd eraill i'r ffordd fawr. Arhosodd i'r Digywilydd droi ei gefn ac yna brysiodd yn bwrpasol heibio pen y rhodfa ac i lawr i'r chwith.

Safai cnewyllyn bach o bobl ar y palmant ar waelod y stryd,

yn siarad â dynes fawr a chanddi wallt hir, llwyd. Edrychent fel pe baent yn ei hadnabod. Pan drodd hi ymaith a mynd ar ei hynt, adnabu rai ohonynt fel selogion y stondin a wardeiniaid y neuadd. Roeddent hwy, felly, wedi'u gwahardd rhag cael mynediad. Ond ble'r oedd Siôn? Syllodd arnynt yn ofalus. Doedd dim ôl galaru arnynt. Achubodd un neu ddau arall ar y cyfle i gael mwgyn bach, gan gynnwys Janet, glanhawraig y neuadd a ddywedai helô wrtho weithiau. Gwelodd hi Erful yn sbecian a chamodd ymlaen gan godi llaw ar y ddynes fawr oedd yn aros i groesi'r heol brysur ymhellach i lawr. Gwaeddodd honno rywbeth aneglur a chwarddodd Janet cyn ateb.

'Ie, iawn i rai gael mynd adref i gysgu!' Gwelodd fod Erful yn edrych yn stwn arni ac ychwanegodd. 'Roedden ni'n arfer gweithio gyda'n gilydd ond nawr mae hi'n glanhau swyddfeydd dros nos. Ges i gynnig swydd fel'na hefyd ond gwrthodes i. Fi fuodd dwpa.' Herciodd ei bawd dros ei hysgwydd.

'Dim Caffi Clecs heddi, 'te,' meddai, fel pe bai'n disgwyl i Erful wybod pam.

'Ody Siôn bwti'r lle?' gofynnodd.

Amneidiodd hi a phwyntio at dafarn y Brenin Siarl. Safai'r drws ar agor a heddwas yn geidwad arno.

'Mae'r rheolwr yn cysgu lan llofft, ac mae e'n lle cyfleus iddyn nhw fynd a dod i'r ale gefen,' meddai. 'Ond 'dyn ni'm yn cael mynd 'na. Dim ond Siôn. Fel'se dim angen drinc bach arnon ni i gyd.'

'Ody e'n iawn?' gofynnodd Erful.

Chwythodd Janet bluen o fwg o'i cheg.

'Wel, mae e 'di cael sioc y jawl, fel alli di ddychmygu.'

'Sioc o golli dwrnod o elw,' mwmialodd un o'r dynion, ond fe'i ceryddwyd ganddi.

'Byddet ti 'di pisio ar dy draws o weld shwd beth,' meddai'n ddirmygus. 'A finne 'di gorfod clirio ar dy ôl di.' Trodd yn ôl at Erful. 'Roedd y gwylanod wedi bod yn fishi, tweld.'

Ceisiodd Erful edrych fel pe bai'n deall arwyddocâd hyn oll.

'Fi ddyle fod wedi dod o hyd iddi,' ychwanegodd Janet o gornel ei cheg. 'Dwi'n arfer mynd mas i'r ale ar ddwrnod y biniau cyn dachre ar y tu fiwn, tweld, achos bod y gwylanod yn rhacsan y sache.'

'Beth ddigwyddodd y bore 'ma, 'te?' gofynnodd Erful.

'Ddaeth y bws yn hwyr,' atebodd yn chwyrn. 'Cyrhaeddodd Siôn o 'mlaen i a mynd i mofyn y stondin. A 'na ble'r oedd hi – ar stepen y drws. Roedd yr heddlu 'ma'n aros amdana i. Weles i nhw'n mynd heibio ar hewl. Wnes i ddim meddwl dim.'

Tra oedd Erful yn prosesu hyn, taflodd Janet gwestiwn dros ei hysgwydd.

'Feddyliodd rhywun ddweud wrthyn nhw fod y lorri ludw wedi bod?'

Dim ond rhyw stumiau anfodlon a gafodd fel ateb. Rowliodd ei llygaid mewn anobaith, ond cyffrowyd Erful gan ei geiriau. Gwyddai na fedrai'r lorri ddod i mewn i'r ale a bod yn rhaid i'r dynion gerdded ar ei hyd a chasglu beth bynnag oedd yno.

'Gallai hynny fod yn bwysig,' mentrodd.

'Galle, sownd,' meddai Janet gan daflu bonyn ei sigarét i'r gwter. Taflodd olwg olaf dros ei chyd-arhoswyr a'u herio. 'Wel, os na ddywedwch chi, fe ddyweda i!' meddai a cherddodd yn benderfynol i gyfeiriad y dafarn.

Dilynodd Erful hi, yn ymwybodol o'u llygaid ar ei gefn. Roedd yr heddwas wedi diflannu i berfeddion y dafarn ond sylwodd Erful nad oedd unrhyw frys arni i'w alw, nac ychwaith i fynd i chwilio amdano. Efallai ei bod yn ailfeddwl. Rhoddodd hyn amser iddo ofyn cwestiwn. Gwelai hanfod yr olygfa yn ei feddwl.

'Odych chi'n credu nad oedd hi yno pan ddaeth y lorri ludw?'

Ystyriodd Janet ei eiriau.

'Falle nad oedd hi,' meddai. 'Ond wedyn mae bois y bin yn rhai lletchwith. Os nad 'yn nhw'n ffansïo codi rhwbeth, gall orwedd 'na tan Ddydd y Farn.'

Gwibiai'r posibiliadau trwy feddwl Erful. Naill ai rhoddwyd y corff wrth y drws ar ôl i'r dynion orffen eu gwaith, neu roedd yno drwy'r adeg. Os oedd yno, does bosib na fyddai'r dynion wedi galw'r heddlu, ni waeth pa mor benderfynol o lletchwith oeddent. Eto, roedd gosod corff yn yr ale rhwng chwech a saith y bore yn beth anhygoel o fentrus i'w wneud. Ond os gwelwyd y corff gan y dynion, gallai fod dan orchudd a edrychai fel sbwriel na ddylai fod yno, a'u bod wedi'i wrthod oherwydd hynny. Roedd sylw Janet am y gwylanod yn awgrymu hyn. Ni welodd wylan erioed yn tarfu ar bobl a orweddai'n hanner cysgu wrth dorheulo yn y parc yn yr haf. Roedd sach blastig, ar y llaw arall, yn fagned.

'Mae'n rhaid ei bod hi wedi'i lapio mewn sachau sbwriel,' meddai'n uchel.

Edrychodd hi arno o'r newydd. Agorodd ei cheg i ddweud rhywbeth, ond daeth sŵn traed o'r tu mewn. Ciliodd yn ôl a thynnu Erful gyda hi. Ymddangosodd dau heddwas wrth y drws gyda Siôn. Edrychai'n llai, rywfodd. Roedd Janet wedi troi ei chefn arnynt, yn aros am yr eiliad iawn. Daliodd Erful ei anadl. A fyddent yn ei wthio i gar, ac un llaw ar ei ben, fel y gwelodd ganwaith ar y teledu, a'i yrru ymaith i'w holi ymhellach? Ond na, roedd e'n ffarwelio â nhw ac yn croesi'r stryd.

'Cer ar ei ôl e,' hisiodd Janet. 'Ddyle fe ddim bod ar ei ben ei hunan.'

'Odych chi'n mynd i ddweud wrthyn nhw am y lorri ludw?' gofynnodd Erful.

Edrychodd hi arno'n amheus.

'Wneith e unrhyw wahaniaeth, ti'n credu?'

Mynegodd Erful ei gytundeb yn frwd.

'Alle fe neud gwahaniaeth mawr iawn i Siôn,' meddai, a heb aros am ateb, camodd ar draws y stryd lydan i'r ynys ganol. Clywodd ei lais yn cyfarch yr heddwas y tu ôl iddo. Wedi cyrraedd y palmant, taflodd gipolwg ar ddrws y dafarn. Roedd yr heddwas yn plygu drosti a hithau'n dweud ei dweud.

Daeth o hyd i Siôn yn pwyso ar y wal yn y parc a ffiniai â'r afon. Anadlai'n ddwfn, ei ddwy benelin ar y pared, a'i ddwylo ynghlwm yn ei gilydd. Safodd Erful gan ei wylio'n bryderus. Ciliasai'r lliw iach arferol o'i fochau ac edrychai fel pe bai ar fin llewygu. Cododd ei ben yn araf ac edrych draw. Gwnaeth ymgais i wenu.

'Braidd yn gynnar i ti, nag yw hi, boi?'

Gwenodd Erful yn ei dro. Gwyddai fod yn rhaid iddo ddangos cydymdeimlad, ond byrlymai cwestiynau drwy ei feddwl. Gwell iddo bwyllo. Syllodd Siôn i lawr ar y dŵr cyn sefyll yn fwy syth.

'Bore 'ffernol,' meddai.

'Ofnadw,' cytunodd Erful. 'Oedden nhw'n gas wrthoch chi?'

Chwarddodd Siôn yn gynnil.

'Na. Maen nhw'n cael eu hyfforddi i fod yn neis nawr. Ges i ddishgled o goffi a chwbwl. Ond maen nhw'n fy amau i. Wrth gwrs 'u bod nhw.'

'Nadyn,' meddai Erful. 'Ddim cymaint nawr eu bod nhw'n gwbod am y lorri ludw.'

Bu tawelwch hir wrth i Siôn geisio gwneud synnwyr o hyn.

'Beth ddiawl sy 'da'r lorri ludw i'w wneud ag e?' gofynnodd.

Eglurodd Erful ei sgwrs gyda Janet, a'i syniadau yntau. Gwelodd Siôn yn ystyried ac yn dadebru rhywfaint, ond roedd ei wyneb yn ofid i gyd.

'Wyt ti'n meddwl y dewn nhw i'r un casgliad?' gofynnodd.

'Byddan nhw'n siarad â'r dynion bin yn bendant,' atebodd Erful. 'A 'sbosib y bydden nhw'n dweud celwydd am weld bwndel wrth y drws mewn achos o lofruddiaeth. Mae'n edrych yn fwy amheus os odyn nhw'n gwadu gweld unrhyw beth oherwydd dwi'n siŵr buodd y corff yno am amser cyn i chi gyrraedd. Wedi'r cyfan, cafodd y gwylanod amser i fynd i bigo.'

Aeth ysgryd drwy Siôn, a difarodd Erful ychwanegu'r frawddeg olaf.

'Mae'n ddrwg 'da fi,' meddai, ond gafaelodd Siôn yn ei fraich yn galonogol.

'Mae'n iawn,' meddai. ''Na'r peth gorau dwi 'di glywed trw'r bore.' Rhedodd ei law dros ei gorun moel. 'Pan ddechreuon nhw ofyn i fi a wedd bocs o dŵls 'da fi, we'n i'n credu'i bod hi ar ben arna i.'

'Pam ofynnon nhw hynny?'

Gostegodd Siôn ei lais.

'We'n nhw'n whilo am rwbeth tebyg i forthwyl. A wedd yn rhaid i fi gyfaddef bod gyda fi un. Jawl erio'd, mae'r stondin yn hen a dwi'n gorfod ei roi e 'nôl at ei gilydd os cewn ni wthwm o wynt.' Edrychodd yn bryderus o'i amgylch. 'Gobeitho'i fod e 'na, ac yn lân.'

Cytunodd Erful yn ddistaw. Ond rywfodd ni chredai fod y llofrudd wedi dwyn morthwyl Siôn ar hap, heb sôn am lwyddo i gael mynediad i'r storfa orlawn a dod o hyd iddo. Deuai allan i ladd yn bwrpasol, ac roedd yn debygol o ddod â'i offer gydag ef.

'Alla i gredu bod dynion y bin wedi meddwl taw rholyn o garped oedd hi,' meddai Siôn, gan grychu ei dalcen. ''Na beth feddylies i hefyd cyn tynnu'r sach 'nôl ryw damed. Nefoedd, roedd hi'n dene.' Edrychodd ar Erful. 'Nid un o dy rai di yw hon. Ddim os na chollodd Rysti yffach o bwyse dros nos a lliwo'i gwallt yn goch tywyllach.'

Safodd Erful wrth y mur a gwylio Siôn yn cerdded at yr arhosfan fysiau. Ni fyddai'r stondin ar agor o gwbl heddiw oherwydd roedd ei berchennog yn bwriadu treulio gweddill y dydd gartref o flaen y teledu â photel o chwisgi. Dim ond hanner clywed hyn wnaeth Erful. Er ei fod yn falch fod Siôn wedi dod ato'i hun, roedd ei eiriau olaf wedi anfon ias oer drwyddo. Ei dro ef oedd hi nawr i bwyso yn erbyn y wal wrth yr afon ac ymladd y cyfog a godai yn ei wddf. Roedd ef a Rysti wedi'i gweld hi'n sefyll dan yr arwydd, y ferch â'r gwallt coch tywyll oedd mor denau â sguthan. Bu Erful yn ei gwylio am amser tan i Rici Wyn gyrraedd. Rici Wyn wyllt, ynfyd, na allai ddioddef unrhyw wrthwynebiad. Ond roedd hi'n fyw ar ôl hynny. Goroesodd pa weithred anllad bynnag y dymunai Rici Wyn iddi ei chyflawni. Nid fe a'i lladdodd. Roedd ef a Rysti'n llygad dystion i hynny. Ac fe welodd e'r car nesaf hefyd wrth droi i ddilyn sgwtyr Rysti. Beth ddylai ei wneud? Os âi at yr heddlu byddai'n rhaid iddo gyfaddef ei fod wedi treulio'r nos o fewn canllath i'r fan ble canfuwyd y ferch. Byddai'n dweud y pethau anghywir, yn baglu dros ei eiriau. Swniai'n hynod amheus ei fod wedi cuddio i wylio'r puteiniaid cyhyd. A beth os gwelwyd ef gan y merched ar y stryd?

Roedd sŵn uchel yn ei glustiau erbyn hyn. Simsanodd ei ffordd at y fainc agosaf er mwyn rhoi ei ben rhwng ei ben-liniau. Synhwyrodd bobl yn cerdded heibio iddo. Ni fyddai neb yn sylwi arno, meddyliodd, yn y rhan honno o'i ymennydd a ddaliai i weithio. Heb eillio – a thyfai ei farf yn gryf fel un ei dad – a chyda'i ddillad yn dangos olion porfa, edrychai'n union fel un o bobl y stryd.

'Erful? Wyt ti'n iawn?'

Cododd ei olygon. Safai Buddug o'r banc ar y llwybr, yn dal ei chot at ei gwddf rhag y gwynt, a'i bag llaw dros ei hysgwydd. Ysgafnhaodd ei galon am eiliad, ond gwelodd ei bod wedi tynnu ei haeliau at ei gilydd.

'Odw, diolch,' meddai, gan chwilio am ryw esgus. 'Dwi'n credu bod y ffliw arna i, dyna i gyd.'

Ni allai ddweud celwydd ac edrych yn syth ati, felly canolbwyntiodd ar ei thraed. Roedden nhw'n symud yn ansicr wrth iddi roi ei phwysau ar un droed ac yna'r llall.

'O'n i'n gwbod taw fel hyn fydde hi,' meddai Buddug yn ddiamynedd. 'Weles i ti pw' nosweth gyda'r groten 'na ar y sgwtyr. Wedes i wrth y gŵr na fydde dim da yn dod o hynny. Nid rownd y tafarne yw dy le di, Erful. Beth ddywede dy fam? Roedd hi'n arfer dy gadw di mor deidi. Dyle fod cywilydd arnat ti.'

Roedd yr ymosodiad geiriol mor annisgwyl ac mor annheg, ymatebodd Erful heb feddwl.

'Cywilydd am beth? Nid plentyn odw i. A ches i ddim un ddiod feddwol ers dyddiau, yn wahanol i chi a'ch gŵr, yn amlwg.' Cododd ar ei draed a'i gweld yn camu 'nôl mewn braw. Sylweddolodd am y tro cyntaf gymaint talach na hi ydoedd. Arferai feddwl amdano'i hun fel rhywun bach, tila. 'Peidiwch â phoeni,' meddai. 'Fyddwch chi ddim yn gorfod bod yn neis wrtha i ar ddydd Iau o hyn ymlaen. Bydd yn rhaid i chi ddod o hyd i rywun arall diniwed i fod yn nawddoglyd wrtho.'

Trodd a'i gadael yn dal i sefyll yn ei hunfan. Camodd dros y glaswellt yn ôl i gyfeiriad y dref. Gwthiodd ei ddwylo i'w bocedi i'w hatal rhag crynu a chymerodd sawl anadl ddofn. O ble ddaeth y geiriau creulon? Ni wyddai, a theimlodd wrid yn codi drosto. Ni siaradodd â neb fel yna erioed o'r blaen. A pham Buddug, o bawb? Rhaid ei fod wedi sylwi, yn isymwybodol o leiaf, fod rhywbeth tu ôl i'w charedigrwydd, a bod rhyw ran ohono wedi digio wrthi, a storio'r wybodaeth. O edrych yn ôl trwy ei gof, gwelodd hi'n gwenu'n arwyddocaol ar ei chyd-weithwyr pan ddynesai Erful at y cownter. Clywodd hi'n codi mymryn ar ei llais, nid er mwyn iddo'i chlywed drwy'r gwydr, ond er mwyn i'r clerciaid eraill ddeall mor garedig ydoedd i'r pŵr dab hwn, gyda'i filiau nwy anghywir, a'i ddefodau ariannol chwerthinllyd. Nid oedd hi wedi medru gweld unrhyw gysylltiad rhwng y dyn o'i blaen a'r miloedd yn ei gyfrifon.

Sleifiodd heibio i'r car heddlu a oedd yn dal i sefyll ar ben y rhodfa. Roedd hi'n haws peidio â thynnu sylw nawr a thorf wedi ymgasglu, yn smalio pryder ond yn llawn chwilfrydedd afiach.

Dilynodd y ffordd i lawr i'r dde a chyrraedd y strydoedd siopa o'r pen arall. Erbyn iddo groesi i'r stryd lle trigai Rysti, teimlai'n well. Byddai'n cnocio ar ddrws ei fflat ac yn aros iddi gerdded i'w agor. Byddai'n dweud wrthi fod yn rhaid i'r ddau ohonynt fynd at yr heddlu.

Gollyngodd ochenaid o ryddhad pan welodd hi'n gyrru ei sgwtyr ar hyd y stryd. Edrychai'n gysglyd ac roedd y cerddwyr yn gorfod neidio allan o'r ffordd rhag cael eu sathru ganddi. Safodd Erful wrth y groesfan tan iddi ei weld. Gwgodd arno.

'Sdim isie gofyn a wyt ti wedi clywed,' meddai'n sarrug, heb arafu. 'Mae golwg fel ci ag asgwrn arnat ti.'

Cerddodd Erful wrth ochr ei cherbyd. Sut cafodd hi wybod? Hwyrach bod ganddi radio yn y fflat, er na welodd unrhyw ohebydd na chamera teledu ger y rhodfa.

'Cochen oedd hi,' meddai.

O gil ei lygad gwelodd hi'n cnoi ei boch ond ddywedodd hi ddim byd.

'Siôn ddaeth o hyd iddi,' ychwanegodd Erful. 'Wedi'i lapio mewn sachau sbwriel wrth ddrws y storfa ble mae e'n cadw'r stondin dros nos.'

Enynnodd hyn ymateb.

'Mae'r Glas ar ei gefen e, 'te.'

'Maen nhw wedi bennu ag e am nawr. Mae e wedi mynd gartre am y dydd. Roedd e wedi'i siglo'n ddifrifol.'

'Geiff e ddim llonydd am hir, gei di weld. Lwcus bod ei gar e'n ffwt ac yn y garej ers wthnos a mwy. Fel arall, bydden nhw drosto fe fel rash. '

Ni wyddai Erful hynny, ond calonogwyd ef gan yr wybodaeth. Heb gludiant ni fedrai fod wedi cludo'r ferch o'i gweithle dan yr arwydd i safle'r gyflafan. Yna trawyd ef gan syniad. Roedd gan Siôn bartneres, er na welodd hi erioed.

'Oes car 'da'i wejen?'

Cododd Rysti ei hysgwyddau.

'Mwy na thebyg. Mae angen un ar bawb mas yn y wlad.'

Suddodd ei galon unwaith eto. Daethant at droad arall yn y ffordd a throdd Rysti ato.

'Ble wyt ti'n mynd nawr?' gofynnodd.

Tynnodd Erful anadl ddofn.

'O'n i'n gobeithio y bydden ni'n dau'n mynd at yr heddlu a dweud beth welon ni neithiwr,' meddai'n wylaidd. Roedd hyn yn bell o'r brawddegau a luniodd ymlaen llaw, ond roedd ei ddewrder wedi pylu.

'Ti'n blydi jocan! Fi'n mynd at yr heddlu? Ddim byth!'

'Ond welon ni ddi gyda chwsmeriaid . . .'

'Welest ti ddi. Dim ond Rici Wyn weles i, ac roedd hi'n fyw ar ôl hynny.' Gweithiodd ei cheg yn ddig. 'Dyle'r dwpsen fod wedi sylweddoli'i bod hi wedi cael dihangfa a'i gadel hi am y nos. Cer di, os wyt ti moyn cael dy ame.'

'Bydden nhw ddim yn fy ame i 'taset ti gyda fi. Plîs, Rysti, alla i ddim mynd ar fy mhen fy hunan. Bydden i'n dweud y pethe anghywir. Ac mae gyda fi wybodaeth ychwanegol, bwysig.'

Tynnodd Rysti wep anghrediniol.

'Beth?'

'Weles i rif car y cwsmer nesa ar ôl Rici Wyn. Fel o'n ni'n troi 'nôl am y dref.'

Gallai weld y frwydr rhwng chwilfrydedd ac ofn yn ei hwyneb. Yna siglodd ei phen.

'Sai moyn gwbod,' meddai'n gyflym a throi'r cerbyd i'r cyfeiriad arall.

Galwodd Erful ar ei hôl, ond nid arafodd, er y gwyddai iddi ei glywed. Yn ddiflas, gwyliodd hi'n treiglo ymaith. Nid oedd diben ceisio'i darbwyllo. Dim ond digio a styfnigo mwy a wnâi. Ac roedd e wedi blino'n siwps.

PENNOD 12

Roedd yn amser cinio cyn i Erful fedru gorwedd ar y soffa a chysgu. Sylweddolodd fod yn rhaid iddo godi arian parod cyn trannoeth, ac felly, ar ôl disgyn oddi ar y bws, aeth i'r tŷ a mofyn ei gerdyn cyn ymlwybro'n flinedig i'r twll yn y wal ger y siopau cyfagos. Er bod codi arian o'r fan honno'n teimlo'n rhyfedd, roedd hefyd yn rhyw fath o ryddhad. Gorfodwyd ef i gamu allan o'i rych undonog. Cofiodd y byddai angen swper arno, a chan barhau i deimlo'n fentrus, prynodd ddau dun o ffa pob gyda selsig, dwy nectarîn a mwy o laeth.

Caeodd ei lygaid yn ddiolchgar o'r diwedd a llithrodd gweddill y prynhawn heibio. Pan ddihunodd roedd ganddo ben tost, ac a chwsg yn dal yn anfodlon ei adael, aeth i'r gegin i ferwi'r tecyl. Gwelodd ei adlewyrchiad yn ffenestr lydan y gegin. Roedd golwg arno, ond beth oedd diben cael cawod ac eillio nawr? Dylai olchi ei ddillad brwnt hefyd. Gwnâi'r cyfan cyn mynd i'r gwely wedi newyddion deg. Er bod ei gorff yn dal i weiddi am gael gorffwys, penderfynodd fod hwn yn gyfle da, ac yntau eisoes yn edrych fel trempyn, i fynd i'r afael â'r ystafell ar y llawr uchaf. Llusgodd ei hun i fyny'r grisiau a dechrau clirio'r blychau a adawodd ar y landin. Roedd yn rhaid wrth bedair taith i'r drws cefn i gael gwared arnynt. Erbyn hyn roedd ei goesau'n brifo a'i stumog yn grwnsial yn llafar, ond aeth â'r sachau allan i'r garej a syllu'n fodlon arnynt. Gwthiodd gymaint ohonynt ag y medrai i'r bin ar olwynion. Roedd y blwch ailgylchu'n llawn cardbord eisoes. Gallai fynd â hwnnw i'r fynedfa nawr.

Wrth iddo ddod allan o'r garej, sylwodd nad oedd ei gymdogion wedi dychwelyd o'u gwaith. Gwingodd drws y garej ar ei golfachau wrth iddo'i dynnu i lawr a llusgodd Erful y blwch mawr du am yn ôl i lawr y fynedfa a'i osod ble na fyddai car Surbwch yn bacio drosto.

'Hei!' meddai llais. Neidiodd Erful, wedi dychryn, a throi'n araf.

Safai Mistar Elmer ar y palmant yn syllu arno. Cymerodd gam tuag ato, ac yna pwyso'n drwm yn erbyn y piler. Syllodd yn ddwys ar y llawr a gallai Erful glywed bod ei anadl fel megin yn ei frest. Nid oedd wedi sylwi nad oedd golau i'w weld yn unman yn y tŷ gyferbyn.

'Odych chi'n iawn?' gofynnodd.

'Nadw,' meddai'r hen ŵr yn sarrug, gan glirio'i wddf a phoeri. 'Mae'r jawled wedi cloi'r drws a 'nghau i mas. Sdim sens.'

Daeth pwl o beswch cas drosto a chrymodd ei ben. Gwelodd Erful linynnau o fflem yn disgleirio wrthynt iddynt ddisgyn o'i geg. Arhosodd iddo ddod ato'i hun.

'Oes bwyell i gael 'da chi?' gofynnodd ei gymydog.

'I beth?'

'Torri'r drws, wrth gwrs.'

Siglodd Erful ei ben yn fud. Er ei bod yn prysur dywyllu, rhaid bod Mistar Elmer wedi dirnad y symudiad, oherwydd gwnaeth sŵn wfftio diamynedd yn ei wddf. Trodd ei gorff yn ôl at ei dŷ, heb symud ei goesau, ac wrth iddo wneud hynny gwelodd Erful rywbeth yn sgleinio ar ei frest. Nid oedd am fynd gam yn agosach ato, felly hoeliodd ei lygaid arno. Gwelodd yr hen ŵr hynny hefyd.

'Beth 'ych chi'n staro arno'r bwbach?' cyfarthodd.

'Yr allwedd,' meddai Erful, ac yna'n fwy beiddgar (gallai redeg yn gyflymach na'i gymydog, wedi'r cwbl), 'Mae gyda chi allwedd ar gorden rownd eich gwddf.'

Ymbalfalodd Mistar Elmer yn ddieffaith.

'Celwydd!' meddai, ond pan gyffyrddodd ei fysedd â hi o'r diwedd, edrychodd arni'n syn. 'Jawled ewn 'yn nhw!' meddai dan ei anadl.

Cododd ei law ar Erful, a'i dynnu'i hun o'r piler. Gwyliodd Erful ef gan obeithio y gallai ddod i ben â chroesi'r stryd a datgloi drws ei dŷ. Ond nid oedd Mistar Elmer wedi gorffen.

'Nid draw fan'na dwi i fod, chweld,' meddai, gan chwifio braich at ei gartref.

Ni ddywedodd Erful ddim. Pwyntiodd Mistar Elmer fys esgyrnog tuag at dŷ Erful.

''Na ble dwi i fod. Ond mae hi'n pallu. Y crwt dwl 'na sy 'da'i. Dwi wedi dweud a dweud. Rho fe i gadw'n rhwle. Hôm, chi'n gwbod. Ond wneith hi ddim.' Amneidiodd yn bendant iddo'i hun, fel pe bai'n ail-fyw'r sgwrs. Yna, yn herciog, croesodd yr heol heb edrych yn ôl.

Dihangodd Erful i'w gartref. Diffoddodd y goleuadau a sefyll o'r golwg wrth y ffenestr er mwyn sicrhau na ddeuai dim niwed i'w gymydog. Ni allai wneud synnwyr o'u sgwrs, ond wedyn, nid oedd wedi llwyddo i ddeall beth yn union oedd yn digwydd ym mywyd Mistar Elmer ers cryn amser bellach. Sylweddolodd iddo fod yn dyst unwaith eto i'r ffenomen a welodd o'r blaen, sef bod rhywbeth o flaen llygaid Mistar Elmer, ond nid oedd fel pe bai'n ei weld na'i ddeall. Gyda phwy y credai yr oedd yn siarad pan grybwyllodd y 'crwt dwl'? Nid fe, Erful, oherwydd ef oedd y 'crwt dwl'. Hwyrach gan nad oedd wedi eillio credodd ei gymydog mai Surbwch ydoedd. Eto, roedd ei lygaid yn ddigon siarp weithiau. Gwyliodd ef yn straffaglu i agor y drws heb dynnu corden yr allwedd dros ei ben. Llwyddodd o'r diwedd ac arhosodd Erful nes i'r goleuadau llachar ddechrau ymddangos bob yn un cyn mynd i'r gegin.

Safodd gan syllu ar y stof am eiliad. Os nad oedd am fwyta'r ffa pob a selsig yn oer o'r tun, byddai'n rhaid iddo'i chynnau. Gwyddai sut i wneud hynny, ond pan na fedrai ei fam gyrraedd y gegin mwyach i'w oruchwylio, gwaharddwyd ef rhag ei chyffwrdd. Dyna ddechrau'r holl basteiod a brechdanau. Tynnodd sosban o'r drôr, arllwys cynnwys y tun iddi a chynnau'r nwy. Syllodd yn ddyfal ar y cymysgwch oren a mentro'i droi â llwy. Pan ddechreuodd y bwydach fudferwi diffoddodd Erful y gwres yn gyflym. Cariodd y sosban at y bwrdd a defnyddio'r llwy i fwyta. Gwenodd a chodi i lenwi'r tecyl. Ymhen amser efallai y gallai goginio rhywbeth yn y ffwrn.

Wrth iddo olchi'r llestri gwelodd oleuadau blaen car ei gymdogion yn troi i mewn i'w mynedfa. Nid oedd wedi tynnu llenni'r gegin a theimlai braidd yn rhyfedd yn sefyll wrth y sinc, fel pe bai'n eu gwylio'n fwriadol. Ond pan glywodd glep un drws ac wedyn un arall, a llais uchel Blodyn yn treiddio'n ddig drwy'r gwyll, aeth at y ffenestr. Roedd yn rhy hwyr iddo ddiffodd y golau, a byddai hynny wedi tynnu sylw ato. Safai'r brwsh coes hir gerllaw a dechreuodd sgubo'r llawr. Pe baent yn digwydd edrych, byddai'n sgubo'n ddygn. O gil ei lygad gallai weld Blodyn yn sefyll ac un llaw ar fwlyn y drws. Roedd golau diogelwch y tŷ wedi ei gynnau ac yn tywynnu dros ei gwallt melyn a'r ddau smotyn coch, un ar bob boch.

'Wyt ti'n wirioneddol ddisgwyl i fi gredu hynny?' clywodd. 'Wyt ti'n credu 'mod i'n dwp?'

Roedd Surbwch yn tynnu ei fag dogfennau o'r sedd gefn. Dywedodd rywbeth na allai Erful mo'i glywed, yn bennaf oherwydd nad oedd yn gweiddi fel ei wraig, ond hefyd am nad oedd ei lais dwfn mor dreiddgar. Ymsythodd a slamio drws y car. Trodd Erful ei gefn atynt a pharhau i sgubo. Pan siaradodd Surbwch eto, roedd ei lais yn fwy eglur.

'Wyt ti'n mynd i sefyll fan'na drw'r nos yn brygowthan, ble gall pawb glywed?'

'Ers pryd wyt ti wedi poeni am beth all pobol eraill weld a chlywed?' atebodd Blodyn.

Ateb da dros ben, meddyliodd Erful. Roedd yn well ganddo'r wraig na'i gŵr. Roedd Blodyn yn berson mwy caredig na Surbwch, yn fwy parod i gynnig cymorth. Clywodd ddrws y tŷ'n cael ei agor a'i gau a throdd yn ôl at y ffenestr. Beth ddigwyddodd rhyngddynt i beri'r fath gweryl? Neithiwr roeddent fel pâr o gariadon yn eu harddegau. Gorffennodd sychu'r llestri. Sut oedd perthynas yn gweithio, tybed? Er na fyddai bellach yn gwylio'r operâu sebon a fu mor agos at galon ei fam, gwyddai fod cweryla a maldodi'n chwarae rhan fawr yng ngharwriaethau'r cymeriadau. Arferai hynny ei wneud yn anghysurus, er mai actio sgript yr oeddent. Roeddent mor afresymol, yn gwylltio mor gyflym ac yn tynnu'r casgliadau gwaethaf o bopeth. Crybwyllodd hynny unwaith wrth ei fam, wedi pennod arbennig o emosiynol, ond dim ond siglo'i phen wnaeth hi.

'Gall cariad fod yn salw ac yn brydferth ar yr un pryd,' oedd ei hateb synfyfyriol.

'Shwd hynny?'

'Am fod y teimlad mor gryf ac mor dda, mae pobol yn mynd yn ofnus o'i golli fe. Ac mae hynny'n eu gwneud yn genfigennus ac yn gas. Dyw e ddim werth y drafferth, Erful bach, cred ti fi.'

Nid oedd Erful yn sicr nawr ai am gariad neu am ryw roedd hi'n siarad. Ai dyna gymhelliad llofrudd y merched? Ai cenfigen a'i cynhyrfai i'r pwynt ble lladdai hwy? Ond does bosib y credai eu bod yn ei garu ef yn unig? Eu busnes nhw oedd cael rhyw gyda phobl. Aeth yn ôl i'r ystafell fyw gan ddal i bendroni. Gwnaeth cweryl ei gymdogion iddo feddwl am Miss Llewelyn a'i gŵr. Roedd yn rhyfedd iddo fod mor gywir yn ei ddadansoddiad o'u perthynas nhw, ar sail cipolwg o lai na deg eiliad. Tybed a oedd Surbwch hefyd yn ymweld â phuteiniaid? Falle ddim, os oedd Blodyn yn barod i wneud pethau ych-y-fi gydag ef yng ngŵydd y cymdogion. Ond rhaid bod llawer o ddynion yn gwsmeriaid, a barnu yn ôl y nifer helaeth o buteiniaid yn y dref hon yn unig, a rhaid bod cyfran dda o'r dynion eisoes yn briod. Gallai'r llofrudd fod yn mynd adref gan ymddwyn yn hollol normal o flaen ei wraig a'i deulu. Nid oedd modd creu darlun cynhwysfawr o'r math o ddyn a wnâi beth fel hyn. Gallai fod yn unrhyw un, ni waeth beth ddywedai'r ymgynghorwyr seicolegol.

Roedd awr dda cyn deuai newyddion deg. Digon o amser i gael cawod, eillio a rhoi ei ddillad yn y peiriant golchi. Ymhen hanner awr roedd e 'nôl ar y soffa, a dishgled arall o de ar y bwrdd coffi o'i flaen. Daeth o hyd i'w ŵn gwisgo yn y wardrob a'i gosod dros ei byjamas. Ni chredai ei fam mewn gorweddian o gwmpas y tŷ yn eich dillad nos. Cedwid gynau nos ar gyfer salwch yn unig. Pwysodd yn ôl yn hamddenol a chau ei lygaid, yn mwynhau'r teimlad o fod yn lân ac yn gysglyd ac, i ryw raddau, o fod yn feistr ar ei ffawd ei hun.

Gan deimlo cwsg yn cripad drosto, eisteddodd i fyny a chlicio'r botwm ar y rheolwr o bell. Yn ffodus roedd rhaglen gwis yn ei hanterth, a rhwng synnu at ddiffyg gwybodaeth y cystadleuwyr a'u cyffro anhygoel, ac ateb y cwestiynau ar eu rhan, llwyddodd i gadw ar ddihun. Roedd gan Huw Edwards dei arall nas gwelodd o'r blaen ond prin y sylwodd arni. Roedd llun anferth o rodfa Maeseifion ar y sgrin tu ôl iddo. O'r diwedd, roedd y llofruddiaethau'n derbyn sylw haeddiannol. Gwrandawodd yn astud ar y disgrifiad o ddarganfyddiadau'r bore hwnnw. Rhaid bod Elin Meillion a'i chriw wedi cyrraedd ar ôl iddo adael. Gwgodd pan welodd y Digywilydd yn sefyll yn bwysig yn union y tu ôl iddi – beth oedd ganddo fe i'w wneud â'r peth? Symudwyd i ddadansoddiad o'r marwolaethau. Cawsant luniau o Aeres a Wilma o rywle, a'r ddynes nas adnabu, Candi Mei. Mor hen yr edrychent, y tair, fel pe bai pwysau'r byd ar eu hysgwyddau. Nid oedd Cochen yn ferch ifanc, chwaith. Pendronodd am hyn. Tybed a oedd eu prisiau'n gostwng wrth iddynt fynd yn hŷn? Efallai eu bod yn barod i gymryd cwsmeriaid â gofynion a wrthodid gan y merched iau am nad oedd busnes cystal. Eto, wedi iddynt fod yn buteiniaid am flynyddoedd maith, dylent wybod o brofiad sut i fod yn siarp a hynod wyliadwrus. Oni fyddai'n haws twyllo merched ifanc iawn?

Roedd y lluniau ar y sgrin wedi newid eto. Roedd yr heddlu wedi cynnal cynhadledd i'r wasg y prynhawn hwnnw. Eisteddai tri ohonynt yn un rhes mewn rhyw ystafell lom, dau mewn iwnifform, a'r Prif Arolygydd John Roderick mewn dillad cyffredin ar y pen. Dywedodd y pennawd ar y gwaelod mai'r Dirprwy Brif Gwnstabl oedd un ohonynt. Doedd ganddo fe ddim llawer i'w ddweud, ond roedd y dyn yn y canol, Swyddog y Wasg, yn amlwg wedi hen arfer wynebu'r camerâu. Sgleiniai'r stwff gludiog yn ei wallt dan y goleuadau grymus, ac wrth iddo siarad, gwelodd Erful fod y Prif Arolygydd yn edrych arno o gornel ei lygad. Hwyrach ei fod yn anfodlon treulio amser oddi ar yr achos. Eisteddai gan bwyso'i freichiau ar y bwrdd, fel pe bai'n chwilio am gyfle i adael. Yn nhyb Erful, nid oedd unrhyw amheuaeth pwy oedd yn gyrru'r ymchwiliad yn ei flaen. Daeth llais o'r cefn.

'Ydych chi'n credu fod rhywun yn llochesu'r llofrudd?'

Lledaenodd John Roderick ei ddwylo.

'Mae hynny bob amser yn bosib. Yn achos marwolaethau Mags Roberts a Wilma Mackinnon, byddai gan y llofrudd waed ar ei ddillad yn bendant. Byddai hynny'n anodd i'w guddio.'

'Oes gennych chi neges i'r llofrudd?'

Cliriodd John Roderick ei wddf a syllu i lygad y camera. Edrychodd Swyddog y Wasg arno'n bryderus, ond anwybydd-odd ef.

'Nac oes, nid i'r llofrudd yn uniongyrchol. Ond mae gen i neges i drigolion Maeseifion a'r cylch. Os oes gan unrhyw un wybodaeth ynghylch y llofruddiaethau hyn, neu am fywydau'r merched hyn cyn iddyn nhw gwrdd â'u diwedd erchyll, dewch aton ni, da chi. Does ganddon ni ddim diddordeb gwybod sut cawsoch chi'r wybodaeth hon – os oeddech chi'n gwsmer, er enghraifft. Dwi'n argyhoeddedig fod gan rywun yn yr ardal y darn tyngedfennol o wybodaeth a fydd yn ein harwain at y llofrudd.'

Ymhell wedi i'r newyddion symud at bwnc arall, daliai Erful i syllu ar y sgrin. Teimlai'n euog. Gydag ef y siaradai'r

Prif Arolygydd. Cododd a mynd at y ffôn. Ond ni roddodd ei law arno. Meddyliodd am ei adduned i ymchwilio i'r achos ac estynnodd ei fysedd, cyn eu tynnu 'nôl yn ofnus. Sut gallai fynd atynt a chlapian ar ŵr Miss Llewelyn? Gwelodd ei gar, siŵr iawn, ond medrai rhywun arall fod yn ei yrru. Sut gallai dynnu nyth cacwn am ben rhywun a fu mor garedig wrtho? Wedi'r cyfan, gallai ei gŵr, pa mor anodd bynnag yr oedd i fyw gydag ef, fod yn ddim ond cwsmer. Diffoddodd y teledu a golchi ei gwpan te yn y gegin, a'i feddwl ymhell. Pe medrai gynnull rhagor o wybodaeth, gallai fynd wedyn at y Prif Arolygydd a nodi hynny, heb grybwyll Miss Llewelyn o gwbl. Roedd yn dal i feddwl bod cnewyllyn y peth ynghlwm wrth y ddwy a fu'n gyd-ddisgyblion iddo. Poenai hyn ef, oherwydd byddai hynny hefyd o bosib yn eu harwain yn y pen draw at Miss Llewelyn a'i gŵr. Ymlwybrodd i fyny'r grisiau i lanhau ei ddannedd. Mwy na thebyg byddai ei gyn-athrawes yn ei gasáu am weddill ei hoes am helpu'r heddlu i ddal ei gŵr, ond efallai, ymhen hir a hwyr, maddeuai iddo a deuai i weld iddo wneud yr hyn oedd yn iawn.

Cyn dringo i'w wely, edrychodd drwy'r llenni. Un golau oedd yn disgleirio o dŷ Mistar Elmer nawr, a hwnnw yn yr ystafell fyw. Gallai weld ffigwr yn eistedd mewn cadair freichiau o flaen y teledu. Tynnodd Erful y cynfasau dros ei ysgwyddau a chau ei lygaid yn ddiolchgar.

PENNOD 13

DYWEDAI'R CLOC ei bod hi'n hanner awr wedi pump y bore, er i Erful fod ar ddihun am sbel dda.

Gorweddodd yn llonydd gan obeithio cysgu eto, ond yn ofer. Roedd y wawr yn ystyried torri. Meddyliodd am yr ystafell bendramwnwgl ar y llawr uwchben na ddidolodd ond y ddegfed rhan ohoni. Cystal achub ar y cyfle i wneud mwy. Gwisgodd ac ymolchi a mynd lawr i'r gegin dywyll. Agorodd y llenni'n awtomatig. Daliai'r golau i ddisgleirio yn ystafell fyw ei gymydog, er na allai weld p'un a oedd yn parhau i eistedd yno ai peidio. Erbyn iddo fwyta'i greision roedd mwy o olau tu allan. Gorffennodd ei de, bachu'r rholyn o sachau duon a dringo i lawr uchaf y tŷ.

Agorodd y drws yn ofalus, rhag cyfrannu'n anfwriadol at yr annibendod. Sylwodd fod rhai o'r blychau bron â bod yn cyffwrdd â'r bwlb noeth a grogai o'r nenfwd. Gwyddai o brofiad poenus fod bylbiau'n poethi. Dyna'i orchwyl cyntaf, felly. Ymestynnodd am y blwch uchaf a'i ddal wrth iddo lithro i lawr. Siglodd y bwlb yn ôl ac ymlaen, gan anfon cysgodion sinistr ar garlam dros y pentyrrau. Trodd Erful ei gefn ar y tryblith yn benderfynol a gosod y blwch trwm ar lawr y landin. Hen lenni oedd ynddo, ac yn y gwaelod bâr o esgidiau y cofiai eu bod yn rhy dynn. Efallai y dylai fynd â rhai pethau i'r siop elusen. Nid oedd ôl traul ar yr esgidiau nac ar rai o'r llenni. Fe'u gosododd mewn sachau ar wahân. Aeth yn ei flaen, gan ddethol a thaflu. Nid oedd eisiau i'r bagiau elusen fynd yn rhy niferus. Wedi'r cyfan, byddai'n gorfod eu cario i'r dref, un sach ar y tro. Gwelodd ei fod wedi clirio llain o garped tua metr sgŵar. Roedd arno batrwm oren a phinc llachar o'r saithdegau. Ni chofiai'r carped, ond nid oedd hynny'n syndod. Ei dad oedd piau'r llawr uchaf. Cariodd y llwyth cyntaf i lawr i'r garej. Roedd golau i'w weld yn un neu ddau o'r tai eraill ar y stryd erbyn hyn, er nad oedd y drafnidiaeth arferol i'w chlywed eto.

Agorodd gaead y bin ar olwynion yn obeithiol ond roedd yn llawn. Roedd ganddo ddigon o sachau eisoes i lenwi'r bin am fis a mwy. Cymerai flynyddoedd i glirio'r ystafell os oedd y gwaith mor llafurus â hyn. Wrth iddo lusgo'r bin mawr i ben y fynedfa, clywodd ddrws blaen Surbwch a Blodyn yn agor. Trodd ei ben i weld y wraig yn llusgo'u bin nhw yn yr un modd.

'Bore da,' meddai, gan wenu'n swil arni. 'Oes angen help llaw arnoch chi 'da hwnna?'

'Mae'n iawn, diolch,' atebodd. 'Dyw e ddim yn drwm – gyda'r holl ailgylchu, 'sda fi ddim llawer i roi ynddo fe'r dyddiau hyn.'

Syllodd arno'n ceisio gwthio'r sachau'n ddyfnach i'w fin ef.

'Dwi'n clirio,' eglurodd Erful.

Roedd hi wedi gweld y pentwr sachau yn y garej a thynnodd wep o gydymdeimlad.

'Grondwch, rhowch gwpwl o fagie yn ein bin ni. Mae digon o le.'

Roedd Erful yn manteisio ar ei chynnig pan ymddangosodd Surbwch yn dylyfu gên.

'Mae Erful yn clirio,' eglurodd Blodyn.

'Ody fe?' meddai ei gŵr yn sych. 'Mae isie sgip arno fe, 'te, on'd oes e? Watsia bod y caead lawr, neu gymeran nhw ddim o'r bin o gwbwl.'

Dringodd i'r car heb air pellach. Gwenodd Blodyn yn ymddiheurol a chodi llaw ar Erful cyn ymuno ag ef. Sylwodd i'w gwên ddiflannu yr eiliad yr oedd hi yn y cerbyd. Gyrasant i ffwrdd heb edrych ar ei gilydd. Roeddent yn dal ar fas, felly.

Ar y bws i'r dre, teimlai Erful fod y gwaith corfforol o lanhau a chymoni wedi gwneud lles iddo'n feddyliol. Roedd ei gynlluniau'n fwy eglur am un peth. Wedi gosod y byrddau a'r cadeiriau – os byddent wedi caniatáu i Siôn roi'r stondin yn ei le arferol – âi i'r llyfrgell a chwilio am Hubert Malinowski. Os rhestrid unrhyw Falinowskis yn unman, byddent yn perthyn i Hubert. Wedyn, byddai'n ffonio Rysti ac yn gofyn iddi ddod gydag ef i ymweld â nhw. Gan nad oedd hynny'r un peth â gofyn iddi siarad â'r heddlu, efallai y byddai'n cydsynio. Ac os gwrthodai, âi ar ei ben ei hun. Roedd yn rhaid iddo weld yr un oedd yn weddill ar restr ei gyfoedion yn 2R.

Roedd yn croesi'r parc pan gofiodd am rywbeth a ddywedodd Rysti, iddi fod yn y dosbarth am sbel cyn iddo yntau gyrraedd. Trawyd ef gan y posibilrwydd fod nifer o bobl wedi gadael y dosbarth yn y ddwy flynedd cyn iddo gael lloches yno. Byddai'n rhaid iddo ofyn iddi. Cyflymodd ei gamau pan welodd fod y stondin yn ei le, ymhlith stondinau eraill Marchnad y Ffermwyr. Nid oedd wedi disgwyl iddo fod, a dweud y gwir, ond wrth iddo nesáu, gwelodd fod yr ale a arweiniai i gefn Neuadd y Dref yn parhau ar gau, a bod heddwas ar ddyletswydd yn gwarchod. Yr hyn a wnâi'r heddwas mewn gwirionedd oedd yfed coffi o un o gwpanau papur Siôn, gan fwrw golwg i fyny ac i lawr y rhodfa a gosod y cwpan i sefyll ar sil ffenestr wrth ei benelin rhwng pob llwnc.

'O'n i'n credu dy fod ti wedi cael ofon a 'ngadael i,' meddai Siôn, gan gnocio'r hen goffi o'r teclyn a'i lenwi o'r peiriant.

Gwenodd Erful a siglo'i ben. Roedd bagad o bobl yn disgwyl cael diod, a brysiodd i osod y dodrefn. Os collodd y stondin elw'r diwrnod cynt, byddai'n sicr yn gwneud iawn am hynny heddiw. Sylwodd Erful fod y cwsmeriaid yn anwybyddu'r cadeiriau ar y naill ochr i'r stondin ac yn tyrru i eistedd yr ochr arall, nesaf at yr ale. Rhoddodd fwy o gadeiriau yn y fan honno, a chwinciodd Siôn yn gymeradwyol arno. Roedd prynu diod boeth yn bris bach i'w dalu am gael bod mor agos at ble canfuwyd y corff. Efallai mai dyna pam y caniatawyd i Siôn ailgodi'r stondin mor gyflym. Byddai o ddiddordeb i'r heddlu i weld pwy oedd yn sefyllian yno'n gwylio. Oherwydd hynny, aeth Erful i eistedd yr ochr draw. Ni chofiai weld y rhodfa mor brysur, hyd yn oed ar ddiwrnod marchnad fel heddiw. Fel rheol, roedd y masnachwyr yn gyrru eu faniau mawr mor agos ag y gallent i'w stondinau i'w dadlwytho. Heddiw roeddent yn ei chael hi'n anodd cael mynediad o gwbl ac yn gorfod cario'u nwyddau ar droed. Roedd Bŵ Fach eisoes wedi bod heibio â'i chrochan, oherwydd safai hwnnw ar y bwrdd gyferbyn, er nad oedd hi i'w gweld. Ymddangosodd pen Siôn drwy'r llen, a herciodd ei fawd arno.

'Cadw lygad ar stondin Bŵ, wnei di?' sibrydodd. 'Mae'n blydi berwi o bobol.'

Cododd Erful a mynd i sefyll o flaen stondin Siôn. Nid oedd am i neb feddwl ei fod yn rhedeg stondin Bŵ Fach. Gallent fod yn disgwyl iddo werthu cawl iddynt. Daliai'r bobl i heidio i fyny ac i lawr y rhodfa, a phob un yn arafu wrth iddynt fynd heibio'r ale. Roedd yn debyg iawn i'r tagfeydd ar y ffordd wedi damwain fawr. Drwy drugaredd, daeth Bŵ Fach i'r golwg yn fuan, bron wedi'i chuddio y tu ôl i dwr o basteiod estron ar hambwrdd. Camodd Erful ati a'i helpu dros y decllath olaf.

Gwenodd ei diolch iddo ac yna taflu cip ar Siôn oedd yn gwneud coffi fel lladd nadredd.

'Ydi fe'n iawn?' sibrydodd.

Ameniodd Erful, yn falch fod rhywun yn cydymdeimlo. Syllodd Bŵ'n ddig ar y cerddwyr.

'Drycha arnyn nhw'n rhythu. Dyle fod cywilydd arnyn nhw.'

Cytunai Erful yn llwyr.

'Sneb yn meddwl am y ferch druan nac am y sioc gafodd Siôn,' meddai.

Siglodd Bŵ ei phen, fel ci yn ysgwyd dŵr oddi ar ei gorff.

'Mae pethau drwg yn digwydd fan hyn,' meddai. '*Feng shui* gwael.'

Cytunodd Erful. Clywodd am *feng shui*, wrth reswm, er nad oedd ganddo syniad manwl o beth a olygai.

'Oes rhywbeth drwg wedi digwydd i chi, 'te?'

Gwthiodd Bŵ gudyn o wallt hir y tu ôl i'w chlust.

'Dwywaith nawr,' meddai, gan ddechrau gosod yr hambyrddau allan. 'Bob tro dwi'n gorfod parcio 'nghar draw fan'na, mae pethau'n digwydd iddo.' Chwifiodd fraich at y llain o dir ryw ganllath i ffwrdd a neilltuwyd ar gyfer cerbydau'r masnachwyr

'Beth yn union?'

Lapiodd Bŵ bastai mewn cwdyn papur a gwenu'n fwyn ar ei chwsmer cyntaf. Arhosodd nes iddi fynd ar ei hynt.

'Tro cyntaf, ar y ffordd gartre, roedd yr egsôst yn gwneud sŵn. Dywedodd dyn y garej fod y bolltau wedi rhydu a thorri am ei fod yn hen a gosododd un newydd yn ei le. Fe gostiodd lot i fi.'

Gwyliodd Erful hi'n cymysgu'r hylif melyn yn y crochan. Oedodd am funud.

'Wedyn, wythnos diwethaf, pan ddechreues i'r car ar ôl i'r farchnad orffen roedd sŵn ofnadwy a mwg a phopeth. Ro'n i ofn symud y car. Galwes i'r garej i ddod i moyn fi. Dywedon nhw nad oedd egsôst i'w weld yn unman! Roedd e wedi diflannu. Ond roedd e yno'r bore hwnnw.'

'Falle na wnaethon nhw ei osod e'n iawn,' awgrymodd Erful.

Tynnodd Bŵ wep sur.

'Dyna beth ddwedes i, ond fedre fe ddim fod wedi diflannu fel'na ar y ffordd yma heb i fi glywed. Ac mae hyn wedi digwydd i bobl eraill hefyd sy'n gadael eu ceir fan 'co. Egsôsts bob tro.'

Aeth ysgryd drwy Erful, fel sioc drydanol. Nid *feng shui* oedd hyn.

'Wna i gadw llygad ar bethau,' meddai.

Edrychodd Bŵ Fach arno'n amheus.

'Ti'n siŵr?' Yn amlwg, allai hi ddim ei ddychmygu'n mynd i'r afael â gang o ladron penderfynol.

'Odw. Sdim camera CCTV yno, oes e?'

Siglodd Bŵ ei phen, ac yna lapio nifer o basteiod mewn papur a'u hestyn iddo.

'Er mwyn rhoi nerth i ti,' meddai â gwên, er bod ei llygaid almon yn annarllenadwy.

Syllodd Siôn arno'n chwilfrydig pan ofynnodd am gaead plastig dros ei gwpan te.

'Gormod o bobol, ife?' murmurodd. 'Wela i di fory, 'te.'

Brysiodd Erful drwy'r dorf gan gario'i de a'i basteiod. Cerddasai heibio i'r maes parcio answyddogol droeon a gweld yr arwydd cyntefig a ddywedai mai ar gyfer deiliaid stondinau yn unig ydoedd. Pe bai'n faes parcio go iawn, byddai yno gamerâu CCTV ac ni fyddai'r lladron wedi meiddio. Pe na bai'r lle mor gyfyng, ni fyddai'r cerbydau wedi cael eu parcio mor agos at ei gilydd, chwaith, nac mor flêr. Safodd Erful am ennyd cyn croesi'r heol. Y tu cefn i'r maes parcio codai hen adeilad â'i ffenestri dan orchudd paneli pren. Edrychai fel dant pwdr ymhlith adeiladau eraill y stryd. Gallai swatio yn ei gysgod, allan o'r golwg tu ôl i'r cerbydau. Roedd yr angen i fedru tynnu nwyddau o gefnau'r rhain wedi gwneud y lladrata'n haws, oherwydd o reidrwydd parciwyd y rhan fwyaf ohonynt â'u trwynau at ei gilydd gan adael y drysau mawr a'r pibellau gwacáu yn haws mynd atynt. Daeth o hyd i encil bach nad oedd yn rhy fudr, a darn o gardbord i eistedd arno. Gosododd ei bicnic yn y gornel allan o'r gwynt. A bod yn gwbl onest, ar ei eistedd ni allai weld fawr ddim ond olwynion ac ochrau faniau, ond cysurodd ei hun na allai neb ei weld yntau, chwaith. Sipiodd ei de, er mwyn gwneud iddo bara.

Sbeciodd Erful yn ddyfal ar bob pâr o draed a nesaodd,

a chlustfeinio ar bob sgwrs. Llamodd ei galon pan ddaeth perchennog stondin yn ôl at ei fan a phlygu i edrych yn ddrwgdybus oddi tano, ond ni welodd ef Erful o gwbl, ac ymadawodd, yn fodlon fod y bibell hanfodol yn dal yn ei lle. Clywodd gloc tŵr yr eglwys yn taro deg. Nid oedd hynny o draed y medrai eu gweld yn trotian mor frysiog erbyn hyn. Aent heibio ling-di-long, perchnogion rhai ohonynt yn gwthio beics, rhai eraill yn llusgo bagiau ar olwynion. Dyma siopwyr wythnosol Marchnad y Ffermwyr, yn hytrach na gweithwyr y swyddfeydd. Cododd ac ystwytho'i goesau gan gyrcydu y tu ôl i fan anferth, yna edrychodd yn ofalus o'i gwmpas. Oherwydd bod y farchnad mor llwyddiannus bu'n rhaid i'r gwarged o stondinau gael eu gosod gyferbyn â'r maes parcio, yn hytrach nag ar y rhodfa ei hun. Safai Deric Ddigywilydd o flaen stondin a werthai botiau garlleg a phicl. Roedd Erful yn falch o weld bod y perchennog yno, ac roedd ar fin encilio i'w loches allan o'r gwynt pan drodd y perchennog i ateb cwestiwn cwsmer arall. Fel sarff yn taro, cipiodd law'r Digywilydd un o'r potiau.

'Hei!' gwaeddodd Erful, cyn y gallai ffrwyno'i dafod.

Edrychai'r perchennog yn betrus a phwyntiodd Erful fys cyhuddol at y lleidr, a oedd erbyn hyn wedi tynnu llawes ei got gamel i lawr dros y potyn, ac yn ceisio'i wthio i'w boced. Trwy lwc, roedd un o warcheidwaid Neuadd y Dref yn digwydd bod ddecllath i ffwrdd. Gwyliodd Erful ef yn brysio i'r fan, ac er na allai glywed yr hyn a ddywedwyd, gorfodwyd i Deric roi'r potyn yn ôl ac arweiniwyd ef ymaith, yn pledio diniweidrwydd. Safodd y perchennog, na welodd Erful mohono o'r blaen, o flaen ei stondin yn dal y potyn picl fel trysor yn ei ddwylo. Yna gwenodd a chodi bawd ar Erful, a gwelodd ef yn trafod y peth gyda pherchnogion y stondinau gerllaw.

Dyna ddiwedd ar ei oruchwyliaeth gudd. Byddai pawb a alwai heibio i'r stondin picl yn cael clywed a byddai llygaid chwilfrydig yn ei hela o hyn allan. Plygodd, codi pasteiod Bŵ a'u gwthio i'w sgrepan. Ac os na chedwid y Digywilydd yn gaeth yn rhywle, ni synnai Erful ei weld yn dod i chwilio amdano a'i fygwth. Byddai'n rhaid iddo feddwl am ffordd arall o wylio'r ceir. O ystyried, efallai y byddai wedi bod yn ddoethach gwylio'r maes parcio o ochr arall y stryd. Sylwodd fod ei gwpan gwag wedi rholio ymaith yn y gwynt er iddo'i osod yn ofalus wrth ei ochr. Byddai wiw iddo adael sbwriel ar hyd y lle. Cyrcydodd i weld i ble'r aeth. Roedd gan y panel pren ar yr hyn a arferai fod yn ddrws i'r adeilad fwlch chwe modfedd rhyngddo a'r llawr. Rholiodd y cwpan drwy'r bwlch. Estynnodd Erful ei law amdano ac yna safodd yn stond. Roedd cysgod rhywbeth yn symud y tu ôl i'r panel. Pwysodd ei glust yn erbyn y pren. Deuai sŵn egwan o'r tu mewn, fel brethyn yn rhwbio. Disgynnodd ar ei bedwar a cheisio craffu i weld, ond roedd y tywyllwch y tu mewn yn drech nag ef. Credodd iddo weld papurau ar y llawr, ac yna, wrth i'w lygaid ymgynefino, gwelodd rywbeth metel yn sgleinio yn y cysgodion. Rhyw fath o beipen wedi'i chysylltu â silindr mwy o faint.

Cododd yn araf a meddwl. Y peth call i'w wneud fyddai mynd i mofyn un o'r gwarcheidwaid. Byddai ef yn gwybod sut i ganfod perchennog yr adeilad ac yn medru cael caniatâd i fynd i mewn iddo. Ar y llaw arall, gallai hynny gymryd wythnosau, ac ni fyddai ef yn rhan o'r broses. Dilynodd yr adeilad i'r pen, gan deimlo ymylon bob panel, ond roedd pob un wedi'i sgriwio'n dynn yn ei le. Rhaid bod modd mynd i mewn o'r cefn, felly. Tyfai llwyni trwchus dros y llwybr a wahanai'r adeilad oddi wrth ei gymydog, a gadawyd bagiau sbwriel yno. Edrychent yn hen, ond roedd yr un agosaf at fur yr adeilad wedi'i wasgu i lawr fel pe bai wedi cael ei ddamsiel yn fwriadol. Eto, nid oedd mynedfa weladwy drwy'r canghennau isel. Gwthiodd Erful hwy'n ofalus, ac er mawr syndod iddo syrthiasant yn ôl yn un pentwr a gwelodd iddynt gael eu gwau'n fwriadol yn fframwaith caeedig. Edrychodd o'i amgylch, ond ni allai weld neb yn ei wylio. Camodd drwy'r bwlch yn y gwyrddni a phlethu'r canghennau yn ôl i'w lle.

Bwlch cul oedd rhwng mur yr adeilad a'r llwyni, ond roedd ôl cerdded ar y ddaear dan ei esgidiau. Chwipiodd y llystyfiant ei ddillad a sylwodd fod rhai brigau wedi'u torri yma ac acw. Edrychodd yn nerfus dros ei ysgwydd, ond nid oedd neb yn ei ddilyn. Gan droedio'n ofalus, cyrhaeddodd gefn yr adeilad. Arhosodd ac edrych rownd y gornel cyn mentro ymhellach. Bu rhyw fath o ardd yma flynyddoedd yn ôl, ond erbyn hyn roedd yn llawn coed a mieri. Tyfai'r rhain droedfeddi uwch ei ben, gan ffurfio canopi yn erbyn y mur, ond roedd darnau o fflagiau cerrig yn dal yn eu lle, ble na chawsant eu gwthio i fyny gan y planhigion. Delfrydol, meddyliodd Erful, oherwydd nid oedd dim i'w weld o'r stryd, nac ychwaith o unrhyw ffenestri llofft yn yr adeiladau o boptu. Ni allai weld hyd yr ardd ond roedd llwybrau bach yn arwain yma ac acw drwy'r tyfiant, ac aroglau sur, anghynnes yn awgrymu nad oedd tŷ bach gweithredol o fewn yr adeilad mwyach. Gallai glywed siffrwd creadur bach yn chwilota yn nyfnderoedd y mieri, ond heblaw am hynny roedd popeth yn dawel.

Fel y tybiodd, roedd yno ddrws cefn. Safodd o'i flaen gan geisio penderfynu beth i'w wneud nesaf. Ei reddf oedd peidio â mynd gam ymhellach. Gallai fynd 'nôl a dweud wrth rywun. Efallai y deuai Siôn yno gydag ef, neu hyd yn oed Bŵ Fach. Ond hwyrach na fedrent adael eu stondinau ar fore mor brysur. Ac os dywedai ei fod wedi canfod y pibellau, câi'r heddlu eu galw siŵr o fod, a byddai hynny'n drueni, oherwydd collai ei gyfle i siarad â Hubert Malinowski. Dechreuodd fwrw glaw a theimlodd ddiferyn yn rhedeg i lawr ei war o'r dail uwchben. Tynnodd anadl ddofn a rhoi tair cnoc galed ar y pren. Roedd y llofruddiaethau'n bwysicach na'r egsôsts, wedi'r cyfan.

Ni ddaeth ateb, ac ni chlywodd ddim a awgrymai fod unrhyw un yno. Cnociodd eto, heb lawer o obaith, ac roedd wedi troi yn ôl at gornel y tŷ'n siomedig pan glywodd folltau'n cael eu hagor. Dymunai redeg nawr, ond gorfododd ei hun i droi. Safai'r Barf ar y trothwy, yn llenwi'r adwy ac yn syllu arno'n fud. Cliriodd Erful ei wddf.

'Mae'n ddrwg 'da fi,' meddai. 'O'n i'n credu taw rhywun arall oedd yn byw yma.'

Cnodd y Barf ar rywbeth gwythïog am eiliad ond ni ddywedodd ddim. Nid edrychai fel pe bai ar fin cythru amdano, chwaith, ond nid oedd modd gwybod. Roedd ceg Erful yn sych, ond sugnodd boer a'i lyncu.

'Dwi'n edrych am Hubert Malinowski,' meddai'n gryg. 'Ro'n ni yn yr ysgol gyda'n gilydd. Falle'ch bod chi'n ei nabod e.'

Poerodd y Barf weddillion ei gegaid i'r mieri, ac yna safodd i'r naill ochr a gwneud ystum â'i fraich. A chyda'i osgo cynnil, anogodd Erful i'w ddilyn. Erbyn i Erful gyrraedd y trothwy roedd e'n aros amdano wrth ddrws a arweiniai i berfeddion y lle. Gwnaeth yr ystum â'i fraich unwaith eto, ac er bod ei galon yn ei wddf, dilynodd Erful ef. Rhannai coridor yr adeilad yn ddau, ac er gwaethaf gorchudd pren y ffenestri, treiddiai digon o olau i Erful weld bod y drysau wedi diflannu o bron pob un o'r ystafelloedd. Roeddent yn wag ar wahân i'r sbwriel hyd y lloriau. Cerddai'r Barf yn hamddenol o'i flaen, heb edrych yn ôl. Roedd llen hir, ei lliw wedi hen bylu, yn hongian dros adwy'r drws olaf ar y chwith. Tynnodd y trempyn ef yn ôl, ac eto fyth, â'r un ystum boneddigaidd, gwahoddodd Erful i mewn.

Roedd Erful bellach yn sefyll mewn ystafell sgwâr yr arferai ei ffenestr wynebu cefn yr adeilad, a matras yn y gornel ac arni sach gysgu fudr. Yma ac acw roedd blychau pren wedi'u troi wyneb i waered er mwyn darparu byrddau a chadeiriau, ac un gadair freichiau â'i stwffin yn weladwy. Yn bentyrrau ar hyd y lle, roedd dwsinau o egsôsts. Hongianai enghraifft newydd sbon yn grwca ar hoelion o'r mur. Wrth fynd heibio, anwesodd y Barf y teclyn yn ysgafn. Er gwaethaf ei ofn, gwenodd Erful. Bu Hubert dan ei drwyn yr holl amser.

'Hubert,' meddai'n dawel, a phan drodd y Barf, estynnodd ei law iddo. 'Shwd wyt ti?'

Syllodd Hubert ar law Erful, ac yna edrychodd ar ei law ei hun cyn ei rhwbio ar ei drowsus a'i hestyn. Cyffyrddodd eu bysedd am eiliad yn unig. Yna eisteddodd Hubert y Barf yn drwm ar y fatras a phwyntio at y gadair freichiau.

'Diolch yn fawr,' meddai Erful gan nythu ynddi.

Edrychodd Hubert arno'n ddisgwylgar. Gwyddai Erful, o'i gofio yn y dosbarth, ei fod yn rhyfeddol o ddywedwst, a chanddo'r gallu i aros yn hollol ddistaw am ddyddiau ar y tro. Ceisiodd feddwl beth fyddai Rysti'n ei ddweud yn y fath amgylchiadau, ond methodd. Yna cofiodd am basteiod Bŵ Fach.

'Wyt ti wedi cael brecwast?' gofynnodd, gan eu tynnu o'i sgrepan. 'Cefais i'r rhain yn anrheg, ond mae llawer gormod ohonyn nhw i fi eu bwyta.'

Cymerodd Hubert y sach bapur a gwthio'i drwyn yn eu herbyn.

'Mm,' meddai'n werthfawrogol.

Fflïciodd genau'r sach ar agor ac estyn y pecyn i Erful. Yn y gobaith y byddai hyn yn esmwytho'r ffordd iddo, cymerodd Erful un ohonynt. Erbyn iddo'i roi yn ei geg roedd Hubert eisoes yn llyncu. Er bod blas sbeislyd anghyfarwydd iddynt, roeddent yn ddigon derbyniol.

'Neis,' meddai Hubert mewn llais bas, cyfoethog, briwsion-llyd, cyn twrio am yr un nesaf.

Roedd hyn yn galonogol, meddyliodd Erful, er mor eironig ydoedd bod pasteiod Bŵ yn cael eu bwyta gan y sawl a ddygodd ei hegsôst.

'Wyt ti'n cofio'r ysgol?' gofynnodd.

Cnodd Hubert yn feddylgar, ond cododd un ael flewog cyn rhedeg ei dafod dros ei ddannedd ôl. Deallodd Erful yn sydyn y byddai'n rhaid iddo ddarllen wyneb y dyn o'i flaen. Gan obeithio'i fod yn gywir, a'i fod yn cofio, ychwanegodd, 'rwyt ti'n cofio fi'n cadw'r gofrestr ac yn cyfrif yr arian cino, felly.'

Gosododd Hubert y sach ar ei lin ac esgus bod ganddo lyfr mawr o'i flaen. Crychodd ei dalcen a rhedeg ei fys i lawr rhes ddychmygol.

'Two pound and forty five pee!' meddai. Yna syllodd ar Erful yr un mor ddifynegiant ag o'r blaen.

'Eitha reit,' meddai Erful. Credodd iddo weld arlliw o wên tu ôl i'r barf. 'Ac roedd 'na griw ohonon ni yno. Ti a fi, a Rhuddwen a Dorian a Rhydian a'r lleill.'

'Mmm.'

'Wel, dwi wedi bod yn treial dod i gysylltiad â phawb.' Gwelodd fod Hubert yn gwingo braidd. A oedd hynny'n arwyddocaol? A oedd unrhyw obaith y byddai wedi cymryd y diddordeb lleiaf yn y llofruddiaethau? Palodd ymlaen. 'Mae'r rhan fwyaf ohonon ni'n iawn,' meddai. 'Ond mae dwy wedi marw. Aeres a Wilma.'

Cydsyniodd y dyn o'i flaen â'r datganiad a thynnu'i fys ar draws ei wddf. Fe oedd y cyntaf i beidio â synnu o glywed am Aeres.

'Ie. Rwyt ti'n iawn. Cawson nhw'u lladd, fel y merched eraill. Mwy na thebyg i ti weld yr heddlu a'u ceir ger Neuadd y Dref.'

'Parc,' meddai Hubert, a chofiodd Erful iddo'i weld yn sefyll yno gyda'r dorf chwilfrydig adeg canfod Candi Mei.

'Do, lladdwyd un ferch yn y parc. Roeddwn i yno pan ddaeth y bobol teledu.'

Cnodd Hubert am rai eiliadau.

'Gysgest ti yn y parc,' meddai, ac yna siglo'i ben. 'Ddim yn saff.'

Pesychodd Erful i gelu ei benbleth. Ni feddyliodd am eiliad fod Hubert wedi'i weld, a'i adnabod. Beth arall a welodd, tybed?

'Wyt ti wedi gweld rhai o'r bobol yn 2R? 'gofynnodd. 'Mae'n rhaid dy fod ti wedi gweld Rhuddwen ar ei sgwtyr melyn wrth y stondin coffi.'

'Sgwtyr,' meddai Hubert gan grychu ei dalcen a thynnu lluniau â'i ddwylo o'r antena a'r fflagiau. Oedd, roedd e wedi gweld y sgwtyr. Efallai ei fod yn cofio cerbydau'n well na phobl. Gallai hynny fod yn ddefnyddiol.

'Buodd hi a finne i weld Miss Llewelyn. Mae Miss wedi priodi nawr. Mae car mawr lliw arian gyda'i gŵr hi. Un o'r cerbydau gyriant pedair olwyn hyn.'

'Toyota Landcruiser,' meddai Hubert. 'Siopa.'

Gwelodd hwnnw hefyd, felly, a medru rhoi enw arno.

'Wyt ti wedi gweld y car hwnnw'n rhywle arall, Hubert?' mentrodd.

'Mm.' Siglodd Hubert y darnau olaf o bastai o'r sach a'u sugno o gledr ei law. 'Yn y nos.' Mynegodd ei anghymeradwyaeth a siglo'i fys yn feirniadol. 'Hen grwt drwg,' chwyrnodd.

Cytunodd Erful ag ef yn ddistaw a meddwl am gwsmer arall y ferch gwallt coch.

'Roedd crwt drwg yn 2R, hefyd, on'd oedd e?' meddai, 'Rici Wyn.'

Chwythodd Hubert aer o'i fochau. Yna sgyrnygodd ei ddannedd yn sydyn a chodi'i ddau ddwrn a'u chwifio. Gwthiodd ei belfis allan a dynwared pidyn anferth, rhonc. Roedd Erful yntau yn gresynu.

'Dwi'n cofio hynny hefyd,' meddai. 'Roedd mynd i doiledau'r bechgyn pan oedd e yno'n gofyn am drwbwl. Yn enwedig os oedd eich bechingalw chi'n llai na'i un ef.'

'Mm. Gwneud i bobol yfed dŵr y toiled. Nytyr.'

'Wyt ti'n gwbod pa fath o gar mae Rici Wyn yn ei yrru?'

Cnodd Hubert ei foch.

'Ddim yn gyrru,' meddai. 'Cerdded. Cael lifft 'da'i fam. Ford Fiesta.'

Edrychodd ar y sach bapur wag a'i smwddio'n wastad ar ei ben-glin.

'Mam Rici'n dwli arno,' meddai, gan syllu'n ddwys ar y papur seimllyd.

A oedd tristwch yn ei eiriau? Difarodd Erful ei fod wedi gorffen ei bastai ef. Gallai fod wedi ei gynnig iddo. Edrychodd o amgylch yr ystafell a meddwl sut beth oedd byw yma. I rywun wedi arfer â theulu mawr swnllyd, rhaid ei fod yn fywyd unig.

'Ble mae dy deulu di, Hubert?' gofynnodd. 'Roedden nhw'n arfer cadw gweithdy cerbydau, on'd oedden nhw? Dyna sut rwyt ti'n gwbod cymaint am geir.'

Crafodd Hubert ei gesail cyn ateb.

'Wedi mynd gartre,' meddai gan hercio bawd i gyfeiriad y ffenestr.

'I ble? Gwlad Pwyl?'

'Mm.'

'Ond doeddet ti ddim isie mynd?'

Siglodd Hubert ei ben a chlirio'i wddf.

'Wncwl,' meddai, a throi ei ddau fys bawd i lawr.

Ni wyddai Erful beth oedd rhan yr ewythr yn yr hanes, ond cofiodd Arthur, tad y brodyr mawr, yn sôn am y sawl oedd yn berchen y gweithdy. Efallai, ar ôl i'w rieni ddychwelyd i'w mamwlad, i'r ewythr weld cyfle i gael gwared ar y nai. Neu hwyrach bod Hubert wedi codi'i bac a mynd. Roedd y dyn barfog wedi gwau ei aeliau at ei gilydd, fel pe bai'r atgof yn un poenus. Teimlai Erful ei bod yn bryd iddo ymadael. Cafodd fwy o lawer o wybodaeth nag yr oedd yn ei ddisgwyl.

'Wyt ti'n cofio unrhyw un arall yn 2R? Oedd 'na unrhyw ferched eraill yno cyn i fi ddod, neu ar ôl i fi adael?' Sylweddolodd fod hynny'n swnio'n amheus ac ychwanegodd, 'Dwi'n credu bod cysylltiad, tweld, rhwng 2R a'r merched sy wedi cael eu lladd. Dwi isie'u rhybuddio nhw.'

Syllodd Hubert yn ddwys arno er na ellid dweud p'un ai

ceisio cofio yr oedd, neu ystyried a ddylai ddatgelu gwybodaeth. Cododd Erful yn ffwndrus. Bu'n gwestiwn twp i'w ofyn, a'r cyfiawnhad dros y cwestiwn hyd yn oed yn dwpach. Dyna'r union beth ffug-ddiniwed y byddai'r llofrudd yn ei ddweud. Ni chododd Hubert, a dyfnhaodd ei deimlad iddo ddweud y peth anghywir.

'Diolch yn fawr i ti am siarad â fi,' meddai. 'Fydda i ddim yn dweud wrth neb dy fod ti yma.' Edrychodd ar y beipen ar y mur. Teimlai fod dyled arno i'w gyd-ddisgybl. 'Falle y dylet ti edrych am egsôsts ymhell bant o 'ma, Hubert. Mae pobol yn dechrau sylwi eu bod nhw'n diflannu o'r ceir yn y maes parcio.'

Ni chafodd unrhyw ymateb o gwbl. Cododd Erful ei law arno a cherdded ar ei ben ei hun ar hyd y coridor hir ac allan i'r cyntedd bach a arweiniai at y drws. Gwyddai nawr ei fod wedi aros yn hwy na'i groeso, ac roedd yn wirioneddol ddrwg ganddo am hynny. Yn ei oriau tywyllaf wedi i'w fam farw, credai mai ef oedd y person mwyaf unig yn y byd, ond yn ystod yr awr ddiwethaf, sylweddolodd fod hynny ymhell o'r gwir. Caeodd y drws yn ofalus y tu ôl iddo a throedio'r llwybr cul tua'r stryd. Pan ddisgynnodd llaw ar ei ysgwydd, bu bron iddo gael trawiad yn y fan a'r lle. Ni chlywsai ei gamre o gwbl. Caeodd ei lygaid ac aros am yr ergyd. Gallai arogli dillad budr Hubert a'i glywed yn anadlu yn ei glust.

'Sharon,' meddai Hubert.

Agorodd Erful ei lygaid yn araf. Ni chofiai'r enw hwnnw ar y gofrestr o gwbl.

'Sharon?' gofynnodd. 'Sut un oedd hi?'

Sugnodd Hubert ei ddannedd. Ceisiodd Erful ei helpu.

'Mawr, bach, tywyll, golau?'

'Trwyn,' meddai Hubert. 'Trwyn yn rhedeg.'

Ymlaciodd Erful. Er nad oedd o reidrwydd yn siŵr fod Hubert wedi cofio rhywun a oedd yn y dosbarth, roedd yn falch nad oedd wedi'i ddigio.

'Diolch,' meddai eto.

Gwenodd Hubert yn ddiamwys am y tro cyntaf, gan ddangos dannedd cryfion. Yna siglodd ei fys arno.

'Paid cysgu yn y parc,' meddai, cyn troi 'nôl at y tŷ. 'Cysga fan hyn.'

PENNOD 14

R OEDD E AR Y BWS adref pan lwyddodd i osod llun o Sharon
yn ei feddwl. Nid tynnu enw o'r awyr wnaeth Hubert,
ond nid oedd yn syndod na chofiai Erful hi'n syth, oherwydd
ni welodd hi ond unwaith, a hynny ar ei ddiwrnod olaf yn
yr ysgol. Treuliodd yr wythnosau olaf yn sefyll arholiadau, a
rhwng pob arholiad, ac wedi iddynt orffen, nid oedd raid iddo
fynd i'r ysgol o gwbl, ond penodwyd un diwrnod er mwyn
dychwelyd gwerslyfrau. Aeth i'r ystafell ddosbarth wedyn i
ffarwelio â phawb. Ni siaradodd â hi erioed, ond gallai weld
y groten fach newydd yn eistedd yn y rhes flaen, ei gwallt hir
tywyll yn stribedi budr, seimllyd ar ei phen, ei sbectol drwchus
wedi'i thrwsio â phlastar pinc, a'i thrwyn, yn union fel y
disgrifiodd Hubert, yn rhedeg fel tap.

Treuliodd weddill y dydd yn clirio'r ystafell ar y llawr uchaf,
yn awtomatig erbyn hyn, oherwydd teimlai'n rhwystredig
ynghylch Sharon a sut i ddod o hyd iddi. Pe bai ond wedi
cael cyfle i'w chofrestru unwaith, ni fyddai problem o gwbl.
Sathrodd yn ddig ar y blychau cardbord ar ôl eu gwacáu i'r
sachau plastig a chario mwy a mwy ohonynt i lawr i'r garej.
Llusgodd y bin sbwriel gwag yn ôl i fyny'r fynedfa'n ddiamynedd
a'i lenwi, ynghyd â'r blwch ailgylchu. Roedd angen sgip
arno, fel y dywedodd Surbwch. Tybed faint a gostiai rhentu
un am ddiwrnod? Ysai yn awr am gael gwared ar yr holl
drugareddau.

Dringodd y grisiau unwaith eto. O'r diwedd roedd yn
gwneud gwir argraff ar yr ystafell. Roedd llwybr at y ffenestr
erbyn hyn, a dirwynodd y rholyn du i adael i'r golau dydd lifo.

Sylwodd fod rhan uchaf y ffenestr yn agor, ond pan aeth i ffidlan gyda'r mecanwaith, gwelodd fod y fath drwch o baent arno nad oedd gobaith gwneud hynny. A pham yr oedd angen llen fel hyn? Llenni blodeuog cyffredin oedd ar y ffenestr yn yr ystafell ble'r arferent edrych ar y tryloywluniau, ac roedd angen tywyllwch i wneud hynny. Nid oedd angen y golau trydan mwyach. Aeth at y swits a'i ddiffodd, gan syllu ar y bwlb noeth. Yn sydyn, roedd y bwlb wedi newid lliw. Roedd e bellach yn goch, a thywyllodd yr holl ystafell am eiliad. Cliciodd Erful y swits eto a phan drodd yn ôl at y bwlb roedd yn union fel y dylai fod. Beth oedd wedi digwydd? Gallai glywed ei galon yn curo yn ei glustiau. Efallai ei fod wedi ei gorwneud hi, a'r holl ddringo grisiau a chario sachau trymion wedi cael effaith arno.

Yn y gegin, cynhesodd yr ail dun o ffa pob a selsig a'i fwyta a'r cylchgrawn camera ar agor o'i flaen. Roedd wedi darllen yr erthyglau am gamerâu newydd a nawr roedd yn darllen erthygl am ffotograffydd enwog. Roedd yna luniau ohono yn ei stiwdio, ac yna'n gweithio yn ei ystafell dywyll yn prosesu a datblygu ei waith. Yn hyn o beth roedd e'n anarferol, yn ôl yr erthygl, oherwydd gwnâi'r rhan fwyaf o ffotograffwyr bopeth ar gyfrifiadur nawr. Crafodd Erful y llwyaid olaf o ffa o'r sosban. Safai'r dyn wrth fwrdd ac arno amryfal hambyrddau dwfn. Cododd Erful a rhoi'r sosban yn y sinc, yna brysiodd allan i'r garej. Gwelodd nifer o hambyrddau tebyg wrth glirio. Bu'n rhaid iddo agor nifer o sachau cyn dod o hyd iddynt a thynnodd hwy allan. Hyd yn oed nawr, ar ôl yr holl flynyddoedd, medrai arogli rhywbeth cemegol arnynt. Roedd hyn yn gyffrous. Darganfu rywbeth na wyddai o'r blaen, sef bod ei dad yn datblygu ei luniau ei hunan. Pe canfyddai ei gamera, efallai y medrai wneud yr un peth. Gallai ddysgu sut i wneud o lyfrau. Byddai'n weithgaredd diddorol iddo.

Dim ond yn ei wely'r noson honno y sylweddolodd nad oedd ganddo syniad o fath yn y byd pa luniau y dymunai eu tynnu. Cyn cau ei lygaid syllodd i fyny ar y golau'n crogi o'r nenfwd yn ei ystafell ac ymdrechu i beri i'r bwlb droi'n goch fel y digwyddodd oriau ynghynt. Arhosodd yn benderfynol o wyn a llachar. Penderfynodd mai dim ond yn hen ystafell dywyll ei dad y gweithiai hynny. Ceisiodd gofio'r achlysur pan welodd y bwlb coch yn grwt bach ond ni ddeuai dim yn ôl iddo. Rhaid ei fod wedi'i weld yn ei blentyndod, oherwydd tan heno ni wyddai ddim am ystafelloedd tywyll a chafodd yr wybodaeth ar ôl iddo weld y bwlb yn newid ei liw. Felly dylai fedru galw'r holl fanylion i'w gof. Pam na fedrai? Poenai hyn ef gymaint, eisteddodd i fyny yn y gwely. Syllodd gyhyd ar y golau nes bod ei lygaid yn brifo, felly diffoddodd ef a threulio amser yn chwilio'i feddwl yn y tywyllwch. Sylweddolodd fod cyfnod hir o amser nas cofiai o gwbl. Rhedai o'r tryloywder olaf ohono'n chwarae yn yr ardd â chleddyf a tharian blastig, hyd at y diwrnod pan gofiai eistedd wrth fwrdd bach yn yr ysgol yn gwneud rhes o syms. Cofiai law dyner Miss Phillips yn mwytho'i ben a'i llais yn dweud, 'Da iawn, Erful.' Cafodd seren aur ar gornel y tudalen am fod y syms yn gywir bob un. Rhwng y ddau bwynt hwnnw nid oedd dim ond rhyw niwl a sŵn uchel. Daliodd ei hun yn dylyfu gên, a suddodd rhwng y cynfasau cynnes. Rhoddai gynnig arall ar gofio pan fyddai ei feddwl yn fwy ffres.

Teimlai'n well ar y bws i'r dref bore drannoeth. Wrth fwyta'i greision ŷd, gwelodd fod posibilrwydd y gallai ddyddio'r ddau achlysur bob ochr i'r bwlch yn ei gof. Roedd y blychau tryloywluniau i gyd wedi'u marcio â dyddiad, ac eisoes daethai o hyd i flychau o'i hen waith ysgol. Ni thaflodd ei fam yr un darn o bapur na'r un o'i lyfrau gwaith. Mwya'i gyd y treiddiai i ddyfnderoedd yr ystafell, mwya tebygol yr oedd o ddod o hyd i'r tudalen o syms. Wedi iddo osod y dodrefn yn y modd arferol, yn falch o weld nad oedd y dyrfa chwilfrydig yn creu tagfa gynddrwg heddiw, eisteddodd i lawr i ddarllen y papur lleol ac aros am ei de. Ymddangosodd Siôn a gosod ei ddiod o'i flaen.

'Llai o'r jawled heddi,' meddai. 'Weles i erio'd shwd beth â dwê. Ddefnyddies i ddeg peint ychwanegol o laeth.'

Ni wyddai Erful p'un ai cydymdeimlo ag ef neu ei longyfarch.

'Maen nhw wedi gweld digon, sbo,' atebodd. 'Oedd gan yr heddlu unrhyw beth arall i'w ddweud?'

'Ddim yn uniongyrchol, ond roedd y crwtyn ar ddyletswydd yn edrych yn ddigon 'sgoiwedd arna i trw'r dydd.'

'Rhaid bod hynny'n anodd.'

'Boddes i'r corgi bach mewn coffi am ddim. Dreuliodd e'r rhan fwyaf o'r prynhawn yn y tŷ bach.'

Taflodd gipolwg dros ei ysgwydd ond nid oedd neb yn aros wrth y cownter.

'Glywes i dy fod ti wedi dala'r Digywilydd yn dwyn dwê, hefyd.'

Nid oedd Erful wedi meddwl am hyn o gwbl ar ôl y cyffro o weld Hubert. Efallai y byddai'n ddigon i beri i bobl anghofio am yr egsôsts colledig. Gwnaeth ystum bach diymhongar.

'Dim ond digwydd bod yno a'i weld e wrthi,' murmurodd. 'Wnaethon nhw alw'r heddlu?'

'Mwy na thebyg. Fel rheol allwch chi ddim cael gafael ar un, ond dwê wedd y lle 'ma'n ddu o blismyn.'

Yfodd Erful ei de a darllen y papur. Roedd y llofruddiaeth ddiweddaraf wedi dihuno pawb o'r diwedd. Erbyn hyn roedd lluniau'r pedair i'w gweld ar y tudalen blaen, ac erthyglau di-ben-draw amdanynt. Cochen gafodd y sylw mwyaf, a dysgodd Erful mai Stephanie Owen oedd ei henw iawn. Llwyddwyd i gael gair gyda'i chyd-weithwyr ar y stryd hyd yn oed, ac o'r manylion a gyhoeddwyd, amheuai Erful fod un neu fwy o'r gweithwyr yn Neuadd y Dref wedi arllwys eu cwd i'r newyddiadurwyr am sut y canfuwyd y corff. Roedd Siôn yn brysur eto'n gwneud coffi ac arhosodd Erful nes iddo gymryd hoe fach.

Chwifiodd Erful y papur arno drwy'r gwydr ar ochr y stondin.

'Aros i fi gael mofyn fy sbectol,' meddai Siôn, gan wenu. 'O'n i'n gwbod na fyddet ti'n hir cyn ei weld e.'

Daeth allan â'i gopi ei hun a'i agor. Roedd e wedi nodi'r erthygl.

'Ges i alwad ffôn brynhawn dwê,' meddai. 'A chyn pen dim, wedd y roces wedi cael yr holl stori 'da fi.'

Er nad edrychai Siôn fel pe bai'n difaru o gwbl, hoffai Erful fod wedi gofyn iddo a oedd yn beth doeth i'w wneud. Yn lle hynny, gofynnodd, 'Wnaeth yr heddlu ddim gosod gwaharddiad ar siarad â'r Wasg, felly?'

'Ddim i fi glywed. Ta beth, dyw'r papur ddim yn enwi neb. 'Dyn nhw ddim yn datgelu eu ffynonellau. Ond fel dywedodd y roces, gan mai fi ddaeth o hyd i'r corff, bydde'r manylion yn gywir. All y Glas ddim ddadle â'r gwir, allan nhw?'

Glew a diegwyddor, meddyliodd Erful. Pe câi Siôn ei gyhuddo, ac roedd Erful yn synnu nad oedd ei ffrind wedi sylweddoli bod hynny'n dal yn bosib, byddai'r papur yn ei daflu i'r cŵn yr un mor ddi-hid, ac yn honni mai gwaith eu newyddiadurwraig nhw oedd yn gyfrifol am ddal y llofrudd. Gallai geiriau Siôn ddod yn ôl i'w frathu.

'Dwi wedi bachu hanner dwsin o gopïau,' ychwanegodd Siôn. 'Bydd e'n rhwbeth i ddangos i'r wyrion mewn ugain mlynedd.'

Ar ôl prynu ei bapur safonol wythnosol ychydig wedyn, aeth Erful i chwilio am flwch ffôn cyhoeddus. Roedd am alw Rysti a'i holi am Sharon. Wedi rhoi cynnig ar alw o dri blwch ffôn gwahanol, a phob un ohonynt yn cymryd dim ond cardiau ffôn neu gredyd, gresynodd nad oedd wedi meddwl am brynu ffôn symudol iddo'i hun. Bu'n sefyll am sbel tu fas i ffenestr un o'r siopau a'u gwerthai, ond gwyddai y byddai angen gweddill y dydd arno i ddysgu sut i ddefnyddio'r teclyn, a heblaw am Rysti, pwy ddymunai eu galw? Yn bendant, ni fyddai neb yn ei alw ef. Serch hynny, roedd y syniad yn un deniadol. Mentrodd groesi'r trothwy, ac ugain munud yn ddiweddarach daeth allan yn cario pecyn.

Eisteddodd ar fainc yng nghanol y dref a meddwl am ei bwrcas. Ceisiodd argyhoeddi'r llanc y tu ôl i'r cownter nad oedd angen arno wneud dim heblaw galw pobl. Nid oedd am wybod y canlyniadau pêl-droed nac unrhyw beth arall. Cawsai'r llanc anhawster i gredu hynny, ac yn y diwedd cafodd berswâd arno i brynu ffôn a gysylltai â'r rhyngrwyd ac a dynnai luniau a chant a mil o bethau eraill. O leiaf roedd gan y ffôn fotymau hawdd i'w gwasgu.

Gwthiodd y pecyn i'w sgrepan a chodi. Rhwng yr ymchwiliad, clirio'r ystafell yn y llofft, a'r ffôn newydd, aethai ei fywyd yn hynod brysur yn sydyn iawn. Roedd ganddo ddewis nawr, naill ai sefyllian ar stryd Rysti yn aros iddi ymddangos, neu fynd adref a'i ffonio o'r fan honno. Ni fyddai ei degan newydd yn barod i'w ddefnyddio tan drannoeth. Dangoswyd iddo sut i'w wefru. A dweud y gwir, nid oedd yn siŵr ai Rysti oedd yr un i siarad â hi. Hyd yn oed os gwyddai hi unrhyw beth am Sharon, nid oedd sicrwydd y byddai'n fodlon dweud wrtho. Pylodd ei hyder ynghylch cael unrhyw gymorth pellach ganddi. Byddai'n wyliadwrus iawn ohono o hyn ymlaen. Dim ond un person a allai ei helpu i ganfod Sharon, sef Miss Llewelyn, oherwydd dim ond hi a welodd y gofrestr a chyfeiriad ei chartref arno. Cerddodd yn ddibwrpas drwy'r dref yn dadlau o blaid ac yn erbyn mynd i'w gweld. Y gwir oedd nad oedd eisiau mynd i'r Hen Ficerdy ar ei ben ei hun. Roedd Rysti wedi gofyn y cwestiynau cywir y tro diwethaf, ond y tro hwn, heblaw am orfod dibynnu ar ei dafod trwsgl ei hun, roedd ganddo wybodaeth beryglus. A beth os oedd ei gŵr gartref? Ar y llaw arall, llwyddodd gyda Hubert, a go brin bod yna neb yn fwy anodd ymdrin â nhw nag ef.

Cyrhaeddodd y troad a'i harweiniai allan o ganol y dref. Gallai gerdded ar hyd stryd Miss Llewelyn a phipo i weld a oedd car ei gŵr tu allan i'r tŷ. Os oedd, gallai ymadael yn gyflym. Yn hapusach nawr fod ganddo gynllun, dilynodd y ffordd gan ymarfer ei gwestiynau wrth fynd. Fel y tro o'r blaen, gorweddai stryd Miss Llewelyn dan fath o hud tawel. Aethai pawb i'r gwaith, neu i siopa ar ôl cludo'r plant i'r ysgol. Gwelodd un ddynes wedi'i gwisgo mewn tracwisg binc ac yn cario raced, yn brysio o'i thŷ ac yn dringo i sbortscar bach coch. Os gwelodd hi ef, ni chymerodd arni. Daeth at y fynedfa fawr i'r Hen Ficerdy. Roedd yn wag. Beth bynnag a wnâi yn oriau mân y bore, roedd yr Hen Grwt Drwg, fel y galwodd Hubert ef, yn codi ac yn mynd i'w waith. Dringodd Erful y tri gris dan y portico. Canodd y gloch ac aros. Pan na ddaeth ateb ceisiodd syllu drwy un o'r ffenestri gwydr lliw bob ochr i'r drws. Agorai'r tu mewn yn fath o gyntedd llydan, a rỳg mawr, drud yr olwg ar y llawr pren. Nid oedd sôn am neb, fodd bynnag. Roedd yn bosib fod Miss Llewelyn hefyd wedi ymadael mewn tracwisg gan gario raced, neu wedi cael lifft i'r dref i siopa.

Aeth i lawr y grisiau o'r drws gan bwyso a mesur beth i'w wneud nesaf. Roedd y stryd yn hollol dawel. Yna clywodd sŵn brigau'n torri. Cerddodd i ochr bellaf y tŷ ac edrych dros y gât bren uchel. Dyna lle'r oedd hi, yn cario llwyth o frigau i'w gosod ar y domen. Nid oedd yn hawdd ei gweld gan fod planhigion a llwyni'n tyfu'n drwch ym mhob man. Diflannodd cyn i Erful fedru galw ei henw, felly gwasgodd yntau'r glicied ac agor y gât. Roedd ei gwallt wedi ei glymu mewn sgarff ac roedd ganddi fenig mawr am ei dwylo. Gwelodd Erful erddi tebyg ar y teledu, yn llawn llwybrau bach a phlanhigion yn crogi drostynt. Roedd yno drelisau pren a cherfluniau yn llechu yn y cysgodion. Ni allai ddychmygu faint o oriau o waith bob dydd a gymerai'r ardd hon i'w chynnal, nac ychwaith ble rhoddodd Miss Llewelyn y planhigion o'r ganolfan arddio. I lygaid Erful, nid oedd lle gwag digon o faint i blannu dim.

Clywodd sŵn eto ar y dde iddo. Nid oedd am ymddangos yn sydyn ar y llwybr o'i blaen.

'Helô?' galwodd. 'Helô, Miss?'

Aeth pobman yn dawel iawn. Ceisio peidio â'i dychryn hi oedd e, ond roedd y tawelwch yn datgan cyfrolau. Doedd hi ddim eisiau gweld ei hen ddisgyblion, a gallai Erful ddeall hynny. Dylai fod wedi dweud ei enw.

'Miss?' galwodd eto. 'Erful sy 'ma.'

Roedd ei chlywed yn symud drwy'r gwyrddni yn rhyddhad iddo. Gwyddai pe bai wedi dweud 'Rici Wyn' na fyddai wedi dod allan o'i chuddfan. Dyna beth oedd yr ardd hon, sylweddolodd, sef rhyw le i fynd i gwato, yn ddigon tebyg i gwrt cefn tŷ Hubert, ond ei bod hi wedi cael ei chreu'n fwriadol. Gwelodd hi'n pipo arno cyn camu dros foncyff a dod i sefyll rhyw bum llath i ffwrdd. Gwenodd Erful a chamu mlaen gan estyn ei law. Tynnodd ei maneg yn frysiog a'i siglo.

'Wel, shwd wyt ti unwaith eto?' gofynnodd, heb fawr o frwdfrydedd.

'Iawn, diolch,' atebodd. 'Mae'n ddrwg 'da fi darfu arnoch chi a chithe mor brysur. Ganes i'r gloch, ond yna weles i chi'n gweithio fan hyn.'

'Rwyt ti ar dy ben dy hunan heddiw, 'te,' meddai, gan syllu tu ôl iddo.

'Odw. Mae Rysti'n brysur heddiw hefyd.' Gwelodd yr olwg betrus ar ei hwyneb ac eglurodd, 'Dyna'r enw mae Rhuddwen yn hoffi cael ei galw nawr.'

'Fel Aeres yn ei galw'i hun yn Mags,' meddai.

'Ie.'

'Ceisio ail-greu eu hunain maen nhw?' gofynnodd Miss

Llewelyn. 'Gadael y gorffennol ar ôl ac ymddangos yn wahanol, wyt ti'n credu?'

'Mwy na thebyg,' atebodd Erful, er nad oedd wedi meddwl am y peth mewn gwirionedd.

'Wnaeth e ddim lot o les i Aeres druan,' meddai ei gynathrawes. Edrychai'n dristach nag o'r blaen, fel pe bai'r wybodaeth am farwolaeth Aeres wedi bod yn pwyso arni.

'Naddo,' cytunodd Erful. 'Mewn ffordd, dyna pam dwi yma. Oherwydd Aeres a Wilma, dwi wedi bod yn treial cysylltu â phawb fu yn ein dosbarth ni yr adeg honno.'

Syllodd arno drwy ei sbectol. Yn ddiarwybod iddi, roedd tamaid o ddeilen yn glynu wrth un o'r gwydrau.

'Pam?'

Sylweddolodd ei bod yn pendroni pam roedd e'n chwilio am y bechgyn yn ogystal â'r merched. Nid oedd eisiau crybwyll ei fod yn gwneud ymholiadau. Gorfu iddo feddwl yn ofalus cyn ateb.

'Dwi isie neud yn siŵr fod pob un ohonynt yn fyw ac yn iach,' meddai'n ddiniwed.

'Ac ydyn nhw?'

'Odyn.' Amneidiodd Erful gyda'r gair, gan obeithio'i chalonogi. 'Sy'n beth da. Mae Dorian a Rhydian gyda'u rheini ar y fferm. Mae Rysti'n iawn hefyd, fel y gweloch chi. Buodd hi'n fy helpu i.'

'A'r lleill?'

'Mae Hubert yn iach, ond ei fod e'n drempyn nawr.'

Crychodd ei thalcen.

'Hubert yn ddigartref? Beth ddigwyddodd i'w deulu? Aethon nhw byth 'nôl i Wlad Pwyl, do fe? Ffoaduriaid oedden nhw, tweld.'

'Falle'i bod hi'n ddiogel yno nawr bod y Comiwnyddion wedi mynd. Ta beth, arhosodd ei ewythr a dwi ddim yn credu bod Hubert yn gallu cyd-dynnu ag ef. Mae'n anodd gwbod beth yn union ddigwyddodd.' Gwnaeth geg gam. 'Dyw Hubert ddim yn dweud llawer.'

'Gwnest ti'n dda i ddysgu cymaint â hynny. Dwi ddim yn cofio iddo ddweud mwy na hanner dwsin o eiriau wrtha i mewn pum mlynedd. Sut cefaist ti afael arno?'

'Clywes i bod egsôsts pobol yn diflannu a digwyddes i ddod ar ei draws e.'

Gan ei fod wedi addo na fyddai'n datgelu lloches Hubert i neb, nid oedd am ymhelaethu.

'O ie, yr obsesiwn gydag egsôsts.' Meddyliodd Miss Llewelyn am eiliad. 'A beth am y llall?'

Nid oedd angen iddi ddweud enw Rici Wyn yn uchel.

'Mae e i'w weld yn iawn,' atebodd Erful yn ofalus. 'Dwi ddim wedi cael gair ag e, ond weles i a Rysti fe'r noswaith o'r blaen yn y dref. Mae e allan o'r carchar ac yn ymweld â'r puteiniaid ar ben pellaf Stryd y Farchnad.'

Aeth rhyw gryndod bach drwyddi, ac yna siglodd ei hun. Gwenodd arno.

'Sdim byd yn newid,' meddai. 'Roedd e wastad yn afiach.'

'Oedd,' cytunodd Erful.

Tybed ai dyma'i gyfle i ofyn am y gyflafan yn y dosbarth?

Fel pe bai hi wedi darllen ei feddwl, siglodd Miss Llewelyn ei phen.

'Dwi ddim hyd yn oed eisiau meddwl am Rici Wyn, er 'mod i'n gwybod nad ei fai ef yn hollol . . .' Ni orffennodd y frawddeg. 'Drycha, mae clywed ei enw'n ddigon i godi croen gŵydd arna i.' Edrychodd ar ei braich a'i rhwbio. 'Dyna wahanieth rhwng dou blentyn.'

Yna gwyrodd ei phen ar un ochr. 'Dyna sut rwyt ti wedi medru dilyn eu trywydd nhw bob un, ife? O'r gofrestr yn yr ysgol?' Rhoddodd chwerthiniad bach. 'Ro'n i wedi anghofio am dy gof anghredadwy di.'

'Dwi'n credu y bues i'n lwcus hyd yma. 'Dyn nhw ddim wedi

gadael y dref. Adnabod nhw ar ôl yr holl flynyddoedd yw'r peth anodd. 'Nabyddes i ddim Rysti o gwbwl nes iddi grybwyll ei dyddiad geni.'

'Taset ti heb fod gyda hi y diwrnod o'r blaen, fydden i ddim callach, chwaith. Ond dwyt ti ddim wedi newid. Wyt ti'n dal i fyw gartre gyda dy fam?'

'Dwi'n dal i fyw yn y tŷ, ond buodd Mam farw ddwy flynedd 'nôl.'

Rhoddodd Miss Llewelyn ochenaid fach deimladwy.

'Mae'n ddrwg 'da fi i glywed hynny. Wyt ti'n dod i ben yn iawn â phethe?'

'Odw, diolch. Roedd Mam yn sâl am gyfnod hir, a buodd yn rhaid i fi ddysgu sut i ymdopi.'

''Yn ni i gyd yn gorfod gwneud hynny, cofia di.'

'Roeddwn i am ofyn i chi am un arall, hefyd,' mentrodd Erful. 'Sharon. Croten a'i thrwyn yn rhedeg. Unwaith yn unig y gweles i hi.'

'Merch fach neis,' meddai ei athrawes yn bwyllog. 'Ond o gartref anodd – gadawodd ei mam pan oedd hi'n un fach, a doedd gan ei thad ddim syniad sut i fagu plant. Sgwn i beth ddigwyddodd iddi?'

'Dyna beth hoffwn inne wbod,' meddai Erful. 'Odych chi'n cofio ymhle roedd hi'n byw'r adeg honno? Weles i ddim y gofrestr, chweld. Ro'n i ynghanol fy arholiadau pan gyrhaeddodd hi.'

Siglodd hi ei phen gan wenu.

'Jiw, jiw, nadw.'

Gwelai Erful y peth yn rhyfedd ei bod yn cofio manylion magwraeth Sharon ond nid ble'r oedd hi'n byw. Rhoddodd un cynnig arall arni.

'Hwyrach mai yng nghanol y dref roedd Sharon yn byw ac nid allan yn y wlad,' meddai.

'Rhywle yn y canol,' meddai Miss Llewelyn. 'Roedd hi'n dal

bws weithiau os oedd hi'n bwrw glaw, ond yn cerdded fel arall.'

Rhoddodd ei llaw ar ei gwddf. 'O'n i ddim yn gwybod 'mod i'n cofio hynny. Falle fod gan bawb gof fel ti, Erful, heb sylweddoli.'

Er na chredai ef fod hynny'n wir, gwenodd.

'Dyw pobol ddim yn defnyddio'u cof, dyna i gyd,' meddai. 'Mae'n edrych yn debygol, felly, mai ar y stad roedd Sharon yn byw. Yr un sydd â'r stryd â'r enw tebyg i'r stryd hon, heblaw am yr atalnod.'

Chwarddodd Miss Llewelyn yn uchel am y tro cyntaf.

'Roeddet ti wastad yn cywiro atalnodau, on'd oeddet ti? Dylet ti fynd i'r afael â'r Swyddfa Bost. Mae llythyrau anghywir yn dod yma byth a beunydd oherwydd yr atalnod hwnnw. Mae e'n hala Dafydd yn wyllt. Dwi'n gorfod eu hachub nhw o'r bin sbwriel a'u hailgyfeirio'n amal.'

A chael ei dwrdio am drafferthu, fwy na thebyg, meddyliodd Erful. Gallai ei gweld yn ystyried.

'Wyt ti'n bwriadu siarad â Rici Wyn, neu oedd gweld ei fod yn iawn yn ddigon?' gofynnodd yn sydyn.

'Dwi ddim yn gwbod,' atebodd Erful. 'Ar y stad roedd yntau'n byw, ontife?'

'Ie. Galli di fentro ei fod yn dal i fyw gartre, neu yn y cyffiniau. Dyna lle'r oedden nhw i gyd, yn llwyth anferth o frodyr a chwiorydd, a thad gwahanol gan bob un.'

Ni wyddai Erful hynny. Math o rybudd iddo ydoedd, siŵr iawn, i fod yn ofalus. Awgrymai hyn ei fod yn amau nad sicrhau bod ei gyd-ddisgyblion yn ddiogel oedd yn ei gymell yn achos Rici Wyn.

'Falle na fydd yn rhaid i fi,' cyfaddefodd. 'Mae'n bosib y bydd yr heddlu wedi galw heibio iddo eisoes.'

Gwelodd hi'n codi ei haeliau.

'Fe oedd un o gwsmeriaid olaf y ferch ddiweddaraf i gael ei lladd,' meddai. 'Ond roedd hi'n fyw ar ôl iddo'i gadael.'

'Welest ti hynny?' Ni allai gelu'r syndod o'i llais.

'Do. Fi a Rysti. A gweld y cwsmer nesaf yn ei gyrru hi ymaith.'

Cymerodd Miss Llewelyn anadl ddofn.

'Wyt ti wedi trafod hyn gyda'r heddlu? Gallai fod yn dyngedfennol. Oedd hi'n rhy dywyll i ti weld y math o gar, neu'r rhif?'

Teimlai Erful wrid yn codi drosto.

'Ddim yn hollol,' meddai'n lletchwith. Ni ddylai fod wedi crybwyll y cwsmer nesaf ar ôl Rici Wyn. Roedd hi'n syllu arno'n ddwys. 'Dwi ddim yn nabod ceir a dim ond cipolwg gafodd Rysti. Ac wedi'r cyfan, falle nad hwnnw oedd y cwsmer olaf. Gallen ni ddinistrio bywyd rhywun yn gyfan gwbl, dim ond oherwydd i ni weld car lliw arian.'

Brathodd ei dafod. Dywedodd ormod. Trodd i adael.

'Diolch i chi am eich help,' meddai. 'Os llwydda i i ganfod Sharon, bydda i'n dweud wrthi eich bod yn ei chofio.'

Camodd yn gyflym at y gât wrth ochr y tŷ. Cysurodd ei hun nad oedd rheswm i Miss Llewelyn wybod eu bod wedi gweld car ei gŵr ar eu hymweliad blaenorol â'r tŷ. Roedd miloedd o geir lliw arian ymhob man, meddyliodd, wrth fynd drwy'r gât. O gornel ei lygad, gwelodd nad oedd hi wedi symud o'r llwybr, a'i bod yn rhythu ar ei ôl.

A'r planhigion yn tyfu o'i hamgylch fel jwngwl, edrychai fel unig frodor ynys drofannol, yn sganio'r gorwel am long na ddaethai fyth.

PENNOD 15

RHODDODD ERFUL HWP i ddrws y siop fach gwerthu popeth a chlywed cloch yn tincial yn y cefn. Roedd ymhell wedi amser cinio erbyn hyn ac roedd chwant bwyd arno. Cerddasai'r holl ffordd i'r stad a chrwydro ar hyd nifer o strydoedd. Gan na fu yno erioed o'r blaen, nid oedd wedi sylweddoli maintioli'r lle. Rhedai'r strydoedd yn hanner cylchoedd, yn heolydd hosan, bob siâp heblaw unionsyth, fel pe bai plentyn wedi sgriblo'r dyluniad ar ddarn o bapur. Roedd oergell fawr ger y drws a rhoddodd frechdan ŵy a *mayonnaise*, diod o bop, pastai Cernyw a myffin yn ei fasged. Dyna gyflawni ei siopa am y dydd. Calonogwyd ef o weld bod hon yn Swyddfa Bost yn ogystal, er bod rhwyllau metel yn hanner cau y rhan honno o'r ystafell. Sylwodd fod dynes dywyll ei phryd yn edrych arno drwy'r bwlch.

'Prynhawn da,' meddai Erful, gan osod ei fasged ar y cownter.

Fe'i cyfarchwyd heb dorri gair a thynnodd y ddynes ei chardigan wlân ynghyd dros ei thiwnig lliwgar. Gwisgai fflip-fflops am ei thraed, a gallai Erful glywed eu gwadnau'n clepian yn erbyn y plastig wrth iddi gerdded at y til.

'Ffres bob dydd,' meddai, gan bwyntio at y frechdan.

'Mae golwg neis arni,' atebodd Erful gan bendroni a ddylai ofyn iddi am Sharon.

'Ydych chi'n byw'n lleol?' gofynnodd y ddynes. 'Dwi ddim wedi eich gweld chi o'r blaen.'

Siglodd Erful ei ben.

'Nadw. Dyma'r tro cyntaf i fi ymweld â'r stad.'

'A'r tro olaf,' meddai'r ddynes, ond gwenodd, serch hynny.

Er nad oedd wedi cerdded ar hyd pob stryd ar y stad, a barnu o'r hyn a welodd, roedd ffordd o fyw ei thrigolion yn amrywio o'r gor-daclus i'r gwirioneddol anniben. Roedd ambell ardd yn cynnwys pethau megis corachod a phetiwnias o fewn ffens biced wen, a thai eraill â cherbydau heb olwynion yn sefyll y tu allan iddynt. Roedd llenni'r tai hyn yn dyllog ac yn hongian yn feddw wrth y ffenestri.

'Mae rhai pobol deidi yma,' meddai, gan feddwl ei bod yn well canmol na chondemnio.

'Dim digon,' meddai'r ddynes, gan gyfrif y newid wrth ei osod yn ei law. Edrychodd arno'n chwilfrydig. ''Dych chi ddim o'r Gwasanaethau Cymdeithasol, felly.'

Siglodd Erful ei ben. Gwenodd hi.

'Na 'dych. Byddech chi'n gwbod shwd le sydd yma os oeddech chi. Ydych chi'n ymweld â rhywun?'

'Odw – os alla i ddod o hyd i'r tŷ. Dwi wedi colli cysylltiad â hen ffrind ysgol oedd yn arfer byw yma. Sharon yw ei henw.'

Meddyliodd y ddynes am eiliad.

'Sneb yn canu cloch,' meddai. 'Sori.'

Diolchodd Erful iddi a gadael y siop. Ymlwybrodd ymaith a chwilio am le i eistedd i fwyta'i frechdan. Roedd wedi gweld lle chwarae ar stryd a arweiniai i'r chwith, ond roedd haid o fechgyn yno bellach. Cyflymodd ei gamau cyn iddynt ei weld. Edrychodd ar ei oriawr. Deng munud wedi tri. Trodd gornel a gweld pâr o famau ifanc yn ffarwelio â'i gilydd. Roedd ganddynt blentyn yr un mewn cadair wthio a dau blentyn hŷn hefyd, tua phump oed, oedd yn cledro'i gilydd â'u bagiau meddal. Gwisgai'r ddau yr un math o grys chwys coch a throwsus llwyd â'r rhai a wisgai'r bechgyn yn y lle chwarae. Ai plant ysgol gynradd oeddent i gyd?

Brysiodd Erful yn ei flaen gan geisio dyfalu o ble y daethent. Nid oedd raid iddo gerdded yn bell. Safai'r ysgol gynradd y tu ôl i reiliau'n wynebu'r ffordd fawr. Roedd ceir yn cyrraedd ac yn gadael, a'r palmentydd a'r ffordd yn byrlymu am gannoedd o lathenni. Ar fin croesi'r stryd at fynedfa'r ysgol, arhosodd yn ei unfan. Ac yntau'n ddieithryn ar ei ben ei hun, doethach fyddai peidio â sefyll a syllu. Ni allai ond gwylio o bell a cheisio adnabod Sharon pe digwyddai fod yno. Eisteddodd ar wal isel a chymryd dracht o'i bop. Safai'r merched a arhosai i gasglu eu plant yn griwiau gan sgwrsio a chwerthin. Roedd amryw yn dandlwn plentyn iau ar un glun. Bob yn un ac un, daeth eu hepil drwy ddrws yr ysgol, dan oruchwyliaeth athrawes ar ddyletswydd. Ni adawai iddynt fynd o'i gafael nes iddi weld y fam neu'r ofalwraig berthnasol. Cymeradwyai Erful hyn, oherwydd roedd y ffordd yn brysur, a'r ceir yn gorfod gwthio'u trwynau allan i'r llif o drafnidiaeth. Roedd dynes lolipop yn creu rhwystr pellach wrth y gyffordd. O bryd i'w gilydd byddai tair rhes o geir rhwng Erful a'r ysgol, a rhaid oedd iddo bwyso ymlaen er mwyn gweld. Fodd bynnag, ni welodd unrhyw un tebyg i'r Sharon a gofiai.

Tynnodd ei frechdan ŵy o'i sgrepan a'i dadlapio. Cnodd hi'n feddylgar. Roedd ganddo ddigon o amser i fynd yn ôl i'r llyfrgell a chwilio am Sharon yn y llyfr ffôn. Yna sylweddolodd nad oedd Miss Llewelyn wedi crybwyll ei chyfenw o gwbl. Ochneidiodd. Pe na bai wedi bod mor bryderus ynghylch car ei gŵr byddai wedi gofyn am yr enw llawn. Rhoddodd y gorau i syllu ar yr ysgol a bwytaodd weddill ei ginio'n benisel. Ni allai fynd yn ôl i'r Hen Ficerdy am y trydydd tro. Nid oedd dewis ganddo nawr ond mynd i weld Rysti a gofyn iddi hi. Gallai fod wedi arbed oriau iddo'i hun trwy wneud hynny yn y lle cyntaf. Ac nid oedd y frechdan ŵy mor ffres â hynny, wedi'r cyfan. Gadawodd y crwstyn a'i roi yn ôl yn y pecyn cyn llyncu diferion olaf y pop. Roedd bin sbwriel ben draw'r stryd. Cerddodd Erful ato a gollwng y cyfan iddo. Roedd y ddynes lolipop yn ei chot hir wen a'i chapan pig yn sefyll a'i chefn ato, yn tywys crocodeil hir o rieni a phlant ar draws y ffordd. Siglodd ei bys ar yrrwr a refiai ei injan yn ddi-baid. Gwgodd hwnnw arni a rhoddodd ei law ar ei gwast yn heriol. Gwenai rhai o'r mamau'n galonogol. Arhosodd i'r olaf gyrraedd y palmant cyn cerdded yn hamddenol i'r ochr ble safai Erful.

''Dyn nhw ddim yn mynd yn fwy amyneddgar, odyn nhw?' meddai un fam.

Chwarddodd y ddynes lolipop a chwifio'r teclyn tal.

'Heb hwn bydden ni i gyd yn fflat fel pancos!' meddai'n llon. Trodd ei phen at y siaradwraig. Sgleiniai haul y prynhawn oddi ar big ei chapan. Yna martsiodd ar draws yr heol i mofyn criw arall.

Ni symudodd Erful. Ai Sharon oedd hi, neu a oedd ei ysfa i'w chanfod yn mynd yn drech nag ef? Daeth yn ôl eto gyda mwy o blant, a'r tro hwn sylwodd ei bod yn edrych yn ddyfal arno. Ni wyddai a ddylai wenu.

'Dwi'n eich nabod chi o rywle,' meddai. Agorodd Erful ei geg ond chwifiodd y ddynes ei lolipop a brysio ar draws y stryd. 'Fydda i 'nôl nawr,' galwodd. 'Peidiwch â rhedeg bant!'

Roedd yn rhaid wrth ddwy siwrnai arall i glirio trwch y rheiny oedd eisiau croesi. Arhosodd Erful yn amyneddgar amdani. Roedd ei phrysurdeb yn ei fesmereiddio. Pan ddiflannodd y rhiant a'r plentyn olaf o'r golwg, a'r drafnidiaeth yn gallu llifo'n rhydd unwaith eto, daeth ato gan dynnu ei het.

'Nawr 'te,' meddai. 'Ble weles i chi o'r blaen?'

'Odych chi isie i fi ddweud, neu fyddai'n well gyda chi ddyfalu?' gofynnodd Erful. Ni dyna beth yr oedd wedi bwriadu'i ddweud. Roedd fel clywed rhywun arall yn siarad.

'Rhowch gliw i fi,' meddai.

'Miss Llewelyn,' meddai Erful. Nid oedd am wneud hyn yn rhy anodd.

Meddyliodd y ddynes a chlicio'i bysedd.

'Bechingalw,' meddai. 'Yr un o'n nhw'n arfer siarad amdano yn 2R. Ddethoch chi miwn unwaith. O'ch chi'n gadel. Ac fe glapodd pawb pan welon nhw chi fel'se Elvis 'di dod drw'r drws.'

Syllodd ar ei wyneb syn a gwenu. 'Dwi'n iawn, on'd odw'i? Elvis 'ych chi!'

Chwarddod Erful. Yna dywedodd rywbeth na feddyliodd y byddai'n ei ddweud wrth neb.

'Mae cof aruthrol gyda chi. Sharon 'ych chi, ontife? Erful yw fy enw i, mewn gwirionedd.'

'Ie, wrth gwrs. Nefoedd, welodd Miss eich isie chi! O'dd cofio pwy o'dd wedi talu'u harian cino'n ormod iddi, ond ar ôl i fi setlo damed, o'n i'n gallu dweud wrthi. Y jawl Rici Wyn 'na o'dd waetha – yn tyngu ei fod wedi talu pan do'dd e ddim. O'dd Hubert yn gwbod 'fyd, ond wede fe ddim gair.' Yna sobrodd a sefyll ar flaenau'i thraed gan syllu ar yr ysgol. 'Un eiliad,' meddai, a rasiodd ar draws yr heol. Gwelodd Erful hi'n syllu drwy'r rheilin ac yn galw'n daer. Yna, a phêl-droed dan ei gesail, ymddangosodd bachgen drwy'r gât a cherdded tuag ati. Arweiniodd Sharon ef ar draws y ffordd.

'Paid â loetran nawr, neu bydd dy fam yn poeni!' galwodd ar ei ôl. Ymunodd ag Erful wrth y bin sbwriel unwaith eto. 'O'n i'n gwbod nag o'n i wedi'i weld e'n croesi.'

Ni ddywedodd Erful ddim. Roedd ei stumog yn trosbennu. Efallai mai'r frechdan ŵy oedd yn gyfrifol.

'Beth 'ych chi'n neud rownd ffor' hyn, 'te?' gofynnodd Sharon, gan dynnu ei het a'i gosod ar y bin.

Ni phetrusodd cyn ateb.

'Chwilio amdanoch chi.'

'Cerwch o 'ma! Unwaith weloch chi fi.'

'Dwi'n gwbod.' Nid oedd yn siŵr sut i esbonio. Nid oedd hon fel y lleill. ''Ych chi wedi clywed am y llofruddiaethau...' ymdrechodd.

'Do. Dwy o'n dosbarth ni. Sylweddoles i ddim tan i fi weld eu lluniau nhw pw' nosweth yn y papur.'

Synnodd ei bod wedi'u hadnabod.

'Yn hollol. Dwi wedi bod yn chwilio am bawb arall yn y dosbarth.'

'Gawsoch chi afael arnyn nhw?'

'Do.' Sylwodd nad oedd hi'n gofyn pam yr aeth i chwilio. 'Buodd Rhuddwen yn fy helpu i ddechrau, ond dwi'n credu ei bod hi'n rhy nerfus nawr.'

Chwythodd Sharon aer drwy'i dannedd.

'Synnu dim,' meddai. 'Ody ddi'n dal ar gefen y sgwtyr 'na ac yn galw'i hunan yn rhywbeth twp? Dechreuodd hi ar hwnna pan fuodd ei chwaer farw. Wedes i wrthi flynyddoedd 'nôl, "Sdim byd yn bod arnat ti – tynnu sylw yw hyn i gyd". Llond pen ges i.'

Crychodd Erful ei dalcen. Nid oedd wedi dychmygu bod Rysti'n gwybod am Sharon ar hyd yr amser.

'Buodd hi'n gymorth mawr pan aethon ni i weld Dorian a Rhydian,' meddai, gan geisio bod yn deg. 'Ac wrth siarad â Miss Llewelyn am y tro cyntaf.'

'Mae'n un dda am actio,' meddai Sharon. 'On'd oes golwg bell wedi mynd ar Miss? 'Na beth sy'n dod o briodi hen fwbach cas. Fi ddyle wbod.' Edrychodd ar ei wyneb a chwerthin. 'Roies i gicowt i 'ngŵr ar ôl tair blynedd. Dim ond dwyflwydd o'dd Lisa'r ferch.'

'Beth mae'ch merch yn neud nawr?'

'Mae hi yn y coleg,' meddai Sharon yn falch.

Gwenodd Erful arni.

'Mae'n rhaid ei bod hi wedi etifeddu cof ei mam,' meddai.

'Ond ddim y dyslecsia, diolch byth.'

Eglurai hynny lawer iawn. Gwyrodd Sharon ei phen tua'r ysgol gyferbyn.

'Nhw'n fan'na sylweddolodd taw 'na beth sy arna i,' meddai. 'Roedd Lisa'n dod â llyfrau gartre a finne'n cael trafferth i'w darllen nhw iddi. Trefnon nhw i fi fynd am brofion. Dwi ar gwrs cyfrifiadur nawr. Meddylia amdana i ar gwrs!'

'Dwi'n falch iawn i glywed hynny,' meddai Erful yn ddiffuant, gan sylwi ei bod wedi troi o 'chi' i 'ti'. 'Does dim un o'r lleill wedi neud hanner cystal.'

Crychodd Sharon ei thrwyn smwt.

'Nadyn, sbo. Cofia, maen nhw'n neud yn dda os 'yn nhw'n dal yn fyw. Dwy wedi'u lladd, ychan. All e ddim bod yn gyd-ddigwyddiad. Gofiest ti nhw o'r gofrestr, wrth gwrs.' Nid arhosodd iddo gytuno. 'Eu gweld nhw bwti'r dre fydda i. Heblaw am Hubert.'

'Rwyt ti wedi'i weld e hefyd, siawns, ond mae e'n flew dros ei wyneb i gyd nawr. Os welest ti drempyn â bagiau plastig wrth ei draed.'

Agorodd ei cheg yn O fawr. Yna siglodd ei phen â chywilydd.

'Tasen i wedi gweld ei lyged e bydden i wedi'i nabod, ond mae rhywun yn dueddol o gerdded heibio i bobol y stryd yn glou. Rhag ofon iddyn nhw fegian arian wrthoch chi. O'n i'n hoff o Hubert. Do'dd e ddim mor dŵ-lali â llawer. A beth o'dd gan Miss i'w ddweud?'

'Roedd hi'n dy gofio di,' meddai Erful, yn teimlo'i fod yn dechrau dod i arfer â'r newidiadau chwim hyn yn nheithi ei meddwl. 'Ac ar ôl tamaid o brocio, fe gofiodd hi taw o fan hyn roeddet ti'n dod. Ond dwi'n pryderu amdani, braidd. Rwyt ti'n iawn. Dyw ei gŵr hi ddim yn ddyn neis o gwbwl.' Ystyriodd a ddylai grybwyll yr hyn a welodd.

'Beth welest ti?' gofynnodd Sharon yn syth. 'Dwi'n gwbod o dy wyneb di dy fod ti wedi gweld rywbeth.'

Disgrifiodd holl ddigwyddiadau'r noson honno a'r diwrnodau wedyn iddi fanwl. Chwibanodd Sharon yn isel ar ôl iddo orffen.

'Wyt ti'n meddwl ei bod hi'n gwbod 'i fod e'n hwra?' gofynnodd.

'Falle'i bod hi'n amau ac yntau allan yn hwyr iawn y nos. Nid dyna'r tro cyntaf iddo fynd at y puteiniaid. Roedd Hubert yn gwbod amdano. Galwodd e fe'n Hen Grwt Drwg.'

Siglodd ei phen.

'A Rici Wyn yn gwsmer olaf ond un? Nefoedd wen, pwy fydde isie bod yn butain, gyda chwsmeriaid fel'na?' Ystyriodd am ennyd. 'Taset ti heb ei gweld hi'n fyw ar ôl Rici Wyn, weden i taw fe sy wrthi'n bendant. Mae isie sgrifennu 'Nytyr' ar draws talcen hwnna fel rhybudd i'r cyhoedd. Os o'dd rhywbeth yn symud, ro'dd e'n ei fwrw fe, ac os nad oedd e'n symud, ro'dd e'n ei ddwyn. Ro'dd e fel rhwbeth wedi'i weindio – fel'se fe'n chwilio am felltith drwy'r amser.'

'Dyna mae pawb yn ei ddweud.' Trawyd ef gan syniad. 'Buodd ffeit fawr yn y dosbarth cyn i ti ddod. Roedd e fel rhyw anifail gwyllt bryd hynny. Dim ond yr hanner olaf ddalies i, a ches i byth wbod beth ddigwyddodd yn iawn. Glywest ti rwbeth?'

'Pan agorodd e'i gopish a dangos popeth i bawb? A reslodd Wilma fe i'r llawr?'

Cytunodd Erful heb ddweud gair. Cofiai gyrraedd drws agored yr ystafell a gweld ei gyd-ddisgyblion yn llochesu dan y desgiau, y rhwyg yn ffrog Miss Llewelyn, a Wilma'n sefyll rhyngddynt a Rici, wrth iddo daflu cadeiriau a rhuo. Lwcus i Erful fod yn sefyll tu ôl iddo. Ni fyddai wedi cael dianc fel arall.

'Fi redodd i mofyn Mr Jenkins,' meddai. 'Ond doedd neb yn y dosbarth isie siarad am y peth.'

'Nac oedden,' cytunodd Sharon. 'Dim gair. Ro'dd hynny'n od, achos nid eu bai nhw o'dd e. Er, fe glywes i lot o straeon ail law gan bobol erill – bod e wedi torri'r holl ddodrefn a'r ffenestri, a bygwth Mr Jenkins â chyllell, a wanco dros bawb a rhoi AIDS iddyn nhw. Y pethe arferol, ti'n gwbod.'

Gwenodd yn gysurol arno. Gallai weld ei syfrdandod.

'Dwi wedi byw ar yr un stad ag e ers oes pys, ac er nad yw e wedi dod at ei goed o gwbwl, mae'r cryts o'dd e'n arfer eu harwain i ddrygioni wedi tyfu a gweld y golau. Ond mae Rici'n styc. Dyn dros 'i ddeugain yn meddwl fel crwt pedair ar ddeg. Mae rywbeth pathetig yn 'i gylch e erbyn hyn.'

'Ody e'n dal i fyw gartre gyda'i deulu?'

'Ody, a diolch byth am hynny. Maen nhw'n cadw llygad arno, ore gallan nhw. Y fam a'r chwiorydd yn arbennig, er 'i fod e'n gallu jengid o'r tŷ yn y nos oherwydd maen nhw'n neud gwaith glanhau ar shifft hwyr. Dwi wedi'i weld e cwpwl o weithie'n rhedeg gartre heibio'n fflat i yn oriau mân y bore. Dwi'n credu bod y brodyr wedi cael hen ddigon er eu bod nhw'n trefnu gwaith labro iddo'n achlysurol. Ond mae e'n gwario pob ceinog ar bethe twp. Alli di fentro bod arian 'da fe'r noson welest ti fe a dyna pam ro'dd Rysti'n fodlon ei ddilyn. Ro'dd hi'n gobeithio bachu peth.' Syllodd arno'n graff am eiliad. 'Roiest ti ddim arian iddi, do fe?'

'Brynes i ddiod iddi, dyna i gyd. Ond cawson ni ddigon o beth ifed yn ffermdy'r brodyr i bara oes.'

Teimlai Erful yn anghysurus yn cyfaddef hyn.

'Sut cafodd Rici ei ddal yn lladrata o dai?' gofynnodd.

'Dwi ddim yn hollol siŵr, ond mae sôn taw ei frawd hynaf roddodd ei enw i'r heddlu yn y diwedd, a dyna shwd gafodd e garchar. Mae hwnnw wedi symud bant i fyw ers blwyddyn a mwy. Does 'na ddim croeso iddo fynte ar yr aelwyd mwyach, medden nhw. Ond ar nos Sadwrn mae gweddill y llwyth yn dal i yfed yn yr Afr. Cynhalion nhw barti mawr pan ddaeth Rici mas o'r cwb. Fel'se fe'n arwr.'

'Llwyth,' meddai Erful. 'Dyna beth alwodd Miss Llewelyn nhw hefyd.'

'Dyna beth 'yn nhw.' Syllodd arno'n siarp. 'Gobeithio nad wyt ti'n bwriadu treial siarad ag e. So ti moyn tynnu nyth cacwn am dy ben.'

Gwingodd Erful.

'Dwi'n gobeithio na fydd raid i fi. Ond beth os yw e'n gwbod rywbeth? Gafodd hi alwad ffôn cyn iddo gyrraedd. Falle'i fod e'n un o'i chwsmeriaid rheolaidd.'

'Mae'r un peth yn wir am ŵr Miss.' Meddyliodd Sharon am

eiliad. 'Os odyn nhw wedi dod o hyd i'w ffôn hi, gallai'r Glas fod yn cnoco ar ddrysau Rici Wyn a'r Hen Grwt Drwg y funud hon. Ar y llaw arall, ody ddi'n debygol taw cwsmer rheolaidd laddodd hi a'r lleill? Pwy lofrudd fydde'n ddigon dwl i ffono mla'n llaw?'

Erbyn hyn roedd athrawon yr ysgol yn gadael yn eu ceir. Cododd Sharon ei llaw arnynt.

'Gronda,' meddai'n sydyn dros ei hysgwydd, 'hoffet ti fynd am ddrinc ryw nosweth?'

Roedd Erful wedi'i syfrdanu, ac yn gobeithio nad oedd ei ddiffyg geiriau yn mynegi amharodrwydd. Cafodd hyd i'w dafod yn y diwedd.

'Neu allen ni fynd am bryd o fwyd,' atebodd yn swil.

'Gallen, sownd,' atebodd Sharon, 'ond dwi'n credu taw peint yn y Afr ar nos Sadwrn fydd ore.'

Edrychodd i fyny arno, a rhoi winc. Daliodd gwynt yr hydref ei gwallt byr, glân fel bysedd maldodus. Gafaelodd yn ei het oddi ar y bin a'i chwyrlïo ar flaen ei bys. Roedd hi ar y palmant gyferbyn cyn iddo gael ei wynt ato.

'Rhif ffôn!' galwodd ar ei hôl, a'i chlywed hi'n chwerthin eto, cyn iddi weiddi rhes o rifau.

PENNOD 16

A R Y BWS, ceisiodd Erful ddarllen y cyfarwyddiadau ar gyfer ei ffôn newydd, ond roedd yn anodd canolbwyntio. Daliodd y gwynt main ei facintosh wrth iddo ddisgyn, a botymodd hi wrth gerdded. Tywyllai'n gynharach bob dydd gan daflu cysgodion dros y ceir a gwneud i'r tai bob ochr edrych fel pe baent yn pwyso mlaen dros y palmant. Roedd angen torri'r clawdd o flaen y tŷ yn ddychrynllyd.

'Hei!'

Neidiodd Erful, ac un llaw ar glicied y gât. Roedd y golau'n disgleirio o dŷ Mistar Elmer fel arfer, a safai ei gymydog ar y trothwy. Beth nawr, meddyliodd, ond croesodd y stryd tuag ato. Crechwenodd yr hen ŵr.

'Ni-Na! Ni-Na!' canodd, gan roi ei ddwrn ar ei ben a'i agor a'i gau. Daeth pwl o beswch drosto a rhoddodd y gorau iddi. Arhosodd Erful. Daliai Mistar Elmer i wenu wrth straffaglu i dynnu anadl.

'Beth sy wedi digwydd?' gofynnodd Erful. 'Odych chi'n iawn?'

'Fi?' meddai. 'Dwi fel y boi.' Yna dechreuodd ganu 'Ni-Na' eto.

Trodd Erful ymaith. Roedd rhywbeth mawr yn bod ar ei gymydog. Âi'n waeth bob tro y gwelai ef. Gallai ei glywed yn dal i beswch a chwerthin bob yn ail.

'Maen nhw ar dy ôl di!' gwaeddodd, wrth i Erful groesi'r stryd. 'Fydd hi ddim yn hir nawr. A wedyn bydda i'n cael 'y nhraed dan y ford.'

Nid edrychodd Erful yn ôl ond camu'n benderfynol tua drws

cefn ei dŷ. Chwiliodd am ei allweddi yng ngwaelod ei sgrepan ond yna safodd yn stond. Roedd aroglau anghyfarwydd yn y rhodfa gul, rhyw arlliw o bersawr nad oedd yno'r bore hwnnw. Ffroenodd yr awyr wrth agor y drws. Afftyr-shêf, meddyliodd. Aeth drwy'r gegin a'r ystafell fyw yn cau llenni a chynnau'r golau cyn rhoi ei got i gadw yn y cyntedd. Bellter i ffwrdd gallai glywed seiren yn canu. Safodd yno yn y gwyll yn gwrando. Dyna beth oedd y 'Ni-Na'; Mistar Elmer yn ceisio dynwared car yr heddlu. Roedden nhw wedi bod yma'n chwilio amdano fe, Erful. Bu un yn sefyll am amser tu allan i ddrws ei aelwyd, yn sbecian drwy'r gwydr. Cofiai wynto persawr cryf pan safodd y tri heddwas o'i flaen ger stondin Siôn.

Yn yr ystafell fyw ceisiodd roi trefn ar ei feddyliau. Os oeddent mor awyddus i'w weld nes eu bod wedi mynd o amgylch y tŷ, pam nad oeddent wedi aros? A phryd oeddent wedi cyrraedd? Ni allai fod oriau ynghynt, neu ni fyddai'r aroglau wedi para. A ddywedodd rhywun wrthynt ei fod yn ymchwilio i'r marwolaethau? Os felly, gresynai mewn ffordd nad oedd wedi bod yno i siarad â nhw. Gallai fod wedi dangos ei nodiadau iddynt. Roedd y pinfwrdd yn sefyll â'i wyneb tua'r mur ar y llawr dan y ffenestr ers iddo hwfro. Ni fyddent wedi medru ei weld. Eto, efallai fod hynny'n beth da. Ni allai gael gwared ar y darlun o'r heddwas yn syllu drwy wydr y drws cefn. Awgrymai hynny eu bod yn amau ei fod yn cuddio oddi wrthynt, ac nad galwad gyfeillgar mohoni. Ond pam? A welodd rhywun heblaw Hubert ef yn cysgu yn y parc? Tybed ai dyma syniad Buddug o ddial? Nid aeth yn agos i'r banc ers y diwrnod hwnnw. Oedd hi'n credu mai ef oedd y llofrudd? Eisteddodd ar y soffa. Sylweddolodd ei fod wedi ei synnu hi trwy ddangos agwedd gwbl newydd ar ei gymeriad. Doedd neb yn fwy syn nag ef ei hun. Hwyrach y credai Buddug iddo esgus bod yn swil ac ecsentrig, ac mai'r person a oedd wedi meiddio ei sarhau am ei nawddogi oedd y cymeriad go iawn.

Cododd a mynd at y pinfwrdd. Os deuent yn ôl, nid oedd wiw iddynt weld hwnnw na'r nodiadau. Tynnodd y cyfan oddi arno, a rhwygo'r nodiadau'n yfflon. Edrychodd ar y llun. Dylai ei ddinistrio. Ond teimlai hynny fel dinistrio'i orffennol. Rhoddai'r llun yn ôl yn ei briod le yng ngwaelod y blwch esgidiau. Dringodd y grisiau a thynnu'r bocs hirsgwar o gornel y wardrob. Clywodd rywbeth yn cydio wrth iddo'i wthio i'w le yn y gornel, ac ymbalfalodd â'i fysedd i weld beth oedd y rhwystr. Dim ond rhyw ddarn bach o bapur ydoedd, ac roedd ar fin ei daflu pan dynnodd rhywbeth ei sylw. Safodd o dan y golau a gweld cornel llun, wedi'i rwygo, ac arno droed noeth. Diffoddodd y golau a cherdded i lawr y grisiau i'r ystafell fyw.

Aeth y nodiadau i'r bin sbwriel, a chariodd y pinfwrdd allan i'r garej. Nid edrychai'n ddim mwy na darn o bren ymhlith y trugareddau eraill. Roedd Surbwch a Blodyn ar eu ffordd allan, eto.

'Erful?' galwodd Blodyn. Edrychai'n bryderus, ond roedd Surbwch eisoes yn datgloi'r car. 'Roedd yr heddlu yma'n gynharach yn holi amdanoch chi.'

Amneidiodd Erful a cheisio gwenu.

'Dwi'n gwbod,' atebodd. 'Ddywedodd Mistar Elmer wrtha i.'

'Dim byd o'i le, gobeithio?'

Cyn i Erful fedru meddwl, clywodd ei hun yn siarad.

'Isie datganiad tyst maen nhw, fwy na thebyg,' meddai. 'Ddalies i leidr ym marchnad y ffermwyr ddoe. Wel, perchennog y stondin ddaliodd e, ond fi welodd e'n dwyn. Mae pawb yn y farchnad yn gwbod am ei ddwylo blewog e.'

Goleuodd wyneb Blodyn.

'Llongyfarchiadau!' meddai. 'Falle welwn ni'ch llun chi yn y papur cyn bo hir.'

Cododd Erful law arni cyn troi 'nôl i'r tŷ. Llun yn y papur? Dim diolch. Nid oedd wedi dweud celwydd yn hollol, ond o ble ddaeth yr esboniad chwim? Yr Erful arall a atebodd Blodyn, yr un nad oedd yn ofnus, ond yn anffodus ni fedrai ddibynnu arno. Gwyddai ei fod yno gydol ei sgyrsiau gyda Buddug a Sharon. Ond ni wyddai a fyddai'n dod i'r fei yn yr Afr ymhlith teulu Rici Wyn. Dyna pryd byddai ei wir angen arno.

Wedi gwaredu'r pinfwrdd, aeth ati i wefru ei ffôn newydd. Roedd yn eithaf cyffrous i'w weld yn goleuo, a chan ei fod yn feistr ar y dechnoleg newydd, rhoddodd ei bastai Cernyw i gynhesu yn y ffwrn yn hyderus. Treuliodd chwarter awr bryderus er hynny yn ei wylio drwy'r panel yn y drws. Tynnodd ef cyn y gallai ffrwydro'n fflamau, ac eisteddodd i'w fwyta a'r cyfarwyddiadau am y ffôn ar agor o'i flaen. Aeth at ei degan newydd droeon i weld yn union beth y cyfeirid ato, gan wybod y byddai'n rhaid iddo ymarfer cyn mentro galw Sharon. Efallai, meddyliodd, na fyddai'n rhaid iddo brynu camera o gwbl. Gallai ddefnyddio'i ffôn. O ystyried, roedd datblygu eich lluniau eich hun yn drafferthus. Nid oedd ei dad wedi datblygu ei dryloywluniau ond byddai'n eu hanfon drwy'r post. Efallai fod tryloywluniau'n fwy cymhleth na lluniau cyffredin. Hyd yma ni ddaethai o hyd i unrhyw luniau papur o waith ei dad. Mwy na thebyg roedden nhw'n llechu yng nghornel bellaf yr ystafell lan lofft ynghyd â'r tudalen o syms.

Llowciodd y myffin yn frysiog cyn golchi'r llestri. Gallai fynd ynghyd â mwy o'r ystafell cyn newyddion deg. Cwynodd ei goesau wrth iddo ddringo i'r llofft uchaf, ond anwybyddodd nhw. Roedd wedi cerdded filltiroedd i dŷ Miss Llewelyn ac i'r stad wedyn. Byddai'n rhyfedd pe na baent yn cwyno. Syllodd ar y bwlb noeth cyn clicio'r swits golau, ond ni wnaeth hwnnw ddim ond troi'n wynias. Dechreuodd ar y gwaith o glirio, yn fwy ymwybodol nawr o bwysigrwydd posib y darnau di-ri o bapur. Trwy lwc, roedd wedi clirio, hyd yma, yn nhrefn fras y taflu gwreiddiol. Daethai hen lenni a chynfasau tyllog i'r golwg, dillad ac esgidiau, blychau o bapurach, ambell glustog a gorchudd lamp. Cofiai am y rhai newydd yn ymddangos, ond nid oedd wedi meddwl gofyn i ble'r aeth yr hen rai. Roedd dodrefn yma hefyd, hen fyrddau pren tila a chadeiriau cegin, pethau y gallai ei fam eu cario i'r llofft ei hunan. Pan ddaeth o hyd i gelfi, ni thaflodd mohonynt er mwyn gallu dodrefnu'r ystafell unwaith y cawsai ei gwacáu yn llwyr.

Cariodd nifer o sachau i lawr i'r garej. Roedd pentwr y sachau bron cyn gymaint ag annibendod hanesyddol yr ystafell. Cysurodd ei hun yr âi'r cyfan i sgip a bod ei glirio'n rhywbeth pwrpasol. Roedd y llwybr anialwch yn anelu'n syth at y gornel bellaf oddi wrth y drws. O'r hyn a ganfu hyd yma, ymddangosai mai dyna lle y gorweddai'r pethau cynharaf, ar hyd y waliau cefn. Llanwyd yr ystafell o'r pwynt hwnnw tuag allan. Pam, tybed? Gwelodd fod blychau wedi'u lletemu yn erbyn y nenfwd yn y fan honno. Rhaid bod ei fam wedi sefyll ar stôl i'w gosod felly. Yn amlwg, roedd ganddi resymau dros wneud. Gydag anhawster, tynnodd yr un cyntaf i lawr. Roedd wedi'i selio â thâp. Roedd hynny'n beth newydd. Yn chwilfrydig aeth ati i'w agor. Dillad dyn oedd ynddo, crysau a throwsus a sanau, wedi'u taflu i mewn yn ddi-hid. Dyna ddiwedd ar ei theori am gronoleg yr ystafell, meddyliodd, ond yna gwelodd grys streipen las. Ni fu Erful erioed yn berchen ar grys o'r fath. Dillad ei dad oedd y rhain. Tynnodd fwy a mwy o'r blychau a chanfod yr un peth. Cododd siwt gyfan allan o un blwch, wedi'i chrychu'n druenus. Daliodd y siaced at ei drwyn ac anadlu. Rywle, ymysg y llwch a'r llwydni, roedd gwynt baco a chwys. Siwt waith ei dad, wedi'i hwpo ar ras wyllt i mewn i flwch cardbord, a gaewyd â thâp, ac a wthiwyd â nerth bôn braich i gornel a'i adael am bron i ddeugain mlynedd. Ni wnâi hyn synnwyr o gwbl. Pam na roddodd nhw i Fyddin yr Iachawdwriaeth neu i elusen debyg? Neu, os eu cadw oedd y pwynt, pam na chadwodd y cyfan yn daclus? Efallai mai dyma'r unig beth y medrai ei wneud yn nhryblith ei galar.

Llwythodd y dillad yn synfyfyriol i sachau a sylwi bod rhai ohonynt yn frwnt. Roedd staen inc ar flaen un crys. Roedd eraill fel pe baent wedi eu golchi ond yn grychau i gyd. Oedd hi wedi eu tynnu o'r fasged olchi fel yr oeddent, yn methu â dioddef meddwl am eu smwddio a'u rhoi i gadw? Twriodd ymhellach, nes bod dim yn y gornel heblaw un bag a phapurach. Agorodd y bag a gweld darnau o rywbeth wedi'i dorri'n ddeilchion. Camera ei dad. Ni fyddai wedi ei adnabod heblaw am y lens. Roedd fel pe bai rhywun wedi mynd ati'n fwriadol i'w falu ond heb lwyddo i orffen y gwaith. Edrychai'r casyn fel pe bai wedi'i daro â morthwyl, dro ar ôl tro. Roedd pethau eraill yma hefyd, nad oedd yn amlwg yn perthyn i gamera. Hen wregysau lledr, tenau, ac ymhlith y darnau o gamera, rhywbeth fel carreg galed, gron. Syllodd arni. Nid carreg oedd hi, sylweddolodd, ond oren fach, wedi sychu a chaledu er bod marciau ar y croen. Byddai wedi disgwyl iddi bydru. Caeodd y bag a'i wthio i'r sach, yna plygodd i godi'r papurau. Llyfnhaodd nhw i weld a oeddent o unrhyw bwys.

Yr eiliad y tarodd ei lygaid ar y cynnwys, trodd yr ystafell yn goch unwaith eto. Daliodd ei anadl. Nid edrychai ar y bwlb. Gadawodd i'w feddwl lithro a syllu ar y llawr. Roedd yr ystafell yn gliriach o lawer y tro hwn. Ni safai ymhlith blychau ond wrth y drws. Roedd hi'n ystafell fwy o lawer, a byrddau yn erbyn y waliau, rhai uchel bron cyn daled ag ef. Fflapiai rhywbeth uwch ei ben. Ni allai ymatal rhag codi ei lygaid. Daeth gwaedd ddig o rywle a chaeodd Erful ei lygaid yn reddfol.

Teimlodd yr ystafell yn troi 'nôl i'w ffurf arferol, a phan agorodd ei lygaid roedd yn parhau i sefyll yn y gornel a'r papurau yn ei law. Siglodd ei hun, gafael yn y sachau dillad a gadael yr ystafell. Yn yr ystafell fyw, rhoddodd y papurau ar y bwrdd ac aeth â'r sachau i'r garej. Berwodd y tecyl gan gadw'i feddwl yn wag yn bwrpasol. Gwyddai beth welodd ar y papurach. Ceisiodd beidio â chynhyrfu. Rhaid oedd cymryd pwyll.

Aeth at y bwrdd a dishgled o de yn ei law. Gwthiodd un o'r darnau o'i olwg ac edrych ar y llall. Tystysgrif priodas ei rieni ydoedd. Tynnodd y llall tuag ato, yr un y darllenodd ei benawdau. Tystysgrif marwolaeth ei dad. Pam roedd hynny'n ddigon i wneud i'r ystafell newid? Ni wyddai. Pam cafodd y ddwy dystysgrif bwysig eu taflu fel sbwriel? Dylent fod gyda'r dogfennau swyddogol eraill, gweithredoedd y tŷ, ei dystysgrif geni ac ati. Yfodd ei de a meddwl. Gallai ddeall ei fam yn taflu'r dystysgrif marwolaeth. Roedd hynny'n perthyn i'r un meddylfryd â'r un a'i cymhellodd i daflu'r dillad. Ond doedd bosib bod ei thystysgrif priodas yn rhan o hynny. Darllenodd hi yn ofalus. Nid oedd unrhyw beth amlwg yn ei daro. Trodd ei sylw at y dystysgrif marwolaeth. Eto, dim ond enwau a dyddiadau ydoedd. Rhedodd ei lygad i lawr y tudalen. O dan y pennawd 'Achos Marwolaeth', roedd y geiriau 'Marwolaeth Ddamweiniol'. Pwysodd ymlaen. Fedrai hyn ddim bod yn gywir. Marw o ddolur sydyn ar y galon wnaeth ei dad. Oedd e wedi cael damwain o ganlyniad i'r trawiad? Ac nid oedd esboniad o gwbl. Ar dystysgrif marwolaeth ei fam rhoddwyd disgrifiad cryno o'i chyflwr – 'Chronic congestive heart failure'. Darllenodd eto, yn chwilio am gliw. Sylweddolodd yn sydyn fod rhywbeth rhyfedd arall ar waith. Yn gynnar ym mis Hydref y bu ei dad farw – dyna a ddywedai'r enw a'r dyddiadau ar y llyfr mawr yn yr amlosgfa ble'r arferent fynd bob blwyddyn tan i'w fam fynd yn rhy sâl. Felly, pam roedd y dystysgrif wedi'i dyddio yng nghanol Tachwedd? Cofiai dderbyn tystysgrif ei fam yn fuan ar ôl iddi farw. Aeth Doris ag ef i lawr i swyddfa'r cofrestrydd i'w nôl. Eglurodd Doris na allent drefnu'r angladd hebddi. Unwaith eto, clywodd ei llais uwchlaw chwyrnu'r bws a theimlo gwres ei choes yn ei erbyn ar y sedd gul.

'Mae'n rhaid i'r meddyg arwyddo'r systifficêt cyn allwch chi gladdu neu amlosgi.'

'Pam?'

'Ffordd o neud yn siŵr fod popeth fel dyle fe fod. Bydd dim trafferth gyda dy fam. Roedd hi'n sâl am sbel hir ac yn gweld *y doctor yn amal. Tase hi ddim, bydde fe'n pallu arwyddo ac yn gofyn am bost-mortem, er mwyn cael gwbod beth oedd yn bod arni. Ond bydd dim angen hynny'r tro hwn, sdim isie i ti boeni.'*

Ni feddyliodd fwy am ei geiriau tan nawr. A oedd rhyw arwyddocâd ynddynt? Awgryment fod yna dro arall pan wrthododd y meddyg arwyddo'r dystysgrif marwolaeth. Ai dyna pam daflodd ei fam y papur, oblegid bu'n rhaid iddi aros chwe wythnos cyn ei gael? A gynhaliwyd post-mortem ar ei dad? Ond hyd yn oed os cynhaliwyd yr arbrofion oherwydd ei fod wedi marw'n sydyn yn ddyn ifanc, heb ddangos unrhyw arwyddion blaenorol o salwch, oni fyddai'r dystysgrif yn dweud 'Trawiad ar y galon' os dyna beth a'i lladdodd?

Y broblem oedd, doedd ganddo ddim cof uniongyrchol o angladd ei dad. Clywsai lawer am yr angladd ar hyd y blynyddoedd, gan ei fam a chan Doris, nes rhoi'r syniad iddo ei fod yn ei gofio. Ond nid oedd ganddo atgofion personol. Gwyddai nad oedd wedi mynd i'r angladd, ond gyda phwy yr arhosodd? Pam yr oedd y bwlch hwn yn ei gof?

Cododd ac ymlwybro'n flinedig i'r ystafell wely ar y llawr uchaf unwaith yn rhagor. Y tro yma eisteddodd ar y carped ac edrych yn gyflym trwy'r blychau agosaf at y gornel. Doedd ganddo mo'r egni i'w gwacáu. Roedd bagiau'n dal llyfrau ysgol yn nifer o'r blychau, a thynnodd un neu ddau i weld pa mor aeddfed oedd ei lawysgrifen. Yn rhwystredig, aeth yn ôl ac ymlaen drwyddynt gan fflicio drwy'r tudalennau. Roedd un yn wahanol i'r lleill. Sylwodd fod y llawysgrifen ar y dechrau'n daclus, ond ar ôl ychydig o dudalennau roedd wedi newid a dirywio'n ddifrifol. Roedd dyddiadau ar bob tudalen i gychwyn, ond wedyn, rhoddwyd y gorau i'r arfer. Byseddodd bob tudalen yn ei dro. Gwelodd fod mis Medi wedi'i nodi ar ddechrau'r llyfr, ond nid oedd sôn am y flwyddyn academaidd. Roedd wedi meddwl, pan welodd ef gyntaf, mai llyfr diweddarach ydoedd.

Roedd e'n gwneud ffracsiynau, wedi'r cyfan. Wedi diwedd Medi newidiodd pethau'n llwyr. Edrychai fel llyfr rhywun arall – plentyn iau o lawer, a gâi anhawster i ysgrifennu rhifau heb sôn am eu hadio at ei gilydd. Araf a phoenus fu'r gwelliant, ac roedd llawer o groesau cochion yn dynodi atebion anghywir. Trodd y tudalennau'n drist. Doedd e ddim yn gallu dwyn unrhyw beth i gof. Doedd e ddim yn ei adnabod ei hun yn y gwaith hwn. Roedd y tudalen y chwiliai amdano bron ar y diwedd. Dyna'r seren aur a thic mawr glas wrth ei hochr. Deallai nawr pam yr oedd Miss Phillips wedi'i rhoi iddo. Cyfrifodd y tudalennau gwael. Roedd nifer fawr ohonynt, tystiolaeth o fisoedd o dangyflawni. Hwyrach ei bod hi wedi dechrau digalonni a chredu na ddeuai ei allu fyth yn ôl. Dyddiwyd y tudalen nesaf – y pedwerydd ar bymtheg o Fawrth. Roedd ffiniau'r bwlch yn ei gof yn eglur. Dechreuodd fymryn cyn i'w dad farw, a dirwyn i ben dros chwe mis yn ddiweddarach. Ac er i'w allu mathemategol flodeuo unwaith eto, amheuai nad oedd rhannau eraill o'i bersonoliaeth fyth wedi ymadfer. Ai o'r cyfnod gwag hwnnw daeth yr atal dweud a glymai ei dafod pan deimlai'n ofnus? Yn wir, ai dyma ffynhonnell ei ofnau dirifedi?

Aeth i lawr y grisiau gan afael yn ei lyfr ysgol. Edrychodd ar ei oriawr. Roedd wedi colli newyddion deg yn llwyr. Gosododd y llyfr ar y bwrdd gyda'r tystysgrifau, diffodd y goleuadau a throi am ei wely. Y peth olaf a'i trawodd cyn syrthio i gysgu oedd y ffaith na ddychwelodd yr heddlu.

Roedd Siôn yn aros amdano bore drannoeth, ac roedd ei de eisoes wedi rhoi. Ar ben hyn roedd y rhan fwyaf o'r dodrefn wedi'i osod.

'Mae angen i ni siarad,' meddai ei gyfaill, a gwahoddodd ef i eistedd.

Roedd hi'n amlwg bod rhywbeth wedi digwydd ers ddoe. Sychai Siôn ei ddwylo ar ei ffedog ddu yn ddi-baid.

'Cyfweliad arall gyda'r heddlu?' gofynnodd Erful.

Cododd Siôn ei lygaid.

'Ie,' meddai'n dawel, ond nid ymhelaethodd.

Roedd yn amlwg na chafodd ei arestio, ac yntau'n dal yma wrth y stondin. Meddyliodd Erful am eiliad hir.

'Gofynnon nhw i ti pwy arall oedd yn cael mynediad i'r storfa a chefn Neuadd y Dref. A bu'n rhaid i ti roi fy enw i iddyn nhw.'

Rhoddodd Siôn ryw chwerthiniad bach di-hiwmor, a dweud, 'Cywir. Aethon nhw o 'ma ar ras i chwilio amdanat ti. Ond caff gwag oedd e.'

'Ie. Dyle'r Meic 'na newid ei afftyr-shêf.'

Edrychodd Siôn arno a chodi'i aeliau.

'Est ti i gwato?'

'Naddo. Bues i'n siarad â phobol o'r un dosbarth â fi yn yr ysgol drwy'r dydd. Wyntes i fe wrth y drws cefen, a ta beth, roedd y cymdogion wedi'u gweld nhw. Pam na ddaethon nhw 'nôl neithiwr?'

Gwyddai'r ateb cyn i Siôn agor ei ben.

'Am dy fod ti yma bob bore. Alla i ddibynnu arnat ti, fel y wawr yn torri.'

Edrychodd Erful o'i amgylch. Nid oedd neb yn sefyllian gerllaw.

'Dwi rywfaint yn gynnar.'

'We'n i'n gobeithio y byddet ti,' meddai Siôn, 'er mwyn i fi allu dy rybuddio di. Gronda, wedd yn rhaid i fi weud. We'n i ddim isie. Ond o leia gei di amser i feddwl. Er mwyn popeth paid â sôn am fynd i whilo mwy o dy ffrindiau.' Ystyriodd am ennyd. 'Sdim byd yn y tŷ, wes e, i roi lle iddyn nhw dy ame di?'

Siglodd Erful ei ben a gwenu.

'A fyddai'n haws i ti ddweud na welest ti fi o gwbwl y bore 'ma?'

Rhwbiodd Siôn gorun ei ben.

'Jawl, na fydde. Bydde fe'n edrych yn wa'l. O safbwynt y ddou ohonon ni. Diolch byth nad yw dy rif ffôn di gyda fi.'

Tynnodd Erful ei ffôn newydd o'i boced.

'Alli 'di 'i gael e os wyt ti isie.'

'Rho hwnna i gadw! Ers pryd fuest ti'n berchen ar un o'r rheina? Ble wyt ti'n mynd nawr?'

Roedd Erful wedi codi ar ei draed.

'I'r llyfrgell,' meddai. 'Mae gyda fi ymchwil i neud. Dywed wrthyn nhw taw dyna ble'r ydw i. Gallan nhw siarad â fi'n y fan honno.'

Ochneidiodd Siôn.

'Gredan nhw ddim gair o 'mhen i, nawr,' meddai'n ffwndrus. 'We'n i'n credu byddet ti 'di ca'l shigwdad ofnadw, 'chan.' Ysgydwodd ei ben. 'Rwyt ti i fod bach yn wirion, OK? Dwi'n gwbod nad wyt ti, ond dyna'r argraff roies i iddyn nhw.'

'Iawn,' meddai Erful. Rhoddodd ei law ar ysgwydd Siôn. 'Dwi'n gwerthfawrogi'r rhybudd. Nid dy fai di yw hyn. Mae'n hen bryd i fi siarad â nhw, ta beth.'

Gwyddai, wrth frysio ymaith, fod Siôn yn ei wylio'n mynd.

PENNOD 17

GOROESODD YR ERFUL hyderus tan iddo eistedd yng nghornel bellaf y llyfrgell i edrych ar hen rifynnau'r papur newydd. Roedd y ferch garedig wrth y ddesg flaen wedi rhoi dalen o gyfarwyddiadau iddo ar sut i ddefnyddio'r peiriant.

'Mae'n ddrwg 'da fi,' ymddiheurodd, 'ond 'dyn nhw ddim ar y we eto. A dyw'r tudalennau ddim yn hawdd i'w darllen. Maen nhw'n gwibio'n gyflym ac yn rhoi pendro i chi.' Dangosodd iddo sut i drin y teclyn bach a reolai'r broses, cyn dychwelyd at ei gwaith.

Ar y ffordd i'r llyfrgell roedd wedi'i argyhoeddi ei hun mai gweithred rhywun dieuog oedd peidio ag aros i'r heddlu gyrraedd. Nid oedd ganddo gynllun, yn hollol, ond gobeithiai fedru chwilota am rywfaint o wybodaeth cyn penderfynu faint i'w ddatgelu. Yn ddelfrydol, fe gâi wybod a ganfuwyd cwsmeriaid olaf Cochen ai peidio. Os felly, ni fyddai angen iddo grybwyll iddo fod yn ei gwylio yng nghwmni Rysti. Ni fyddai'n cyfaddef iddo gysgu yn y parc, beth bynnag a ddywedent. Gyda'i gilydd, roedd y ddau beth hyn yn ddigon i'w ddamnio.

Bwydodd y peiriant fel y dangoswyd iddo, a dechrau ar y gwaith. Nid oedd y ferch wedi dweud celwydd. Rasiai'r tudalennau heibio â'r cyffyrddiad lleiaf. Tynnodd ei law o'r ffon lywio a gweld ei fod wedi cyrraedd mis Ebrill blwyddyn marw ei dad. Cafodd y syniad o chwilio'r archifau papur newydd wrth deithio ar y bws a gweld ei gyd-deithwyr yn darllen. Arferai ei rieni dderbyn papur dyddiol a chanddo gylchrediad drwy dde Cymru. Cofiai weld ei fam yn edrych yn ddyfal ar yr colofnau geni, priodi a marw. Yn wir, roedd Doris wedi mynnu cyhoeddi marwolaeth ei fam yn y papur pan fu hithau farw, ac wedi ymddiried y gwaith o ysgrifennu'r peth i Erful, er iddi ychwanegu ansoddeiriau megis 'annwyl' a 'serchus' i'r fersiwn terfynol.

Âi ei lygaid yn reddfol at y drws bob tro yr agorai hwnnw, ond doedd dim sôn am yr ymwelwyr eto. Cyrhaeddodd fis Hydref ar y *microfiche*, trwy oedi'r teclyn ar Dachwedd, mynd 'nôl i Fedi, ac wedyn rhoi'r hwb lleiaf posib iddo. Tybiai na fyddai unrhyw beth wedi ei gofnodi tan o leiaf ddiwrnod neu ddau wedi dyddiad marwolaeth ei dad, ond chwiliodd am y dyddiad hwnnw yn gyntaf, rhag ofn. Darllenodd drwy'r colofnau marwolaeth yn gyflym. Roedd yn dechrau ymgynefino â'r peiriant erbyn hyn, a symudodd o un diwrnod i'r llall gan graffu ar y print mân. Tynnodd ei sbectol i weld a fyddai hynny'n ei helpu, ond ni allai weld y drws hebddi, felly fe'i gosododd yn ôl ar ei drwyn.

Cerddodd y ferch heibio iddo a gwenu. 'Bydd pen tost 'da chi ar ôl hanner awr,' meddai. 'Wedes i, on'd dofe?'

Roedd Erful ar fin cytuno pan welodd hi'n codi ar flaenau'i thraed ac yn edrych tua'r drws. Roedd dau heddwas mewn iwnifform yn sefyll yno, yn edrych o'u hamgylch. Cododd hi ael ar Erful a brysio tuag atynt. Llyncodd Erful a theimlo'i galon yn cyflymu. Gwelodd hi'n edrych arno'n bryderus, wrth i'r heddweision, dyn a merch, frasgamu i'w gyfeiriad. Teimlodd ei hun yn codi ar ei draed, yn sicr nawr y byddent yn ei fartsio allan mewn gefynnau, ond yna sylweddolodd ei fod wedi gwneud ystum i'w gwahodd i eistedd.

'Erful Williams?' gofynnodd y dyn.

'Ie,' atebodd, yn gwybod, na wyddai Siôn ei gyfenw, gan eu bod eisoes wedi bod yn gwneud ymholiadau yn ei gylch. 'Mae'n ddrwg 'da fi nad oeddwn gartref brynhawn ddoe. Pe baech chi wedi ffonio neithiwr, bydden i wedi bod yn falch i ddod i'r orsaf y bore 'ma.'

Edrychodd y naill ar y llall, ac eisteddodd y ferch. Gwnaeth y dyn yr un modd, er y synhwyrai Erful y byddai'n well ganddo fod wedi parhau i sefyll yn edrych i lawr arno. Syllodd y ferch ar y peiriant.

'Beth yw hwnna?' gofynnodd. 'Mae golwg hen arno.'

'Mae e'n newydd i fi,' atebodd Erful. 'Mae'n anodd iawn i'w gael i fihafio. Archifau papur newydd ar fath o ffilm yw e.'

Cododd y ferch i weld y sgrin a gwthiodd Erful y ffon lywio ryw fymryn iddi gael gweld y tudalennau'n rasio. Croesodd ei llygaid yn gellweirus.

'So nhw ar y rhyngrwyd, 'te?'

'Nadyn. Ond falle fod hynny'n beth da achos dwi ddim yn deall cyfrifiaduron chwaith.'

Roedd y dyn wedi tynnu llyfr nodiadau o boced ei siaced.

'Diddorol iawn,' meddai gan chwilio am feiro ym mhoced uchaf ei grys.

O ystyried portread Siôn ohono fel diniweityn, efallai nad oedd cael ei weld yn ymchwilio yn syniad da.

'Mae gyda ni gwpwl o gwestiynau,' meddai'r ferch, bron yn ymddiheurol. Roedd ei henw, Donna Davies, ar labed ei chot.

'Ers pryd buoch chi'n helpu ar y stondin coffi?' gofynnodd y dyn.

Ac un llygad ar ei fathodyn yntau, Chris George, atebodd Erful yn ddiymdroi.

'Chwefror yr ail ar bymtheg, dwy fil a naw.'

Os syfrdanwyd yr heddwas gan yr ateb pendant, ni ddangosodd hynny.

'A beth yw eich gwaith chi'n union?'

'Gosod y dodrefn, a mynd ar neges i Siôn.'

'Pa fath o neges?'

'Bydda i'n mynd i'r siop drosto, os yw e wedi anghofio prynu rhwbeth. Dwi ddim yn gweithio iddo'n hollol – dim ond ei helpu.'

'Byddwch chi'n ei helpu i godi'r stondin?'

'Fel rheol mae e wedi neud hynny ymhell cyn i fi gyrraedd.'

'Ond pan nad yw? Byddwch chi'n mynd gydag ef i gefn Neuadd y Dref i'w mofyn?'

Meddyliodd Erful am eiliad.

'Dim ond dwywaith mae hynny wedi digwydd. Ar y pedwerydd o Ionawr y llynedd, ac wedyn ar y pumed o'r mis hwn. Bu dyddiau eraill pan nad oedd e wedi codi'r stondin, ond es i ddim i'r storfa. Arhoses i amdano ar y rhodfa.'

Gwelodd yr heddwas yn ysgrifennu'r dyddiadau ac yn crychu ei dalcen.

'Rydych chi'n cofio'r dyddiadau hynny hefyd, sbo,' murmurodd dan ei anadl.

'Odych chi isie i mi ddweud pryd o'n nhw?'

'Nadw, diolch.' Edrychodd ar y ferch.

'Shwd le yw'r storfa, Erful?' gofynnodd hithau.

'Anniben,' atebodd Erful, yn falch ei bod hi wedi cymryd yr awenau. 'Bydda i ddim yn mynd i mewn, ond yn aros tu fas i'r drws. Mae mor llawn, sdim lle i ddau, ac mae Siôn yn gwbod yn well na fi sut i gael y stondin allan. Helpu i wthio'r darnau gwahanol ar hyd yr ale fydda i. Mae'r ale'n gul, a'r stondin yn llydan, ac yn dueddol o grafu yn erbyn y waliau.'

'A gyda Siôn mae'r allweddi?'

'Ie, wrth gwrs. Os yw e'n eu hanghofio, mae'n rhaid iddo fynd at un o warcheidwaid y neuadd.'

'A dyw e byth wedi gofyn i chi fynd i'r storfa drosto i mofyn rhywbeth?'

Siglodd Erful ei ben.

'Naddo. Os yw e angen rywbeth, mae e'n mynd ei hunan ac yn gofyn i fi gadw llygad ar y stondin. Bydden i ddim yn gwbod ble mae unrhyw beth.'

Roedd y ferch yn edrych arno'n llawn cydymdeimlad.

'Chi ddywedodd wrth y ddynes lanhau am y lorri ludw, ontife?' meddai hi'n sydyn.

'Dd-ddim yn hollol,' atebodd Erful, gan geisio claddu'r atal dweud oedd yn bygwth ei leferydd. 'Hi sylwodd ei bod wedi galw eisoes a dywedais i y gallai fod yn bwysig ac y dylai ddweud wrth yr heddwas ar ddyletswydd.'

Gwelodd fod ei chyd-weithiwr yn edrych yn chwilfrydig arno.

'Beth wnaeth i chi feddwl am hynny?'

Teimlai Erful yn anghysurus. Er nad oeddent wedi gofyn beth roedd e'n ei wneud yno mor gynnar yn y bore, roedd eu cwestiynau'n mynd i'r cyfeiriad hwnnw.

'Dim ond ar ôl iddi ddweud bod bois y biniau'n gwrthod codi unrhyw fagiau sbwriel oedd wedi'u gosod yn y lle anghywir y sylweddoles i y gallai'r corff fod wedi bod yno ymhell cyn i Siôn ei ddarganfod. Do'n i ddim isie iddo gael ei amau ar gam.'

'Rydych chi'n help mawr i Siôn, on'd 'ych chi?' meddai'r dyn. 'Mae e'n dibynnu arnoch chi.'

Siglodd Erful ei ben eto. Ni hoffai dôn llais yr heddwas.

'Dim ond i osod y dodrefn a mofyn pethau o'r siop. Alla i ddim neud coffi na dim.'

'Allech chi ddysgu, dwi'n siŵr,' meddai'r ferch. Swniai'n gefnogol iddo, ond nid oedd hynny, o reidrwydd, yn dweud y cyfan. Hi grybwyllodd y lorri ludw, wedi'r cwbl.

Edrychodd Erful yn ddiflas arni.

'Dwi ddim yn handi o gwbwl,' meddai, a chan bwyntio at y peiriant o'i flaen, ychwanegodd, 'bydda i'n lwcus i gael unrhyw wybodaeth mas o hwn heb ei dorri.'

Bu tawelwch annifyr. Roedd e'n benbleth iddynt, gallai weld hynny, ond ni wyddai p'un a oedd hynny o'i blaid ai peidio.

'Mae'n rhaid eich bod chi'n brysur iawn gyda'r llofrudd-iaethau hyn,' meddai Erful o'r diwedd.

'Ydyn,' atebodd y ferch. 'Y milwyr troed sy'n ei chael hi waethaf bob amser. Ni sy'n treulio lledr ein hesgidiau'n mynd o ddrws i ddrws.'

'A threulio'n tafodau'n rhacs wrth geisio cymell pobol i ddweud y gwir,' meddai'r heddwas yn sych.

Ergyd at Erful oedd hynny, sylweddolodd. Ai dyma'i gyfle i ofyn beth y dymunent wybod?

'Wrth gwrs, gan fod y merched yn buteiniaid, mae'n anos cael perswâd ar bobol i gynnig gwybodaeth yn wirfoddol. Glywes i'r Prif Arolygydd ar y teledu'r noswaith o'r blaen yn dweud nad oedd ots os oedd pobol yn gwsmeriaid iddynt.'

'Cystal iddo siarad â'r wal,' meddai'r heddwas, gan wthio'i gadair yn ôl wrth godi.

Gwnaeth yr heddferch yr un peth, ond tynnodd rywbeth o'i phoced.

'Dyma 'ngherdyn i,' meddai, a'i estyn iddo. Cymerodd Erful ef. 'Os cewch chi unrhyw syniadau eraill fel yr un ynghylch y lorri ludw, rhowch alwad.'

Gwyliodd Erful hwy'n gadael. Teimlai gymysgedd rhyfedd o ryddhad ac euogrwydd. Gallai fod wedi dweud cymaint wrthynt. Ond gwyddai nawr pam nad oedd pobl yn fodlon gwneud. Pwy ddywedodd mai grym oedd gwybodaeth? Iddo ef yr eiliad honno, baich ydoedd. A thrwy roi gwybodaeth i rywun, roeddech yn trosglwyddo'r grym iddynt yn ogystal. Hyd nawr, bu gwybod pethau'n fath o achubiaeth am fod mor ddi-glem mewn cymaint o feysydd.

Torrwyd ar draws ei feddyliau gan sŵn llyfrau'n taro ar bren. Roedd y llyfrgellydd yn gosod y stoc yn ôl yn ei lle priodol.

'Popeth yn iawn?' gofynnodd. Deallai ei chwilfrydedd. Pa mor aml y cynhelid cyfweliad gan yr heddlu o dan ei thrwyn?

'Odi,' meddai, gan geisio gwenu. 'O'n i wedi rhoi gwbod taw fan hyn y byddwn i. Gobeithio na wnaethon ni darfu ar neb.'

Taflodd hi olwg ddigri dros ei hysgwydd. Cysgai meddwyn yn adran y plant. Heblaw am hynny roedd y lle'n wag.

'Peidiwch â phoeni am hynny,' meddai. Yna gwenodd. 'Dwi

wedi'ch gweld chi'n chwilio am ddogfennau yma o'r blaen. Ymchwilydd dros yr heddlu 'ych chi, ife?'

Ni wyddai Erful sut i ateb hyn. Yn amlwg, ni chlywodd ei esboniadau pathetig am ei 'waith'.

'Dim ond yn hollol anffurfiol ac answyddogol,' dywedodd o'r diwedd.

'O leia sdim rhaid i chi gadw oriau swyddfa,' meddai'r ferch.

Achubwyd ef rhag gorfod dweud mwy o gelwyddau gan besychiad rhywun yn ceisio gwasanaeth. Roedd dynes wrth y ddesg flaen a llwyth o lyfrau wedi'u pentyrru o'i blaen. Taflodd y llyfrgellydd ei phen yn ôl a rowlio'i llygaid.

'Honno 'to,' meddai mewn llais isel, cyfrinachol. 'Cewch chi weld nawr, bydd y llyfre 'na i gyd yn hwyr a bydd hi ddim isie talu'r dirwyon. Mae'n anghofio'i phwrs yn bwrpasol.'

Trodd Erful ei sylw i'r peiriant. Bu'r sgwrs yn hwb i'w galon. Hoffai ddelwedd ymchwilydd. Roedd wedi colli ei le wrth ddangos y peiriant i'r heddferch, a bu'n rhaid iddo ymladd â'r ffon lywio o'r newydd. Roedd rhywbeth yn gysurlon yn y darllen a'r chwilio. Ni sylwodd ar y trafod wrth y ddesg flaen, ond er iddo edrych ar bob papur am wythnosau wedi'r dyddiad tyngedfennol, nid oedd sôn bod ei fam wedi cyhoeddi marwolaeth ei dad yn y papur.

Eisteddodd yn ôl. Efallai fod hynny i'w ddisgwyl os nad oedd ganddi dystysgrif marwolaeth ar y pryd. Gwasgodd ei amrannau at ei gilydd. Roedd y tudalennau diwethaf wedi dechrau nofio o flaen ei lygaid. Y peth callaf fyddai dod yn ôl yn y prynhawn, neu efallai fory.

Ar y stryd, pendronodd ynghylch beth ddylai'i wneud nawr. Rhaid prynu ei ginio a'i swper, wrth reswm, ac wedyn gallai fynd adref a chlirio mwy, ond nid oedd y syniad yn apelio. Sylweddolodd fod gorfod ateb cwestiynau'r heddlu wedi'i lethu. Dylai fod wedi meddwl am Siôn y noson cynt, yn lle drwgdybio

Buddug yn syth. Oni bai fod yr heddlu wedi cyfweld â phob gweithiwr swyddfa yn yr ardal gyfan, byddai'n rhaid iddi fod wedi mynd atynt yn unswydd i ddatgan ei hamheuon amdano. Roedd yn llawer mwy rhesymegol eu bod wedi gofyn i Siôn am enwau rhywrai a dreuliai dipyn o amser o gylch y stondin. Golygai hynny ei bod yn bosib fod y Digywilydd wedi cael ei enwi'n ogystal. Ni allai deimlo trueni drosto. Yn ei ysfa am sylw a phwysigrwydd, y diwrnod y canfuwyd y corff fe dreuliodd oriau yn poeni'r heddweision oedd ar ddyletswydd. Wedyn dyma fe'n cael ei ddal yn dwyn yn y fan a'r lle. Haeddai gael ei ddrwgdybio. Gwelodd, wrth gerdded, mai edrych am gysylltiadau yr oedd yr heddlu. Roedd Janet, glanhawraig Neuadd y Dref, wedi ei grybwyll ef, Erful, wrth ddweud ei stori hithau. Yn yr un modd, byddai nifer o bobl wedi enwi'r Digywilydd. Mwya i gyd o gysylltiadau, mwya i gyd o sylw y caent. Roedd e'n falch nawr na ddywedodd ddim am wylio Cochen.

Aeth i'r siop basteiod a phrynu ei anghenion. Ar y ffordd allan, teimlodd gryndod anghyfarwydd yn ei boced. Dychrynodd am eiliad ac yna cofiodd am ei ffôn newydd. Aeth cyffro drwyddo. Roedd rhywun yn ei alw. Safodd ar y stryd ac estyn i'w boced. Siomwyd ef yn ddifrifol i weld mai dim ond y cwmni ffôn oedd wedi anfon neges destun iddo, ynghylch rhyw gynnig arbennig. Ni allai neb ond nhw ei alw. Doedd gan neb arall ei rif. Aeth criw o fechgyn heibio wrth iddo syllu ar y sgrin, a phwyntiodd un ohonynt fys ato a chlicio'i dafod yn edmygus. Rhoddodd Erful y ffôn i gadw'n syth a throi i'r cyfeiriad arall. Roedd yn rhy amlwg ei fod yn ddyfais newydd a deniadol. Dylai'r crocbris a dalodd amdano fod wedi ei rybuddio am hynny. Brysiodd i'r meinciau gerllaw'r siopau ac eistedd. Pan eisteddodd dynes fawr mewn anorac liwgar wrth ei ochr, â thunnell a hanner o fagiau siopa, gosododd rifau Sharon a Rysti yng nghof y teclyn. Byddai'n galw Sharon ac yn trefnu mynd allan gyda hi. Canodd y ffôn am oes ac yna daeth llais Sharon o bell, yn dweud nad oedd hi yno ac y dylai adael neges. Dyma bennu'r nos Sadwrn ganlynol tu allan i'r Afr am wyth o'r gloch, a gofyn iddi ei alw i gadarnhau'r trefniant. Gwelodd fod y ddynes yn gwenu arno nawr, fel pe bai rhywbeth cyfrin yn ei difyrru. Gwridodd. Roedd rhywbeth yn ei ddŵr yn dweud wrtho iddo'i gweld o'r blaen. Pendronodd am eiliad. Wrth gwrs, hi fu'n gweiddi ar Janet o ben arall y stryd y bore y canfuwyd Cochen.

Bwytaodd ei ginio gan wylio'r siopwyr. O gornel ei lygad credodd iddo weld rhywun tebyg i'r Barf ym mhen pella'r siopau, ond pan drodd ei ben roedd y ffigwr wedi mynd. Dylai alw arno cyn mynd adref i ddiolch iddo am ei helpu i ddod o hyd i Sharon. Os nad oedd gartre, gallai adael nodyn. Gwyddai y medrai Hubert ddarllen rhywfaint. Cofiai ei weld â'i ben mewn llawlyfr Ford Cortina yn y dosbarth. Hwyrach y dylai alw Rysti hefyd, i roi ei rif ffôn iddi er mwyn ei rhybuddio bod yr heddlu yn holi cwsmeriaid rheolaidd y stondin. Efallai, os dangosai ei fod yn cydymdeimlo â'i hamharodrwydd i fynd at y Glas, y byddai'n fodlon cefnogi ei stori pe bai raid. Ond canodd ei ffôn hithau am funudau, ac yna darfod yn llwyr. Ceisiodd gofio pa sŵn wnaeth ei ffôn pan geisiodd ei galw o'r blaen. Oni ddaeth llais yn gofyn am neges? Roedd e mor nerfus bryd hynny, ni ddywedodd air o'i ben, ond roedd hi wedi'i alw 'nôl yn y pen draw. Rhoddodd y ffôn yn ddiogel yng ngwaelod ei sgrepan.

Brwsiodd y briwsion oddi ar ei arffed a chodi. Penderfynodd gerdded yn araf i gyfeiriad fflat Rysti. Os na fyddai hithau'n ei ffonio 'nôl cyn iddo gyrraedd, byddai'n mentro cnocio ar y drws. Ni fyddai'n sefyllian ar y stryd mewn cyfyng gyngor y tro hwn. Ond ddeng munud yn ddiweddarach roedd e'n petruso eto wrth ddrws y ffens. Ni allai ond gobeithio y canai'r ffôn. Roedd llenni'r ffenestr uwchben y siop feiciau'n dal ar gau. Awgrymai hynny ei bod hi yno. Cyn iddo golli'r cyfle, gwasgodd y glicied a chamu drwy'r adwy. Llwm a di-drefn oedd y cwrt sgwâr. Roedd yna finiau a bagiau sbwriel yn gorlifo ohonynt ym mhobman, a chwyn yn tyfu'n rhemp rhwng cerrig y pafin. Safai'r sgwtyr melyn dan orchudd plastig a chwyddai wrth i'r gwynt ei ddal. Rhedai rhes o risiau metel serth i fyny at fath o falconi a grogai hyd gefn y tŷ. Roedd drws arall o dan y grisiau ac iddo ffenestr fach dan rwyll fetel a chanddi nifer o dyllau clo. Tybiai Erful taw dyna ddrws cefn y siop feiciau. Dringodd y grisiau mor dawel ag y medrai, yn ymwybodol o sŵn ei gamre. Byddai'n amlwg i unrhyw un oedd yn y fflat fod rhywun yn dynesu. Safodd a gafael yn dynn yn y rheilin cyn canu'r gloch. Ni ddisgwyliai ateb ar unwaith a threuliodd yr amser yn syllu ar y wal. Doedd wiw iddo edrych i lawr i'r gwagle oddi tano. Ysytyriodd sut y byddai Rysti'n ateb y drws. A gadwai ffyn baglau'n gyfleus, er mwyn rhoi'r argraff gywir bob amser? Neu a fyddai'n llusgo i'r drws ar ei heistedd? Byddai'n ddiddorol clywed pa esboniad a roddodd i'r Gwasanaethau Cymdeithasol ynghylch ei gallu gwyrthiol i ddringo'r grisiau hyn bob dydd.

Ticiodd yr eiliadau heibio. Nid oedd panel gwydr yn y drws, ac roedd y llenni oedd dros y ffenestr a wynebai'r cwrt ar gau. Cyrcydodd yn ofalus a gwthio fflap y twll llythyrau ar agor. Er syndod iddo roedd darn o bren wedi'i osod fel atalfa yr ochr arall. Sut medrai hi dderbyn gohebiaeth, felly? Rhoddodd ei glust wrth y twll. Credai iddo glywed sŵn bach, er na allai amgyffred ai o'r fflat y deuai, ai o'r siop. Roedd y gwynt yn cryfhau. Dyheai am gael teimlo'r ddaear dan ei draed, ond gorfododd ei hun i eistedd ar lawr y balconi a'i draed ar y gris uchaf ond un. Tynnodd bapur a phin ysgrifennu o'i sgrepan a llunio nodyn byr iddi.

Ac yntau'n canolbwyntio ar gadw'r papur yn llonydd dan ei benelin, cadw un llaw ar y rheilin ac ar ysgrifennu, ni chlywodd y drws yn agor yn dawel y tu ôl iddo. Rhyw newid yn ansawdd y gwynt a barodd iddo daflu cipolwg dros ei ysgwydd, ond erbyn hynny roedd yn rhy hwyr. Gafaelodd dwylo cryfion yn ei ysgwyddau a'i wthio. Rhwygwyd ei law'n boenus oddi ar y postyn metel, a chan ddal ei afael yn reddfol yn ei sgrepan, teimlodd ei hunan yn disgyn ac yn rholio'r holl ffordd i'r gwaelod. Tarodd ei ben ddwywaith ar y ffordd i lawr a bwrodd ei benliniau droeon. Hedfanodd ei sbectol o'r golwg a gorweddodd yno'n brwydro i dynnu anadl. Clywodd sŵn chwerthin ac edrychodd i'w gyfeiriad. Ni allai weld pwy oedd yr amlinell fawr o groen pinc noeth a safai wrth y drws. Culhaodd ei lygaid er mwyn gweld yn gliriach. Cyn i'r drws gau, credodd iddo weld gwallt oren cyfarwydd. Yn rhyfedd, sylweddolodd ei fod wedi disgwyl gweld gwallt pinc.

Ar ei bedwar yn chwilio am ei sbectol ymhlith y biniau, gallai deimlo gwlybaniaeth yn rhedeg i lawr ei goler. Cyffyrddodd â chefn ei ben a gweld gwaed ar ei fysedd, ond roedd ei holl fryd ar ganfod ei sbectol. Nid oedd sôn amdani ar lawr. Defnyddiodd ganllaw'r grisiau i godi. Estynnodd ei law i'r bin agosaf a chanfod y sbectol yn gorffwys ar flwch pizza. Roedd yn rhyddhad anferth iddo fedru gweld unwaith eto. Brysiodd o'r cwrt heb edrych i fyny, ond awgrymai symudiad y llenni fod rhywrai yn ei wylio'n ymadael.

ROEDD E WEDI bwriadu mynd adref yn syth, i olchi ei glwyfau, ond yn ddiarwybod iddo'i hun herciodd i gyfeiriad y stondin. Roedd ganddo dyllau mawr ym mhenliniau ei drowsus, a brifai ei sgathriadau fwyfwy wrth iddo faglu ymlaen. Gwelodd Siôn ef yn dod, ac erbyn iddo'i gyrraedd, roedd ei wyneb wedi troi'n ddarlun o bryder.

'Nefoedd wen!' meddai. 'Beth ddiawl ddigwyddodd i ti?'

Estynnodd gadair yn ddi-oed a'i osod i eistedd arni.

'Paid â symud! Af i i mofyn clwtyn a dŵr twym.'

Dychwelodd gan gario powlen yn arogli o ddiheintydd, ond erbyn hynny roedd Erful yn crynu'n ddilywodraeth, a bu'n rhaid i Siôn frysio i wneud te iddo. Gwyddai Erful fod y cwsmeriaid eraill yn edrych yn chwilfrydig arno, a cheisiodd ei orau glas i reoli'r cryndod.

'Yfa hwn,' gorchmynnodd Siôn. Syllodd yn ddig ar ei gwsmeriaid, a chododd un neu ddau a mynd oddi yno'n anesmwyth.

Gafaelodd Erful yn y cwpan ac yfed yn ofalus, yn ofni ei sarnu. Codai stêm oddi ar wyneb yr hylifau yn y cwpan a'r bowlen, gan droi'r byd yn llwyd wrth anweddu ar wydrau ei sbectol. Roedd croen cefn ei ben, ei benelinoedd, ei law chwith a'i benliniau ar dân. Dwrdiai Siôn dan ei anadl.

'Yffach gols! Feddylies i y byddet ti'n ddiogel yn y llyfrgell.'

Daeth Erful o hyd i'w lais.

'Nid yr heddlu wnaeth hyn,' meddai'n gryg.

'Pwy, 'te?'

'Y Digywilydd.'

Siglodd Siôn ei ben. Deallodd ar unwaith fod gan y Digywilydd grachen i'w phigo ar ôl cael ei ddal yn dwyn. Yna streliodd y clwtyn yn y dŵr a'i wasgu'n sych.

''Co ti,' meddai. 'Rho fe ar dy ben yn gyntaf. Beth wna'th e, dy gornelu di?'

'Nage, fy ngwthio i lawr y grisiau sy'n arwain i fflat Rysti.'

'Beth, y rhai metel 'na? Allet ti fod wedi torri dy wddwg, 'chan!'

'Gallen, ond o'n i eistedd i lawr ar y pryd.'

'I beth, er mwyn dyn?'

'Sgrifennu nodyn iddi.'

Clywodd Siôn yn tynnu anadl ddofn, cyn gafael yn ei law chwith a'i rhoi yn y bowlen. Llosgai fel pe bai'r dŵr yn chwilboeth.

'Wedes i wrthot ti am beido â mynd ar ôl honna, on'do fe?' meddai, ond swniai'n fwy trist na dig. Cymerodd y clwtyn gwaedlyd o law Erful a'i strelio cyn ei osod yn ôl ar ei ben.

'Gest ti blacowt?' gofynnodd.

Ceisiodd Erful siglo'i ben ond roedd yn rhy boenus.

'Naddo.'

Nid edrychai Siôn fel pe bai'n ei gredu, ond nid oedd gan Erful unrhyw fwriad mynd i'r ysbyty. Gwyddai fod ei synhwyrau'n dychwelyd yn araf bach oherwydd sylweddolodd ei bod yn ddiddorol fod Siôn yn gwybod mai grisiau metel oedd yn arwain i fflat Rysti. Yfodd fwy o'i de.

'Ody Rysti'n butain?' gofynnodd.

Caeodd Siôn ei lygaid a phwyso 'nôl ar ei gadair.

'Oes ots?' atebodd yn daer. 'Mae'n berygl bywyd, sino hynny'n ddigon?'

'Os yw hi'n butain, hi sy mewn perygl. Ac nid sgrifennu llythyr caru o'n i, ond mynd yno oherwydd nad oedd hi'n ateb ei ffôn.'

Rhaid bod rhyw argyhoeddiad yn ei lais.

'Dyw hi ddim ar y gêm yn ffurfiol,' meddai Siôn yn dawel a phwyllog, fel pe bai'n dewis ei eiriau'n ofalus, 'ond dwi wedi clywed sôn ei bod yn ddigon hapus i fod yn gymwynasgar os yw rhywun yn prynu digon o'r dablen iddi. Saith diod yw'r lleiafswm, mae'n debyg.'

Meddyliodd Erful am hyn.

'A dyw'r ffaith ei bod hi i fod yn anabl ddim yn rhwystr?'

Atebodd Siôn, er yn anfodlon.

'Nadi, 'chan. 'Na'r peth, tweld. Mae rhai dynion . . . wel, mae rhywbeth fel 'na'n atyniad iddyn nhw.'

'Ac wrth gwrs, os 'yn nhw'n troi'n gas, gall hi wastad ei baglu hi.'

Gwenodd Siôn a brathu ei wefus. Edrychodd ar y clwtyn.

'Mae'r gwaedu'n dod i ben, diolch byth,' meddai. 'Shwt mae dy law di erbyn hyn?'

Taflodd Erful gipolwg arni. Edrychai'n well o lawer.

'Fydden i ddim wedi meddwl bod cymaint o farchnad â hynny i Rysti,' meddai. 'Nifer fach o ddynion fydde'n chwilio am rywun fel hi'n benodol.'

Ystyriodd Siôn. Roedd ei glywed e'n siarad yn synhwyrol wedi'r gnoc a gafodd yn rhyddhad.

'Mae gyda ti'r elfen o newydd-deb hefyd, on'd oes e? Mae hynny'n beth mowr. Mae lot o gwsmeriaid yn chwilio am rywbeth gwahanol i beth sy 'da nhw. Sy'n egluro pam mae merched ifainc iawn yn boblogaidd. A merched o dramor. Bydde Rysti'n gallu gwireddu mwy nag un ffantasi ar y tro, weden i.'

'Fel beth?'

Pwysodd Siôn ymlaen.

'*Bondage,*' sibrydodd. 'Heb orfod ei chlymu hi, tweld, oherwydd gall hi ddim symud. Neu dyna beth maen nhw'n ei gredu, ta beth. Mae lot o buteiniaid cyffredin yn gwrthod cael eu clymu.'

'Am ei fod e'n beryglus iddyn nhw, sbo.'

Cododd Siôn a diflannu 'nôl drwy'r llen. Clywodd Erful ef yn clician y malwr coffi ac yn dal pen rheswm â chwsmer. Daeth yn ôl ymhen munud neu ddwy.

'Ac wedyn mae gyda ti'r cyffro ychwanegol o'i neud e tu fas, a falle ar gefen y sgwtyr hefyd,' meddai, fel pe bai heb adael.

'Ai dyna beth sy'n cymell y Digywilydd, wyt ti'n credu?' gofynnodd Erful.

Chwarddodd Siôn yn ddihiwmor.

'Nage. Bydde'i neud e gydag unrhyw un yn unrhyw le yn gwneud y tro'n iawn i hwnnw.' Cymerodd y bowlen a'r clwtyn a'u cario ymaith.

Gorffennodd Erful ei de'n feddylgar. Daliai i deimlo'n sigledig, ond pe na bai'r Digywilydd wedi ymosod arno, ni fyddai wedi cael y sgwrs hon. Meddyliodd am Aeres a Wilma yng ngyd-destun yr hyn a ddysgodd. Hawdd gweld atyniad Aeres yn ei hieuenctid ond roedd y dymuniad i gael rhyw gyda Wilma'n ddirgelwch, os nad oedd gan ddynion ffantasi o gael eu cledro gan rywun ynfyd. Rhaid bod y fath bobl yn bodoli. Safodd yn simsan. Gwthiodd Siôn ei ben drwy'r llen.

'Wyt ti'n siŵr dy fod ti'n iawn nawr?' gofynnodd.

'Dylen i fynd gartre,' atebodd Erful. 'Diolch i ti am dy help.'

Cyn cyrraedd pen draw'r rhodfa roedd eisoes yn difaru ymadael â'r stondin. Ond palodd ymlaen, yn ymwybodol o lygaid yn ei ddilyn. Roedd ciw hir wrth yr arhosfan fysiau, a nifer ohonynt eisoes yn rhythu arno'n oeraidd. Penderfynodd aros i'r ciw wasgaru a dal bws hwyrach. Crwydrodd i lawr yr heol a gweld bod cartref Hubert gerllaw. Roedd wedi bwriadu galw heibio ac ni hidiai hwnnw pa olwg oedd arno. Sleifiodd drwy'r bwlch yn y mieri ac i lawr y twnnel drwy'r gwyrddni at gefn y tŷ. Ar ôl cnocio a galw ei enw, daeth yn amlwg nad oedd Hubert yno. Felly, am yr eildro, eisteddodd Erful a llunio nodyn. Y tro hwn cadwodd lygad barcud ar bethau, gan eistedd a'i gefn yn gadarn yn erbyn y drws. Nid oedd am gael cernod arall. Suai'r gwynt drwy'r dail uwch ei ben, a bob yn awr ac yn y man, deuai sŵn crafu a chwilota o'r drysni fel o'r blaen. Pan orffennodd, sylweddolodd ei fod wedi ysgrifennu llith. Disgrifiodd ei brofiadau yn y llyfrgell a'r ymosodiad. Byddai Hubert yn gyfarwydd â'r Digywilydd. Soniodd am ei sgwrs gyda Sharon a'r ffaith ei bod hi'n ddynes lolipop yn yr ysgol ar y stad. Dywedodd ei bod hi'n ei gofio ac yn ei ganmol fel rhywun call. Diolchodd iddo am roi iddo wybodaeth ddefnyddiol wrth geisio dod o hyd iddi, a nododd eu bod yn bwriadu mynd i geisio cael gair gyda Rici Wyn yn yr Afr ar y nos Sadwrn ganlynol. Pan dorrodd ei enw ar y gwaelod, meddyliodd ei fod wedi dweud gormod, efallai, ond ar y llaw arall roedd yn bur annhebygol y byddai Hubert yn rhannu'r wybodaeth gydag unrhyw un. Gobeithiai y byddai'n hoffi'r llythyr. Plygodd ef yn ofalus, rhoi enw Hubert arno, a'i wthio dan y drws.

Bu'n lwcus i ddal y bws oedd ar fin ymadael, er i'r gyrrwr edrych yn ddig arno. Eisteddodd Erful ger y drws ar y sedd sengl wrth y llwyfan bagiau. Claddodd ei ben yn y papur lleol er mwyn ceisio osgoi denu rhagor o sylw. Pan ddisgynnodd gerllaw stryd ei gartre, gallai weld fod pawb yn syllu arno drwy'r ffenestri. Ar ôl eistedd roedd cyhyrau ei goesau wedi mynd yn anystwyth, a cherddodd yn araf i'r tŷ. Wrth chwilio am ei allweddi daeth o hyd i'w ffôn newydd, a gobeithiai nad oedd wedi torri. Edrychai popeth yn iawn, ond ni châi wybod mewn gwirionedd nes iddo'i ddefnyddio. Pan welodd ei hun yn y drych hir yn y cyntedd cafodd sioc. Er gwaethaf cymorth cyntaf Siôn, roedd gwaed o gefn ei ben wedi diferu dros ei goler, ac wedi sychu'n staeniau rhydlyd ar ei dalcen. Roedd ei law chwith wedi chwyddo, a gellid gweld ei benliniau noeth, gwaedlyd drwy'r tyllau yn ei drowsus. Roedd rhwyg hir, blêr yng nghefn ei got law blastig hefyd. Diosgodd hi a'i gadael ar fwlyn y grisiau. Dringodd i'r llawr cyntaf yn boenus a rhedeg bath.

Wrth orwedd yno'n gwylio'r dŵr yn troi'n binc, a theimlo'i holl anafiadau'n protestio, gallai fod wedi syrthio i gysgu'n hawdd. Ni fedrai feddwl am glirio mwy ar yr ystafell heno. Ei syniad cyntaf, yn ôl yn ei ystafell wely, oedd rhoi pyjamas a gŵn gwisgo amdano a threulio gweddill y dydd ar y soffa. Ond roedd yn rhaid iddo ddod o hyd i got arall ar gyfer fory a gwaredu'r trowsus, yn ogystal â rhoi ei ddillad eraill ar waith yn y peiriant golchi, felly gwisgodd drowsus glân, siwmper feddal a sliperi. Yn y gegin, chwiliodd am dabledi lladd poen, a sŵn y peiriant yn troi yn y cefndir. Anfynych iawn y byddai angen tabledi arno, ac roedd y rhai a ganfu o'r diwedd yn weddol hen, ond llyncodd nhw wrth y sinc. Nid oedd sôn am olau yn nhŷ Mistar Elmer. Roedd yn falch nad oedd ei gymydog wedi bod yn sefyll wrth y drws yn rhythu arno'n dychwelyd ac yntau yn y fath gyflwr. Gyda thipyn o lwc ni welai ef bore drannoeth chwaith. Llusgodd allan i'r cyntedd eto a mynd i chwilio am got. Daeth o hyd i un ddu, drymach yng nghefn y cwpwrdd crasu. Y tro diwethaf y gwisgodd hi oedd yn angladd ei fam, a gadawsai hi yn y cwpwrdd yn fwriadol drwy'r ddau aeaf blaenorol oherwydd hynny. Synnodd nad oedd yn malio am hynny mwyach. Dim ond cot oedd hi wedi'r cyfan, ac yn fwy trwsiadus o bell ffordd na'r hen facintosh blastig.

Berwodd y tecyl a gwneud te. Nid oedd chwant bwyd arno, a meddyliodd efallai y gwnâi les iddo weithio ar ei fuddsoddiadau. Roedd y tystysgrifau yn dal ar fwrdd yr ystafell fwyta, a gwthiodd hwy i'r naill ochr cyn eistedd. Roedd y darn bach o lun yn dal yno hefyd. Yng ngolau'r prynhawn roedd y manylion yn fwy eglur. Meddyliodd o'r blaen, oherwydd bod y droed ynddi'n noeth, mai rhan o ffoto a gymerwyd ar y traeth neu yn yr ardd ydoedd, ond nid oedd mor sicr nawr. Troed dyn oedd hi'n bendant, a'r gwythiennau'n amlwg fel yr oedd gwythiennau ei droed ef. Ond ni thynnwyd llun o'r fath ohono'n oedolyn. Rhaid, felly, mai troed ei dad oedd hi. Beth ddigwyddodd i weddill y llun? A daflwyd ef am ei fod wedi breuo?

Yfodd ei de yn araf. Gallai ddeall ei fam yn taflu hen luniau a blygwyd neu a ddifrodwyd, ond roedd llawer o'r lluniau yn y blwch ac olion henaint arnynt. Fe'u didolodd yn ei feddwl. Sylweddolodd fod nifer o luniau o'i blentyndod yn eisiau. Pam taflwyd y rheiny a chadw rhai mor ddi-raen? Trodd y darn bach yn ei fysedd a chau ei lygaid er mwyn gweld y lluniau coll yn fwy eglur. Ei rieni yn y ffair yn nyddiau eu carwriaeth – ei fam a'i dad ar ddiwrnod eu priodas – ei dad yn llanc gyda'i ffrindiau, a'i wallt mewn cwiff rhyfedd. Agorodd ei lygaid. Heblaw am yr un tryloywlun ohono'n dal Erful yn faban yn yr ysbyty, y darn pitw hwn oedd yr unig lun yn y tŷ i gynnwys ei dad. Roedd yn rhan o'r un patrwm â'r dillad, y camera a'r tystysgrifau. Arbedwyd y tryloywlun oherwydd nad oedd ei fam wedi cofio amdano, ynghudd ymhlith y cannoedd tebyg.

Aeth allan i'r gegin eto ac ailferwi'r tecyl. Dechreuodd fwrw glaw'n drwm, a thywyllu, a rhedai'r diferion i lawr y ffenestr ar ongl. Cododd y gwynt hefyd. Pe bai ond yn gallu cofio'r cyfnod hwnnw, byddai gobaith iddo wneud synnwyr o'r peth. Tybed a fentrai ofyn i Mistar Elmer? Er nad oedd golau i'w weld yn nhŷ ei gymydog, byddai yno, siŵr o fod. Arllwysodd ddŵr berwedig i'r cwpan a gweld bod cefn ei ddwylo, yn enwedig yr un chwith, wedi ei sgathru'n goch. Âi yno ymhen diwrnod neu ddau, pan fyddai'n teimlo'n well. Cariodd ei de at y soffa ac eistedd. Ymhen pum munud roedd yn cysgu'n sownd.

Dihunodd i sŵn cnocio taer ar ddrws y cefn, a'r ystafell yn dywyll. Rhaid ei fod wedi tynnu ei sbectol cyn mynd i gysgu. Cododd yn lletchwith. Gallai glywed llais yn galw. Bu bron iddo faglu dros y mat cyn cyrraedd y gegin, a hyrddiodd drwy'r drws i'w arbed ei hun rhag cwympo. Edrychai wyneb arno drwy'r gwydr, mor wyn â'r galchen, o dan gwfl.

'Plîs! Help!'

Llais merch ydoedd. Aeth ias drwyddo. Efallai mai ystryw ydoedd. Tarodd switsh y golau. Roedd y ferch yn dal cerdyn adnabod a syllodd Erful arno. Camodd hi 'nôl ac fe'i hadnabu fel y groten y bu'n siarad â hi yn yr ardd. Agorodd y drws ond ni chroesodd y trothwy.

'Ffôn!' meddai. 'Plîs? Mae'n argyfwng. Mae'n rhaid i fi alw ambiwlans.'

Estynnodd Erful ei ffôn newydd iddi o'i wely. Edrychodd y ferch yn ffwndrus.

'Dwi ddim yn gyfarwydd â'r math yma o ffôn,' meddai, 'Bydd yn rhaid i chi alw 999 drosta i. Brysiwch!'

Gwasgodd Erful y rhifau ac estyn y teclyn iddi unwaith eto. Cafodd sioc o'i gweld yn symud tua'r drws, a'i ffôn yn ei llaw.

'Fedra i ddim ei adael,' meddai. 'Dewch gyda fi.'

Croeson nhw'r stryd, a'r gwynt a'r glaw yn chwipio'u dillad, ac roedd e'n falch ei bod wedi gosod y ffôn wrth ei chlust o dan ei chwfl. Roedd drws tŷ Mistar Elmer ar agor ac aeth y ferch i mewn gan siarad ar ras. Fe'i clywodd yn defnyddio ymadroddion meddygol nas deallai'n llwyr, ond roedd yr aroglau a'u tarodd yn datgan cyfrolau. Dilynodd hi i'r ystafell fyw. Gan barhau i siarad ar y ffôn, cyneuodd y ferch y golau a bu bron i Erful chwydu. Gorweddai ei gymydog ar ei ochr ar y llawr, fel doli glwt. Roedd wedi'i faeddu ei hun yn ddifrifol, ac roedd ei lygaid ynghau. Edrychai ei groen fel memrwn ac roedd patrwm gwythiennau glas ar ei arlais. Llyncodd Erful a cheisio peidio ag anadlu. Trodd a sylweddoli bod y ferch wedi mynd allan i'r cyntedd. Roedd yn demtasiwn i'w ddilyn, allan o'r budreddi, ond yna ochneidiodd y dyn ar y llawr. Gan fod Erful wedi cymryd yn ganiataol ei fod wedi marw, roedd hyn yn sioc. Safodd yn stond am eiliad, yna gafaelodd mewn clustog o'r gadair a'i osod dan ei ben. Gwelodd ei amrannau'n crynu.

'Mistar Elmer?' meddai mewn llais uchel, fel yr arferai alw enw'i fam pan gâi un o'i phyliau. 'Allwch chi 'nghlywed i? Mae popeth yn iawn. 'Dych chi ddim ar eich pen eich hunan.'

Edrychodd i fyny a gweld y ferch wrth y drws.

'Byddan nhw yma chwap,' meddai, a rhyddhad yn ei llais.

Camodd Erful i'r naill ochr gan ddisgwyl iddi gymryd ei le, ond dal i sefyll wrth y drws wnaeth hi. Estynnodd ei ffôn iddo.

'Roedd gyda chi'ch ffôn eich hunan y diwrnod o'r blaen,' meddai Erful.

Cytunodd hithau'n ddistaw. Ymddangosai ei bod yn llai hyderus nag ef hyd yn oed. Llyfodd ei gwefusau, gan ddal y diferion glaw a redai o'i gwallt ar ei thafod. Gobethiai Erful nad oedd hi'n mynd i wylo.

'Batri fflat,' atebodd o'r diwedd. Sylwodd nad edrychai ar ei gymydog. 'Dyma'r tro cyntaf i rywbeth fel hyn ddigwydd i fi,' ychwanegodd. 'Ody e'n anadlu?'

A'i benliniau'n gwynegu, plygodd Erful a rhoi ei glust wrth drwyn yr hen ŵr. Oedd, roedd yn dal i anadlu'n fas iawn. Cododd, gan ddefnyddio'r bwrdd coffi i'w helpu.

'Oes rywbeth y gallwn ni neud cyn iddyn nhw gyrraedd?' gofynnodd.

Cododd y ferch ei hysgwyddau ond nid atebodd.

'Rhoi blanced drosto, falle?' awgrymodd Erful yn dawel. Ni wyddai beth fyddai'r ofalwraig yn fodlon ei wneud. Efallai fod ganddynt ganllawiau swyddogol ar gyfer achlysuron fel hyn. Yr unig beth oedd ganddo fe oedd profiad o fyw gyda rhywun sâl, oedrannus. Roedd yn falch pan adawodd hi'r ystafell, a chlywodd ddrws yn cael ei agor yn rhywle. Daeth yn ôl gan gario hen garthen a'i hestyn iddo. Gwyliodd ef yn ei thaenu.

'Af i at y drws i aros,' meddai'r ferch.

Amheuai Erful ei bod yn bwriadu gadael, felly dilynodd hi, ond dim ond sefyll ar y trothwy a wnaeth, yn syllu allan i'r glaw a'r tywyllwch.

'Gallech chi fod wedi ffonio o fan hyn,' meddai, gan sylwi ar y ffôn yn sefyll ar silff yn y cyntedd.

Edrychodd arno dros ei hysgwydd.

'Edrychwch ar y weiar,' meddai.

Rhedodd Erful ei fysedd i lawr y weiar o'r ffôn a synnu i ganfod mai prin droedfedd ohono oedd yn weddill. Torrwyd ef â llafn miniog. Gwelodd y ferch Erful yn pendroni.

'Fe wnaeth e,' meddai gan hercio'i phen. 'Roedd e'n dweud bod pobol yn sbeian arno a bod y ffôn wedi'i fygio.'

'Unrhyw un yn arbennig?' gofynnodd Erful, gan gofio am agwedd elyniaethus Mistar Elmer tuag ato.

'Dwi'm yn credu ei fod e'n meddwl mor glir â hynny. Roedd pawb ar ei ôl e, medde fe. Roedd e'n sicr ein bod ni wedi cael ein hanfon gan y gwasanaethau cudd.'

'I beth?'

'Pwy all ddweud? Roedd ei gael i agor y drws yn frwydr. Dyna pam roedd hi'n syndod ei gael ar agor heno. Ry'n ni fel rheol yn cynnig neud tipyn o fwyd i'n cwsmeriaid. Dim hôps caneri gyda hwn. Ces i 'nghyhuddo fwy nag unwaith o dreial 'i wenwyno.'

Camodd Erful i ddrws yr ystafell fyw ac edrych ar yr hen ŵr. Doedd dim newid yn ei gyflwr, ond nawr bod carthen drosto gellid gweld ei frest yn esgyn a disgyn.

'Hoffech chi ddefnyddio'n ffôn i eto i roi gwbod i'ch cyflogwyr?' gofynnodd.

Gwenodd y ferch yn egwan am y tro cyntaf.

'Dylen i,' atebodd. 'Er fydde dim lot o ddiben i fi neud. Gaf i'r sac beth bynnag wna i.'

'Ond nid eich bai chi yw hyn. Gwnaethoch chi'ch gorau.'

Pwffiodd y ferch.

'O'n i hanner awr yn hwyr yn cyrraedd a heb wirio bod gyda fi ffôn oedd yn gweithio. Bydd ymholiad, caf i 'ngwahardd o'r swydd i ddechrau, ac wedyn y sac. Sdim ots mai fi oedd yr unig un erbyn hyn oedd yn fodlon dod yma o gwbwl. Byddan nhw'n gofalu am eu lles eu hunen.'

Meddyliodd Erful yn hir, yn chwilio'i gof am rywbeth a fyddai o gymorth iddi. Caeodd ei lygaid, ac er na newidiodd yr olygfa na dim dramatig felly, roedd rhywbeth yn crafu yng nghefn ei feddwl. Aeth allan i'r gegin ac agor y drôr nesaf at y sinc. Bu'n chwilota yno ymysg cawdel o bethau cyn canfod yr hyn y chwiliai amdano. Daliodd yr allwedd allan iddi ei gweld. Roedd rhyw lygedyn o obaith yn ei gwedd.

Estynnodd Erful y ffôn iddi eto.

'Galwch nhw,' meddai'n fwy hyderus, ond gan wylio wyneb y ferch yn ofalus. 'Sdim angen iddyn nhw wbod eich bod chi'n hwyr. Roedd y drws ynghlo pan gyrhaeddoch chi. Buoch chi'n cnocio am hydoedd heb gael ateb. Yn hwyrach edrychoch chi drwy'r ffenestr a'i weld yn gorwedd ar y llawr. Yna daethoch chi ata i a gofyn am gymorth. Roedd gen i allwedd sbâr. Dwi wedi bod yn gymydog iddo drwy f'oes. A gallwch chi ddweud mai'r glaw trwm a achosodd i'ch ffôn wrthod gweithio.'

Syllodd y ferch arno am eiliad gan gnoi ei gwefus, ond yna gafaelodd yn y ffôn.

Bu'n rhaid iddo yntau bwno'r rhifau eto ac yna aeth yn ôl i'r ystafell fyw.

Safodd gan syllu i lawr ar Mistar Elmer, yn meddwl amdano'n araf ddisgyn i ddryswch llwyr, yn ceisio torri pob cysylltiad â'r rhai fyddai'n medru ei helpu, ac yn gwylio pawb gan gredu mai ef oedd yr un yr ysbïwyd arno. Esboniai hynny ei lawenydd pan alwodd yr heddlu ar Erful. Credai fod un o'i brif boenydwyr wedi cael ei ddal o'r diwedd.

Clywodd yr ambiwlans yn cyrraedd a llais y ferch wrth iddi ruthro at y gât i gyfarch y parafeddygon. Yna roedd y lle'n llawn offer a phobl mewn siacedi adlewyrchol a chiliodd Erful o'r ffordd. Newidiodd y ferch yn llwyr. Diflannodd ei hanobaith a chlywodd hi'n dweud ei stori ag argyhoeddiad. Gobeithiai y medrai ei hailadrodd i'w chyflogwyr yn yr un modd. Pwy oedd ef i weld bai arni? Oni osgôdd ef siarad â'i gymydog ers blynyddoedd? Dilynodd y stretsiyr wrth iddo gael ei rolio'n ofalus ar hyd llwybr yr ardd. Roedd hi'n sefyll wrth ddrws agored yr ambiwlans. Trodd ato ac estyn yr allwedd iddo.

'Gwell i chi gloi'r drws nawr,' meddai'n uchel, uwchlaw sŵn yr injan. 'Diolch yn fawr i chi.' Gwasgodd law Erful.

'Dim problem,' meddai, a rhoddodd ei ffôn 'nôl ym mhoced ei drowsus.

'Bydda i'n eu dilyn nhw i'r ysbyty,' meddai. 'Falle cewch chi alwad gan yr asiantaeth. Does ganddo fe ddim teulu, chweld.'

Boddwyd unrhyw beth arall a ddywedodd gan y seiren a safodd Erful wrth i'r ddau gerbyd yrru ymaith. Crynodd yn yr oerfel cyn brysio i gloi'r drws a dychwelyd i'w gartref ei hun.

NID OEDD GANDDO'R HWYL i redeg bath arall, er yr amheuai iddo benlinio yn rhywbeth ffiaidd. Swatiodd o flaen y tân yn ceisio cynhesu. Teimlai ei groen yn llaith o dan ei ddillad, a chiciodd ei sliperi gwlyb i ffwrdd. Roedd yn debygol y câi alwad gan gyflogwyr yr ofalwraig, a byddent yn gofyn iddo ddod â dillad glân a bag ymolchi i Mistar Elmer yn yr ysbyty. Cofiai fynd 'nôl ac ymlaen â phethau i'w fam yn ystod ei gwaeledd terfynol. Noson fel hon oedd hi pan gafodd ei fam y pwl tyngedfennol. Rhedodd at Doris yn oriau mân y bore, wedi dychryn yn llwyr ar ôl methu â'i deffro ar y ffôn. Bu'n rhaid iddo loetran ar y trothwy am hydoedd nes iddi ymddangos yn ei chyrlers. Ni feddyliodd fyth y byddai rhywun yn rhedeg i'w nôl ef ar yr un perwyl. Amheuai a gâi Mistar Elmer ddod yn ôl i'w dŷ i fyw nawr. O'r olwg arno, efallai na ddeuai'r alwad, oherwydd y byddai wedi marw. Ni ddymunai i hynny ddigwydd, er nad oedd erioed wedi hoffi ei gymydog. Yn un peth, ni chawsai'r cyfle i ofyn iddo am ffawd ei dad – er, yn rhesymegol nid oedd llawer o obaith am sgwrs gall gydag ef erbyn hyn ac os byddai farw, neu os câi ei roi mewn cartref gofal, dyna'r ddolen gyswllt olaf wedi'i thorri.

Cododd i gynnau'r teledu ac eisteddodd gan afael mewn cwpan ffres, poeth o de i wylio'r newyddion. Roedd yr holl gyffro am y llofruddiaethau wedi pylu. Daeth llifogydd yng ngogledd Lloegr i gymryd eu lle. Os na chanfyddid corff arall, neu os na châi neb ei arestio, byddai'r sôn amdanynt yn diflannu'n llwyr ymhen ychydig ddyddiau, fel pe na baent wedi digwydd o gwbl. Aeth i gau'r llenni a suddodd ei galon pan welodd fod y goleuadau'n dal ynghynn ar draws y stryd. Nid oedd wedi eu diffodd cyn cloi'r drws. Roedd meddwl am fynd yn ôl i mewn i'r aroglau ofnadwy'n ddiflastod llwyr. Ond roedd yn debygol y byddai'n rhaid iddo wneud hynny rywbryd, felly aeth i chwilio am ei esgidiau o'r llofft, a'r tro hwn gwisgodd ei got cyn mentro allan.

Nid oedd car Blodyn a Surbwch wedi dychwelyd. Daliai i fwrw'n drwm a gorfu iddo blygu i weld y clo. Ei reddf oedd gwneud dim mwy na diffodd pob golau a gadael yn syth, ond edrychai'r lle mor llwm, ac ymestynnai staen ofnadwy, drewllyd dros y carped ger y soffa. Roedd y tân trydan yn dal i losgi hefyd. Diffoddodd ef a mynd i'r gegin. Roedd y lle'n anniben a braidd yn fudr. Hwyrach nad oedd Mistar Elmer yn caniatáu i'r gofalwyr lanhau drosto chwaith, neu efallai nad oeddent yn cynnig gwneud hynny. Bwytasai'r hen ŵr frechdan a bisgedi rywbryd yn ystod y dydd ac yfed hanner cwpanaid o goffi. Golchodd Erful y plât a'r cwpan a'u rhoi i sychu wrth y sinc. Allan yn y cyntedd, syllodd i fyny'r llofft. Gallai chwilio am byjamas a bag ymolchi iddo heno. Byddai hynny'n arbed gorfod dod yn ôl yma fory.

Roedd y rheiddiadur ar y landin yn boeth. Byddai'r biliau'n pentyrru. Chwiliodd am y cwpwrdd crasu a dod o hyd i ddillad isaf a phâr o byjamas. Roeddent yn dal yn gynnes. Yn yr ystafell ymolchi casglodd wlanen a rasel hen ffasiwn a bar o sebon heb ei ddadlapio. Roedd yma dair ystafell wely, ond dim ond yr un fwyaf a ddangosai unrhyw olion o'r perchennog. Safodd Erful yn y ffenestr am ennyd ac edrych ar ei dŷ ei hun. Deallodd pam roedd ei gymydog wedi dymuno byw yno. Codai fel mynydd uchel mawreddog o'i flaen bob dydd, yn gwatwar ei gartref di-nod. Trodd ac agor y wardrob gan dynnu crys a throwsus a'u plygu dros ei fraich. Roedd gŵn gwisgo o frethyn bras yn hongian ar gefn y drws, ond ar ei ffordd ato tarodd ei lygad ar y bwrdd bach wrth y gwely. Safai llun mewn ffrâm arno. Cydiodd ynddo'n chwilfrydig. Cymerodd Erful eiliad i sylweddoli mai ar ei fam ei hun yr edrychai ac mai hanner llun yn unig ydoedd. Gwisgai siwt ymdrochi gymhleth ac iddi fath o sgert â ffrilen. Eisteddai ar flanced ar draeth. Rhwygwyd y llun i lawr y canol. Bu rhywun arall yn eistedd wrth ymyl ei fam, a'i fraich dros ei hysgwyddau. Roedd ei droed chwith i'w gweld hefyd, gefaill y droed yn y darn o lun y daethai o hyd iddo'r noson cynt. Gwthiodd Erful y llun o dan y dillad ar ei fraich, gafael yn y gŵn gwisgo a mynd i lawr y grisiau. Gadawodd bopeth yn y cyntedd a mynd i'r gegin.

Agorodd y drôr ger y sinc ac edrych unwaith eto ar y trugareddau oedd ynddo yn y gobaith o roi proc i'w gof. Ond nid oedd dim yn gyfarwydd yn eu cylch, ac ni wyddai o ble ddaeth yr atgof am allwedd. O'i brofiad gyda'r ystafell bendramwnwgl yn ei dŷ ei hun, tybiai na fyddai meddwl yn galed am y peth yn cael unrhyw effaith. Rhaid iddo ganolbwyntio ar wneud rhywbeth corfforol. O dan y sinc daeth o hyd i fwced a photel o stwff glanhau. Roedd yma fenig plastig pinc yn ogystal, a gwisgodd nhw'n ddiolchgar er eu bod braidd yn fach. Aeth i'r ystafell fyw gan gario'r bwced yn llawn dŵr poeth a diheintydd yn un llaw a hen gadach yn y llall. Daeth allan eto i mofyn y rholyn o bapur cegin a bag plastig i gael gwared ar y gwaethaf. Yna dechreuodd sgrwbo, yn dal ei anadl orau gallai. Yng ngwres annaturiol y tŷ roedd yn colli chwys, ond heblaw am ei atgoffa o orfod gwneud yr un peth pan gâi ei fam 'ddamwain fach' o bryd i'w gilydd, ni ddaeth unrhyw beth i'r wyneb.

Roedd cynnwys y bwced yn rhy frwnt i'w arllwys i'r sinc. Dadfolltiodd y drws a arweiniai i'r ardd a thywallt y dŵr i'r draen tu allan. Yna aeth at y bin yn y gornel a gollwng y sach iddo. Gallai glywed y bwced yn rholio tu ôl iddo yn y tywyllwch, ond pan drodd roedd yn olau dydd ac roedd y drws cefn a adawodd ar agor wedi cau ac yn uwch o lawer, fel drws i dŷ cawr. Syllodd arno, yn ofni edrych o'i gwmpas, ond gwyddai fod yma ardd lysiau, a rhesi o gansenni ffa dringo yn codi lathenni i'r awyr, a'u llystyfiant wedi gwywo. Ond y drws oedd y peth pwysig. Rywfodd gwyddai na chaniateid iddo fynd drwyddo. Rhaid oedd iddo aros yn yr ardd. Cymerodd gam tuag ato a theimlo'r bwced yn taro'n ysgafn yn erbyn ei ffêr. Plygodd a gafael yn ddall yn ei drontol a phan sythodd ei gefn roedd y tywyllwch yn ei amgylchynu, yr ardd yn ddiffaith, a'r drws ar agor unwaith eto.

Yn ôl yn y gegin, streliodd y bwced â diheintydd a'i roi yn ôl yn ei le gyda'r menig pinc. Bu yma o'r blaen, ond pryd a pham? Ai dyma lle treuliodd ddiwrnod angladd ei dad? A fu'n chwilota'n fusneslyd yn y drôr a gweld yr allwedd? Ai hynny a barodd iddo gael ei anfon allan i'r ardd, a'i siarsio i beidio â dychwelyd i'r tŷ? Agorodd y drôr eto a chau ei lygaid. Beth fyddai crwt bach anhapus mewn tŷ dieithr yn ei wneud o weld allwedd mewn drôr? Ceisio agor drws â hi? Ai dyna beth ddigwyddodd? A oedd wedi cael ei gau yn yr ardd gefn er mwyn ei rwystro rhag dianc i'w gartref ei hun? Rhaid bod ei fam wedi colli arni ei hun i'w adael gyda Mistar Elmer o bawb. Efallai nad oedd neb arall ar gael. Ai dyna ddechrau gobeithion Mistar Elmer i'w phriodi hi? Cafodd afael ar yr hanner llun o rywle. Pwy oedd wedi rhwygo hwnnw'n ddau er mwyn torri ei dad allan o'r stori? Ei fam ar ôl i'w dad farw? Neu'r cymydog, pan ddaeth o hyd iddo wedi ei daflu i'r bin? Nid oedd neb a wyddai ar ôl nawr. Edrychodd drwy ddrws yr ystafell fyw cyn diffodd y golau. Roedd y darn o garped a lanhaodd yn fwy llachar ei liw na'r gweddill, ond o leiaf roedd y drewdod wedi pylu. Gafaelodd yn y bwndel dillad a'u mochel dan ei got rhag y glaw. Clodd y drws ar ei ôl. Roedd yn sefyll ar y palmant wrth gât ei ardd cyn iddo sylwi ar y tacsi oedd wedi'i barcio wrth y ffens. Eisteddai dyn tew wrth yr olwyn a sgleiniai golau o'r nenfwd i lawr arno. Gwelodd ef yn troi ac yn dweud rhywbeth dros ei ysgwydd, ond yna agorodd un o'r drysau cefn a dringodd ffigwr cyfarwydd allan, wedi'i wisgo mewn trowsus a siaced ddi-liw. Pwysodd y gyrrwr dros sil ei ffenestr a gwyliodd Erful Miss Llewelyn yn dewis llwybr rhwng y pyllau dŵr glaw tuag at ei chyn-ddisgybl.

'Mae gen i fisgedi'n rhywle, os hoffech chi un,' meddai Erful dros ei ysgwydd.

Siglodd Miss Llewelyn ei phen, setlo'i hun ar gadair galed a gosod ei bag llaw ar fwrdd y gegin o'i blaen. Roedd Erful yn hynod o falch ei fod wedi cymoni'r lle.

'Bydd dishgled fach yn hen ddigon, diolch. Mae'n ddrwg gen i ei bod hi mor hwyr arna i'n galw.'

'Mae'n iawn. Mae'n lwcus, a dweud y gwir, na ddaethoch chi'n gynharach. Buodd drama fawr yma heno – cafodd cymydog ei daro'n sâl.' Herciodd ei ben i gyfeiriad y pentwr dillad a orweddai ar un o gadeiriau eraill y gegin. 'Dyna ble'r o'n i'n casglu pethau ar ei gyfer yn yr ysbyty a cheisio glanhau tipyn.'

'Bachgen dibynadwy fuest ti erioed,' murmurodd. Edrychodd o'i hamgylch a throdd Erful ei sylw at wneud te, gan ystyried ei geiriau. Credai y gwyddai pam roedd hi yno.

'Bydd y dyn tacsi'n fodlon aros?' gofynnodd, gan osod y te o'i blaen.

'O, bydd. Dwi'n ei ddefnyddio fe'n rheolaidd. Mae e'n un arall dibynadwy.'

''Dych chi ddim yn gyrru, felly?'

'Roies i'r gorau iddi flynyddoedd yn ôl. Wyt ti'n gyrru?'

'Na. Rhy nerfus o lawer.' Y gwir oedd nad oedd dysgu gyrru mwy na dringo mynyddoedd erioed wedi ymddangos fel posibilrwydd.

'Finne hefyd,' meddai Miss Llewelyn â chwerthiniad bach. 'Ro'n i'n ofnadwy ar yr hewl. Dwi ddim yn adweithio'n ddigon cyflym.'

Swniai hynny fel barn ei gŵr, ond yfodd Erful ei de yn

ddistaw. Pe bai ganddi gar gallai fod wedi ei ddilyn ar ei deithiau yn oriau mân y bore. Llawer mwy cyfleus i fod â chyfrif gyda chwmni tacsi er mwyn iddo gadw llygad ar ble'r âi.

'Dyw e ddim yn gwbod eich bod chi yma, ody e?' meddai, cyn medru atal y frawddeg.

Sugnodd ei boch a syllu i'w chwpan.

'Nac ydi.' Cymerodd anadl ddofn. 'Nac ychwaith bod John, y dyn tacsi, yn fodlon mynd â fi i unrhyw fan, ddydd neu nos. Mae e wedi ysgaru, gyda chroten yn y Brifysgol yn Llundain a ffioedd i'w talu. Mae arian parod wastad yn handi.'

Gwenodd Erful. Dyfalodd yn gywir.

'Ers pryd buoch chi'n dilyn eich gŵr?' gofynnodd.

'Dwy flynedd a mwy. Ond cofia, fe gymerodd amser maith i fi sylweddoli nad gweithio'n hwyr oedd Dafydd. O'n i ddim isie credu'r peth i ddechrau. Y tro cyntaf oll, es i ar droed i'r dref, a cherdded am oriau'n chwilio amdano. Cael a chael oedd hi i gyrraedd adref cyn iddo ddod 'nôl i'r tŷ.' Aeth rhyw gryndod drwyddi, fel pe bai'n dychmygu beth fyddai wedi digwydd pe na bai wedi llwyddo. 'Y peth yw, tweld, er bod gyda ni ffôn yn y tŷ, ac mae gen i ffôn symudol, mae'r datganiadau'n dangos pwy fues i'n eu galw. Dyna pam mae John y fath gaffaeliad.'

'Fyddwch chi'n ei ddilyn bob tro?'

Llyncodd Miss Llewelyn ddracht o'i the cyn ateb. 'Jiw, nadw. Mae'r peth yn mynd yn *boring*. Yr un hen drefn bob tro. Dwi'n synnu, mewn ffordd, nad yw Dafydd wedi diflasu, ond wedyn, math o obsesiwn yw e, fel llunio modelau coes matsien.' Gwelodd ef yn meddwl am hyn. 'Feddylies i ar un adeg y medren i geisio'i ddenu e 'nôl, ond gan nad ydw i'n gwybod beth sydd mor ddeniadol am yr hyn mae'r merched 'ma'n ei wneud ...'

Ni orffennodd ei brawddeg.

'Falle fod hynny'n beth da,' meddai Erful yn gysurlon, wedi methu â dychmygu ei gyn-athrawes yn chwarae rhan putain o gwbl. 'Galle'ch gŵr fod wedi dechrau amau eich bod chi'n gwbod.'

'Byddai hynny'n drychineb,' atebodd.

'Doeddech chi ddim yno'r noson y lladdwyd y ferch gwallt coch, felly,' meddai Erful.

'Nac oeddwn. Ddim fel ti a Rysti. Mae'n biti nad arhosoch chi damaid yn hwy, ond nid eich bai chi yw hynny. Roeddet ti'n falch o'i gweld hi'n fyw ar ôl Rici Wyn, dwi'n siŵr. Gwaetha'r modd, dwi'n gwybod nad Dafydd laddodd Wilma nac Aeres.'

Nid oedd Erful wedi disgwyl hyn. Crychodd ei dalcen.

'Sut medrwch chi fod mor sicr?'

'Am ein bod ni ar ein gwyliau am ddeg diwrnod yn Tenerife dros y cyfnod tyngedfennol. Wilma laddwyd gyntaf a gorwedd yn y fflat am wythnos, yn ôl y papur newydd. Weles i'r adroddiad am Aeres y diwrnod ar ôl i ni gyrraedd adref, er nad oeddwn i'n gwybod mai Aeres oedd hi bryd hynny. Ac roedd e yno yn Tenerife gyda fi drwy'r adeg, er ei fod e'n ysu am gael dod 'nôl. Y gwyliau blynyddol yw fy iawndal i am weddill y flwyddyn. Deg diwrnod yw'r hiraf y gall e ddioddef erbyn hyn.'

'Dyw puteiniaid Tenerife ddim yn apelio ato?'

'Nadyn, mae'n debyg. Ond mae'n straen arno. Fydd e byth yn mynd i'w wely dramor nes ei fod yn feddw gaib.'

Siaradai, gan mwyaf, fel pe bai'r holl sefyllfa'n un anffodus ond dealladwy. Hwyrach ei bod yn bosib dod i arfer ag unrhyw beth. Ni wyddai Erful ddim am ei bywyd personol cyn iddi gyfarfod â'i gŵr, ond tybiai mai'r arian, y tŷ a'i gardd a'i cadwai yn y berthynas.

''Dych chi ddim isie i fi ddweud wrth yr heddlu i mi weld ei gar, felly,' meddai.

Casglodd beth oedd pwrpas ei hymweliad pan welodd hi'n dringo o'r tacsi, ac nid oedd hi wedi dweud dim hyd yma i wneud iddo newid ei feddwl.

'Nadw... neu yn hytrach, ydw,' meddai. Roedd ei hymateb

yn sioc iddo. Llowciodd ei the. 'Dwi isie i ti ddweud wrthyn nhw. Nos yfory, os gweli di'n dda.'

Pwysodd Erful yn ôl ar ei gadair.

'Pam nos yfory?'

Gwnaeth grud i'r cwpan yn ei dwylo. Roedd egluro hyn yn ymddangos yn anos o lawer iddi na disgrifio chwantau ei gŵr.

'Oherwydd erbyn nos yfory fydda i ddim yno. Dwi'n ei adael yn y bore. Bydd John yn aros ar waelod y stryd nes i gar Dafydd fynd heibio – mae ganddo gynhadledd yng Nghaerdydd – ac erbyn iddo ddod adref byddwn ni'n ddigon pell i ffwrdd. Os cyrhaeddith yr heddlu'n rhy gynnar, bydd e'n dal yng Nghaerdydd. Os na ddewn nhw hyd y bore wedyn, bydd ganddo amser i ddechrau chwilio amdanon ni. Rhwng saith ac wyth nos yfory fyddai'n ddelfrydol.'

Syllodd Erful arni.

'Ond bydd e'n gallu rhoi cyfrif am ei symudiadau adeg y ddwy lofruddiaeth gyntaf yn syth.'

Gwenodd hi'n swil.

'Ddim ar unwaith,' atebodd. 'Dywedodd e gelwydd wrth ei swyddfa a honni ei fod e'n sâl, er mwyn peidio â defnyddio'i lwfans gwyliau. Felly fyddan nhw ddim yn cadarnhau ei stori. Wrth reswm, bydd yr heddlu'n ei gadw yn y ddalfa am sbel er mwyn medru gwirio'r awyrennau ac ati. Fydda i ddim ar gael, a bydd hynny'n amheus ynddo'i hunan. Synnen i ddim y byddan nhw'n codi'r patio rhag ofn ei fod wedi 'nghladdu i yno. Dylai hynny roi rhyw ddeuddydd i ni.'

Cododd a chydio yn ei bag llaw. Chwythodd Erful yr aer o'i fochau. Sylwodd Miss Llewelyn a rhoddodd ei phen i un ochr.

'Mae'n ddrwg 'da fi,' meddai. 'Tasen i'n dy le di, bydden i'n defnyddio ffôn cyhoeddus a pheidio â dweud dy enw. Dyna o'n i'n bwriadu ei wneud, ond mae John yn dweud eu bod nhw'n gallu olrhain lleoliad galwadau ffôn yn hawdd nawr.'

Camodd at y drws cefn a dilynodd Erful hi allan i'r glaw.

'Bydd angen i chi gofio dinistrio'ch ffôn symudol chi hefyd,' meddai, gan wylio'r defnynnau mân yn gwlitho'i gwallt.

'Dwi newydd wneud,' atebodd. 'Mae e'n deilchion yng ngwaelod y bin gartre.'

Cyraeddasant y palmant, a chwifiodd ei llaw ar y ffigwr trwm a ddaliai i eistedd yn amyneddgar yn sedd flaen y tacsi. Yna cododd ar flaenau'i thraed a gosod un llaw ar fraich Erful, cyn plannu cusan ysgafn ar ei foch.

'Diolch,' sibrydodd. 'O'n i'n gwybod y byddet ti'n deall. Rwyt ti'n gwybod sut i gadw cyfrinach.' Taflodd olwg olaf dros y tŷ a'r ardd. 'Mae'n drueni mawr na symudest ti a dy fam ddim . . .' dechreuodd, ond eto fyth ni orffennodd ei brawddeg. Roedd John yn fflachio'i oleuadau blaen.

Cerddodd Erful yn ôl at y drws cefn, ei feddyliau'n chwyrlïo o amgylch y ffafr y gofynnwyd iddo'i chyflawni, yn chwarae ac yn ailchwarae fideo ei gof o'u sgwrs. Golchodd eu cwpanau a'i throi hi am y llofft. Roedd yn glyd yn ei wely cyn i'w geiriau olaf ei daro. Pam roedd hi'n drueni mawr nad oedd ef a'i fam wedi symud o'r tŷ? Pendronodd wrth lithro i afael cwsg.

'DUW HELPO,' meddai Siôn y bore Sadwrn canlynol. 'Pam ar y ddaear ddest ti mas?'

Er i Erful ofyn yr union gwestiwn wrth ruthro'n boenus am y bws, byddai wedi gwerthfawrogi rhywfaint o gydymdeimlad. Rhaid bod ei wyneb wedi dangos hynny, oherwydd tarodd Siôn ei law ar ei gefn.

'Paid â'i gorneud hi, nawr,' meddai, ac aeth ati i'w helpu i godi'r byrddau o'r drol.

Teimlai Erful yn waeth na'r diwrnod cynt, yn sgrwb i gyd, mor anystwyth â phlancyn, yn enwedig wrth blygu. Yn lle gwneud coffi i'w gwsmeriaid sychedig, daeth Siôn â'i de allan ato cyn iddo orffen gosod y cadeiriau.

'Wyt ti wedi cymryd *paracetamol*?' gofynnodd. 'Achos mae gyda fi rai os nad wyt ti.'

'Oes golwg cynddrwg â hynny arna i?' atebodd Erful, gan geisio gwenu.

'Oes,' meddai Siôn, a mynd 'nôl at ei waith.

Gostyngodd Erful ei hun yn ofalus i'r gadair, yn ymwybodol o'r gwynt yn canu yn ei glustiau. Cwtsiodd damaid yn nes at y stondin a lapio'i got laes ddu'n dynnach amdano. Gafaelodd yn ei de a chynhesu ei ddwylo. Roedd rhyw flinder mawr arno'r bore hwnnw. Gorfododd ei hun i fwyta brecwast, ond ni fedrai orffen y fowlen o greision ŷd. Nid oedd wedi cysgu cystal ag arfer, chwaith. Agorodd y papur lleol o'i flaen. Daliwyd ei sylw gan erthygl yn y tudalennau canol oedd yn twrio i fywydau'r merched a laddwyd. Dangoswyd llun o bob un o'r pedair a nodi eu henwau a'u hoedran. Pletiodd ei wefusau wrth weld eu bod, y tro hwn, wedi tynnu tair blynedd oddi ar oed Aeres.

Esgeulus, meddyliodd. Roeddent i gyd, mewn gwirionedd, dros ddeugain. Sganiodd y testun i weld a grybwyllwyd hyn o gwbl, ond ni chyfeiriwyd at y peth. Tybed a oedd yr heddlu'n gweld yr oedran yn arwyddocaol?

Ers iddo godi, bu meddwl am orfod eu galw'n pwyso arno. Byddent yn sicr o ofyn sut oedd yn gwybod am arferion gŵr Miss Llewelyn. A fedrai osgoi rhoi ei droed ynddi? A ta beth, nid oedd unrhyw sicrwydd y byddent yn mynd ar ras i'r Hen Ficerdy a chyrraedd yno'n union fel y dymunai hi. Cynllun y dyn tacsi oedd hwn, nid un Miss Llewelyn. Wrth reswm, roedd e'n falch ei bod hi'n dianc oddi wrth yr Hen Grwt Drwg, ond sut medrai hi wybod bod y dyn tacsi'n ddidwyll? Byddai'r cyfle i rannu'r ysbail ar ôl yr ysgariad yn ddeniadol dros ben iddo. Ac roedd y ffaith ei bod wedi ei ddethol ef, o bawb, i dynnu sylw'r heddlu at ei gŵr, yn ei bigo. Ei fai ef ei hun oedd hynny'n rhannol. Pe na bai wedi crybwyll y car arian ni fyddai hi wedi meddwl am Erful. Gallai ddychmygu'r sgwrs rhyngddi a John, a'r ddau'n penderfynu mai'r crwt rhyfedd 'na a arferai wneud ei syms drosti oedd yr un mwyaf cyfleus, a hawdd ei berswadio, i gario'r fath faich.

'Haia, Siôn!'

Torrodd llais cras cyfarwydd ar draws ei feddyliau a gyrru ias i lawr ei asgwrn cefn. Ni welodd y Digywilydd yn nesáu. Rhaid ei fod wedi dod o gyfeiriad y parc.

'Beth wyt ti moyn?' cyfarthodd Siôn, wrth i Erful swatio'n agosach fyth at ochr y stondin. 'Wedes i wrthot ti dwê am beido mentro dangos dy hen wep salw 'ma ar ôl beth wnest ti a Rysti i Erful.'

'Ond Siôn . . .'

Roedd nodyn cintachlyd, ymbilgar ei lais yn crafu fel ewin ar fwrdd du.

'Bygyr off!'

O gornel ei lygad gallai Erful weld llaw binc, frychlyd y Digywilydd yn chwifio, yn ceisio tynnu sylw Siôn.

'Dwi wedi neud yn iawn am hynny – dyna pam dwi 'ma. Dwi wedi neud peth da.'

Gwnaeth Siôn sŵn anghrediniol yn ei wddf a chlatsio'r teclyn coffi yn erbyn y tun metel a ddaliai'r malurion. Gobeithiai Erful na fyddai Siôn yn ei anfon ymaith cyn clywed mwy, ond ar y llaw arall nid oedd eisiau i Deric ei weld.

Synhwyrodd fod Siôn yn sefyll ger y peiriant tosto, trwch wal fetel oddi wrtho.

'Beth wnest ti, 'te?' gofynnodd hwnnw'n sarrug. 'Addo torri dy wddwg?'

'Paid â bod fel'na, Siôn. Dwi wedi bod yn ddinesydd cyfrifol. Dwi wedi helpu'r heddlu gyda'u hymholiadau i'r llofruddiaethau.'

Chwarddodd Siôn yn sarrug.

'Fe gyffesest ti, do fe?'

'Dwi ddim wedi neud dim byd!'

'Heblaw am ddwgyd ac ymosod.'

Bu bron i Erful guro'i ddwylo. Pwy fedrai ddychmygu y gallai cael ei wahardd o'r stondin ennyn y fath ymateb yn y Digywilydd?

'Dyna pam dwi wedi'u helpu nhw. Bues i a Rysti allan yn cofnodi rhifau ceir yn y maes parcio tu ôl i Stryd y Farchnad. Buon ni 'na am orie. Drycha, mae gyda fi restr. Mae popeth arno fe. Mêc y ceir a chwbwl.'

Clywodd Erful bapur yn siffrwd. Rhoddai'r byd am gael cipolwg arno, ond eisteddodd yn ei unfan.

'Dwi ar fy ffordd i'r orsaf nawr,' meddai Deric.

'Ar ben dy hunan bach?' gofynnodd Siôn yn goeglyd.

Yr oedd fel pe bai goblygiadau gwneud hynny'n araf wawrio ar y Digywilydd.

'Mae'n beth da i neud,' meddai o'r diwedd. 'A dywedodd Rysti y bydde hi'n ddiolchgar.'

'O wel, mae e'n bendant yn werth ei neud, 'te.'

Rhoddodd Deric ochenaid fach o ryddhad, fel pe na bai wedi clywed y tinc eironig.

'Reit,' meddai. 'Wela i di 'to.'

Aeth munud dda heibio cyn i Siôn ymddangos drwy'r llen.

'Glywest ti hynny?'

Amneidiodd Erful.

'Diolch i ti am ei wahardd e,' meddai'n dawel.

'Paid siarad â fi. Dwi wedi bod yn chwilio am esgus i gael gwared yn llwyr ar y jawl ers misoedd. Beth yw eu gêm nhw? Mae'n syndod na welodd neb nhw'n cwato yn y maes parcio. Alli di fentro bod yr heddlu'n cadw llygad ar y lle.'

Gallai Erful fod wedi dweud yn wahanol, ond ni wnaeth. Roedd amseriad datgeliad Deric o'r wybodaeth yn ei boeni, ond ni allai ddylanwadu arno. Torrodd Siôn ar draws ei feddyliau.

'Ti'n gwbod beth ma' hyn yn 'i olygu? Falle taw Deric a Rysti fydd yn datrys y llofruddiaethau nawr. Glywn ni ddim o'i diwedd hi wedyn.'

'Allen i fyw gyda hynny.'

'Allet ti? We'n i'n meddwl dy fod ti'n eitha' whantu ca'l y clod.'

Gwenodd Erful yn flinedig.

'Y bore 'ma, dwi ddim yn hidio cocsen,' meddai'n gelwyddog.

Aeth adref yn gynharach nag arfer ar ôl prynu bwyd a galw yn siop y fferyllydd am fwy o dabledi lladd poen a photel o hylif antiseptig. Roedd y briw ar ei ben-glin chwith yn edrych yn goch ac yn gas. A hyd yn oed o flaen y tân, ni allai gynhesu. Ceisiodd wneud nyth cysurus iddo'i hun â blanced ar y soffa, ond roedd yn rhy bryderus i wneud mwy na phendwmpian o bryd i'w gilydd. Roedd ei ffôn yn fud; ni ddaeth galwad o'r asiantaeth ofal, na chwaith oddi wrth Sharon. Roeddent i fod i fynd i'r Afr heno. Ni chredai y gallai wynebu mynd allan yn yr oerfel, heb sôn am weld Rici Wyn a'i holl deulu. Ond byddai'n rhaid iddo fynd allan i'r blwch ffôn wrth y siopau cyfagos i alw'r heddlu. A oedd gwir angen iddo fynd? Onid oedd y Digywilydd eisoes wedi talu'r gymwynas? Ond gwaith llafurus fyddai didoli pawb ar y rhestr, gan gynnwys yr Hen Grwt Drwg. Mwya i gyd y meddyliai am y peth, lleia i gyd o barch oedd ganddo at allu sboner newydd Miss Llewelyn i gynllunio.

Caeodd ei lygaid a gorffwys ei ben ar fraich y soffa. Gallai'r heddlu fod wedi cyfweld â gŵr Miss Llewelyn ddyddiau 'nôl ac yntau heb ddweud wrthi. Gallai'r gynhadledd fod yn ddim ond rhyw esgus er mwyn iddo yntau ddianc. Eto, wrth wneud yr alwad, byddai Erful yn atgyfnerthu tystiolaeth y Digywilydd. Beth oedd wedi cymell Rysti i ddefnyddio'r Digywilydd i fynd i'r maes parcio? A oedd yn ddrwg ganddi ei fod wedi gwthio Erful i lawr y grisiau? Hoffai gredu hynny, ond amheuai mai achub y blaen arno a'i ymchwiliadau oedd wrth wraidd llunio'r rhestr. Roedd yn arwyddocaol ei bod wedi anfon y Digywilydd at yr heddlu ar ei ben ei hunan. Sylwodd Siôn ar hynny hefyd, ac roedd ei agwedd tuag at Rysti'n awgrymu ei fod yn ei hadnabod yn well nag y cyfaddefai. Doedd hi ddim yn awyddus i'w helpu o gwbl yn y dechrau. A fyddai hi wedi ymddwyn yn wahanol pe bai wedi cynnig ei thalu am wneud? Ai dyna beth oedd hi'n gobeithio amdano yn y pen draw? Byddai'n rhaid iddo ofyn i Sharon. Beth bynnag, ni fedrai feddwl am Rysti fel hen ffrind mwyach. Chwaraeodd hi'r un tric ar Deric ag y chwaraeodd Miss Llewelyn arno fe. Yn rhyfedd, roedd hynny'n rhyddhad o ryw fath, ac os byddai gwaharddiad Siôn yn para, ni fyddai'n rhaid iddo weld yr un o'r ddau eto.

Roedd hi'n dywyll pan ddihunodd. Edrychodd ar ei oriawr mewn panig.

Deng munud i chwech. Roedd wedi cysgu drwy'r prynhawn. Cododd, gan deimlo'i ben yn troi, ac ymlwybro i'r gegin. Yfodd ddŵr o'r tap a theimlo fymryn yn well. Nawr amdani, meddyliodd, gan syllu ar ei adlewyrchiad yn y ffenestr. Ni ddychmygodd erioed y byddai'n rhoi gwybodaeth fwriadol gamarweiniol i'r heddlu. Ond ni fyddai'n dweud anwiredd chwaith. Gafaelodd yn ei got a'i sgarff a'u gwisgo, codi ei sgrepan a gadael y tŷ. Ni fyddai angen arian arno i alw 999, felly ni fyddai'n rhaid prynu cerdyn ffôn. Ond os gellid olrhain galwadau ffôn ni ddylai alw o'r ffôn ger y siopau. Dylai fynd i ganol y dref. Bu bron iddo ddanto yn y fan a'r lle a throi 'nôl, ond ar ben yr heol gwelodd fod y bws i'r dref yn sefyll wrth yr arhosfan a rhes o bobl yn barod i ddringo arno. Er na chlywsai air gan Sharon, os oedd hi wedi derbyn ei neges byddai'n beth gwael i beidio â bod tu allan i'r Afr am wyth o'r gloch. Hoffai ei gweld yn fawr. Prin y beiddiodd feddwl amdani ers cyfarfod â hi, oherwydd bob tro y gwnâi, byddai ei stumog yn tynhau a neidio. Rhywbeth seicolegol ydoedd, fwy na thebyg, ar ôl y frechdan ŵy amheus. Cafodd ei hun yn ymuno â chefn y rhes, a sylweddolodd ei fod yn teimlo'n well am wneud yr alwad oherwydd bod ganddo rywbeth i edrych ymlaen ato.

Disgynnodd oddi ar y bws ryw ugain munud yn ddiweddarach ac anelu at y blychau ffôn yn y rhodfa. Nid oedd unrhyw un ar eu cyfyl a sleifiodd o dan gysgod yr adeiladwaith tila, llwyd a chodi'r derbynnydd. Curai ei galon yn uchel yn ei glustiau. Pwnodd y rhifau. Gofynnodd am ystafell ymholiadau'r llofruddiaethau a throsglwyddwyd ef yn syth. Pan atebwyd ef, gallai glywed llawer o siarad a ffonau'n canu y pen arall. Ni roddodd Erful gyfle i'r sawl a'i hatebodd ofyn dim. Roedd wedi ymarfer ei neges foel ar y bws. Rhoddodd y ffôn i lawr ar y diwedd â dwylo crynedig. Gwnaeth fel y gofynnwyd iddo. Ni allai wneud mwy.

Cerddodd yn araf yn ôl at yr arhosfan fysiau i aros am y bws allan i'r stad, ond fel pe bai ffawd yn gwenu arno, cyrhaeddodd hwnnw bron ar unwaith. Treuliodd y daith yn lleoli tafarn yr

Afr ar ei fap meddyliol o'r dref. Fel o'r blaen, gwnaeth gynllun i geisio cwmpasu pob sefyllfa. Archwiliodd ei waled i wneud yn siŵr fod ganddo'i gerdyn credyd, er y gwyddai nad oedd wedi ei dynnu oddi yno ers dyddiau. Ni fyddai'n cysgu yn y parc y tro hwn. Ar y cyfan roedd e'n falch iddo godi mas o'r tŷ i alw'r heddlu a mynd i'r dref. Roedd cryn dipyn o gerdded i'w wneud i gyrraedd yr Afr o'r arhosfan fysiau agosaf, ond ni fyddai'n rhaid iddo frysio. Pe na bai ei ben-glin mor dost, byddai wedi bod yn demtasiwn i gerdded i ben stryd Miss Llewelyn, i weld a oedd yr heddlu wedi gweithredu, ond penderfynodd na fyddai hynny'n ddoeth. Ni allai fforddio i neb sylwi arno, a chofio, efallai, iddo fod yno o'r blaen.

Camodd yn bwyllog ar hyd y palmentydd. Aethai'n aeafol ers y noson cynt, ac er nad oedd yn bwrw glaw nawr, roedd y tymheredd wedi gostwng. Roedd llawer o'r siopau wedi gosod eu haddurniadau Nadolig, a chwifiai rhesi o oleuadau tsiepedd uwch ei ben, a nifer o'r bylbiau bach lliwgar eisoes wedi rhoi'r gorau i sgleinio. Nid oedd cymaint o rialtwch ar y strydoedd, chwaith, ond hwyrach nad oeddent wedi cael amser i feddwi'n dwll eto.

Safai'r Afr, adeilad anferth o frics coch, yn frith o faneri'n cynnig dau ginio am bris un, yn ei libart ei hun ar y briffordd allan o'r stad. Roedd gan y dafarn fyrddau a meinciau pren o'i blaen, ac er gwaethaf y tywydd, roedd nifer o ysmygwyr wedi ymgynnull dan ddau ymbarél anferth a ddarparai ryw esgus o loches iddynt. Cyrhaeddai ceir fesul un a dau, a gyrru'n ofalus i lawr i'r cwrt parcio yn y cefn. Gwthiodd Erful y drws pren ac anelu at y bar. Roedd yn bur lawn, er na allai weld neb tebyg i deulu Rici Wyn. Archebodd ddishgled o de, er syndod i'r far-forwyn. Byddai diod boeth yn lleddfu'r aros. Cariodd ei fŷg allan yn ofalus a dewis cadair dan ymbarél. Gadawsai rhywun gylchgrawn ar y bwrdd a ffliciodd Erful drwyddo yn ddiolchgar. Roedd amryw o bobl wedi dod allan am ffag, ond heblaw amdano fe, nid arhosai neb yn hir yn yr oerfel.

Gwyddai fod wyth o'r gloch wedi dod a mynd ond parhaodd i eistedd. Oerodd ei de a thyfu cramen ar ei wyneb, ond yfodd ef serch hynny. O bryd i'w gilydd deuai chwerthin a gweiddi o'r tu mewn. Bob tro'r agorai'r drws, clywai gerddoriaeth ysbeidiol, ond ni allai weld neb yr oedd yn eu hadnabod. Roedd yn amlwg na fyddai Sharon yn dod. Roedd yn bosib, cysurodd ei hun, na dderbyniodd ei neges o gwbl. A chan na welodd arlliw o Rici Wyn na'i deulu chwaith, hwyrach bod hynny'n ffodus. Dyna bwrpas dod yma, wedi'r cyfan, er na fyddai wedi malio dim amdanyn nhw pe bai Sharon wedi cyrraedd. Byddai wedi mwynhau cael eistedd yn y dafarn yn ei chwmni. Erbyn hyn roedd wedi oeri drwyddo, ac roedd angen mynd i'r tŷ bach arno. Cododd a mynd yn ôl i mewn i'r dafarn.

Y peth cyntaf a welodd oedd y crys gorliwgar. Safai Rici Wyn wrth y bar, yn dal papur ugain yn un llaw ac yn galw enwau a diodydd pobl allan ar dop ei lais.

'Michelle – fodca a lemonêd! Mam – rỳm a côc! Jason – lagyr!'

Ar ochr dde'r bar rhoddwyd nifer o fyrddau at ei gilydd, ac er nad oedd am ddangos diddordeb ysol ynddynt, rhyfeddodd Erful ei fod rywfodd wedi methu â gweld cynifer ag ugain o bobl yn cyrraedd. Daethant â'u plant gyda nhw, a'r rhai llai yn rhedeg dan draed ac yn cweryla o gylch y peiriant gamblo yn y gornel. Ar ganol y fainc hir a redai ar draws y mur, eisteddai tair dynes fawr. Roedd un wedi lliwio'i gwallt yn felyn llachar ac roedd hi'n dandlwn merch fach ar ei harffed. Trodd y tamed o beth yn sydyn a'i chnoi ar ei llaw. Gwaeddodd y ddynes a rhegi, ac yn y sŵn a'r swae dilynol dihangodd Erful a dilyn yr arwydd i dai bach y dynion.

Wrth droedio'r coridor hir i berfeddion yr adeilad, sylweddolodd fod sawl drws i'r dafarn, a bod Rici a'i dylwyth wedi dod i mewn drwy'r cefn. Nid ymestyn oedd Sharon wrth ddarlunio'u natur a'u nifer. Rhaid bod yma bedair cenhedlaeth.

Heblaw am y brawd a ddiarddelwyd am 'fradychu' Rici, gwyddai fod ganddo frawd arall ac o leiaf ddwy chwaer. Roedd efeilliaid yn eu plith yn rhywle. Byddai'r rheiny yn neiniau a theidiau i'r plant llai. Roedd yr wrinalau'n llawn, felly aeth i mewn i un o'r llociau, yn falch o fedru cau'r drws a meddwl. Daeth rhywun i mewn i'r lloc nesaf, dadfwclo belt, eistedd a dechrau tuchan. Gallai glywed y dynion y tu allan yn malu awyr yn broffesiynol. Golchodd rhywun ei ddwylo ac yn sydyn cyneuwyd y chwythwr aer poeth a foddodd ymdrechion ei gymydog, drwy drugaredd. Wrth wthio dolen y toiled, daeth atgof iddo weld un o'r llwyth o'r blaen. Un o'r tair merch; nid y flonden, ond y ddynes gwallt llwyd nesaf ati. Hi a eisteddodd ar y fainc yng nghanol y dref wrth ei ymyl pan geisiodd alw Sharon a Rysti. Rhaid mai hi oedd mam Rici Wyn. Cododd ei aeliau wrth feddwl mor hawdd y gallasai fod wedi holi amdano, pe gwyddai pwy oedd hi.

Ar wahân i'r sawl oedd yn tuchan, aeth popeth yn dawel tu allan. Meddyliodd am alw Sharon. Ymbalfalodd yn ei boced am ei ffôn newydd cyn cofio nad oedd wedi golchi ei ddwylo. Gosododd y ffôn yn ymyl y basn golchi. Agorodd drws allanol y tai bach yn sydyn ac ymddangosodd dyn mawr llond ei grys. Aeth at yr wrinalau a phisio fel ceffyl. Canolbwyntiodd Erful ar ei ddwylo a throi'r tap, ond tasgodd y dŵr yn ferwedig ohono a neidiodd yn ôl. Roedd blaen ei got yn wlyb sopen.

'Ma'r tapie 'na'n blydi niwsans!' meddai'r dyn mawr dros ei ysgwydd, wrth i'r drws agor unwaith eto. Daeth torf o ddynion eraill i mewn. Cyfarchodd y dyn mawr hwy i gyd wrth eu henwau.

Trwy lwc, roedd eu bryd ar ddefnyddio'r cyfleusterau, ond teimlai Erful yn lletchwith yng nghanol yr holl brysurdeb. Ceisiodd ddileu'r gwlybaniaeth ar ei got o dan y corwynt poeth gan symud o'r ffordd i'r gweddill ohonynt gael sychu eu dwylo. Wrth i Erful i gamu'n ôl at y sinc, sylwodd fod ei ffôn wedi diflannu.

'Mae'n ffôn i wedi mynd!'

Trodd y dyn mawr a oedd ar ei ffordd allan a syllu arno'n feddylgar. Sylwodd Erful ei fod wedi'i wisgo mewn trowsus du a chrys gwyn. Tybed ai'r perchennog ydoedd?

'Roies i'r ffôn lawr am funud i olchi fy nwylo,' eglurodd. 'Weloch chi rywun yn gafael ynddo?'

Cnodd y dyn ei foch.

'Ddim yn hollol,' meddai. 'Ond mae gyda fi syniad pwy alle fod wedi'i gymryd.'

Cododd fys rhybuddiol a siglo'i ben.

'Rhoswch chi. Fydda i 'nôl whap.'

Diflannodd cyn i Erful fedru protestio. Aeth munudau heibio a theimlai Erful fel pelican yn yr anialwch yn sefyll yno wrth i ddynion fynd a dod. Ceisiodd sychu mwy ar ei got, ond ar ôl i'r ail ddyn wgu'n ddrwgdybus arno, sylweddolodd fod ei bresenoldeb parhaus yn y tŷ bach yn tynnu sylw. Oni rybuddiodd ei fam ef droeon ynghylch dynion a arferai sefyllian yn ddibwrpas mewn tai bach cyhoeddus? Arhosodd nes bod y lle'n wag cyn mentro allan. Safodd yn y cysgodion a gwylio, gan neidio bob tro'r agorodd y drws i brif ystafell y dafarn, ond nid ymddangosodd y dyn. Dechreuodd ddigalonni. Roedd yn hollol bosibl mai'r dyn mawr a gymerodd ei ffôn a'i fod wedi'i dwyllo i aros yn ei unfan er mwyn cael amser i ddianc. Mwya i gyd yr ystyriai hyn, mwya tebygol yr oedd, rywsut. A feiddiai fynd at y bar a chwyno? Nid oedd eisiau gwneud sioe, a holl lwyth Rici Wyn yn eistedd yno.

Dilynodd Erful bâr oedrannus allan drwy'r drws cefn. Ar y dde, sgleiniai golau o ffenestri cegin y dafarn, a thrwy'r drws agored gallai weld coridor arall. Cariai gweithwyr y dafarn blatiau gorlawn a gwag yn ôl ac ymlaen o'r gegin. Y peth gorau iddo'i wneud oedd gadael yn dawel. Gallai alw'r cwmni ffôn o'i gartref i ganslo'r cytundeb, ymresymodd. Daeth menyw mewn gwisg wen allan drwy'r drws a thaflu sach sbwriel i fin anferth.

Ar ei ffordd 'nôl i'w gweithle, gorfu iddi osgoi rhywun a gamai'n bwrpasol tua'r drws. Y dyn mawr, ar ei ffordd allan i'r maes parcio. Ymnyddai rhwng y ceir i gyfeiriad Erful. Ni welodd ef yn syth oherwydd roedd Erful yn sefyll yng nghysgod fan fawr dywyll. Pesychodd Erful er mwyn tynnu ei sylw. Trodd y dyn ei ben. Yna safodd hyd braich i ffwrdd a thynnu pecyn o sigaréts a thaniwr o'i boced. Arhosodd Erful iddo gynnau sigarét.

'Unrhyw lwc?' gofynnodd dan ei anadl.

Sniffiodd y dyn ac estyn rhywbeth yn ôl i Erful o'i law rhydd. Cyfarchodd gwsmer arall wrth i hwnnw groesi'r maes parcio, fel pe na bai Erful yno.

'Diolch yn fawr iawn,' murmurodd Erful, gan afael yn y peth hirsgwar yn y tywyllwch. 'Gobeithio na chawsoch chi lot o drafferth.'

Chwarddodd y dyn yn dawel.

'Dim mwy nag arfer,' meddai o gornel ei geg. 'Blydi pioden yw e. Dylen i ddim ei adael o 'ngolwg. Y tro dwetha ddales i fe, roedd e wedi tynnu'r peiriant condoms o'r wal ac yn stwffio condoms i'w bocedi. Ond mae ei deulu'n gwsmeriaid da. A phan fo busnes fel ma' fe dyddie hyn, alla i ddim fforddio'u digio nhw. Tasen i'n ei wahardd e, bydde'r cwbwl lot yn cerdded mas. Rwy'n ddibynnol iawn ar y regiwlyrs. Blydi myg's gêm a gweud y gwir.'

Ni wyddai Erful beth i'w ddweud. Does bosib fod llwyth mawr arall, heblaw teulu Rici, yn mynychu'r dafarn. Pe na bai wedi rhoi ei ffôn i lawr, gwlychu ei got a drysu, byddai wedi gweld Rici'n dod allan o'r lloc.

'Dwi'n ddiolchgar iawn i chi,' meddai o'r diwedd.

'Gair o gyngor. Peidwch â mynd 'nôl drwy'r dafarn,' meddai'r dyn, cyn camu i gyfeiriad drws y gegin.

Llusgodd Erful ei hun o dywyllwch y maes parcio i oleuni cymharol y stryd. Gwthiodd y ffôn yn ddwfn i'w boced a cherdded yn gymercyn yn ôl i gyfeiriad y dref. Erbyn iddo gyrraedd yr arhosfan fysiau roedd ei ben-glin yn llosgi, ac eisteddodd yn y lloches yn ddiolchgar. Cawsai ddihangfa lwcus dros ben. Roedd ganddo dipyn o amser i aros nes deuai'r bws. Rhoddai gynnig arall ar alw Sharon. Ymbalfalodd am ei ffôn a'i dynnu mas o'i boced. Am eiliad hir syllodd arno'n fud. Nid ei ffôn ef oedd hwn. Roedd yn gulach ac yn lliwgar a chrafiadau ar y sgrin. Roedd Rici wedi rhoi ei hen ffôn i'r dyn mawr yn lle ffôn newydd sbon Erful. Nid oedd modd i'r tafarnwr wybod nad dyma ffôn Erful. Dylai fod wedi rhoi disgrifiad manwl ohono iddo.

Aeth car heibio'r lloches a goleuodd ei oleuadau'r tu mewn gan amlygu lliwiau llachar sgleiniog y ffôn. Daeth pwl o oerni drosto a sylweddolodd ei fod wedi gweld y ffôn hwn o'r blaen, neu un tebyg iawn iddo. Dyma'r math o ffôn amryliw yr oedd y butain bengoch yn ei ddal wrth iddi sefyll dan yr arwydd. Ond doedd ffonau o'r fath ddim yn unigryw. Nid oedd unrhyw sicrwydd mai ffôn Cochen oedd hwn. Hyd yn oed os oedd yn perthyn i'r butain, mwy na thebyg y byddai Rici wedi dileu popeth oddi arno. Ond gwell fyddai diogelu'r ffôn rhag ofn fod arno ryw dystiolaeth dyngedfennol. Gwyddai fod ganddo gwdyn plastig yn ei sgrepan – roedd defnyddioldeb hynny'n rhywbeth a ddysgodd gan ei fam – a gosododd y ffôn yn y cwdyn yn ddiogel. Sylweddolodd wedyn gynifer o olion bysedd fyddai arno, ond cystal iddo'i warchod rhag ofn. Roedd y bws ugain munud i ddeg ar fin cyrraedd, ond a'r ffôn amryliw yn ei feddiant, roedd Erful fel iâr ar farwor. Sbiodd ganwaith i fyny ac i lawr y stryd, a chyflymodd ei galon bob tro y gwelodd griw swnllyd yn y pellter. Pan ddaeth y bws, dringodd arno ac eistedd yn fwriadol y tu ôl i ddyn tal, llydan.

Roedd e'n cerdded i lawr y stryd tuag at ei dŷ pan drawyd ef ei bod yn rhyfedd nad adnabu Rici ef. Roedd pawb arall o'r dosbarth wedi ei adnabod yn syth, hyd yn oed Dorian a

Rhydian. Am eiliad teimlodd yn chwithig nad oedd Rici'n ei gofio, ond efallai fod ei natur mor hunanganolog, nad oedd pobl eraill yn gwneud llawer o argraff arno. Gweld y ffôn drud wnaeth Rici, nid ei berchennog. Sbeciodd i'r naill ochr a'r llall wrth groesi'r ardd dywyll, ac eto cyn troedio'r fynedfa gul i'r drws cefn, ond yn rhesymegol doedd yna fawr o debygolrwydd fod unrhyw un wedi'i ddilyn o'r dafarn. Caeodd y drws a gwrando, ond roedd y tŷ'n dawel. Oedodd ei fysedd am ennyd wrth gynnau'r swits golau, cyn iddo gofio nad oedd neb yn y tŷ gyferbyn. Ni chafodd alwad oddi wrth yr asiantaeth ofal wedi'r cyfan. Cododd y pentwr dillad a'u gosod ar fwrdd y gegin cyn mynd i ddiosg ei got. Efallai mai'r peth gorau fyddai rhoi dillad Mistar Elmer mewn sach blastig a'u gadael yn ei dŷ, ynghyd â nodyn yn egluro beth oeddent. Yna, pe bai rhywun o'r asiantaeth yn galw heibio, gallent fynd â nhw heb darfu arno. Ni fyddai'n gadael y llun o'i fam ymhlith y dillad. Ei fam ef oedd hi, ni waeth pa obeithion fu gan Mistar Elmer yn ei chylch. Rhoddodd y llun i sefyll ar y pentan, cyn ei symud i'r seld, ymhlith y lluniau ohono'n grwt bach.

Wrth ferwi'r tecyl i wneud te ac i olchi ei ben-glin, ystyriodd beth ddylai'i wneud â'r ffôn amryliw. Beth oedd y pwynt o fod yn berchen arno os na wnâi ddim ag ef? Pe na bai ofn Rici drwy ei galon arno, byddai wedi mynd â'r ffôn yn syth at yr heddlu, yn lle dod adref. Ond golygai hynny esbonio sut y gwyddai – neu yn hytrach sut yr amheuai – mai ffôn Cochen oedd e. Yfory, penderfynodd, byddai'n mynd i'r ysgol i drafod y peth gyda Sharon. Os credai hi mai ffôn Cochen oedd e, âi gydag ef at yr heddlu. Yna sylweddolodd na fyddai yn yr ysgol ar ddydd Sul. A beth os deuai'r heddlu i ymweld ag ef eto cyn iddo fedru trafod y peth gyda hi? Edrychai'n wael pe baent yn canfod ffôn y Gochen yn ei dŷ. Soniodd yr ymgynghorwr seicolegol ar y teledu fod llofruddion cyfresol yn hoffi cadw rhywbeth o eiddo'u hysglyfaeth. Rhaid iddo feddwl am rywle i guddio'r ffôn.

Llanwodd bowlen fach â dŵr o'r tecyl cyn iddo ferwi a mofyn clwtyn glân i olchi'r briw. Cyn eistedd ar y soffa, cyneuodd y teledu a rholio coes ei drowsus i fyny. Roedd golwg bell ar y clwyf. Roedd ei ben-glin wedi chwyddo fel pe bai hylif dan y croen, a phan roddodd ei fys arno saethodd poen drwyddo, a daeth crawn melyn allan o dan y grachen fawr. Sgyrnygodd ei ddannedd, gwlychu'r clwtyn a mynd ati i'w lanhau.

Ac yntau'n canolbwyntio, ni chlywodd gychwyn adroddiad y darllenwr newyddion. Yr enw 'Maeseifion' yn cael ei grybwyll a dynnodd ei sylw, ac ymbalfalodd am y rheolwr o bell er mwyn chwyddo'r sain. Safai'r dyn y tu allan i orsaf yr heddlu yn y dref. Ac un llaw'n dal y cadach ar ei ben-glin syllodd Erful ar y sgrin. I ble'r aeth Elin Meillion, tybed? Ni welsai hwn o'r blaen.

'Dyn lleol sydd wedi cael ei arestio, a hynny'n dilyn derbyn gwybodaeth gan nifer o aelodau o'r cyhoedd. Nid yw'r heddlu wedi cyhoeddi ei enw, ond mae arbenigwyr fforensig yn archwilio'i gartref ar hyn o bryd. Mae'r heddlu'n pryderu am ddiogelwch ei wraig ac yn apelio i'r cyhoedd am wybodaeth.'

Cafwyd lluniau o ardd yr Hen Ficerdy, yn amlwg wedi'u saethu o ystafell lofft tŷ cyfagos. Tywynnai goleuadau nos pwerus dros y gwyrddni. Ni allai Erful gredu ei lygaid. Roeddent wedi codi pabell dros y patio llydan o flaen y drws cefn, yn union fel yr awgrymodd Miss Llewelyn y byddent yn ei wneud. Tybed a oedd hi'n gwylio hyn o ble bynnag yr aeth?

Yn y stiwdio, dechreuwyd disgrifio'r llofruddiaethau eto. Diffoddodd Erful y teledu'n ddiamynedd. Nid oedd wedi disgwyl teimlo mor euog nac mor ddig. Gwastraff amser llwyr oedd hyn. Byddai'r llofrudd go iawn yn ei longyfarch ei hun. A beth am ffôn Cochen nawr? A fyddai gan yr heddlu unrhyw ddiddordeb ynddo? Tan iddynt ganfod alibei cadarn yr Hen Grwt Drwg am y ddwy lofruddiaeth gyntaf, ni fyddent yn chwilio am neb arall. Streliodd y clwtyn yn y dŵr, cyn ei wasgu a'i osod ar y briw. Erbyn hyn roedd y diheintydd wedi treiddio i'r clwyf a hisiodd Erful drwy'i ddannedd. A beth oedd bod yn berchen ar y ffôn amryliw'n ei brofi? Dim. Byddai'n hollol nodweddiadol o Rici i ddwyn ffôn y ferch. Onid oedd e'n gwthio rhywbeth i'w boced ôl wrth gerdded heibio'r arwydd i gyfeiriad y dref? Yfodd lymaid o de. Ni allai fod yn sicr mai gwthio ffôn i'w boced wnaeth Rici, ac nid oedd hynny'n newid y ddwy ffaith ddiymwad fod Cochen yn fyw wedi i Rici ei gadael a bod gŵr Miss Llewelyn yn Tenerife pan laddwyd Wilma ac Aeres. O ystyried hynny, roedd mynd â'r ffôn at yr heddlu yr un mor ddibwrpas â dweud wrthynt iddo weld y car arian. Serch hynny, unwaith i'r heddlu wirio alibei gŵr Miss Llewelyn, byddent yn dechrau chwilio eto. Roedd bod yn berchen ar y ffôn yn faich.

Tynnodd y clwtyn a gweld bod y grachen wedi codi bron yn gyfan oddi ar ei ben-glin, gan adael darn mawr o gnawd di-groen. Roedd y dŵr yn y bowlen yn lliw afiach a herciodd i'r gegin i'w arllwys i'r sinc. Chwiliodd am rwymyn glân i'w osod ar ei anaf. Defnyddiodd fyslin gwneud jeli ei fam a'i glymu orau gallai. O leiaf ni theimlai ei goes mor anystwyth nawr. Ar ei ffordd 'nôl i'r ystafell fyw, gwelodd declyn gwefru ei hen ffôn yn eistedd yn unig ger y plwg. Pa werth fyddai ei ffôn drud i Rici heb hwnnw? Byddai'n rhaid iddo brynu un arall, ac roedd yr un peth yn wir am y ffôn amryliw. Ni feddyliodd Rici am hynny yn ei flys arferol i feddiannu pethau. Roedd Sharon yn llygad ei lle fel arfer – roedd e'n blentynnaidd. A pham y byddai dyn canol oed eisiau ffôn lliwgar? Ffôn i ferch oedd e.

Ymbalfalodd Erful yn ei sgrepan a gafael yn y bag plastig clir. Gwasgodd y botwm drwy'r plastig i'w gynnau a gweld mai dim ond ychydig o drydan oedd ar ôl ynddo. Os nad oedd Rici wedi meddwl wrth ei ddwyn y byddai angen y teclyn gwefru, efallai na feddyliodd chwaith fod angen iddo ddileu pob arwydd o'i gyn-berchnoges. Roedd y blwch negesuon yn llawn, a nifer fawr o rifau gwahanol wedi anfon negeseuon testun. Mentrodd Erful edrych ar yr un ddiweddaraf, ac er na ddywedai ond '15/11, 1.30am', llamodd ei galon. Neges oddi wrth ŵr Miss Llewelyn oedd hon, yn gwneud oed. Ni allai fod yn ddim byd arall. Ac yna cofiodd, a suddodd ei galon i'w sgidiau. Ni allai Rici fod wedi dwyn ffôn y ferch, oherwydd gwelodd Erful hi'n ei ddefnyddio ar ôl i Rici adael. Cyfunodd dau achlysur, y tro cyntaf pan oedd yn cuddio yn yr encil ar draws y stryd, a'r eildro pan safai y tu ôl i'r gât fetel gyda Rysti. Efallai mai rhywun arall a gymerodd y ffôn a'i roi i Rici er mwyn cael gwared arno. Neu, ac roedd hyn yn ganwaith gwaeth, roedd Rici wedi dychwelyd, lladd y butain a chymryd ei ffôn. A nawr roedd e wedi blino arno, ac wedi achub ar y cyfle i ddwyn rhywbeth gwell. Efallai nad oedd Rici mor dwp, wedi'r cyfan... Gwnâi synnwyr perffaith iddo ladd Wilma ac Aeres. Wilma oedd y gyntaf a'r bwysicaf. Roedd y ddwy yn ei adnabod o ran hynny, ac yn gallu ei fygwth, gan mai allan o'r carchar ar drwydded yr oedd. Ond os medrai orchfygu Wilma, ac unwaith iddo gael dant at waed, ni fyddai ofn unrhyw ferch arall arno.

Canodd y ffôn diwn gron a diffodd yn llwyr yn ei ddwylo. Beth ddylai ei wneud? Mynd ag ef yn syth at yr heddlu? Gadawsai'r bws olaf i'r dref ers tro. Gallai alw am dacsi, er y byddai'r rheiny'n brysur iawn yn hwyr ar nos Sadwrn. Gallai alw'r heddferch a welodd yn y llyfrgell. Roedd ei cherdyn ganddo yn rhywle. Tynnodd bopeth o'i sgrepan a'i ganfod yn y gwaelod. Aeth at ffôn y tŷ a phwno'r rhifau. Cyhoeddai'r cloc ar y pentan ei bod ymhell wedi un ar ddeg. Pan glywodd y ffôn yr ochr draw yn canu, tynnodd anadl ddofn a'i baratoi ei hun, ond daliodd y ffôn i ganu am hydoedd, ac yna, unwaith eto, gofynnwyd iddo adael neges. Parablodd rywbeth carbwl am wybodaeth bwysig, ac roedd ar hanner egluro pan glywodd sain a cyhoeddai fod ei amser ar ben. Rhoddodd y derbynnydd yn ôl yn ei grud. Hwyrach ei bod hi wedi mynd adref ac yn cysgu'n sownd, yn dawel ei meddwl fod y llofrudd wedi'i ddal.

Aeth i'r gegin yn ddigalon. Byddai gofyn iddo gadw'r ffôn amryliw'n ddiogel tan drannoeth pan fyddai'n ceisio ffonio eto, neu fe fyddai'n rhaid iddo fynd i lawr i'r orsaf. Rhwygodd sach sbwriel oddi ar y rholyn a gwthio dillad Mistar Elmer iddi. Rhoddodd y ffôn ar ben y dillad. Yna, gan gario'r sach a'r ffôn, gadawodd y tŷ a chroesi'r stryd i dŷ ei gymydog. Defnyddiodd ei allwedd i agor y drws ond caeodd ef cyn gosod y sach ar waelod y grisiau. Yna aeth i'r silff ble safai'r ffôn marw yr oedd Mistar Elmer wedi dewis ei ddatgysylltu ac ysgrifennu nodyn a'i adael ar y sach. Aeth â'r ffôn amryliw i'r gegin. Gosododd ef yn ofalus o dan y llieniau sychu llestri yn y drôr gwaelod. Gadawodd y tŷ a chloi'r drws yn ofalus ar ei ôl. Nid oedd golau i'w weld yn y tai cyfagos, er bod car ei gymdogion ar eu rhodfa nhw. Sganiodd y ffenestri llofft bob ochr, ond ni allai weld unrhyw lenni'n cael eu symud. Cysurodd ei hunan nad oedd neb yn cymryd unrhyw sylw ohono, beth bynnag a wnâi. Serch hynny, teimlai'n union fel lleidr wrth sleifio 'nôl i'w gartref ei hun.

PENNOD 21

ERBYN DENG MUNUD i dri yn oriau mân y bore, ac yntau wedi bod ar ddihun am dros awr, roedd ei ben-glin yn brifo cymaint penderfynodd y byddai'n codi, gwneud te ac eistedd ar y soffa tan bedwar cyn cymryd mwy o dabledi lladd poen. Tybiai efallai fod rhai eraill, cryfach yn y cwpwrdd ers dyddiau ei fam. Cyneuodd y lamp fach ac eistedd ennyd ar ymyl y gwely i ymgyfarwyddo â'r golau a'r boen a saethodd drwy ei ben wrth iddo godi. Teimlai coes trowsus ei byjamas yn llaith a gwelodd fod hylif melynllyd wedi treiddio drwy'r rhwymyn i'r fflanelet. Gwisgodd ei sbectol yn awtomatig. Ofer fu ei holl ymdrechion. Roedd y cymal cyfan yn borffor a phoeth erbyn hyn, a rhedai llinellau coch bygythiol i fyny ac i lawr ei goes. Er na wyddai lawer am haint, roedd yn amlwg fod hwn yn ymledu'n gyflym.

Cododd, ond gwrthododd ei goes ei gynnal. Pe medrai gyrraedd y gegin gallai chwilio am hen gyffuriau gwrthfiotig ei fam, y byddai'n arfer eu llyncu ar yr arwydd cyntaf o fronceitus neu lid. Os nad oedd yna rai ar ôl, byddai'n galw'r feddygfa. Roedd y drefn honno'n gyfarwydd. Byddai'n rhaid iddo aros am oriau, efallai, ond deuai rhywun cyn y bore. Gan roi cyn lleied o bwysau â phosib ar ei goes chwith, llwyddodd i gyrraedd y drws, ac roedd yn pwyso ar y bwrdd gwisgo er mwyn ymestyn am ei ŵn gwisgo o gefn y gadair pan glywodd siffrwd anghyfarwydd.

Edrychodd tua'r ffenestr. Bu'n ofnus tu hwnt o orfod cysgu yn y tŷ ar ei ben ei hun ar ôl colli ei fam, a threuliodd oriau'n gwrando ar bob smic. Dysgodd bryd hynny fod y rhan fwyaf o synau'n dod o'r tu allan. Ymlafniodd tua'r ffenestr. Syllodd allan yn y gobaith o weld rhyw enaid unig yn troedio'r palmant. Nid oedd neb yno. Gwingodd pan gyffyrddodd ei ben-glin â metel y rheiddiadur. A oedd ei glustiau'n ei dwyllo neu a oedd yna sŵn arall? Arhosodd yn ei unfan a gwrando.

Pan na ddeuai dim ond distawrwydd i'w gyfarch, herciodd yn gloff, gan afael ym mhob arwyneb defnyddiol, nes iddo gyrraedd y landin. Syllodd dros y canllaw ar y grisiau serth – tri ar ddeg ohonynt. Byddai'n rhaid iddo fynd i lawr ar ei eistedd. Pe cwympai nawr gallai orwedd yno am byth a neb ddim callach. Cwynai ei gorff â phob cam ac ystum ac roedd yn ormod o ymdrech i groesi'r landin a chwilio am y swits golau. Pwysodd am eiliad ar fwlyn y canllaw a arweiniai at y llawr uchaf. Aeth car heibio a meddyliodd mai synau'r gyrrwr yn agor a chau'r drws cyn cychwyn a glywsai. Am eiliad teimlodd ryddhad, ond yna daeth y sŵn eto, a'r tro hwn gwyddai beth ydoedd. Roedd drws y cwpwrdd ble cadwai ei ddogfennau ariannol wedi gwichian erioed. Aeth panig llwyr yn gerrynt trwyddo a brwydrodd i ddal gafael ar ei bwyll. Os oedd rhywun wedi torri i mewn i'r tŷ i ladrata, nid oedd wiw iddo'u herio. Byddent wedi'u pwmpio'n llawn cyffuriau ac yn cario cyllyll. Ble gallai fynd? Tynnwyd y clo oddi ar ddrws yr ystafell ymolchi ers blynyddoedd, ar ôl i'w fam fethu â chodi o'r bath.

Edrychodd drwy ddrws agored ei ystafell wely. Sgleiniai'r golau o'r lamp a gorweddai'r cwrlid yn anniben. A allai fynd yn ôl yno, diffodd y golau, cymoni'r gwely a mynd i guddio? Nid oedd pwynt cuddio os oedd yn hollol amlwg ei fod yn y tŷ. Straffaglodd at y gwely a thynnu'r dillad dros y gobennydd, yna tynnodd nhw 'nôl a gosod y gobennydd sbâr ar eu hyd er mwyn iddynt edrych fel siâp rhywun yn cysgu. Diffoddodd y golau. Pe meiddiai'r lleidr ddringo'r grisiau, a gobeithiai'n daer nad oedd hynny'n rhan o'i gynllun, efallai, yn y tywyllwch, y byddai hynny'n ddigon i'w argyhoeddi bod rhywun yno a byddai'n gadael ar ras. Ar y landin, a'i ben-glin yn gwynio, gwrandawodd yn astud. Roedd mwy o synau nawr, o bapur yn cael ei ollwng ar lawr, ond nid oedd neb wedi meiddio agor y drws o'r ystafell fyw i'r cyntedd eto. O'i flaen codai'r ail set o risiau i'r llawr uchaf. Gan dynnu anadl ddofn dechreuodd eu dringo un ar y tro gan lusgo'i goes boenus a gafael yn dynn yn y canllaw. Roedd naw o'r rheiny a phob un yn fynydd. Yr unig le y gallai feddwl amdano oedd yr ystafell y treuliodd gymaint o amser yn ei chlirio. Os gallai flocio'r drws, neu hyd yn oed ganfod lle i guddio y tu ôl i'r blychau cardbord oedd yn dal yno, roedd gobaith na fyddai'r lleidr yn dod o hyd iddo. Bu bron iddo faglu ar y gris uchaf, a chnodd ei wefus i'w atal ei hun rhag gweiddi. Suodd y drws wrth iddo'i wthio dros y carped, ond roedd llawr cyfan rhyngddo nawr a'r lleidr. Caeodd ef yn ofalus ac edrych o'i amgylch. Tywynnai golau'r stryd yn wan drwy'r ffenestr. Nid oedd wedi ailosod y llen du ers y tro diwethaf.

Gafaelodd yn un o'r cadeiriau pren a'i chario at y drws. Er mai dim ond hen gadair o'r gegin oedd hi, yn ei gyflwr poenus, roedd fel codi soffa. Ceisiodd ei gosod dan y bwlyn, ond roedd ganddi gefn ar ffurf bwa ac nid arhosai yn ei lle. Edrychodd o'i amgylch yn wyllt. Roedd 'na fwrdd hefyd, ond roedd nifer o flychau'n dal arno, ac os gollyngai un wrth eu symud gwnâi hynny sŵn a dynnai sylw'r lleidr. Roedd ei syniad o ganfod lloches ymhlith y blychau'n anobeithiol am yr un rheswm. Yr unig beth y medrai ei wneud oedd eistedd â'i gefn at y drws, yn y gobaith na allai'r lleidr ei wthio o'i safle. Gan bwyso'i ben yn erbyn y pren, sylweddolodd y gallai fod wedi gwneud hyn yn ei ystafell wely ei hun, pe na bai yn y fath banig. Gallai fod wedi gwthio'r bwrdd gwisgo ar draws y drws. Byddai'r sŵn wedi rhybuddio'r lleidr ei fod yno, a byddai'r ymdrech aruthrol wedi'i hanner lladd, ond ni fedrai neb ddod i mewn ar frys. Ar y llaw arall, efallai na fyddai wedi medru ei wthio 'nôl a gadael, ac wedyn byddai'n gaeth yno am amser yn ddiarwybod i bawb. Pam na chododd yn lle gorwedd am awr ddi-gwsg? Byddai chwarter awr ychwanegol wedi rhoi amser iddo ffonio'r meddyg, a byddai gweld golau wedi dychryn y lleidr ddigon i'w atal rhag torri i mewn i'r tŷ o gwbl.

Trwy'r drws cefn daeth y lleidr i mewn, penderfynodd. Byddai wedi clywed ffenestr yn torri. Gwyddai nad oedd y clo'n un cadarn, er iddo lwyddo i gau Erful allan pan ollyngodd ei allwedd yn ddamweiniol ar y mat. Gwelodd Surbwch yn llygad ei feddwl yn rhoi rhywbeth fel cerdyn plastig yn ôl yn ei boced eiliad cyn i Blodyn ddychwelyd ag allwedd Doris. Ai Surbwch oedd y lleidr? Nid edrychai fel bwrgler, ond hwyrach bod hynny'n rhan hanfodol o lwyddiant unrhyw droseddwr. Roedd e'n bendant yn feiddgar, neu ni fyddai wedi darparu'r fath sioe rywiol ar riniog ei aelwyd ei hun. Ond roedd bwrglera tŷ eich cymydog agosaf yn fyrbwylltra rhyfeddol. Trodd ei ben a rhoi ei glust wrth rimyn y drws. Dim ond ambell sŵn a gyrhaeddai'r llawr uchaf, ond roedd y ffaith y gallai eu clywed o gwbl yn arwydd naill ai bod hyder y lleidr yn dygyfor, neu fod ei amynedd yn pallu. Wedi'r cyfan, beth oedd ganddo a oedd yn werth ei ddwyn? Erbyn hyn byddai'r lleidr wedi gwacáu ei waled a dwyn ei arian a'i gerdyn banc. Nid oedd fawr ddim gwerthfawr o ran offer trydanol na hen bethau yn y tŷ. Maint y lle a'i denodd, mwy na thebyg. Byddai wedi disgwyl trysorfa o greiriau a bwndeli o arian. Dyna pam roedd e'n chwilio'r cypyrddau. A phan ganfyddai nad oedd dim yno, deuai i fyny'r grisiau i chwilio am emwaith. Nid oedd ei fam yn berchen dim gwerth ei gael, heblaw am ei modrwy ddyweddïo emrallt, ac roedd honno nawr ym mherchnogaeth tylwyth Doris, oherwydd rhoddodd ei fam hi iddi yn ei ŵydd yntau, yn yr ysbyty y noson cyn iddi farw. Roedd yn falch o hynny. Roedd Doris wedi ei haeddu.

Eisteddodd yn gwrando am amser. Bob tro y deuai ennyd o dawelwch gwrandawodd yn fwy astud fyth, yn y gobaith fod y lleidr wedi rhoi'i gorau iddi. Ddwywaith credodd ei fod wedi mynd, ac roedd ar fin ceisio codi, ond yna deuai sŵn o'r newydd a suddai yn ôl yn ddigalon. Cyn belled ag y gallai ddirnad, nid oedd y lleidr wedi dringo'r grisiau. A gredai fod y tŷ yn wag? Go brin mai Surbwch oedd y gwalch, felly. Clywodd rywbeth mawr trwm yn cael ei ddymchwel. Y bwrdd? Y soffa? Rhaid bod llanast anghredadwy yn ei ystafell fyw erbyn hyn. Roedd y lleidr yn gwylltio. Caeodd ei lygaid a gweddïo y câi hyd i rywbeth a'i bodlonai. Ni hidiai beth. Roedd yr unig beth y byddai lleidr wedi ei werthfawrogi yn nwylo Rici Wyn.

Cyn gynted ag y daeth hyn i'w feddwl, oerodd drwyddo. Wrth gwrs. Pam na feddyliodd am y peth o'r blaen? Roedd ei syrthni a'r boen yn ei ben-glin wedi cymylu ei feddwl. Gobeithio i'r nefoedd ei fod yn anghywir. Fel arall, gallai fod ar ben arno. Ond sut medrai unrhyw un wybod bod y darn tyngedfennol hwnnw o'r dystiolaeth ganddo? Nid oedd Rici wedi'i adnabod, neu o leia doedd e ddim wedi cymryd arno, ac yntau newydd ddwyn ei ffôn. Doedd hyd yn oed y tafarnwr ddim yn sylweddoli nad ffôn Erful oedd yr un amryliw. Yr eiliad honno difarodd ei guddio yn nhŷ ei gymydog. Fe'i cuddiodd er mwyn iddo beidio â bod yn ei feddiant pe digwyddai'r heddlu alw heibio eto, ond byddai hyd yn oed hynny wedi bod yn well na'r sefyllfa hon. Llechai'r allwedd i dŷ Mistar Elmer mewn siwg fach ar y seld. Nid oedd dim yn ei chylch i dynnu sylw neb. Byddai rhywun prysur â llond dwrn o allweddi wedi rhoi llabed ynghlwm wrthi, ac efallai y byddai hynny wedi gyrru'r lleidr ar drywydd tŷ'r cymydog. Yr hyn a nodweddai Erful ar y llaw arall oedd cof anhygoel na fyddai fel rheol yn caniatáu iddo anghofio. Siglodd ei ben, a'i deimlo'n chwyrlïo fel top. Sychodd chwys o'i dalcen a synnu i ganfod bod ei groen yn boeth.

Sylweddolodd yn sydyn nad oedd wedi clywed sŵn ers rhai munudau bellach. Gwrthododd gredu bod y lleidr wedi mynd. Meddwl am rywle arall i chwilio ydoedd. Deuai i fyny'r grisiau cyn bo hir, oni wnaeth eisoes. Roedd troi i wrando'n gwaethygu ei ben tost. Pe bai ond wedi cipio'i oriawr oddi ar y bwrdd gwisgo, gallai fod wedi amseru'r ysbeidiau tawel. Nid oedd ganddo syniad faint o amser oedd wedi mynd heibio. Dechreuodd gyfrif dan ei anadl, a dywedodd wrtho'i hun pan gyrhaeddai gant o eiliadau y codai a mentro i lawr. Trodd y cant yn gannoedd a mwy, oherwydd collai ei le bob tro y trawyd ef gan bwl o boen o'i ben-glin neu gryndod aflywodraethus. Pan geisiodd ei dynnu ei hun i fyny o'r diwedd, teimlai fel chwydu. Nid oedd modd iddo gerdded bellach. Serch hynny, arhosodd cyn troi bwlyn y drws. Ceisiodd ei argyhoeddi ei hun na allai neb fod wedi dringo i'r llawr uchaf heb iddo'i glywed. Agorodd y drws ryw fodfedd ond roedd y landin yn wag. Ar ei eistedd nawr, defnyddiodd ei ddwylo i symud i ben y grisiau. Gafaelodd yn un o'r styllod yn y canllaw a syllu i lawr. Pwysodd ei foch yn erbyn y pren oer a chau ei lygaid i fagu nerth cyn dechrau ar y daith hirfaith i'r llawr gwaelod. Naw o risiau ac yna tri ar ddeg, meddyliodd. Faint oedd hynny gyda'i gilydd? Pa ots?

Prin y clywodd sŵn y ddau bâr o draed yn dringo i'r llawr cyntaf. Agorodd ei lygaid a gweld corun rhywun mewn cwfl yn oedi ennyd ar waelod y grisiau. Sgleiniai dortsh o'i flaen. Tu ôl iddo safai rhywun arall, byrrach, oedd yn stwcyn sgwâr a phwerus. Dihangodd cudyn o wallt o beth bynnag oedd gan y person hwnnw am ei ben. Ni symudodd Erful. Dawnsiai gwreichion coch ar bopeth o'i flaen, a'r peth olaf a aeth drwy ei feddwl oedd mai wedi dychmygu eu gweld yr oedd.

'DAL E LAN, er mwyn dyn!'

Ni wyddai Erful beth ddigwyddodd, ond nid oedd yn eistedd ar y llawr mwyach. Roedd sedd galed oddi tano. Teimlai blaen crys ei byjamas yn oer ac yn wlyb braf. Gwthiwyd rhywbeth gwydrog i'w geg a rhedodd mwy o ddŵr i lawr ei ên.

'So fe'n yfed!'

'Rho glatsien iddo 'te. Yfiff e wedyn.'

Tapiwyd ei ddwy foch, er nad yn galed, ac ymdrechodd Erful i ufuddhau, ond dechreuodd beswch a thagu.

'Ma' fe'n sâl, w. Ma' gwres ofnadw arno fe.'

'Gore i gyd.'

Roedd codi'i amrannau'n amhosibl am y tro, felly canolbwyntiodd ar anadlu. Canai rhyw fwmial uchel fel gwenyn yn ei glustiau ac ni allai symud ei ddwylo na'i draed. Synhwyrodd ffurfiau mawr o'i amgylch, a thros ben y mwmial clywai sŵn pethau'n cwympo ac yn cael eu cicio o'r ffordd.

'Gofyn iddo fe!'

Teimlodd Erful rywun yn ei siglo a chrychodd ei dalcen. Roedd ceg yn agos at ei glust ac anadl gynnes yn ei gosi.

'Erful, ychan. Dihuna. Dere mla'n.'

Gwyddai ei enw. Rywle yng nghefn ei feddwl daliai rhywbeth i weithio. Ceisiodd afael ynddo. Gwyddai ei enw. Dyna ddechrau. Gwnaeth ymgais i siarad.

'Beth ddywedodd e?'

'Dim ond mwmblan. Rhywbeth am ddoctor. Mae e'n gwbod ei fod e'n sâl.'

'Wel, bydd e'n gwbod pethe erill 'fyd, wedyn. Nawr gofyn iddo fe!'

Gwnaeth Erful ymdrech anferth a llwyddodd i agor ei lygaid y mymryn lleiaf. Gan fod ei ên ar ei frest, dim ond y llawr a'i goesau ei hun y gallai weld. Roedd sgidiau rhedeg mawr golau am draed y sawl a wyddai ei enw. Teimlodd yr anadl daer unwaith eto.

'Y ffôn, Erful. Ble ma'r ffôn?'

Symudodd pâr arall o draed i'r golwg, mewn esgidiau tebyg, duon. Cydiwyd yn ei ên â gafael fel pinsiwrn. Yna'n ddirybudd, trawyd ef ddwywaith ar ochr ei ben a ffrwydrodd y byd yn oleuadau llachar.

'Isie un arall?'

Roedd gan berchennog yr esgidiau duon ewinedd a frathai i'w groen. Roedd holl drefn y bygwth a'r sibrwd yn anghywir, ond ni wyddai pam.

'Ble ma'r blydi ffôn?'

Sgrechiwyd y geiriau hyn fodfedd o'i wyneb, ond cyn i'r drydedd ergyd ddod, teimlodd fraich yn chwifio'n warchodol o'i flaen. Blasodd Erful waed yn ei geg ble brathodd ei dafod. Rhaid ei fod wedi adnabod un o'r lleisiau drwy'r cyfan. Ffurfiodd brawddeg yng nghefn ei feddwl. Synnodd ei chlywed. Nid Rici sy'n fy mwrw. Roedd ei gyd-ddisgybl, y bwystfil yr oedd pawb yn ei ofni, wedi atal y drydedd ergyd.

'Diolch, Rici,' murmurodd.

Bu tawelwch llethol am eiliad ac yna teimlodd Erful rywbeth yn chwibanu fodfeddi uwch ei ben. Siglodd y gadair dila oddi tano a bu bron iddo gwympo yn swp ar y llawr, ond ni ddisgynnodd mwy o ergydion. Yn hytrach, clywodd Rici'n ochneidio.

'Wedes i, on'do fe! Wedes i bydde fe wedi d'adnabod di! So fe'n dwp – ddim "ffycin Erful sy'n rhy gall i gachu". Welodd e ti ac fe gofiodd e ti! Ac mae e'n nabod y lleill. Ro'dd eu henwau nhw ar ei ffôn ffansi e – a bydd e wedi gweud wrthyn nhw. Wyt ti'n deall nawr?'

Gyda phob ebychiad, clywodd Erful sŵn llaw drom ar gnawd a brethyn. Rhaid iddo'i atgoffa'i hun mai Rici Wyn oedd hwn a gawsai ei waldio'n ddidrugaredd, heb fynegi unrhyw wrthwynebiad, dim ond griddfan dwfn. Byddai'r hen Rici wedi llorio'i ymosodwr, yn lle bustachu drwy'r blychau wrth geisio'i osgoi.

'Nadw, Mam, dwi ddim! '

Torrodd y geiriau drwy'r awyr fel saeth. Daliodd Erful ei anadl. Roedd rhyfaint o'r niwl trwchus a'i rhwystrodd rhag meddwl yn clirio fesul tipyn. Beth na ddeallai Rici? Bod dwyn ffôn oddi wrth butain a laddodd a'i roi i rywun a oedd yn debygol o'i adnabod fel ffôn y butain yn beth ffôl i'w wneud? Oedd e mor ddi-hid ynghylch ei weithredoedd erchyll fel na chroesodd rhyfyg y weithred ei feddwl? A oedd e hyd yn oed yn cofio? Ai rôl ei fam oedd sicrhau na châi ei ddal? Hi oedd â'r cludiant angenrheidiol i gario corff Cochen. Hi oedd yn cyfarwyddo'r holl chwilio am y ffôn. Gwyddai hi'n iawn am oblygiadau rhywun fel Erful yn cael gafael arno. Mentrodd gilolwg heb droi ei ben. Roedd Rici'n sefyll a'i gefn yn erbyn yn wal bellaf, yn crynu. Gwelodd ei fam yn estyn ei llaw allan, a meddyliodd Erful ei bod am ddechrau ei fwrw eto, ond yn lle hynny, mwythodd ei wyneb yn dyner, cyn llithro'i llaw i lawr ei frest at ei forddwyd. Clywodd Rici'n cwynfan yn dawel a bu bron iddo golli geiriau'r fam.

'Er dy fwyn di mae hyn i gyd. Ti'n gwbod hynny, on'd wyt ti? Pan fydda i'n rhoi presant i ti, ma'n rhaid i ti ei gadw, on'd oes e?'

Sniffiodd Rici a chytuno heb feiddio torri gair. Roedd ei olygon ar rywbeth pell. Cododd pwl arall o gyfog ar Erful, ond llyncodd i'w waredu. Nid oedd Rici'n deall pwysigrwydd y ffôn oherwydd ni sylweddolai mai ffôn y butain oedd hi. Nid Rici Wyn oedd y llofrudd, ond ei fam. Beth wnaeth iddo feddwl bod gan Rici'r gallu i gynllunio ymlaen llaw? Roedd y griddfan yn newid ei dôn yn awr a'r sibrydion yn mynd yn fwyfwy serchus a rhywiol. Caeodd Erful hwy allan. Dyna'r rheswm dros ddewis puteiniaid hŷn. Nid chwilio am newydd-deb oedd Rici, ond am y math o driniaeth a gawsai gartref ers ei blentyndod. Ac yn y dosbarth, dangos ei bidyn i Miss yr oedd e'r diwrnod y cafwyd y ffradach fawr. Ond pam y teimlai ei fam fod yn rhaid iddi ladd y merched? Cenfigen? Ofn ei fod wedi datgelu ei chwaeth am ferched hŷn i'r puteiniaid? Ofn ei golli? Collodd hi ef am ddeunaw mis pan fu yn y carchar ac efallai iddo bellhau ar ôl hynny. A galliodd ddigon yn y carchar i weld nad dyma fel oedd pethau i fod, a mynd i chwilio am gyfathrach nad oedd yn llosgach? A beth ar y ddaear a barodd iddi roi'r ffôn lliwgar i Rici yn y lle cyntaf? Ai prawf o'i chariad tuag ato ydoedd? Na, prawf o'i pherchnogaeth ohono oedd gwneud anhreg o'r ffôn.

Sylweddolodd na allai symud ei ddwylo oherwydd eu bod wedi'u clymu trwy styllod cefn y gadair. Roedd bwcl metel gwregys i'w deimlo dan un bys, ond er iddo geisio nyddu bawd oddi tano, tynnwyd ef yn rhy dynn. Clymwyd ei draed bob un i goesau'r gadair. Ni allai weld â beth, ond roedd ei bigwrn chwith yn gwynio fel drwm yn cael ei guro. Roeddent yn mynd i'w boenydio a'i fwrw nes iddo ddweud ymhle roedd y ffôn. Ac wedyn? Pam trafferthu ei gadw'n fyw? Lladdwyd cynifer eisoes. Ni fyddai un arall yn golygu dim. Os nad oedd gobaith iddo oroesi ta beth, nid oedd pwynt dweud wrthynt. Câi'r ffôn ei ddinistrio'n syth petai'n dweud ble'r oedd, ac os na ddywedai, yna gorweddai am fisoedd lawer yn y drôr yn nhŷ Mistar Elmer. Gallai'r heddlu, wrth ymchwilio i'w lofruddiaeth ef, ddyfalu tarddle'r allwedd yn y pen draw, ond pa reswm fyddai ganddynt wedyn i dynnu tŷ ei gymydog ar led?

Doedd e erioed wedi meddwl y byddai'n wynebu ei farwolaeth ei hun mewn dull mor ddideimlad. Efallai am ei fod mor sâl ac yn y fath boen, doedd cwsg terfynol ddim yn ei ddychryn. Ar y llaw arall, nid da ganddo adael pethau ar eu hanner. Dylai geisio canolbwyntio ar oroesi, pe bai hynny ond er mwyn atal mam Rici rhag parhau i ladd. Nid datgelu ble'r oedd y ffôn oedd yr ateb. Beth, felly? Oedd modd dylanwadu ar Rici ei hunan? Ni chafodd amser i feddwl. Roedd y gyfathrach yn erbyn y wal wedi dod i ben, a mam Rici'n sefyll wrth ei gadair unwaith yn rhagor. Gafaelodd yn ei wallt a thynnu'i ben yn ôl.

'Reit,' meddai, a bron cyn iddo allu tynnu anadl, pinsiodd ei drwyn rhwng bys a bawd a chau ei geg â chledr ei llaw arall. Er iddo geisio troi ei gorff, ni allai ddianc. Ac yntau'n meddwl mai dyma'r diwedd, ac mai ei holl bwrpas oedd ei ladd cyn gynted ag y medrai, gollyngodd hi ef. Tra oedd yn peswch a thagu, edrychodd arno'n ddiemosiwn, cyn rhoi dwy ffustad arall iddo yn ei wyneb. Clywodd wydr ei sbectol yn torri, ac ar ôl ennyd daeth yn ymwybodol o hylif yn treiglo i lawr ei foch. Rhedodd hi ei bys i lawr y llwybr gwaed yn feddylgar.

'Cest ti amser i feddwl am y ffôn?' gofynnodd.

Ar fin siglo'i ben, sylwodd Erful fod Rici'n sefyll tu ôl i'w fam. Heb ei sbectol, ni allai weld ei wyneb yn glir, ond roedd ei holl osgo'n mynegi anobaith llwyr. Roedd yn amser iddo dreial ei lwc. Beth oedd ganddo i'w golli?

'Garej,' crawciodd. 'Ffôn yn y garej. Mewn blwch â *Fragile – electronic components* arno.'

Ai dychmygu oedd e neu a glywodd Rici'n rhoi ochenaid o ryddhad? Edrychodd ei fam arno dros ei hysgwydd ac yna trodd a gafael yn ei fraich.

'Watsia fe!' siarsiodd yn chwyrn. 'Os symudith e, rho gic iddo. Ti'n clywed?'

Syllodd Rici ar ei hôl wrth iddi adael yr ystafell. Gwyddai Erful ei fod wedi gobeithio peidio â chael ei anfon i edrych, ond gwyddai hefyd, cystal â'i fam, na allai Rici ddarllen yn ddigon da i wneud pen na chynffon o'r fath eiriau. Clywsant hi'n stompio i lawr y grisiau. Roedd Rici'n porthi iddo'i hun.

'Geith hi fe nawr,' meddai. 'Gewn ni fynd gatre wedyn.'

Sgwffiodd ei draed yn erbyn cynnwys y blychau a drawyd i'r llawr, a chododd un neu ddau o bethau ac edrych arnynt. Roedd yn ymddwyn fel pe na bai Erful yno. Sut gallai dynnu ei sylw heb ei wylltio?

'Rici,' meddai, gan geisio siarad yn glir, 'wyt ti'n gwbod o ble cafodd dy fam y ffôn pert?'

Nid edrychai Rici arno, ond gwelodd ef yn codi'i ysgwyddau.

'Ffôn croten oedd hi,' mwmialodd. 'Gadawodd rhywun hi ar ôl yn y tŷ bach yn rhyw siop neu rwbeth.'

'Ffôn Cochen oedd hi,' meddai Erful. 'Wyt ti'n cofio Cochen?'

Ni ddaeth ateb. Ni wyddai Erful a oedd hynny'n galonogol ai peidio, ond pa ddewis oedd ganddo ond palu mlaen?

'Dyna pam mae hi mor grac. Bydd yr heddlu'n chwilio am ffôn Cochen nawr am ei bod hi'n un o'r merched gafodd ei lladd. A phan ddaw hi 'nôl o'r garej heb y ffôn, bydd dy fam yn fy lladd i.'

Clywodd ryw sŵn fel gwichian. Am eiliad credodd fod Rici'n crio, ond yna sylweddolodd mai chwerthin yn anghrediniol yr oedd.

'Na fydd! Cer o 'ma!'

Ceisiodd Erful ddangos mor ddwys oedd y bygythiad, ond roedd yn rhy boenus i symud modfedd. Ni theimlai'n boeth mwyach ond yn oer a rhynllyd. Ni allai atal ei ddannedd rhag clecian. Symudodd Rici tuag ato. Roedd wedi rhoi'r gorau i chwerthin. Roedd goblygiadau ei fam yn methu â dod o hyd i'r ffôn wedi gwawrio arno. Ac yntau'n plygu ymlaen yn syllu arno, gallai Erful weld ei wyneb yn glir. Sgleiniai ag ofn.

'Pam ddywedest ti gelwydd wrthi? Yffach, bydd hi'n cledro'r yffarn mas ohonot ti!'

'Bydd hi'n fy lladd i,' meddai Erful eto.

Gafaelodd Rici yn ysgwyddau Erful mewn ymgais i'w gysuro. Sylwodd fod ganddo fenig gwlân ar ei ddwylo.

'Na, na. Ddim byth. Mae'n bwrw fi trw'r amser. Sa i wedi

marw, odw i?' Llyncodd boer. 'Ond mae'n rhaid i ti Erful roi'r ffôn iddi.'

'Alla i ddim. Dyw e ddim gen i.'

Camodd Rici 'nôl. Anadlai'n gyflym.

'Iesu! Beth wnest ti â hi? Roiest ti ddi i rywun arall?'

'Naddo.' Roedd yr ymdrech i feddwl am gelwyddau credadwy'n faich. 'O'n i'n aros am y bws i ddod gartre ond o'dd y ffôn yn pallu gweithio. A phan agores i e i edrych tu fiwn, dorrodd y casin. Dwi'n lletchwith, tweld, a dwi ddim yn deall ffonau. So, dowles i fe i'r bin.'

Gan regi dechreuodd Rici gamu 'nôl a mlaen.

'Fydd hi ddim yn fy nghredu i nawr, fydd hi?' meddai Erful. 'Ddylen i ddim fod wedi'i hala hi i'r garej. Sori.'

Synhwyrai fod Rici ar ben ei dennyn. A oedd modd ei dynnu 'nôl?

'Gronda,' meddai. 'Falle taset ti'n dweud wrthi, bydde hi'n ei gredu fe.'

Daeth rhyw ebychiad bach anobeithiol o enau'r llall.

'Shwd yffach?'

'Wel, tasen i ar y llawr pan ddaw hi 'nôl, yn waed drosta i, allet ti ddweud dy fod ti wedi 'mhwno i nes i fi gyfaddef. Allech chi fynd gartre wedyn.'

'Ti moyn i fi dy bwno di?'

Swniai'n syn, ond o'r modd y sbonciai ar flaenau ei draed, edrychai'n hollol abl i gyflawni'r dasg.

'Nadw. Ond allet ti rwbio'r gwaed 'ma dros fy wyneb. Ac mae gyda fi anaf cas ar fy mhen-glin. Mae digon o stwff yn hwnna. Allet ti roi peth ar flaen dy esgid i ddangos dy fod ti wedi 'nghicio i. Rholia goes 'y mhyjama i lan a chei di weld.'

Cyrcydodd Rici a gwneud. Trodd ymaith â golwg sur, ond ymddangosodd ei fod yn ystyried y peth.

'Bydd hi'n gwbod,' meddai ar ôl ysbaid hir. 'Ma' hi wastad yn gwbod.'

'Os trefni di i'r gadair gwympo fel fy mod i ar fy ochor, dim ond hanner fy wyneb i fydd yn y golwg.'

Ni wyddai faint o amser oedd ganddynt, nac ychwaith am ba hyd y gallai siarad yn synhwyrol.

Yr eiliad honno, diffoddodd golau'r stryd a chydag ef y wawr wan a ganiatâi iddynt weld ei gilydd heb dortsh. Bendithiodd Erful gymhellion ecolegol y cyngor. Siglodd Rici ei ben ac estyn am ei dortsh. Gwelodd Erful ef yn dadsgriwio fymryn ar y bwlb. Pan gyneuodd y dortsh ffliciai'r golau'n anwadal. Edrychodd Erful arno'n edmygus, a gwenodd y naill ar y llall. Yna estynnodd Rici ei law a thaenu'r gwaed a dreiglai o'r briw dwfn dan lygad Erful ar draws ei drwyn.

'Os alli di, rho damaid bach ar dy wyneb dy hunan – fel'se fe wedi tasgu drosot ti. Dim ond diferyn, cofia.'

Lwcus bod digon o waed. Taenellodd Rici beth ar flaen ei grys nos yn ogystal, fel offeiriad yn ysgeintio cynulleidfa â dŵr sanctaidd. Roedd hyn yn cymryd gormod o amser yn nhyb Erful. Er ei fod yn gwrando'n astud am sŵn y fam yn dychwelyd, ofnai y gallai ymddangos yn gwbl ddirybudd.

'Gwthia'r gadair drosodd nawr,' meddai. 'Alli di neud y gweddill wedyn.'

'Gei di ddolur,' meddai Rici'n rhybuddiol.

'Sdim ots am hynny. Os yw hi 'nôl yn y tŷ, bydd y sŵn yn dweud wrthi dy fod ti'n fy mhwno i.'

Pletiodd Rici ei wefusau ond symudodd i'r dde er mwyn i'r gadair beidio â chwympo yn erbyn y wal. Yna rhoddodd hyrddiad sydyn a theimlodd Erful ei hun yn cwympo. Disgynnodd ar ei ochr ac ni allai ymatal rhag ochneidio mewn poen. Roedd y carped neilon yn crafu ei wyneb, a phwysau ei gorff yn boenus ar ei balfais.

'Ti'n olreit?' gofynnodd Rici'n bryderus.

'Nadw, dwi'n mynd i chwydu.'

Ac fe wnaeth, tan fod y lle'n llawn aroglau a'i grys nos yn

socian. O gil ei lygad, wrth i'w stumog ymwacáu, gallai weld sgidiau gwyn Rici'n ffit-ffatian yma ac acw.

'Mae'n iawn,' meddai, wedi i'r pwl fynd heibio, 'mae'n beth da. Mwya i gyd o annibendod sydd, gore'i gyd. Bydd hi'n credu i ti roi crasfa i fi. Cofia rwto stwff ar dy sgidie i ddangos dy fod ti wedi 'nghico i.'

Rhaid bod golwg uffernol ar ei anaf, oherwydd crychodd Rici ei drwyn. Sadiodd ei hun a gosod blaen ei droed yn y clwyf. Collodd ei gydbwysedd am eiliad a gyrrodd hynny'r esgid yn ddyfnach nag a fwriadodd. Cnodd Erful ei foch er mwyn peidio â sgrechian. Duw a ŵyr pam roedd ei reddf yn mynnu hynny chwaith, meddyliodd. Roedd y gwreichion coch o flaen ei lygaid wedi dychwelyd, ynghyd â'r sŵn gwenyn yn ei ben. Brwydrodd i aros yn ymwybodol. Roedd traed trymion yn dringo'r grisiau.

Fel pe bai o bellter maith clywodd Rici'n cicio blychau fel rhywbeth gwyllt ac yn rhegi.

'Bastad! Ffycin bastad!'

Ni allai Erful weld y ffigwr yn sefyll yn yr adwy, ond teimlodd ei phresenoldeb. Anwybyddodd Rici hi, gan ddal i gicio a thyngu a rhegi.

'Beth ddigwyddodd?' meddai llais benywaidd, ond ni swniai'n ddig.

'Wedodd e gelwydd!' rhuodd Rici. 'Wedodd y bastad gelwydd! Nid yn y garej ma'r ffôn.'

Teimlodd Erful flwch mawr gwag yn ei daro'n ysgafn, a chlywodd ryw ddodrefnyn yn cwympo. Roedd Rici'n dinistrio'r lle'n llwyr. Ysbrydolwyd ef gan ei ofn i roi sioe o wylltineb ar waith.

'Ble, 'te?'

'Mewn rhyw ffycin bin yn y dre. Dorrodd e fe! Dorrodd e dy bresant di!'

'Wedodd e wrthot ti, do fe?'

Pe bai Erful wedi medru dal ei anadl, byddai wedi gwneud hynny, ond roedd gormod o'i angen arno.

'Do, yn y blydi diwedd.'

Ni feiddiai Erful agor ei lygaid. Roedd y sŵn yn ei ben wedi codi'n storom. Boddwyd beth bynnag a ddywedwyd wedi hynny, ac er iddo ymdrechu orau gallai, gwyddai ei fod yn llithro'n raddol i ddüwch. Goleuwyd ef am eiliad ac yna nid oedd dim.

Y PUMED?

Mae sain ffôn i'w chlywed ymhell i ffwrdd, yn canu a chanu.
Mae'r sŵn yn atsain drwy'r tŷ'n ymbilgar, ond nid oes neb yn
ateb. Nid oes dim yn symud ymhlith y pentyrrau o flawd a
siwgr ar lawr y gegin. Mae'r drysau a agorwyd ar ras wedi hen
lonyddu, er bod llaeth yn araf ddiferu o silff waelod yr oergell.
Nid yw'r drafft o dan ddrws y gegin yn cyrraedd y papurau
sy'n gorwedd fel eira dros yr ystafell fyw. Byddai unrhyw un yn
cael anhawster i gyrraedd y ffôn, a dweud y gwir, wrth geisio
creu llwybr drwy'r dodrefn a'r clustogau a daflwyd ar hyd y lle.
O'r tu allan nid oes golwg bod unrhyw beth o'i le. Mae'n fore
Sul gwyntog, sych. Mae Surbwch allan yn glanhau ei gar, yn
culhau ei lygaid ac yn camu 'nôl pan fo'r gwynt yn chwythu
llwch dŵr i'w lygaid. Rhed llif ewynnog i lawr i'r palmant ac
yna i'r draen. Diogyn, meddylia, wrth edrych ar ffenestr cegin ei
gymydog ble mae'r llenni'n dal ar gau. Mae'n tynnu am hanner
dydd. Hoffai yntau fyw ar fudd-daliadau a chysgu'n hwyr. Saif
cartref Mistar Elmer yr un mor fud a difywyd. Bu rhywun o'r
asiantaeth ofal yno'n gynharach yn cario bag mawr du o'r tŷ.
Mae'n edrych fel pe bai'r hen foi wedi rhoi'r ffidil yn y to. O leiaf
ni fydd yn rhaid iddynt ddioddef y rhythu a'r golau'n disgleirio
drwy'r nos mwyach. Efallai y daw cymdogion gwerth eu halen
i ymgartrefu yno maes o law. Am stryd llawn ynfydion! Pe bai
wedi sylweddoli sut rai oedd yn byw drws nesaf a gyferbyn ag
ef, ni fyddai fyth wedi prynu'r lle. Ar ei ffordd heibio ochr y tŷ i
ddiffodd y tap dŵr, mae'n taflu cipolwg dros y wal, i'r rhodfa gul
sy'n arwain at ddrws cefn Erful. Sylwa fod pren y drws wedi'i
sgathru o gwmpas y clo fel pe bai rhywun trwsgl wedi ceisio cael

mynediad. Diystyra'i amheuon. Oni chanfu Blodyn allwedd sbâr y diwrnod o'r blaen? Llwyddodd y twpsyn diobaith yna i golli honno hefyd, felly. Ni fydd yn dweud wrthi, neu bydd hi draw yno'n cynnig help eto, yn gwastraffu amser. Tŷ yn y wlad amdani'r tro nesaf, a chaeau gwyrdd ar bob tu a neb i orfod trafferthu â nhw.

Mae Erful yntau'n pendroni yn yr ystafell bendramwnwgl, ei feddwl yn aneglur. Nid yw wedi chwydu eilwaith ond ni all symud chwaith. Nid yw'n hidio am y boen mwyach, na'r drewdod. Weithiau aiff cryndod mawr drwyddo, sy'n tynnu'n daer ar y gwregys sy'n rhwymo'i ddwylo. Ni all deimlo'i draed o gwbl. Synhwyra rywbeth tebyg i ofn ar brydiau, fel pe bai mam Rici'n dal yno, ond ni all ganolbwyntio ar yr emosiwn. O bryd i'w gilydd mae ffôn yn canu ond nid yw'n para'n hir. Nid yw Erful yn ei glywed, neu yn hytrach nid yw'n ddigon swnllyd i'w dynnu i'r wyneb. Pan fo'n gallu dirnad beth sy'n digwydd iddo, teimla'i fod yn arnofio ar lyn oer fel gwydr, neu'n plymio o uchder mawr. Prin y sylwa ar olau'r haul yn araf bylu erbyn diwedd y prynhawn gan sugno'r gwres olaf o'r ystafell.

Yn yr ystafell fyw mae'r cloc a fu ar y pentan yn awr yn gorwedd, fel Erful, ar ei ochr ar y llawr. Mae'n dal i dipian yr oriau a'r munudau. Pan ddaw'r nos, nid yw'n peidio, heb unrhyw synnwyr yn ei gymell heblaw curiad y darn pitw o gwarts a yrrir gan y batri.

GWLYBANIAETH A'I DIHUNODD, hen reddf ei blentyndod cynnar a'i hatgoffodd ei fod wedi'i gwlychu'i hun yn ei gwsg. Roedd yr amonia yn y pisio'n llosgi ei ben-glin clwyfus. Deuai rhywfaint o haul drwy'r ffenestr a sylweddolodd y gallai weld y patrwm ar y carped a oedd nesaf at ei drwyn. Nofiai gweddill yr ystafell mewn rhyw niwl tebyg i lun o ansawdd gwael ar y teledu. Roedd ei geg yn sych fel corcyn a'i dafod wedi chwyddo. Ceisiodd gynhyrchu poer, ond yn ofer. Ymdrechodd i godi ei ben ond holltai hwnnw gyda'r symudiad lleiaf. Gorweddodd yn ei unfan. A oedd pwynt gweiddi? Roedd gan y tŷ waliau trwchus.

Canolbwyntiodd ar symud ei fysedd ac yna bysedd ei draed, ond roedd yn anodd gwybod, heb fedru eu gweld, a oeddent yn ymateb o gwbl. Cofiai deimlo bwcl metel a rhoddodd gynnig arall arni, gan obeithio gallu teimlo oerni'r metel. Tynnodd ei arddyrnau mor bell o styllod y gadair ag y gallai. Os mai gwregys lledr a ddefnyddiwyd, efallai byddai'n ymestyn ryw fymryn dan bwysau. Gwnaeth yr un peth â'i draed ond teimlent fel talpau o rew trwm. Nid oedd ganddo unrhyw deimlad chwaith yn ei ysgwydd a'i fraich chwith, oherwydd ei fod wedi gorwedd arnynt cyhyd. Un llaw oedd ganddo, felly, i wneud popeth â hi. Siglodd ei hun yn ôl ac ymlaen i ymestyn y lledr ymhellach, nes bod ei ben yn troi gyda'r ymdrech. Roedd pob anadl yn boen yn ei frest nawr. Gorffwysodd er mwyn cael ei wynt ato.

Caeodd drws car yn glep tu allan a chlywodd ei hun yn gweiddi, ond yna dechreuwyd yr injan a gyrrwyd y car ymaith. Pwy oedd yno, tybed? Surbwch? Un o'r cymdogion eraill? Ac yntau ar y llawr uchaf, ni allai neb edrych drwy'r ffenestr. Sut fedrai roi gwybod i unrhyw un ei fod yn gaeth? Syllodd i fyny i gyfeiriad y ffenestr, ond dim ond stribed o awyr oedd i'w weld. Tynnodd ar y gwregys unwaith eto mor galed ag y gallai cyn gorfod ymlacio i beswch. 'Pwylla,' meddai wrtho'i hun. 'Cymer dy amser.' Gwnaeth ddwrn â bysedd ei law dde, a theimlo pinnau bach yn ei fawd. Awgrymai hynny fod rhywbeth wedi llacio. Oedd modd tynnu ei law allan heb gael gafael ar y bwcl? Trodd ei arddwrn yn arbrofol a theimlo'r lledr yn cnoi. Roedd hynny'n well na dim. Ond er ymdrechu'n ddygn ni allai ryddhau ei law.

Pe bai ganddo unrhyw hylif ar ôl yn ei gorff, byddai wedi bod yn chwysu erbyn hyn. Aeth sawl car heibio ond nid arhosodd un. Nid oedd ceir ddim gwerth; dim ond unigolion ar droed fyddai'n edrych i fyny. Trueni nad oedd Mistar Elmer yno mwyach yn syllu o'i ffenestr lofft. Rhaid iddo godi ar ei benliniau rywfodd a chyrraedd y ffenestr. Os oedd ei wyneb yn y golwg, os gwaeddai a chnocio'i dalcen yn erbyn y gwydr, doedd bosib na fyddai rhywun yn troi ei ben i weld o ble deuai'r sŵn? Rhoddodd un cynnig olaf ar geisio ymryddhau. Llithrodd ei ddwylo i lawr i ble'r ymunai'r styllod yng nghefn y gadair â'r sedd. Dyna ble byddent wanaf, ond er eu bod yn rolio yn eu hunfan, doedd dim argoel eu bod am dorri na dod yn rhydd. Nid oedd dim amdani ond ceisio troi'r gadair fel ei fod yn wynebu'r llawr.

Ymdrechodd droeon cyn llwyddo i benlinio a'i dalcen ar y carped am fod ei bwysau'n tynnu'r gadair 'nôl. Gwyddai fod y coesau'n gwasgu ar gefnau ei fferau, ond gan na allai eu teimlo, nid oedd hynny'n broblem. Anwybyddodd y staen anferth o waed a chrawn ar ei goes chwith. Doedd yna fawr o deimlad yn ei ben-glin clwyfus nawr chwaith. Teimlai boen ble gwthiai ymyl y gadair yn erbyn y tendonau cefn. Y gamp nesaf oedd codi'i ben ac ymlusgo at sil ddofn y ffenestr. Byddai gorffwys ei ysgwyddau ar y sil yn lleddfu tipyn ar y straen. Fesul modfedd, gan ddefnyddio'i ên i'w helpu i dynnu ei gorff a'r gadair ar hyd y llawr, nesaodd at y ffenestr. Clywodd rywun yn chwibanu ar y stryd ac ymestynnodd ei wddf ymhellach er mwyn symud yn gyflymach. Roedd e bron â bod yno, a chydag un herc anferth, cododd ei ben a'i daro'n galed yn erbyn ymyl pren y sil. Disgynnodd i'r llawr ag ochenaid. Saethai poenau drwy ei benglog ac i lawr ei gefn a'i freichiau. Daeth y chwibanu i ben, a theimlodd fel wylo. Gwasgodd ei amrannau yn dynn at ei gilydd; os gallai berswadio deigryn neu ddau i lifo, gwlychai hynny fymryn ar ei geg. Dawnsiai brychau amryliw yn y düwch o'i flaen ac arhosodd i'r loes gilio. Agorodd ei lygaid a sylweddoli bod yr ystafell wedi newid.

Syllodd yn ddig ar goes y bwrdd a ymddangosodd fel colofn o'i flaen yn sydyn. Nid oedd angen hyn arno, yn arbennig pan nad oedd ganddo'r egni na'r amynedd i edrych. Pam nawr, er mwyn popeth? Tynnodd anadl a sgyrnygu'i ddannedd. Dim ond aros oedd raid a byddai'r cyfan yn diflannu. Caeodd ei lygaid eto a'u hailagor ond nid oedd coes y bwrdd dieithr wedi symud a nawr roedd ei ddwylo'n rhydd ac roedd e wedi gafael ynddi ac yn ei siglo wrth lefen y glaw. Ni wnâi ei ddwylo bach plentynnaidd unrhyw argraff, a gwgodd ar droed fawr wen a bendiliai dros ymyl y bwrdd a llinyn wedi'i glymu i'r bawd. Arweiniai'r llinyn at gamera ar dreipod a safai a'i gefn at y ffenestr fel ei fod mewn cysgod. Roedd rhywbeth yn siglo, ond nid y bwrdd ydoedd. Ar ben y bwrdd roedd dyn wedi'i glymu at gadair â gwregysau lledr o amgylch ei frest, a gwregys arall o amgylch ei wddf wedi'i gyplysu i'r golau. Dyn a oedd yn noeth o'i ganol i lawr, a'i bwysau yn tynnu a thynnu ar y strapen ledr o'r nenfwd er ei fod yn dal i eistedd, ei wyneb yn borffor hyll, ei dafod yn gwthio allan o'i geg, a'r camera'n mynd fflach, fflach, fflach nes ei ddallu â disgleirdeb.

Ar y llawr ger coes y bwrdd gorweddai oren fechan gron. Gallai weld y marciau dannedd ynddi'n glir. Roedd ar fin estyn ei fysedd tuag ati pan ddaeth gwaedd uchel o'r drws – gwaedd o fath nas clywodd erioed o'r blaen ac a lanwodd bob cornel o'i glyw a'i feddwl. Taflodd ei freichiau dros ei ben a cheisio'i chau allan. Teimlodd ddwylo cyfarwydd yn ei godi a'i gario oddi yno. Gwthiodd ei wyneb i wlân meddal siwmper ei fam gan arogleuo'i phersawr, ac wrth iddo wneud, gwywodd popeth a gwyddai ei fod 'nôl yn y presennol, ynghlwm wrth y gadair a'i drwyn ar y llawr drewllyd.

Y tro yma ni cheisiodd alw'r weledigaeth yn ôl, yn bennaf am nad oedd wedi'i lwyr argyhoeddi mai atgof ydoedd. Oni allai, yn ei gyflwr sâl a chaeth presennol, fod wedi ei ddychmygu? Ar ôl canfod y camera'n ddarnau a'r holl sôn am ryw a chwaethau anarferol, cael ei glymu, ei fwrw, a'i adael yn garcharor yn ystafell ddirgel ei dad, oni allai ei isymwybod fod wedi creu'r rhithweledigaeth hwn? Nid oedd wedi meddwl dim am y gwregysau lledr a'r oren wedi sychu ar ôl dod o hyd iddynt. Nid oeddent wedi ymddangos yn bethau pwysig, dim mwy na'r hen lenni a'r addurniadau Nadolig. Ac os oedd y peth a welodd yn wir, esboniai hynny'r bwlch yn ei gof. Os dyna sut y bu farw ei dad, nid oedd yn syndod ei fod wedi'i gladdu dan filiynau o atgofion eraill. Ai dyna beth achosodd iddo ddatblygu'r fath obsesiwn am gofio? Neu a oedd e wedi bod yn chwilio am yr un atgof hwnnw drwy'i oes?

Ni wyddai pa mor hir y gorweddodd yno'n pendroni. Roedd wedi gweld a chlywed gormod yn ystod y dyddiau diwethaf i synnu rhyw lawer at ddiddordebau ffotograffig a rhywiol ei dad. Dyna sut oedd pobl, yn gymhleth ac yn gaeth i'w chwantau. Yn fwy rhyfedd, nid oedd adwaith eithafol ei fam am weddill ei hoes yn syndod chwaith. Wedi byw gyda hi am ddeugain mlynedd, dyna'r union adwaith y byddai wedi'i ddisgwyl ganddi. Deallodd ei holl gymhellion hi nawr; ei gwylltineb wrth roi popeth o eiddo'i dad i gadw, y ffordd y cadwodd ef yn ddiniwed ac allan o afael y byd mawr. Ofni yr oedd hi y byddai rhywun yn dweud y gwir wrtho. A wnaeth hi gam ag ef? Anodd gwybod.

Os oedd e'n rhyfedd ac yn dioddef pyliau o banig ar y gorau, sut un fyddai wedi bod pe bai'r weledigaeth erchyll yn fyw yn ei gof dros yr holl flynyddoedd? Deallodd fod ei hymdrechion i gelu erchylltra'r gwirionedd oddi wrtho yn y dyddiau cynnar wedi dygyfor fel caseg eira, a'i bod hi wedi mynd yn gaeth i hynny. Gwnaeth ei hun yn gymaint o garcharor ag yntau. Gallai hi fod wedi priodi eto a symud i ffwrdd, ond dewisodd aros yn weddw a gofalu am ei mab – y crwt dwl – am weddill ei hoes. Nid ei le ef oedd ei barnu. Gwelodd ei hun yn eistedd yn y llyfrgell yn chwilio am hysbysiad marwolaeth nad oedd yn bod. Pe bai wedi palu mlaen i chwilota drwy bapurau newydd y cyfnod, efallai y byddai wedi canfod rhyw adroddiad ynghylch canlyniadau'r post-mortem. Roedd ganddo syniad bod yn rhaid cynnal cwest os oedd y canfyddiadau'n amwys. A fyddai wedi bod yn barod am ffeithiau moel y diwrnod hwnnw yn y llyfrgell wrth aros am yr heddlu? Go brin, meddyliodd. Roedd ei isymwybod wedi ei warchod rhag cofio tan yr adeg gywir, pan fedrai ymdopi'n seicolegol ag ef. Gwenodd yn gam am eironi'r sefyllfa.

Cododd ei ben eto, yn ofalus y tro hwn. Wedi hen ymgyfarwyddo â distawrwydd y tŷ, synnodd o glywed sŵn o'r lloriau islaw iddo. Aeth ei feddwl yn ôl at Rici a'i fam. Dyna'r union fath o sŵn a glywodd yn oriau mân y bore, rhyw sleifio tawel gan bobl nad oedd yn adnabod y lle. A ddaeth hi 'nôl i sicrhau ei fod wedi marw? Ni hidiai mwyach am fwrw'i ben. Taflodd ei hun tuag at y ffenestr. Ymnyddodd ei ysgwyddau dros y sil a dechreuodd daro'i dalcen yn erbyn y gwydr yn rhythmig. Roedd ffigwr aneglur bachgen yn cerdded ar hyd y palmant a tharodd Erful y gwydr yn galetach ac yn gyflymach, gan feddwl yn siŵr y byddai'n clywed y fath gnocio, ond nid edrychodd i fyny. Syllodd Erful yn ddiobaith arno'n diflannu o'r golwg. Chwyrlïai ei feddyliau wrth wneud, ond ni allai ddyfeisio unrhyw ffordd o dorri'r ffenestr. Ni fyddai'n dianc y tro hwn. Ond ni fyddai'n caniatáu iddi ei ladd heb frwydr. Deuai traed i fyny'r grisiau nawr, yn bwyllog. Roeddent yn sefyll ar y landin cyntaf. Dilynwyd hwy gan bâr arall, yn dringo ar ras. A ddaeth Rici 'nôl hefyd? Oedd 'na lygedyn o obaith? Clywodd ryw fwmial tawel, ac yna rhywun yn rhoi troed ar y gris cyntaf i'r llawr uchaf. Ysai am gael gweiddi, i ddangos i'r diawled ei fod yn fyw, a'u herio, ond roedd ei geg mor grimp fel na allai.

Trodd ei ben. Roedd drws hanner agored yr ystafell yn gomedd iddo weld pwy oedd yno. Clywodd gamau rhywrai'n dynesu a phob cam yn gyrru ias i lawr ei asgwrn cefn, ar ei waethaf. Gwelodd gysgod mawr, trwm yn ymestyn yn araf dros y llanast o flaen y drws. Roedden nhw yma. Pwysodd ei dalcen yn erbyn y gwydr, cau ei lygaid ac aros am yr ergyd olaf. Pan glywodd waedd fenywaidd, nid agorodd ei lygaid. Ni symudodd chwaith pan ddatglymwyd ei ddwylo gan fysedd grymus, dechau, ond sylweddolodd ei fod yn cael ei godi, ei draed yn dal ynghlwm wrth goesau'r gadair. Credodd eu bod wedi meddwl am ddull arall o'i ladd, ond pam roeddent yn rhwbio'i ddwylo? Roedd sŵn arall, rhyw grawcian a hisian lleisiau metelaidd. Clywodd draed yn rhedeg i lawr y grisiau a sŵn tap yn cael ei droi. Agorodd ei lygaid a gweld rhywun yn cyrcydu wrth ei draed, yn torri drwy'r cortynnau a rwymai ei fferau â chyllell boced. Sgleiniai golau'r haul ar y llafn a tharo ar ambell flewyn golau yn ei farf laes.

'Hubert,' mwmialodd yn dew, ac edrychodd yntau i fyny am eiliad cyn parhau â'i waith. Meddyliodd Erful iddo wenu, ond ni allai fod yn siŵr.

'Dŵr,' meddai llais merch, ond yn lle gwthio'r gwydr i'w geg, daliwyd ei law a'i dywys yno. Llarpiodd Erful yr hylif er bod ei ddwylo'n llosgi ac yn binnau bach i gyd.

'Mae shwd ddrwg 'da fi,' meddai'r llais eto, ond torrwyd ar draws ei geiriau gan drydydd llais.

'Ambiwlans ar ei ffordd. Fydd e ddim dou funud nawr.'

*   *   *

Roedd poen yng nghefn ei law chwith. Ceisiodd godi ei law dde i waredu'r boen, ond teimlodd law gynnes ar ei fraich a rhywun yn trefnu ei wallt yn ôl o'i dalcen.

'Mae nodwydd yn dy law chwith di. Sdim iws i ti ei thynnu. Dyna sut maen nhw rhoi'r *antibiotics* i ti, a cha'l dŵr miwn i dy gorff. Mae hynny'n gywir, on'd yw e?'

'Mm,' atebodd llais dwfn o'r ochr arall.

Drwy'r niwl gallai glywed drysau'n agor a chau a rhywun yn gwthio trol ag olwynion gwichlyd. Nid oedd yn ei gartref, felly.

'Te,' meddai'r llais dwfn eto, yn obeithiol y tro hwn, a chododd pwy bynnag oedd â'i llaw ar ei fraich a'i adael.

Llithrodd Erful yn ôl i'w freuddwydion am eiliad ac anwybyddu'r tincial llwyau a tsieni. Nid oedd syched arno ond clywodd rywun yn llyncu cynnwys cwpan fel llo o'r stên. Trodd ei ben ar y gobennydd. Nofiai wyneb o'i flaen. Gallai weld ei bod hi'n gwenu ac roedd hynny'n ddigon i wneud i'w stumog neidio. Gwyddai fod Sharon yna.

'Aros eiliad,' meddai hi, gan ymbalfalu mewn bag. Agorodd gês bychan a rhoi rhywbeth oer, plastig ar ei drwyn. 'Dy sbectol sbâr di,' meddai. 'Hubert ddaeth o hyd iddyn nhw a'u trwsio nhw dros dro. Mae'r lleill gyda'r optegydd yn ca'l lens newydd.'

Trodd Erful i'r ochr arall, o ble y deuai sŵn crensian bisgedi. Hubert oedd y bwytäwr, siŵr iawn, ond yn edrych yn hollol wahanol. Torrwyd ei wallt a'r barf a gellid gweld croen golau ei wyneb.

'Gest ti fath,' meddai Erful yn syn. Swniai ei lais yn gryg.

Parhaodd Hubert i gnoi'n ddifynegiant, yna pwyntiodd fys ar draws y gwely.

'*Bossy Boots* Sharon,' meddai, ac yfed mwy o'i de.

Plygodd Sharon ymlaen yn gyfrinachol.

'O'dd raid i ni. O'n nhw'n troi'u trwyne arnon ni fan hyn.

Tasen ni heb gyrraedd gyda'r heddlu ar y prynhawn cyntaf, fydden ni ddim wedi ca'l unrhyw groeso.'

'Sawl prynhawn sy wedi mynd heibio erbyn hyn?' gofynnodd Erful.

Cododd Hubert bedwar bys. Ochneidiodd Erful. Collodd bedwar diwrnod cyfan.

'Yr heddlu,' meddai, gan geisio codi ar ei eistedd. 'Mae'n rhaid i fi siarad â nhw. Mae'n rhaid i fi ddweud wrthyn nhw am y ffôn a mam Rici Wyn.'

'Maen nhw'n gwbod, ychan!' Syllodd Sharon yn bryderus arno. 'Paid â dweud nad wyt ti'n cofio?'

Siglodd Erful ei ben yn ddigalon. Ar ôl llwyddo i lenwi'r bwlch yn ei gof yn yr amgylchiadau mwyaf arwsydus, dyma agendor newydd yn ymagor. Sylweddolodd fod Sharon yn gafael yn dynn yn ei law dde. Nid oedd popeth yn anobeithiol, felly.

'Beth ddigwyddodd?' gofynnodd, gan daflu ei feddwl yn ôl i'r pethau diwethaf a gofiai. 'Pam ddywedest ti fod shwd ddrwg gyda ti? Nid dy fai di yw hyn.'

Edrychodd Sharon yn drist.

'Roies i fenthyg fy ffôn symudol i'r ferch heb feddwl,' meddai. 'Roedd ei hun hi wedi torri, ac roedd hi'n mynd bant ar gwrs. Daeth hi adre ddydd Sul a dyna pryd ges i dy neges di ein bod i fod i gwrdd yn yr Afr. Fe alwes i 'nôl ond doedd 'na ddim ateb o gwbwl. O'n i'n credu dy fod ti wedi pwdu. Edryches i am rif ffôn dy gartref di yn y llyfr ffôn a galw hwnnw, ond dim ond canu wnaeth e. Mae isie i ti ga'l peiriant ateb. O'n i'n meddwl i fi golli 'nghyfle, ond tra 'mod i'n bugeilio'r plant ar y bore Llun, pwy gyrhaeddodd ond Hubert.' Anogodd Hubert i sôn am ei ran ef yn yr hanes, ond ni fynnai yntau dorri arfer oes. Aeth Sharon yn ei blaen.

'Roeddet ti Hubert wedi sylwi nad o'dd Erful wedi cyrraedd y stondin coffi'r bore hwnnw. Dwi'n iawn? Ac fe glywodd Hubert y perchennog yn dweud ei fod e'n poeni yn dy gylch di, Erful, oherwydd rwyt ti yno'n ffyddlon bob bore, ond bod rhywun wedi ymosod arnat ti ryw ddeuddydd ynghynt. Roedd Hubert yn gwbod am yr ymosodiad oherwydd roeddet ti wedi sgrifennu ato a dweud wrtho. Dyw Hubert ddim yn ca'l llythyron personol yn amal, twel.'

Tynnodd Hubert nodyn Erful o'i boced a'i chwifio'n fuddugoliaethus yn yr awyr. Roedd marciau bysedd budr drosto erbyn hyn.

'Ta beth, fe nodaist ti le a phryd roeddet ti wedi cwrdd â fi, a'n bod ni'n dau'n bwriadu mynd i'r Afr er mwyn ca'l gair gyda Rici Wyn. Felly fe ddaeth e i chwilio amdana i. O'n i'n becso'n ened ar ôl deall hynny. Fe ruthron ni 'nôl i'r stondin i ddweud wrth betingalw...'

'Siôn,' meddai Hubert.

'Ie, 'na fe, Siôn, ond dyna pwy o'dd yno'n chwilio amdanat ti hefyd o'dd y blismones 'na.'

'Donna,' meddai Hubert.

'Ie. Roeddet ti wedi'i ffonio hi, ond er ei bod hi wedi galw ffôn y tŷ sawl gwaith dros y Sul, do'dd 'na ddim ateb. Feddyliodd hi y bydde hi'n siŵr o dy weld di wrth y stondin ar y bore Llun.'

Ystyriodd Erful mor lwcus oedd ei bod hi wedi trafferthu, a gŵr Miss Llewelyn yn ddiogel yn y ddalfa a'r holl achos wedi'i ddatrys i bob golwg.

'A hi ddaeth â chi'ch dau i'r tŷ?' gofynnodd.

Sniffiodd Sharon â hanner gwên.

'Sai'n credu ei bod wedi bwriadu i ni ddod, ond dringodd Hubert i sêt gefen car yr heddlu. Roedd hi'n haws cario'r ddou ohonon ni na'i shiffto fe. Ond dwi'n meddwl ei bod hi'n falch o'n cwmni ni yn y diwedd.' Gwnaeth geg gam. 'O'dd lle 'na, mae arna i ofon.' Chwiliodd ei wyneb am arwydd o flinder. 'O'n nhw'n gwbod yn go glou nad gŵr Miss fuodd 'na, achos o'dd e yn y carchar ers prynhawn dydd Sadwrn, a welodd rhyw gymydog ti bwti'r lle yn hwyr ar y nos Sadwrn. Ac roedd y snichyn 'na sy 'da ti drws nesa wedi gweld y crafiadau ar y drws cefen ar y dydd Sul, heb neud dim yn ei gylch e.'

Roedd hynny'n gwbl gydnaws â'r dyn. Byddai Blodyn wedi dod i ymchwilio, ond nid Surbwch, meddyliodd Erful.

'Pryd siarades i â'r heddlu?' gofynnodd.

'Ar y stretsiyr ar y ffordd miwn i'r ysbyty. Roeddet ti'n parablu fel pwll y môr a Donna'n rhedeg wrth dy ochor di yn cymryd nodiade fel ysgrifenyddes. Dwedest ti'r cwbwl wrthi ar ras. O'dd hi'n eitha fflat pan wedon nhw bod yn rhaid i ti gael anesthetig am lawdriniaeth frys. O'dd hi'n pryderu nad o'dd hi wedi dala popeth. Helpon ni ddi cymaint ag y gallen ni, ond dim ond ti sy'n gwbod y cyfan.'

'A beth sy wedi digwydd ers hynny?'

'Mae gŵr Miss wedi'i adael yn rhydd. Roedd hi a'r ffansi man yn yr Alban. Ac mae mam Rici yn y cwb, yn gwadu popeth, ond dwi'n credu bod Rici'n taro hoelion yn ei harch, hyd yn oed os nad yw e'n sylweddoli ei fod e.'

'Rici rwystrodd hi rhag fy lladd i.'

Crychodd Sharon ei thalcen.

'Pwy fydde'n meddwl?' meddai.

Edrychodd Erful i lawr ar ei goes yn y caets hir dan y cwrlid gwyn. Er iddo orfod cael llawdriniaeth, roedd rhywbeth yn dweud wrtho fod yr ergyd a gafodd gan droed Rici wedi gollwng peth o'r gwenwyn eisoes. Achubodd ei fywyd ddwywaith, felly.

'Beth am y tŷ?' gofynnodd. 'Ody'r heddlu wedi gorffen chwilio'r lle?'

Trodd a gweld bod Hubert yn codi ael. Edrychai Sharon damaid yn lletchwith.

'Wel,' meddai. 'Buon nhw 'na'n cymryd samplau, ti'n gwbod, fel *CSI*, ond unwaith iddyn nhw ddibennu a chael yr allwedd i fynd i'r tŷ gyferbyn i moyn y ffôn, fe adawon nhw. Fe wedon nhw y dylen ni gadw llygad ar y lle, felly mae Hubert wedi bod yn aros 'na er mwyn cymoni. A dwi wedi bod draw bob dydd yn cadw llygad ar Hubert. Mae e wedi torri'r borfa a chwbwl.'

Ystyriodd Erful ymateb Surbwch wrth iddo'i wylio'n gwneud hyn. Pesychodd Hubert yn ymddiheurol.

'Fflysio'r toiled bob tro,' meddai.

Celodd Erful chwerthin anaddas.

'Mae croeso i ti aros,' meddai. 'Mae e'n dŷ unig i un.'

Teimlodd Sharon yn gwasgu ei law.

'Sôn am doiled, dwi bron â marw isie mynd,' meddai gan godi. 'Paid â rhedeg bant nawr, Elvis, cofia.'

Gwyliodd Erful hi'n croesi'r ward yn ysgafndroed. Pan edrychodd ar Hubert roedd e'n cwrso'r briwsion bisgedi olaf o'r plât â'i fys.

'Roeddet ti'n gwbod taw mam Rici oedd y llofrudd, on'd oeddet ti?' meddai'n dawel.

Cododd Hubert un ysgwydd.

'Roeddet ti ar y stryd ddydd a nos. Welest ti ddi a'i char, dwi'n sylweddoli hynny nawr. A gwnest ti dy orau i ddweud wrtha i fod rhywbeth mawr o'i le ar y berthynas rhwng Rici a'i fam. Ond o'n i ddim yn deall.'

Gorffwysodd ar y gobennydd. Doedd y saga ddim ar ben. Byddai'n cael ei gyfweld, efallai gan y Prif Arolygydd ei hun. Byddai'n rhaid iddo ymddangos mewn llys barn a chael ei groesholi. A thrwy'r cyfan byddai'n byw mewn tŷ llawn pibellau egsôst wedi'u dwyn. Arhosodd i'w galon gyflymu a'i stumog dynhau ond ni wnaeth.

'Ti'n gwbod,' meddai'n feddylgar. 'Mae bywyd yn mynd i fod yn ddiddorol o hyn allan.'

Clywodd sŵn fel trwst yn y pellter ac edrychodd ar ei ffrind.

'Ody, Elvis,' meddai Hubert. Roedd e'n chwerthin.

CL 05/11

Hoffwn ddiolch i bawb yng Ngwasg Gomer
a fu'n gefn i mi wrth ysgrifennu'r nofel
hon, ac yn arbennig i Angharad Dafis am
ei gwaith golygu a fu'n fodd i ganfod llu o
feiau a thacluso'r annibendod.